中华经典诗文之美

徐中玉——主编

古代短篇小说

陈大康——编著

上海人民出版社

出版说明

习近平总书记指出，中华文化积淀着中华民族最深沉的精神追求，代表着中华民族独特的精神标识；传承中华文化，要"以古人之规矩，开自己之生面"，重点做好创造性转化和创新性发展。为坚定文化自信，传承中华文脉，汲取古圣先贤的不朽智慧，激活民族文化的蓬勃生命力，上海人民出版社推出"中华经典诗文之美"系列丛书，以期通过出版工程的创造性转化，实现中华优秀传统文化的薪火相传、推陈出新。

丛书由著名学者、语文教育家徐中玉先生领衔主编，共13册，包括《诗经与楚辞》(陶型传编著),《先秦两汉散文》(刘永翔、吕咏梅编著),《汉魏六朝诗文赋》(程怡编著),《唐宋诗》(徐中玉编著),《唐宋词》(高建中编著),《唐宋散文》(侯毓信编著),《元散曲》(谭帆、邵明珍编著),《元明清诗文》(朱惠国编著),《近代诗文》(黄明、黄珅编著),《古代短篇小说》(陈大康编著),《笔记小品》(胡晓明、张炼红编著),《诗文评品》(陈引驰、韩可胜编著)和《神话与故事》(陈勤建、常峻、黄景春编著)。所选篇目兼顾经典性与人文性，注重时代性与现实性，综合思想性与艺术性，引导读者从原典入手，使其在立身处世、修身养性、伦理亲情、民生疾苦、治国安邦等世界观、人生观、价值观方面有所思考和获益。

丛书设置"作者介绍"、"注释"、"说明"、"集评"栏目。"作者介绍"简要介绍作者生平及其著述，并大致勾勒其人生轨迹。"注释"解析疑难，解释重难点字词及部分读音，同时择要阐明历史典故、地理沿革、职官制度等知识背景，力求精当、准确、规范、晓畅。"说明"点明写作背景，阐释文章主题，赏析文章审美特色。"集评"一栏列选历代名家评点，以帮助读者更好理解和鉴赏。

丛书选录篇目出处，或于末尾注明所依底本，或于前言中由编选者作统一说明。选文所依底本均为慎重比照各版本后择优确定。原文中的古今字、通假字予以保留，不作改动；异体字在转换为简体字时，则依照现行国家标准予以调整。

丛书所选篇目的编次依据，或以文体之别，或以题材之异，或依作者朝代生平之先后，或依成书先后。成书年代或作者生平有异议者，则暂取一说。

"凡作传世之文者，必先有可以传世之心。"中华文明生生不息至今，是一代又一代仁人志士艰苦拼搏的成果；中华文明未来的繁荣兴盛，需要全体中华儿女的担当。"中华经典诗文之美"系列丛书的出版，将引导读者在对跨越时空、超越国度、富有永恒魅力、具有当代价值的传世诗文的百读不厌、常读常新中，树立民族自信心与自豪感，培养起守护、传承与弘扬中华优秀传统文化的传世之心，在实现"两个一百年"奋斗目标和中华民族伟大复兴中国梦的道路上，凝聚起全民的文化力量，和这个时代一同前行。

上海人民出版社
2017 年 6 月

导　读

　　无论是抵御外敌的艰难岁月，还是奋起建设社会主义强国的火红年代，以及实现中华民族伟大复兴的今天，优秀传统文化始终是我们坚强的精神支柱。继承与弘扬优秀传统文化的重要性不言而喻，而对于青年人特别是学生来说，首要的任务则是接触、了解与学习。中华优秀传统文化博大精深，作为其载体的书籍又是浩如烟海，学习得有个计划，须有坚持循序渐进的韧性，只有通过不断积累与潜移默化，中华优秀传统文化才可能融为个体的精神财富。

　　古代文学是中华优秀传统文化中的灿烂瑰宝，诗词的吟唱、散文的诵读、戏曲的欣赏与小说的阅读，都会使人受到感染，民族的精魄也随之缓和而持久地浸润我们的思想，继而见之于我们的行动。文学诸种体裁中，读者最为众多、社会影响最为广泛者当属小说，若将电影、电视视作小说的形象化表现，其受众则更不可胜数。只要提起诸葛亮、曹操，或宋江、林冲，或孙悟空、猪八戒直至贾宝玉、林黛玉，这一大批人的故事谁个不知，哪个不晓。

　　古代文学各体裁都给人以美的熏陶，都有怡情养性的功用，而其形态与创作方式则各有不同。小说注重故事的娓娓道来，以及人物性格刻画与形象塑造，这是打动读者的关键所在。小说创作不像诗词须受格律、字数的约束，不像散文那般讲究义理与起承转合的作法，而且它还可容纳诗词赋曲等各种文学体裁，使之成为推进情节发展、丰富人物性格刻画的有机组成部分。《红楼梦》中就有作者为各作品人物设计创作的八十余首诗歌，若抽取出单独排列，也俨然是一部诗集。小说艺术上的这一特点，也是它受到大众喜爱的重要原因。

小说对大众有强烈的吸引力，对其思想行为又有强烈的引导力。明末冯梦龙在《警世通言》序中写道：邻家小孩手割破了却不呼痛，问他为何能如此，回答是《三国演义》里关公刮骨疗毒时谈笑自若，我这点痛又算得了什么。冯梦龙据此总结了小说对读者的影响力："说孝而孝，说忠而忠，说节义而节义，触性性通，导情情出。"百余年前的梁启超更具体描述了小说影响读者的过程：

> 人之读一小说也，不知不觉之间，而眼识为之迷漾，而脑筋为之摇飏，而神经为之营注；今日变一二焉，明日变一二焉；刹那刹那，相断相续；久之而此小说之境界，遂入其灵台而据之，成为一特别之原质之种子。

他为此而感慨："文字移人，至此而极。"小说影响人的功用历来受人重视，从正面肯定与引导者历朝均有，而反面的压制也不乏其例。明亡前两年，朝廷意识到《水浒传》宣传的反抗封建剥削与压迫的思想与眼前义军风起云涌有莫大关系，令各省直巡按及五城御史"大张榜示，凡坊间家藏《水浒传》并原板，速令尽行烧毁，不许隐匿"。后来清政府多次禁毁小说，这也是重要原因，统治者甚至还想消灭小说这一文学体裁。

禁毁令或可有一定的暂时效果，可是时隔不久，统治者看到的仍是"市井粗解识字之徒，手挟一册"的壮观局面。小说深受百姓的喜爱，即使动用国家机器，也无法将它消灭。

古代小说中有些作品在流传过程中失传了，有的是战乱或统治者禁毁的缘故，也有一些是遭读者鄙弃而被筛滤的低俗之作。扣除此因素，留存至今日的小说作品仍是极其丰富的庞大存在，若按时间顺序排列，可梳理出小说约两千年来发展轨迹。

古代小说成为独立的文学样式之前，曾有个长期的酝酿准备。远古神话、历史传说以及先秦典籍对人物言行的记述等都对其有直接的启发和影响。魏晋南北朝是小说的诞生期。当时战乱不断，政治黑暗，宗教迷信思想盛行，志怪小说正与弥漫于社会的张皇鬼神、称道灵异的气氛相适应，但也确含有曲折反映广大民众思想和愿望的内容。干宝做《搜神记》是"以发明神道之不诬"，这也是类作品的创作动机。志人小说以刘义庆的《世说新语》最为著名，它分德行、言语等三十六门描写魏晋风度，"记言则玄远冷俊，记行则高简瑰奇"。这两类作品在艺术上有共同之处：篇幅短小，写人状物的语言十分简练，但刻画能捕捉富有特征意义的细节，人物性格与精神面貌都较鲜明突出。在小说发展初期，作品形态难免多为粗陈梗概，而且那些作家或意在自神其教，或实录名士言动，均非有意创作小说。

小说在唐代称传奇，这时的作家注重文采与意想，常动辄数千言，叙事委婉曲折，人物性格刻画更细腻、更鲜明也更具有典型意义。中唐时作品骤然增多，反映现实生活成了创作重点。爱情名篇《霍小玉传》、《莺莺传》等直接描写现实生活，《枕中记》、《南柯太守传》等虽也谈神说怪，篇中对封建官场险恶的揭露仍是直指现实。唐传奇的勃兴揭开了我国现实主义小说创作的序幕，奠定了体制简短却有长篇小说规模的具有独特民族风格的小说形式，而唐代作家的"作意好奇，假小说以寄笔端"，也开创了中国小说史上自觉创作的时代。

宋时文言小说数量不少，面目却异于唐传奇。除《流红记》等少数作品外，大多是"为志怪，既平实而乏文采，其传奇，又多托往事而避近闻，拟古且远不逮，更无独创之可言矣"。此时理学盛行，小说中说教意味也很浓。明代也有不少文言小说，较著名的有瞿祐的《剪灯新话》与李昌祺的《剪灯余话》等作，但思想性与艺术性都逊于唐传奇中那些较优秀的作品，直到清初蒲松龄的《聊斋志异》问世，文言小说创作才出现了一个新高潮。

《聊斋志异》收作品近五百篇，其中描写青年男女摆脱封建礼教束缚，大胆地按照自己意愿追求幸福的爱情故事最引人注目。抨击科举制度，批判现实政治的腐败黑暗与歌颂被压迫人民的反抗斗争，也是作品集的重要主题。蒲松龄善于以传奇法志怪，书中的花妖狐魅颇通人情，读去竟不觉其为异类，一幅幅幽冥世界的图画，又直与人间社会相仿。作者出色地通过人鬼相杂、幽冥相间的生活画面深刻地表现了现实生活中的矛盾，同时也写出了作者自己的爱和恨。

与文言小说相对应的系列是通俗小说，其起源可远溯到唐代，那时已出现被称为"说话"，即以流行口语讲故事的社会娱乐活动。宋时"说话"大为盛行，那时的通俗小说主要以口头讲述形式出现，话本是其故事梗概的记录，供说书人在演出时敷演增饰。中国文学史上真正的"市民文学"开始于此时，而明清两代专供案头阅读的通俗小说，也是在此基础上产生与发展，开山之作便是大家熟悉的《三国演义》与《水浒传》。罗贯中与施耐庵在话本、戏曲与民间传说基础上，参考相应的正史，并结合其生活积累写出了这两部不朽的巨著。明代绝大部分通俗小说都沿用这样的编创手法，而随着创作发展，作家们独立创作意识逐渐增强，最后到了清中叶，终于出现了以《红楼梦》为代表的、十分成熟的文人独立创作的长篇通俗小说。

明清通俗小说有上千部，短篇小说集则有七十种左右。它们集中地出现在明末清初这一历史阶段，最杰出的代表作则是冯梦龙的"三言"(《喻世明言》、《警世通言》、《醒世恒言》)与凌濛初的"二拍"(《拍案惊奇》、《二刻拍案惊奇》)。这些作品中的大部分是对宋元话本的改写，或是作者根据自己的生活感受，组合野史笔记中的一些简略记载，敷演成曲折生动的故事，但其中也确有少量作者直接概括提炼生活素材而创作的作品。明清通俗小说经历了从改编逐渐过渡到独立创作的历程，而最早一批文人独创之作，正是出现在明末的短篇小说集中。明末清初的短篇小说在小说发展史上可这样定位：它是继承话本反映社会现实的传统，但又逐渐摆脱其形式束缚，从以改写以显示创作技巧到完全独创的一种过渡形式；它是对宋元话本在更高层次上的回归，同时又是整个通俗小说独创时代到来的预前准备。清初以后，短篇小说创作开始衰落，甚至消失得无影无踪，直到百余年后的晚清，它才重新开始出现，但已不再属于古代小说的范畴了。

本书是中国古代短篇小说的一个选本，共收录从魏晋至清各时期作品 32 篇，其中文言小说 26 篇，通俗小说 6 篇，选录标准是作品本身的文学价值及其在短篇小说创作发展过程中的地位。编选时所依据底本已在各作品篇尾注明，同时也参考了中华书局、上海古籍出版社等出版的各种相应的校勘本。

陈大康

2017 年 6 月

目 录

文言小说

干 宝

干宝（286？—336），东晋史学家，小说家。字令升，新蔡（今河南省新蔡县）人。曾官始安太守、散骑常侍。著有《晋纪》二十三卷，有"良史"之称。又著有小说集《搜神记》，自序中言其创作目的为"亦足以明神道之不诬也"。原书本为三十卷，今惟存明胡应麟辑本二十卷。

三王墓

楚干将、莫邪为楚王作剑[1]，三年乃成。王怒，欲杀之。剑有雌雄。其妻重身当产[2]。夫语妻曰："吾为王作剑，三年乃成，王怒，往必杀我。汝若生子是男，大[3]，告之曰：'出户望南山，松生石上，剑在其背。'"于是即将雌剑往见楚王。王大怒，使相之[4]："剑有二，一雄一雌。雌来雄不来。"王怒，即杀之。

莫邪子名赤，比[5]后壮，乃问其母曰："吾父所在？"母曰："汝父为楚王作剑，三年乃成，王怒，杀之。去时嘱我：'语汝子：出户望南山，松生石上，剑在其背。'"于是子出户南望，不见有山，但睹堂前松柱下石低之上[6]。即以斧破其背，得剑，日夜思欲报楚王[7]。

---

[1] 干将、莫邪：铸剑者夫妻两人的名字。

[2] 重（chóng）身当产：怀孕临产。

[3] 大：长大，成年。

[4] 使相之：派人察看宝剑。

[5] 比：等到。

[6] 石低之上："低"疑为"砥"字之误，石砥为柱下基石。"之上"疑为衍文。

[7] 报楚王：报楚王杀父之仇。

王梦见一儿眉间广尺[1]，言欲报仇。王即购之千金[2]。儿闻之亡去，入山行歌[3]。客有逢者，谓："子年少，何哭之甚悲耶？"曰："吾干将、莫邪子也，楚王杀吾父，吾欲报之。"客曰："闻王购子头千金，将子头与剑来，为子报之。"儿曰："幸甚！"即自刎，两手捧头及剑奉之，立僵[4]。客曰："不负子也。"于是尸乃仆[5]。

客持头往见楚王，王大喜。客曰："此乃勇士头也，当于汤镬[6]煮之。"王如其言煮头，三日三夕不烂。头踔[7]出汤中，瞋目[8]大怒。客曰："此儿头不烂，愿王自往临视之，是必烂也。"王即临之。客以剑拟[9]王，王头随堕汤中，客亦自拟己头，头复堕汤中。三首俱烂，不可识别，乃分其汤肉葬之，故通名"三王墓"。今在汝南北宜春[10]县界。

（据四库全书本《搜神记》）

说明

本篇选自《搜神记》卷十一。这则故事又见于《列异传》等书，而以此文记述最详，它揭露了楚王的残暴，表现了被压迫人民反抗残暴统治的坚强意志与英雄气概。鲁迅的历史小说《铸剑》，就是以此篇故事为素材而写成的。

[1]　眉间广尺：两眉之间约有一尺宽。
[2]　购之千金：悬千金重赏捉拿他。
[3]　行歌：边行走边吟唱。
[4]　立僵：尸体站立不倒。僵，僵硬。
[5]　仆：向前跌倒。
[6]　汤镬（huò）：无足的大鼎，古时烹人的刑具。
[7]　踔（chuō）：跳跃。
[8]　瞋（zhì）目：疑为"瞋目"，睁圆眼睛。
[9]　拟：比划、比量。这里是用剑对准头并砍杀的意思。
[10]　北宜春：故城在今河南省汝南县西南六十里处。

韩凭妻

宋康王舍人[1]韩凭,娶妻何氏,美,康王夺之。凭怨,王囚之,论为城旦[2]。妻密遗[3]凭书,缪其辞[4]曰:"其雨淫淫[5],河大水深,日出当[6]心。"既而王得其书,以示左右,左右莫解其意。臣苏贺对曰:"其雨淫淫,言愁且思也;河大水深,不得往来也;日出当心,心有死志也。"

俄而凭乃自杀。其妻乃阴腐其衣[7],王与之登台,妻遂自投台。左右揽之,衣不中手[8]而死。遗书于带曰:"王利其生,妾利其死,愿以尸骨赐凭而合葬。"

王怒,弗听,使里人[9]埋之,冢相望也。王曰:"尔夫妇相爱不已,若能使冢合,则吾弗阻也。"

宿昔[10]之间,便有大梓木生于二冢之端,旬日而大盈抱。屈体相就,根交于下,枝错于上。又有鸳鸯,雌雄各一,恒栖树上,晨夕不去,交颈悲鸣,音声感人。宋人哀之,遂号其木曰"相思树"。相思之名,起于此也。南人谓此禽即韩凭夫妇之精魂。

---

[1]　宋康王:战国末年宋国国君,名偃。舍人:国君左右的亲近官吏。
[2]　论:定罪。城旦:苦刑名,白天防寇,夜晚筑城。
[3]　遗:给。
[4]　缪其辞:使辞意曲曲折折。
[5]　淫淫:形容阴雨连绵不断。
[6]　当:正对。
[7]　阴腐其衣:暗中腐烂自己的衣裳。
[8]　不中手:经不住手拉。
[9]　里人:当地居民。
[10]　宿昔:早晚,形容时间短暂。

今睢阳¹有韩凭城。其歌谣至今犹存。

（据四库全书本《搜神记》）

说明

    本篇选自《搜神记》卷十一。作品通过对韩凭夫妇爱情悲剧的描写，既歌颂了他们的坚贞不屈，同时也鞭挞了宋康王的荒淫凶残。结尾处的幻想情节哀艳动人，富有浪漫主义的色彩。唐变文中的《韩朋赋》，即据此篇敷演而成。

---

[1]　睢阳：宋的国都，在今河南省商丘市南。

紫玉

　　吴王夫差小女，名曰紫玉，年十八，才貌俱美。童子韩重，年十九，有道术，女悦之，私交信问[1]，许为之妻。重学于齐鲁之间[2]，临去，属[3]其父母，使求婚。王怒，不与女。玉结气[4]死，葬阊门[5]之外。三年，重归，诘其父母，父母曰："王大怒，玉结气死，已葬矣。"

　　重哭泣哀恸，具牲币[6]，往吊于墓前。玉魂从墓出，见重，流涕谓曰："昔尔行之后，令二亲从王相求，度必克从大愿，不图[7]别后遭命，奈何！"玉乃左顾宛颈而歌曰：

　　　　南山有鸟，北山张罗。鸟既高飞，罗将奈何[8]！意欲从君，谗言孔多[9]。悲结生疾，没命黄垆[10]。命之不造[11]，冤如之何！羽族之长，名为凤凰。一日失雄，三年感伤。虽有众鸟，不为匹双。故现鄙姿，逢君辉光。身远心近，何当暂忘！

----

[1]　信：使者，问：书信。

[2]　齐鲁之间：指今山东省地。齐、鲁为位于今山东省的两个诸侯国。

[3]　属（zhǔ）：托付，同"嘱"。

[4]　结气：悲愁郁结。

[5]　阊门：吴国都城姑苏（今江苏省苏州市）的城门名。

[6]　牲币：祭祀用的牺牲和币帛。

[7]　不图：不料。

[8]　"南山有鸟"四句：紫玉自喻为鸟，以罗网比喻韩重，意思是自己已经死了，你回来也无济于事。

[9]　孔多：很多。

[10]　黄垆：黄泉。

[11]　不造：不好，没造化。

歌毕，欷歔流涕，邀重还冢。重曰："死生异路，惧有尤愆[1]，不敢承命。"玉曰："死生异路，吾亦知之，然今一别，永无后期，子将畏我为鬼而祸子乎？欲诚所奉，宁不相信？"重感其言，送之还冢。玉与之饮宴，留三日三夜，尽夫妇之礼。临出，取径寸明珠以送重曰："既毁其名，又绝其愿，复何言哉！时节自爱[2]。若至吾家，致敬大王。"

重既出，遂诣王，自说其事。王大怒曰："吾女既死，而重造讹言，以玷秽亡灵。此不过发冢取物，托以鬼神。"趣收重[3]。重走脱，至玉墓所，诉之。玉曰："无忧！今归白王。"王妆梳，忽见玉，惊愕悲喜，问曰："尔缘何生？"玉跪而言曰："昔诸生韩重来求玉，大王不许。玉名毁义绝，自致身亡。重从远还，闻玉已死，故赍[4]牲币诣冢吊唁。感其笃终[5]，辄与相见，因以珠遗之，不为发冢，愿勿推治[6]。"夫人闻之，出而抱之，玉如烟然。

（据四库全书本《搜神记》）

说明

　　本篇选自《搜神记》卷十六。作品歌颂了紫玉与韩重的纯洁爱情，控诉了封建婚姻制度对年轻一代的摧残。篇中人鬼相恋的浪漫主义表现手法，较深刻地反映了古代青年男女追求幸福婚姻生活的强烈愿望，对

---

[1]　尤愆（qiān）：罪过。
[2]　"时节"句：意为注意天气变化，保重身体。时节，一年四季的时令节气。
[3]　趣（cù）：催促，同"促"。收：逮捕。
[4]　赍（jī）：拿着。
[5]　笃终：感情深挚，始终不渝。
[6]　推治：追究治罪。

后世同类作品的创作也有明显的影响。

集评

以上三篇均选自干宝的《搜神记》，现集有关该书评论于下：

《晋书》曰："（干宝）父先有所宠侍婢，母甚妒忌，及父亡，母乃生推婢于墓中。宝兄弟年小，不之审也。后十余年，母丧，开墓，而婢伏棺如生，载还，经日乃苏。言其父常取饮食与之，恩情如生。在家中，吉凶辄语之，考校悉验。地中亦不觉为恶。既而嫁之，生子。又宝兄尝病，气绝积日不冷，后遂寤，云：见天地间鬼神事，如梦觉，不自知死。宝以此遂撰集古今神祇灵异、人物变化，名为《搜神记》，凡三十卷。以示刘惔，惔曰：'卿可谓鬼之董狐。'"

——《晋书·干宝传》

毛晋曰："子不语神，亦近于怪也。顾宇宙之大，何所不有，令升感扩婢一事，信纪载不诬，采录宜矣。"

——明·毛晋《搜神记跋》

胡震亨曰："令升遘门闱之异，爰摭史传杂说，参所知见，冀扩人于耳目之外。顾世局故常，适以说怪视之。不知刘昭《补汉志》、沈约《宋志》与《晋志》、《五行》，皆取录于此。盖以其尝为史官，即怪亦可证信耳。"

——明·胡震亨《搜神记引》

刘义庆

刘义庆（403—444），彭城（今江苏徐州）人。宋高祖刘裕少弟临川烈王刘道规的嗣子，袭封临川王。《宋书》本传称他"性简素，寡嗜欲，爱好文义，才词虽不多，然足为宗室之表"。其著作甚多，以《世说新语》最为有名。

过江诸人

过江诸人[1]，每至美日[2]，辄相邀新亭[3]，藉卉[4]饮宴。周侯[5]中坐而叹曰："风景不殊，正自有山河之异。"皆相视流泪。唯王丞相[6]愀然变色曰："当共戮力[7]王室，克复神州[8]，何至作楚囚[9]相对！"

（据四库全书本《世说新语》）

说明

本篇选自《世说新语》"言语"篇。建兴四年（316），刘曜攻陷长

---

[1] 过江诸人：指随东晋政权南渡的士族官僚。
[2] 美日：风和日丽之日。
[3] 新亭：三国吴筑，故址在今南京市西南。
[4] 藉卉：坐在草地上。
[5] 周侯：即周颢（yǐ），字伯仁，官至尚书仆射，袭父周浚爵，封武城侯。
[6] 王丞相：即王导，字茂弘，晋元帝时任丞相。
[7] 戮力：尽力。
[8] 神州：原意指中国，典出《史记·孟荀列传》，此处指中原失地。
[9] 楚囚：囚犯。语本《左传·成公九年》。

安，晋愍帝被俘，西晋灭亡，中原士族多渡江南下，并于次年拥晋元帝即位，建立偏安的东晋王朝。一部分士族官僚面对现实束手无策，情绪没落，同时也有人主张积极奋起，收复失地。本篇抓住了人物的典型语言，虽只做客观叙述，却也明显地显露出批评前者、赞扬后者的倾向。

周处

　　周处[1]年少时，凶强侠气[2]，为乡里所患。又义兴[3]水中有蛟，山中有邅迹虎[4]，并皆暴犯百姓，义兴人谓为"三横"，而处尤剧。或说[5]处杀虎斩蛟，实冀[6]三横唯余其一。处即刺杀虎，又入水击蛟。蛟或浮或没，行数十里，处与之俱[7]。经三日三夜，乡里皆谓已死，更相庆。竟杀蛟而出，闻里人相庆，始知为人情所患，有自改意。乃入吴寻二陆[8]，平原[9]不在，正见清河[10]，具以情告，并云："欲自修改，而年已蹉跎[11]，终无所成。"清河曰："古人贵朝闻夕死[12]，况君前途尚可。且人患志之不立，亦何忧令名不彰[13]邪！"处遂改励[14]，终为忠臣孝子。

（据四库全书本《世说新语》）

[1]　周处：字子隐，吴将周鲂之子。
[2]　凶强侠气：凶狠霸道。
[3]　义兴：今江苏省宜兴县南。
[4]　邅迹虎：刘孝标注引《孔氏志怪》作"邪足虎"，其意指老虎行踪不定，难以追捕。
[5]　说：劝说。
[6]　冀：希望。
[7]　处与之俱：周处与蛟一起沉浮。
[8]　二陆：指当时著名的文士陆机、陆云兄弟。
[9]　平原：指陆机。陆机曾任平原内史，故有是称。
[10]　清河：指陆云。陆云曾任清河内史。
[11]　蹉跎：光阴虚度。
[12]　朝闻夕死：语出《论语·里仁》："朝闻道，夕死可矣。"
[13]　令名：美名。彰：显扬。
[14]　改励：改过从善，极力自勉。

说明

　　本篇选自《世说新语》"自新"篇。通过对周处改过自新、为民除害故事的描述，突出了对知过能改精神的赞扬，篇中人物性格的刻画也相当鲜明生动。

王子猷居山阴

王子猷[1]居山阴[2]，夜大雪，眠觉，开室命酌酒，四望皎然[3]。因起彷徨[4]，咏左思《招隐诗》[5]，忽忆戴安道[6]。时戴在剡[7]，即便夜乘小船就之。经宿[8]方至，造门[9]，不前而返。人问其故，王曰："吾本乘兴而行，兴尽而返，何必见戴！"

（据四库全书本《世说新语》）

说明

本篇选自《世说新语》"任诞"篇，写得情景交融，文字也简净优美，仅以王子猷的一行一言，便刻画出他主张适意而行、不受任何拘束的疏狂放诞的作风。

---

[1]　王子猷（yóu）：王羲之之子，名徽之，字子猷。官至黄门侍郎，后弃官东归。
[2]　山阴：今浙江省绍兴市。
[3]　皎然：光亮洁白的样子。
[4]　彷徨：徘徊。
[5]　《招隐诗》：西晋著名诗人左思描写隐士清高生活的诗作，共二首。
[6]　戴安道：即戴逵，安道为其字。博学能文，工书画，善鼓琴，隐居不仕。
[7]　剡（shàn）：古县名，故城在今浙江省嵊州市西南。
[8]　经宿：经过了一夜。
[9]　造门：到门。

王蓝田性急

王蓝田[1]性急。尝食鸡子，以箸[2]刺之不得，便大怒，举以掷地。鸡子于地圆转未止，仍[3]下地以屐齿[4]碾[5]之，又不得。瞋[6]甚，复于地取内[7]口中，啮[8]破即吐之。王右军[9]闻而大笑曰："使安期[10]有此性，犹当无一毫可论[11]，况蓝田邪？"

（据四库全书本《世说新语》）

说明

本篇选自《世说新语》"忿狷"篇。通过几个动作的细节描写，王蓝田急躁的性情就被绘声绘色地刻画出来了。魏晋时士大夫讲究从容不迫的风度，故而王蓝田的性急遭到了王羲之的贬抑嘲讽。

---

[1]　王蓝田：即王述，字怀祖，因袭爵蓝田侯，故有是称。
[2]　箸（zhù）：筷子。
[3]　仍：因，就。
[4]　屐齿：木鞋底上前后有两齿，称屐齿。
[5]　碾（zhǎn）：踩，踏。
[6]　瞋：怒。
[7]　内：同"纳"，放入。
[8]　啮（niè）：咬。
[9]　王右军：即王羲之，因曾官右军将军，故有是称。
[10]　安期：王蓝田父亲王承之字。
[11]　无一毫可论：不值一谈。

集评

晋人乐旷多奇情，故其言语文章别是一色，《世说》可睹已。《说》为晋作，及于汉魏者，其余耳。虽典雅不如左氏《国语》，驰骛不如诸《国策》，而清微简远，居然玄胜。

——宋·刘应登《世说新语序》

尝考载记所述晋人话言，简约玄澹，尔雅有韵。世言江左善清谈，今阅《新语》，信乎其信之也。临川撰为此书，采掇综叙，明畅不繁……或词冷而趣远，或事琐而意奥，风旨各殊，人有兴托。

——明·袁褧《重刻世说新语序》

前宋刘义庆撰《世说新语》，专罗晋事，而映带汉魏间十数人，门户自开，科条另定。其中顿置不安，微传未的，吾不能为之讳，然而小摘短拈，冷提忙点，每奏一语，几欲起王、谢、桓、刘诸人之骨，一一呵活眼前，而毫无追憾者。又说本中，本一俗语，经之即文；本一浅语，经之即蓄；本一嫩语，经之即辣。盖其牙室利灵，笔颠老秀，得晋人之意于言前，而因得晋人之言于舌外，此小史中之徐夫人也。

——明·王季重《世说新语序》

《世说新语》今本凡三十八篇，自《德行》至《仇隙》，以类相从，事起后汉，止于东晋，记言则玄远冷俊，记行则高简瑰奇，下至缪惑，亦资一笑。

——鲁迅《中国小说史略》

蒋 防

蒋防，字子微（一作子徵），义兴（今江苏省宜兴县）人。唐宪宗元和（806—820）年间，因李绅的赏识与推荐，以司封郎知制诰，进翰林院士。唐穆宗长庆年间，被贬为汀州刺史，后又任连州刺史。《全唐文》中收蒋防文一卷，《全唐诗》中收其诗十二首，其著作以《霍小玉传》最为著名。

霍小玉传

大历[1]中，陇西李生名益[2]，年二十，以进士擢第。其明年，拔萃[3]，俟试于天官[4]。夏六月，至长安，舍于新昌里。生门族清华[5]，少有才思，丽词嘉句，时谓无双；先达丈人[6]，翕然推伏[7]。每自矜风调[8]，思得佳偶，博求名妓，久而未谐。

长安有媒鲍十一娘者，故薛驸马家青衣[9]也；折券从良[10]，十余年矣。

---

[1] 大历：唐代宗李豫的年号（766—779）。
[2] 李生名益：字君虞，陇西姑臧（今甘肃省武威县）人。曾中进士，长于诗歌，官至右散骑常侍、礼部尚书。年轻时多猜忌，防范妻妾严酷，以致当时称妒病为"李益疾"。本篇当是据其传闻敷演而成。
[3] 拔萃：唐代士人中科举仅获做官资格，若想早日做官，须参加吏部主持的另一种考试，其中的撰拟判词考试称拔萃。
[4] 天官：吏部的别称。
[5] 门族清华：出身显贵。
[6] 先达丈人：有声誉地位的前辈。
[7] 翕然推伏：一致地推崇赞许。
[8] 自矜风调：以风流才貌而自傲。
[9] 驸马：官名，即驸马都尉。因皇帝的女婿多授此虚衔，后又用为皇帝女婿的代称。青衣：婢女。
[10] 折券从良：赎身嫁人。券，卖身契。

性便辟，巧言语，豪家戚里，无不经过，追风挟策¹，推为渠帅²。常受生诚托厚赂，意颇德之。经数月，李方闲居舍之南亭。申未间³，忽闻扣门甚急，云是鲍十一娘至。摄衣从之，迎问曰："鲍卿今日何故忽然而来？"鲍笑曰："苏姑子作好梦也未？有一仙人，谪在下界，不邀财货，但慕风流。如此色目⁴，共十郎相当矣。"生闻之惊跃，神飞体轻，引鲍手且拜且谢曰："一生作奴，死亦不惮。"因问其名居。鲍具说曰："故霍王⁵小女，字小玉，王甚爱之。母曰净持。净持，即王之宠婢也。王之初薨⁶，诸弟兄以其出自贱庶，不甚收录。因分与资财，遣居于外，易姓为郑氏，人亦不知其王女。资质秾艳，一生未见，高情逸态，事事过人，音乐诗书，无不通解。昨遣某求一好儿郎格调⁷相称者，某具说十郎。他亦知有李十郎名字，非常欢惬。住在胜业坊古寺曲，甫上车门宅⁸是也。已与他作期约。明日午时，但至曲头觅桂子⁹，即得矣。"鲍既去，生便备行计。遂令家僮秋鸿，于从兄京兆参军尚公处假青骊驹，黄金勒¹⁰。其夕，生浣衣沐浴，修饰容仪，喜跃交并，通夕不寐。迟明，巾帻¹¹，引镜自照，惟惧不谐也。徘徊之间，至于亭午¹²。遂命驾疾驱，直抵胜业。

至约之所，果见青衣立候，迎问曰："莫是李十郎否？"即下马，令

---

[1] 追风挟策：敏捷多智。追风原为秦始皇骏马名，后喻作快疾；挟策即手持书本，喻很有知识。
[2] 渠帅：首领。
[3] 申未间：下午三时左右。未：下午一时至三时。申：下午三时至五时。
[4] 色目：角色，人才。
[5] 霍王：唐高祖子李元轨封霍王，此处指他的后代。
[6] 薨（hōng）：贵族、高官死称薨。
[7] 格调：此处指才貌。
[8] 甫上车门宅：正在巷头上车门旁的宅院。
[9] 曲头：巷口。桂子：霍小玉家婢女名。
[10] 从兄：堂兄。京兆参军：京兆府所设军事机构中的属官。勒：马笼头。
[11] 巾帻：戴上头巾。
[12] 亭午：正午。

牵入屋底，急急锁门。见鲍果从内出来，遥笑曰："何等儿郎，造次[1]入此？"生调诮[2]未毕，引入中门。庭间有四樱桃树；西北悬一鹦鹉笼，见生入来，即语曰："有人入来，急下帘者!"生本性雅淡，心犹疑惧，忽见鸟语，愕然不敢进。逡巡[3]，鲍引净持下阶相迎，延入对坐。年可四十余，绰约多姿[4]，谈笑甚媚。因谓生曰："素闻十郎才调风流，今又见容仪雅秀，名下固无虚士[5]。某有一女子，虽拙教训[6]，颜色不至丑陋，得配君子，颇为相宜。频见鲍十一娘说意旨，今亦便令永奉箕帚[7]。"生谢曰："鄙拙庸愚，不意顾盼[8]，倘垂采录，生死为荣。"遂命酒馔，即令小玉自堂东阁子[9]中而出。生即拜迎。但觉一室之中，若琼林玉树，互相照耀，转盼精彩射人。既而遂坐母侧。母谓曰："汝尝爱念'开帘风动竹，疑是故人来[10]。'即此十郎诗也。尔终日吟想，何如一见。"玉乃低鬟微笑，细语曰："见面不如闻名。才子岂能无貌？"生遂连起拜曰："小娘子爱才，鄙夫重色。两好相映，才貌相兼。"母女相顾而笑。遂举酒数巡[11]。生起，请玉唱歌。初不肯，母固强之。发声清亮，曲度精奇。酒阑，及暝，鲍引生就西院憩息。闲庭邃宇，帘幕甚华。鲍令侍儿桂子、浣沙与生脱靴解带。须臾，玉至，言叙温和，辞气宛媚。解罗衣之际，态有余妍，低

---

[1]　造次：冒失。
[2]　调诮：调笑戏谑。
[3]　逡巡：此处意谓迟疑徘徊之时。
[4]　绰约多姿：姿容秀丽美好。
[5]　名下固无虚士：意谓名不虚传。
[6]　拙教训：缺乏良好的教育。
[7]　永奉箕帚：永远伺奉侍候。此为封建时代女子出嫁为妻的一种谦辞。
[8]　不意顾盼：没料到被看得起。
[9]　阁子：小门。
[10]　"汝尝爱念"二句：为唐代诗人李益《竹窗闻风寄苗发司空曙》中句，前句原作为"开门复动竹"。
[11]　巡：斟酒一遍称一巡。

帏昵枕，极其欢爱。生自以为巫山、洛浦[1]不过也。中宵[2]之夜，玉忽流涕谓生曰："妾本倡家，自知非匹。今以色爱，托其仁贤。但虑一旦色衰，恩移情替，使女萝[3]无托，秋扇见捐[4]。极欢之际，不觉悲至。"生闻之，不胜感叹。乃引臂替枕，徐谓玉曰："平生志愿，今日获从，粉骨碎身，誓不相舍。夫人何发此言！请以素缣，著之盟约。"玉因收泪，命侍儿樱桃褰幄执烛，授生笔研[5]。玉管弦之暇，雅好诗书，筐箱笔研，皆王家之旧物。遂取绣囊，出越姬乌丝栏素缣[6]三尺以授生。生素多才思，援笔成章，引谕山河，指诚日月[7]，句句恳切，闻之动人。誓毕[8]，命藏于宝箧之内。自尔婉娈相得[9]，若翡翠之在云路也[10]。如此二岁，日夜相从。

其后年春，生以书判拔萃登科，授郑县主簿[11]。至四月，将之官，便拜庆于东洛[12]。长安亲戚，多就筵饯。时春物尚余，夏景初丽，酒阑宾散，离思萦怀。玉谓生曰："以君才地名声，人多景慕，愿结婚媾，固亦众矣。况堂有严亲，室无冢妇[13]，君之此去，必就佳姻。盟约之言，徒虚语耳。然妾有短愿[14]，欲辄指陈。永委君心，复能听否？"生惊怪曰："有何罪过，忽发此辞？试说所言，必当敬奉。"玉曰："妾年始十八，君才

---

[1] 巫山：指楚怀王与巫山女神欢会事，典出宋玉《高唐赋》。洛浦：指曹植与洛神相会事，典出曹植《洛神赋》。
[2] 中宵：半夜。
[3] 女萝：即松萝，攀沿附着其他树木枝干而生长的植物。此处喻妻子对丈夫的依附。
[4] 秋扇见捐：秋凉后，扇子被丢弃不用，喻女子年老色衰而被抛弃。
[5] 研：同"砚"。
[6] 越姬乌丝栏素缣：白底黑线格的绸绢，为当时浙江名产。
[7] "引谕"二句：意谓以山河日月起誓。
[8] 誓毕：写完。
[9] 婉娈相得：恩爱欢洽。
[10] "若翡翠"句：像美丽的翡翠鸟在彩云间飞翔，喻生活幸福美满。
[11] 郑县主簿：郑县，即今河南省郑州市，主簿为职掌文书簿册的官员。
[12] "便拜庆"句：意谓去东都洛阳给父母请安报喜。
[13] 冢妇：正妻。
[14] 短愿：小小的愿望。

二十有二，迨君壮室之秋[1]，犹有八岁。一生欢爱，愿毕此期。然后妙选高门，以谐秦晋[2]，亦未为晚。妾便舍弃人事，剪发披缁[3]，夙昔之愿，于此足矣。"生且愧且感，不觉涕流。因谓玉曰："皎日之誓，死生以之，与卿偕老，犹恐未惬素志，岂敢辄有二三[4]。固请不疑，但端居相待。至八月，必当却到华州，寻使奉迎，相见非远。"更数日，生遂诀别东去。

到任旬日，求假往东都觐亲。未至家日，太夫人已与商量表妹卢氏，言约已定。太夫人素严毅，生逡巡不敢辞让，遂就礼谢，便有近期[5]。卢亦甲族[6]也，嫁女于他门，聘财必以百万为约，不满此数，义在不行。生家素贫，事须求贷，便托假故，远投亲知，涉历江淮，自秋及夏。生自以孤负盟约，大愆回期[7]。寂不知闻，欲断其望。遥托亲故，不遣漏言。玉自生逾期，数访音信。虚词诡说，日日不同。博求师巫，遍询卜筮，怀忧抱恨，周岁有余，羸[8]卧空闺，遂成沈疾。虽生之书题[9]竟绝，而玉之想望不移，赂遗[10]亲知，使通消息。寻求既切，资用屡空，往往私令侍婢潜卖箧中服玩之物，多托于西市寄附铺[11]侯景先家货卖。曾令侍婢浣沙将紫玉钗一只，诣景先家货之。路逢内作[12]老玉工，见浣沙所执，前来认之曰："此钗，吾所作也。昔岁霍王小女将欲上鬟[13]，令我作此，酬我

[1] 迨（dài）：及至，等到。壮室之秋：三十岁娶妻的时候。
[2] 秦晋：春秋时，秦晋两国互通婚姻，后以秦晋代指婚姻。
[3] 剪发披缁（zī）：剪去头发，穿上黑色衣服，指出家当尼姑。
[4] 二三：三心二意。
[5] 便有近期：就决定在短期内完婚。
[6] 甲族：世家大族。
[7] 大愆（qiān）回期：大大超过了约定归去的日期。
[8] 羸（léi）：瘦弱。
[9] 书题：书信。
[10] 赂遗：赠送财礼。
[11] 寄附铺：寄售商店。
[12] 内作：皇家的手工作坊。
[13] 上鬟（huán）：古代女子十五岁为成年待嫁的年龄，此时头上插簪称上鬟。

万钱。我尝不忘。汝是何人，从何而得？"浣沙曰："我小娘子，即霍王女也。家事破散，失身于人。夫婿昨向东都，更无消息。悒怏成疾，今欲二年。令我卖此，赂遗于人，使求音信。"玉工凄然下泣曰："贵人男女，失机落节[1]，一至于此。我残年向尽，见此盛衰，不胜伤感。"遂引至延先公主[2]宅，具言前事，公主亦为之悲叹良久，给钱十二万焉。时生所定卢氏女在长安，生既毕于聘财，还归郑县。其年腊月，又请假入城就亲。潜卜[3]静居，不令人知。有明经[4]崔久明者，生之中表弟也。性甚长厚，昔岁常与生同欢于郑氏之室，杯盘笑语，曾不相间。每得生信，必诚告于玉。玉常以薪刍[5]衣服，资给于崔。崔颇感之。生既至，崔具以诚告玉。玉恨叹曰："天下岂有是事乎！"遍请亲朋，多方召致。生自以愆期负约，又知玉疾候沈绵，惭耻忍割[6]，终不肯往。晨出暮归，欲以回避。玉日夜涕泣，都忘寝食，期一相见，竟无因由。冤愤益深，委顿床枕[7]。自是长安中稍有知者。风流之士，共感玉之多情；豪侠之伦，皆怒生之薄行。

时已三月，人多春游。生与同辈五六人诣崇敬寺玩牡丹花，步于西廊，递吟诗句。有京兆韦夏卿[8]者，生之密友，时亦同行。谓生曰："风光甚丽，草木荣华。伤哉郑卿，衔冤空室！足下终能弃置，实是忍人。丈夫之心，不宜如此。足下宜为思之！"叹让[9]之际，忽有一豪士，衣轻

---

[1]　失机落节：喻穷困落魄。
[2]　延先公主：当为延光公主，即郜国公主，唐肃宗的女儿。
[3]　潜卜：暗中选择。
[4]　明经：唐代考试科目之一，以经义为试，考取的即称明经。
[5]　薪刍（chú）：此处指柴米之类。
[6]　忍割：忍心不顾。
[7]　委顿床枕：意谓病重卧床不起。
[8]　韦夏卿：字云客，后官至检校工部尚书、太子太保。
[9]　叹让：叹息责备。

黄纻衫，挟弓弹，丰神隽美，衣服轻华，唯有一剪头胡雏[1]从后，潜行而听之。俄而前揖生曰："公非李十郎者乎？某族本山东，姻连外戚。虽乏文藻，心尝乐贤。仰公声华，常思觏止[2]。今日幸会，得睹清扬[3]。某之敝居，去此不远，亦有声乐，足以娱情。妖姬八九人，骏马十数匹，唯公所欲。但愿一过。"生之侪辈，共聆斯语，更相叹美。因与豪士策马同行，疾转数坊，遂至胜业。生以近郑之所止，意不欲过，便托事故，欲回马首。豪士曰："敝居咫尺，忍相弃乎？"乃挽挟[4]其马，牵引而行。迁延之间，已及郑曲。生神情恍惚，鞭马欲回。豪士遽命奴仆数人，抢持而进。疾走推入车门，便令锁却，报云："李十郎至也！"一家惊喜，声闻于外。先此一夕，玉梦黄衫丈夫抱生来，至席，使玉脱鞋。惊寤而告母。固自解曰："鞋者，谐也。夫妇再合。脱者，解也。既合而解，亦当永诀。由此征之，必遂相见，相见之后，当死矣。"凌晨，请母梳妆。母以其久病，心意惑乱，不甚信之。俛勉[5]之间，强为妆梳。妆梳才毕，而生果至。玉沈绵日久，转侧须人[6]。忽闻生来，歘然[7]自起，更衣而出，恍若有神。遂与生相见，含怒凝视，不复有言。羸质娇姿，如不胜致[8]，时复掩袂[9]，返顾李生。感物伤人，坐皆欷歔。顷之，有酒肴数十盘，自外而来。一座惊视，遽问其故，悉是豪士之所致也。因遂陈设，相就而坐。玉乃侧身转面，斜视生良久，遂举杯酒，酬地[10]曰："我

[1] 胡雏：少年胡奴。
[2] 觏（gòu）止：会见。
[3] 清扬：原意为眉目清秀，此处意同"尊容"。
[4] 挽挟：拉着。
[5] 俛（mǐn）勉：勉强。
[6] 转侧须人：行动要人扶持。
[7] 歘（xū）然：忽然。
[8] 如不胜致：意谓弱不禁风。致，意态、风致。
[9] 掩袂：用衣袖遮掩。
[10] 酬地：将酒洒在地上，表示起誓。

为女子，薄命如斯。君是丈夫，负心若此。韶颜稚齿，饮恨而终。慈母在堂，不能供养。绮罗弦管，从此永休。征痛黄泉¹，皆君所致。李君李君，今当永诀！我死之后，必为厉鬼，使君妻妾，终日不安！"乃引左手握生臂，掷杯于地，长恸号哭数声而绝。母乃举尸，置于生怀，令唤之，遂不复苏矣。生为之缟素²，旦夕哭泣甚哀。将葬之夕，生忽见玉繐帷³之中，容貌妍丽，宛若平生。著石榴裙，紫褶裆⁴，红绿帔子⁵。斜身倚帷，手引绣带，顾谓生曰："愧君相送，尚有余情。幽冥之中，能不感叹。"言毕，遂不复见。明日，葬于长安御宿原⁶。生至墓所，尽哀而返。

后月余，就礼⁷于卢氏。伤情感物，郁郁不乐。夏五月，与卢氏偕行，归于郑县。至县旬日，生方与卢氏寝，忽帐外叱叱作声。生惊视之，则见一男子，年可二十余，姿状温美，藏身映幔，连招卢氏。生遑遽走起，绕幔数匝，倏然不见。生自此心怀疑恶，猜忌万端，夫妻之间，无聊生矣⁸。或有亲情，曲相劝喻。生意稍解。后旬日，生复自外归，卢氏方鼓琴于床，忽见自门抛一斑犀钿花合子，方圆一寸余，中有轻绢，作同心结，坠于卢氏怀中。生开而视之，见相思子二，叩头虫一，发杀鼒一，驴驹媚⁹少许。生当时愤怒叫吼，声如豺虎，引琴撞击其妻，诘令实告。卢氏亦终不自明。尔后往往暴加捶楚，备诸毒虐，竟讼于公庭而遣

---

[1]　征痛黄泉：意谓含恨而死。
[2]　为之缟素：穿白衣为小玉服丧。
[3]　繐（suì）帷：灵帐。
[4]　褶（kè）裆：唐代妇女穿的一种外袍。
[5]　红绿帔（pèi）子：红绿相间的披肩。
[6]　御宿原：长安城南的墓地。
[7]　就礼：成亲。
[8]　无聊生矣：不再有一点情趣。
[9]　发杀鼒（zī）一，驴驹媚：不详为何物，或以为是媚药一类。

之¹。卢氏既出²，生或侍婢媵妾之属，暂同枕席，便加妒忌。或有因而杀之者。生尝游广陵³，得名姬曰营十一娘者，容态润媚，生甚悦之。每相对坐，尝谓营曰："我尝于某处得某姬，犯某事，我以某法杀之。"日日陈说，欲令惧已，以肃清闺门。出则以浴斛⁴覆营于床，周回封署，归必详视，然后乃开。又畜一短剑，甚利，顾谓侍婢曰："此信州葛溪铁⁵，唯断作罪过头！"大凡生所见妇人，辄加猜忌，至于三娶，率皆如初焉。

（据四库全书本《太平广记》）

说明

　　本篇是唐传奇中最精彩感人的篇章之一，它细腻地描写了霍小玉与李益恋爱悲剧的全过程，对被侮辱、被损害但又具有反抗性的霍小玉怀有深切的同情，对在门第观念与家族利益支配下抛弃霍小玉的李益则作了有力的揭露、鞭挞，从而批判了封建的门阀制度。作品对霍小玉多情而刚烈的性格刻画得生动感人，特别是她与李益最后会面时所表现出的爱与恨，更被描绘得淋漓尽致，对李益"惭耻忍割"的心理状态表现也相当充分。此外，作品中的配角人物如鲍十一娘、老玉工与黄衫豪士等，也都写得神情毕现，跃然纸上。明代汤显祖曾以本篇为素材，编撰了戏曲《紫箫记》，后又改写为《紫钗记》。

---

[1]　　遣之：即休妻。
[2]　　出：被休。
[3]　　广陵：即今江苏省扬州市。
[4]　　浴斛（hú）：澡盆。
[5]　　信州葛溪铁：信州，即今江西省上饶市，唐时信州葛溪铁以质优而著称。

集评

　　蒋防作《霍小玉传》，有豪士衣轻黄衫，挟李至，霍遂死。杜甫《少年行》句云："黄衫年少宜来数，不见堂前东逝波。"大历中甫正在蜀，是时想有好事者传去，遂作此诗。

——宋·姚宽《西溪丛话》

　　李肇《国史补》卷中云："散骑常侍李益少有疑病。"《唐书》亦云："益少痴而忌克，防闲妻妾苛严，世谓妒痴为李益疾。"据此，则是本传所称，猜忌万端，夫妇之间无聊生者，或为当日流传之事实。小说多喜附会，复举薄幸之事以实之，而十郎薄行之名，永垂千古矣。

——汪辟疆《唐人小说·霍小玉传》

沈既济

沈既济（约750—约797），苏州吴县（今江苏省苏州市）人，一说为吴兴德清（今属浙江）人。约生活在唐玄宗天宝至德宗贞元年间。德宗建中元年（780），由宰相杨炎推荐，召拜左拾遗、史馆修撰。次年因杨炎得罪，遭累贬处州（今浙江省丽水县）司户参军。后又入朝，官终礼部员外郎。沈既济以"精通群籍，史笔尤工"著称于时，撰有《建中实录》十卷、《选举志》十卷，均佚。又著有传奇小说《枕中记》与《任氏传》。

枕中记

开元[1]十九年，道者吕翁经邯郸[2]道上，邸舍[3]中设榻施席，担囊[4]而坐。俄有邑中少年卢生，衣短裘[5]，乘青驹，将适于田[6]，亦止邸中。与翁接席，言笑殊畅。久之，卢生顾其衣装敝亵[7]，乃叹曰："大丈夫生世不谐，而困如是乎？"翁曰："观子肤极腴[8]，体胖无恙，谈谐方适，而叹其困者，何也？"生曰："吾此苟生[9]耳，何适之为？"翁曰："此而不适，于何为适？"生曰："当建功树名，出将入相，列鼎而食[10]，选声而听，使

[1]　开元：唐玄宗李隆基年号（713—741）。
[2]　邯郸：唐县名，今河北省邯郸市。
[3]　邸舍：客店。
[4]　担囊：靠着包裹。
[5]　短裘：粗布短衣。
[6]　适于田：向农田走去。
[7]　敝亵：破旧，脏污。
[8]　腴：丰腴。
[9]　苟生：平庸地过日子。
[10]　列鼎而食：享用丰盛的食物。鼎，古代贵官用的食器。

族益茂而家用肥，然后可以言其适。吾志于学，而游于艺[1]，自惟当年朱紫可拾[2]。今已过壮室[3]，犹勤田亩，非困而何？"言讫，目昏思寐。是时主人蒸黄粱[4]为馔，翁乃探[5]囊中枕以授之曰："子枕此，当令子荣适如志。"其枕瓷，而窍其两端[6]。生俯首就之，寐中，见其窍大而明，若可处[7]。举身而入，遂至其家。娶清河崔氏女，女容甚丽，而产甚殷[8]，由是衣装服御[9]，日以华侈。明年，举进士，登甲科[10]；解褐[11]，授校书郎。应制举[12]，授渭南县尉[13]。迁监察御史[14]、起居舍人[15]，知制诰[16]。三年即真[17]，出典同州[18]，寻转陕州。生好土功[19]，自陕西开河八十里，以济不通。邦人赖之，立碑颂德。迁[20]汴州岭南道采访使，入京为京兆尹[21]。是时神武皇帝[22]方事夷狄[23]，

---

[1] 艺：六艺，即礼、乐、射、御、书、数。
[2] 朱紫可拾：意谓取得高官十分容易，如同从地上拾取东西。朱紫，泛指高官。
[3] 壮室：指三十岁。
[4] 黄粱：小米。
[5] 探：取出。
[6] 窍其两端：指枕的两端有孔。
[7] 处：容身。
[8] 殷：丰厚。
[9] 服御：穿着应用。
[10] 甲科：唐代进士按等第分甲、乙两科。
[11] 解褐：初次授官的代称，原意为脱去平民所穿的粗布衣服，改着朝服。
[12] 制举：由皇帝主持的考试。
[13] 渭南县尉：唐代京畿渭南县（今陕西省渭南县）的县尉。
[14] 监察御史：唐代中央监察机关御史台的官员，掌监察全国各官吏等职务。
[15] 起居舍人：官名，职掌记录皇帝言行与朝廷政令。
[16] 知制诰：职掌诏书的拟稿工作。
[17] 即真：与"权摄"相对，即实授。
[18] 典同州：任同州刺史。同州，唐代州名，州治在今陕西省大荔县。
[19] 土功：水利工程。
[20] 迁：升任。
[21] 京兆尹：唐代首都长安的行政长官。
[22] 神武皇帝：唐玄宗李隆基的尊号。
[23] 方事夷狄：指对西北边疆突厥、吐谷浑等部的战事。

会吐蕃新诺罗、龙莽布攻陷瓜沙[1]，节度使王君㚟与之战于河湟[2]，败绩。帝思将帅之任，遂除[3]生御史中丞河西陇右节度使。大破戎虏，斩首七千级，开地九百里，筑三大城以防要害。北边赖之，以石纪功焉。归朝策勋[4]，恩礼极崇。转御史大夫、吏部侍郎，物望清重，群情翕习[5]。大为当时宰相所忌，以飞语中之[6]，贬端州[7]刺史。三年征还，除户部尚书。未几，拜中书侍郎同中书门下平章事[8]。与萧中令嵩[9]、裴侍中光庭[10]，同掌大政十年。嘉谋密命[11]，一日三接[12]，献替启沃[13]，号为贤相。同列者害之，遂诬与边将交结，所图不轨。制[14]下狱，府吏引从[15]至其门，追之甚急。生惶骇不测，泣谓妻子曰："吾家本山东，良田数顷，足以御寒馁，何苦求禄？而今及此，思复衣短褐，乘青驹，行邯郸道中，不可得也。"引刀欲自裁，其妻救之，得免。共罪者皆死，生独有中人[16]保护，得减死论，出授䝾牧[17]。数岁，帝知其冤，复起为中书令，封赵国公，恩旨殊渥[18]，备极

---

[1] "会吐蕃"句：此事为史实，见《旧唐书·吐蕃传》。
[2] 河湟：河西走廊与湟水流域，在今甘肃、青海两省黄河以西。
[3] 除：任命、授职。
[4] 策勋：纪功于策，此处指颁赏卢生功绩的典礼。
[5] 翕（xī）习：乐于归附的样子。
[6] 飞语中之：以流言蜚语中伤、陷害他。
[7] 端州：唐代州名，州治在今广东省高要县。
[8] 同中书门下平章事：唐代宰相的代称。
[9] 萧中令嵩：萧嵩，历官兵部尚书、中书令，唐玄宗时的宰相。
[10] 裴侍中光庭：裴光庭，历官吏部尚书、侍中、弘文馆学士，唐玄宗时的宰相。
[11] 嘉谋密命：臣下向皇帝进献的建议与皇帝给臣下的密谕。
[12] 一日三接：形容君臣见面的频繁。
[13] 献替启沃：献替，"献可替否"的省略，意为献善止不善；启沃，《尚书·说命》中"启乃心，沃朕心"的省略，意谓用善道禀告君王。
[14] 制：皇帝诏令。
[15] 引从：率领差役。
[16] 中人：中官，即太监。
[17] 䝾牧：䝾州刺史。䝾州，今在越南境内。
[18] 殊渥：特别优厚。

一时。生有五子：傅、偶、俭、位、倚。傅为考功员外，俭为侍御史，位为太常丞，偶万年尉。季子倚最贤，年二十四，为右补阙。其姻媾[1]皆天下族望，有孙十余人。凡两窜岭表，再登台铉[2]，出入中外，回翔台阁[3]。三十余年间，崇盛赫奕[4]，一时无比。末节颇奢荡，好逸乐，后庭声色皆第一。前后赐良田甲第，佳人名马，不可胜数。后年渐老，屡乞骸骨[5]，不许。及病，中人候望，接踵于路，名医上药毕至焉。将终，上疏曰："臣本山东书生，以田圃为娱。偶逢圣运，得列官序。过蒙荣奖，特受鸿私[6]，出拥旄钺[7]，入升鼎辅[8]。周旋中外，绵历岁年。有忝恩造，无裨圣化。负乘致寇[9]，履薄临兢[10]，日极一日，不知老之将至。今年逾八十，位历三公[11]，钟漏并歇[12]，筋骸俱弊，弥留沈困[13]，殆将溘尽。顾无诚效，上答休明[14]，空负深恩，永辞圣代。无任感恋之至。谨奉表称谢以闻。"诏曰："卿以俊德，作朕元辅。出雄藩垣，入赞缉熙[15]。升平二纪[16]，实卿是赖。比因疾累，日谓痊除。岂遽沈顿，良深悯默。今遣骠骑大将军高力

---

[1] 姻媾：姻亲。
[2] 台铉：宰辅之位。
[3] 回翔台阁：回翔，用鸟的来往飞翔喻官位的迁转；台阁，指御史台与中书、门下两省。
[4] 赫奕：显赫、光耀。
[5] 乞骸骨：告老退休。
[6] 鸿私：皇上的殊恩。
[7] 旄钺：将帅的仪仗。
[8] 鼎辅：宰相的代称。
[9] 负乘致寇：语出《易经》"负且乘，致寇至"，此处意谓不称职。
[10] 履薄临兢：语出《诗经·小雅》"战战兢兢，如临深渊，如履薄冰"，此处意谓小心谨慎。
[11] 三公：唐制以太尉、司徒、司空为三公，此处是泛指宰辅。
[12] 钟漏并歇：喻生命终结。漏，古代用以计时的器具。
[13] 弥留沈困：形容长病临危的状态。
[14] 休明：圣明。
[15] 缉熙：光明。
[16] 纪：古代以十二年为一纪。

士，就第候省。其勉加针灸，为朕自爱。宴冀无妄[1]，期于有喜。"其夕卒。卢生欠伸而寤，见方偃于邸中，顾吕翁在旁，主人蒸黄粱尚未熟。触类如故[2]，蹶然[3]而兴曰："岂其梦寐耶！"翁笑谓曰："人世之事，亦犹是矣。"生怃然良久，谢曰："夫宠辱之数，得丧之理，生死之情，尽知之矣。此先生所以窒[4]吾欲也，敢不受教。"再拜而去。

（据四库全书本《太平广记》）

说明

本篇着重描写了卢生梦幻中的经历，在宣扬人生如梦思想的同时，也否定了士子热衷追求的功名利禄，对封建统治集团内部的钩心斗角也有所揭露。作品构思巧妙，将虚构人物卢生置于唐玄宗朝的真实环境中，并通过他的荣辱得失及其心态变化，讽刺了当时的人情世态。本篇传世后，"邯郸梦"、"黄粱梦"等语一再为后世名家诗文所引用，最后凝缩为成语"黄粱一梦"。后世以卢生故事为题材的小说戏曲作品甚多，其中最为著名的则为明代汤显祖"临川四梦"中的《邯郸记》。

集评

　　沈既济撰《枕中记》，庄生寓言之类；韩愈撰《毛颖传》，其文尤高，不

---

[1]　无妄：《易经》的卦名。《系辞》云："无妄之疾，勿药有喜。"此处意谓不药而愈。
[2]　触类如故：所接触到的一切都和梦前一样。
[3]　蹶（guì）然：猛然醒悟貌。
[4]　窒：阻塞。

下史迁。二篇真良史才也。

（《枕中记》）如是意想，在歆慕功名之唐代，虽诡幻动人，而亦非出于独创，干宝《搜神记》有焦湖庙祝以玉枕使杨林入梦事，大旨悉同，当即此篇所本，明人汤显祖之《邯郸记》，则又本之此篇。既济文笔简练，又多规诲之意，故事虽不经，尚为当时推重，比之韩愈《毛颖传》；间亦有病其俳谐者，则以作者尝为史官，因而绳以史法，失小说之意矣。

——鲁迅《中国小说史略》

唐时佛道思想，遍播士流，故文学受其感化，篇什尤多。本文于短梦中忽历一生，其间荣悴悲欢，刹那而尽，转念尘世实境，等类齐观。出世之想，不觉自生。影响所及，逾于庄、列矣。惟造意制辞，实本宋刘义庆《幽明录》所记杨林一事；而唐人所记之《樱桃青衣》与李公佐之《南柯太守记》，皆与此篇命意相同。

——汪辟疆《唐人小说》

32　　　　　　　　　　　　　　　　　　　　　　　　　古代短篇小说

李公佐

李公佐，字颛蒙，生卒年不详，陇西（今甘肃省陇西县）人，主要活动时期约在唐德宗贞元（785—805）到唐宪宗元和（786—820）年间，曾中过进士，任过钟陵（今江西省南昌市）从事。李公佐喜作传奇，今存《南柯太守传》、《谢小娥传》、《古岳渎经》、《庐江冯媪传》四篇，白行简的《李娃传》即在李公佐鼓励下写成。

南柯太守传

东平淳于棼[1]，吴楚游侠之士。嗜酒使气[2]，不守细行[3]。累巨产，养豪客[4]。曾以武艺补淮南军裨将[5]，因使酒忤帅，斥逐落魄，纵诞饮酒为事。家住广陵[6]郡东十里。所居宅南有大古槐一株，枝干修密，清阴[7]数亩。淳于生日与众群豪大饮其下。

贞元[8]七年九月，因沉醉致疾。时二友人于座扶生归家，卧于堂东庑[9]之下。二友谓生曰："子其寝矣！余将饲马[10]濯足，俟子小愈而去。"生解巾就枕，昏然忽忽，仿佛若梦。见二紫衣使者，跪拜生曰："槐安国王遣小臣致命奉邀。"生不觉下榻整衣，随二使至门。见青油小车，驾以

[1]　东平：唐代郡名，治所在今山东省东平县。淳于：姓。棼（fén）：名。
[2]　使气：意气用事。
[3]　细行：细节。
[4]　豪客：强横的门客。
[5]　裨（pí）将：副将。
[6]　广陵：今江苏省扬州市。
[7]　阴：作动词遮蔽解。
[8]　贞元：唐德宗李适的年号（785—805）。
[9]　庑：廊檐。
[10]　饲（mò）马：喂马。饲，同"秣"。

四牡[1]，左右从者七八。扶生上车，出大户，指古槐穴而去。使者即驱入穴中。生意颇甚异之，不敢致问。

忽见山川风候[2]草木道路，与人世甚殊[3]。前行数十里，有郛郭城堞[4]。车舆人物，不绝于路。生左右传车者传呼[5]甚严，行者亦争辟[6]于左右。又入大城，朱门重楼，楼上有金书。题曰："大槐安国。"执门者[7]趋拜奔走。旋有一骑传呼曰："王以驸马远降，令且息东华馆。"因前导而去。俄见一门洞开，生降车而入。彩槛雕楹[8]，华木珍果列植于庭下；几案茵[9]褥，帘帏肴膳[10]陈设于庭上。生心甚自悦。复有呼曰："右相[11]且至。"生降阶祇奉[12]。有一人紫衣象简[13]前趋，宾主之仪敬尽焉。右相曰："寡君不以弊国[14]远僻，奉迎君子，托以姻亲。"生曰："某以贱劣之躯，岂敢是望。"

右相因请生同诣其所[15]。行可百步，入朱门。矛戟斧钺，布列左右，军吏数百，辟易[16]道侧。生有平生酒徒[17]周弁者，亦趋其中。生私

---

[1]　四牡：四匹马。
[2]　风候：风物情状。
[3]　殊：不同。
[4]　郛（fú）郭：外城墙。堞：城上有射击口的矮墙，俗称垛口。
[5]　传车者：站在车边的随从。传呼：递相吆喝。
[6]　辟：同"避"，躲避。
[7]　执门者：看门的人。
[8]　彩槛雕楹（yíng）：彩绘的栏杆，雕花的柱子。
[9]　茵：坐垫。
[10]　肴膳：指各种食品。
[11]　右相：唐代以中书令为右相。
[12]　祇（zhī）奉：恭敬地迎候。
[13]　象简：象牙做的朝笏。
[14]　弊国：同"敝国"。
[15]　诣其所：前往宫廷。
[16]　辟易：回避。
[17]　平生酒徒：旧日酒友。

心悦之，不敢前问。右相引生升广殿，御卫严肃，若至尊¹之所。见一人长大端严，居正位，衣素练服，簪朱华冠。生战栗，不敢仰视。左右侍者令生拜。王曰："前奉贤尊²命，不弃小国，许令次女瑶芳奉事³君子。"生但俯伏而已，不敢致词。王曰："且就宾宇，续造仪式⁴。"有旨，右相亦与生偕还馆舍。生思念之，意以为父在边将，因殁⁵虏中，不知存亡。将谓父北蕃交通，而致兹事⁶。心甚迷惑，不知其由。

是夕，羔雁币帛⁷，威容仪度，妓乐丝竹，肴膳灯烛，车骑礼物之用，无不咸备。有群女，或称华阳姑，或称青溪姑，或称上仙子，或称下仙子，若是者数辈。皆侍从数十，冠翠凤冠，衣金霞帔，彩碧金钿⁸，目不可视。遨游戏乐，往来其门。争以淳于郎为戏弄。风态妖丽，言词巧艳，生莫能对。

复有一女谓生曰："昨上巳日⁹，吾从灵芝夫人过禅智寺，于天竺院观石延舞《婆罗门》¹⁰。吾与诸女坐北牖¹¹石榻上，时君少年，亦解骑来看。君独强来亲洽，言调笑谑¹²。吾与穷英妹结绛巾，挂于竹枝上，君独不忆念之乎？又七月十六日，吾于孝感寺侍上真子，听契玄法师讲《观音

---

[1]　至尊：皇帝。
[2]　贤尊：对别人父亲的尊称，同"令尊"。
[3]　奉事：侍候，是对嫁给人做妻子的一种委婉客气的说法。
[4]　续造仪式：接着再办婚礼。
[5]　殁：死亡，这里是陷身、被俘的意思。
[6]　"将谓父北"二句：意以为是父亲托北方藩属的使臣趁朝聘的机会传达了这桩亲事。
[7]　羔雁币帛：古人结婚时的彩礼。
[8]　金钿（diàn）：用金镶嵌花纹的首饰。
[9]　上巳日：古代游乐的一个节日，原是阴历三月的第一个巳日，六朝后固定为三月初三。
[10]　《婆罗门》：舞曲名，开元间西凉节度使所进，天宝间改名为《霓裳羽衣曲》。
[11]　牖（yǒu）：窗。
[12]　"君独强来"两句：言淳于梦幼时骑竹马、弄蚁为戏等事。

经》[1]。吾于讲下[2]舍金凤钗两只，上真子舍水犀合子一枚。时君亦讲筵中于师处请钗合视之，赏叹再三，嗟异良久。顾余辈曰：'人之与物，皆非世间所有。'或问吾氏，或访吾里。吾亦不答。情意恋恋，瞩盻不舍。君岂不思念之乎？"生曰："中心藏之，何日忘之[3]。"群女曰："不意今日与君为眷属。"

复有三人，冠带甚伟，前拜生曰："奉命为驸马相[4]者。"中一人与生且故。生指曰："子非冯翊[5]田子华乎？"田曰："然。"生前，执手叙旧久之。生谓曰："子何以居此？"子华曰："吾放游[6]，获受知[7]于右相武成侯段公，因以栖托[8]。"生复问曰："周弇在此，知之乎？"子华曰："周生，贵人也。职为司隶[9]，权势甚盛，吾数蒙庇护。"言笑甚欢。

俄传声曰："驸马可进矣。"三子取剑佩冕服，更衣[10]之。子华曰："不意今日获睹盛礼，无以相忘也。"有仙姬数十，奏诸异乐，婉转清亮，曲调凄悲，非人间之所闻听。有执烛引导者，亦数十。左右见金翠步障[11]，采碧玲珑，不断数里。生端坐车中，心意恍惚，甚不自安。田子华数言笑以解之[12]。向者群女姑姊，各乘凤翼辇，亦往来其间。至一门，号"修仪宫"。群仙姑姊亦纷然在侧。令生降车辇拜，揖让升降，一如人间。彻障去扇[13]，

---

[1]　《观音经》：即《观世音经》。唐代人避唐太宗李世民讳，故省去"世"字。
[2]　讲下：讲席之下。
[3]　"中心藏之"两句：借用《诗经·小雅·隰桑》里的成语。中心：内心。藏：深深记住。
[4]　相：傧相，协助行礼的人。
[5]　冯翊：唐代郡名，也称同州，治所在今陕西省大荔县。
[6]　放游：漫游，随意出游。
[7]　获受知：得到知遇赏识。
[8]　栖托：栖身，依托，此处为投靠意。
[9]　司隶：司隶校尉，负责京城治安的官员。
[10]　衣：穿戴。
[11]　步障：古代贵族出行时用以挡风或遮蔽尘土所用的屏风。
[12]　解之：排解他不安的心情。
[13]　扇：新娘头上的纱巾。

见一女子，云号"金枝公主"，年可十四五，俨若神仙。交欢之礼，颇亦明显。

生自尔情义日洽，荣耀日盛。出入车服，游宴宾御，次于王者[1]。王命生与群寮备武卫，大猎于国西灵龟山。山阜峻秀，川泽广远，林树丰茂，飞禽走兽，无不蓄之。师徒[2]大获，竟夕而还。

生因他日，启王曰："臣顷[3]结好之日，大王云奉臣父之命。臣父顷佐边将，用兵失利，陷没胡中，尔来绝书信十七八岁矣。王既知所在，臣请一往拜觐。"王遽谓曰："亲家翁职守北土，信问不绝。卿但具书状知闻[4]，未用便去。"遂命妻致馈贺之礼，一以遣之。数夕还答。生验书本意，皆父平生之迹。书中忆念教诲，情意委曲[5]，皆如昔年。复问生亲戚存亡，闾里兴废。复言道路乖远[6]，风烟阻绝。词意悲苦，言语哀伤。又不令生来觐，云："岁在丁丑，当与女[7]相见。"生捧书悲咽，情不自堪。

他日，妻谓生曰："子岂不思为政[8]乎？"生曰："我放荡不习政事。"妻曰："卿但为之，余当奉赞[9]。"妻遂白于王。累日[10]，谓生曰："吾南柯政事不理，太守黜废，欲藉卿才，可曲屈[11]之，便与小女同行。"生敦授教命[12]。王遂敕有司[13]备太守行李。因出金玉、锦绣、箱奁、仆妾、车马，

---

[1] 次于王者：仅比国王次一等级。
[2] 师徒：此处指出猎的武士。
[3] 顷：不久以前。
[4] "卿但"句：谓写信报告。
[5] 委曲：详尽。
[6] 乖远：距离甚远。
[7] 女：同"汝"。
[8] 为政：做官。
[9] 奉赞：辅助。
[10] 累日：过了些日子。
[11] 曲屈：屈就，意谓委屈你大材小用。
[12] 生敦授教命：意谓恭敬地接受国王的命令。
[13] 有司：有关的负责部门。

列于广衢[1]，以饯公主之行。

生少游侠，曾不敢有望，至是甚悦。因上表曰："臣将门余子，素无艺术[2]，猥当[3]大任，必败朝章[4]。自悲负乘，坐致覆餗[5]。今欲广求贤哲，以赞不逮[6]。伏见司隶颍川周弁，忠亮刚直，守法不回，有毗佐之器[7]。处士[8]冯翊田子华，清慎通变，达政化[9]之源。二人与臣有十年之旧，备知才用，可托政事。周请署南柯司宪[10]，田请署司农[11]。庶使臣政绩有闻，宪章[12]不紊也。"王并依表以遣之。其夕，王与夫人饯于国南[13]。王谓生曰："南柯国之大郡，土地丰壤，人物豪盛，非惠政不能以治之。况有周、田二赞，卿其勉之，以副国念[14]。"夫人戒公主曰："淳于郎性刚好酒，加之少年，为妇之道，贵乎柔顺，尔善事之，吾无忧矣。南柯虽封境不遥，晨昏有间，今日暌别[15]，宁不沾巾。"生与妻拜首南去，登车拥骑，言笑甚欢。

累夕达郡。郡有官吏、僧道、耆老[16]、音乐、车舆、武卫、銮铃[17]，争

---

[1]　广衢：大街。

[2]　艺术：才艺策略。

[3]　猥当：勉强担任。

[4]　朝章：国家政事。

[5]　覆餗（sù）：意谓不能胜任而致败事。

[6]　不逮：不及、不够的地方。

[7]　毗（pí）佐之器：佐理政务的才器。

[8]　处士：没有功名官职的士人。

[9]　政化：政治教化。

[10]　司宪：掌管司法的官员。

[11]　司农：掌管田粮财赋的官员。

[12]　宪章：法令，制度。

[13]　国南：国都的南郊。

[14]　以副国念：以符合国家的期望。

[15]　暌（kuí）别：分别。

[16]　耆（qí）老：年老有德之人。

[17]　銮铃：指太守所乘车马，系有铃铛，声如鸾鸣。

来迎奉。人物阗咽¹，钟鼓喧哗，不绝十数里。见雉堞台观，佳气郁郁²，入大城门，门亦有大榜，题以金字，曰："南柯郡城。"见朱轩棨³户，森然深邃⁴。生下车，省风俗，疗病苦，政事委以周、田，郡中大理⁵。自守郡二十载，风化广被⁶，百姓歌谣，建功德碑，立生祠宇⁷。王甚重之，赐食邑⁸，锡爵位，居台辅⁹。周、田皆以政治著闻，递迁大位¹⁰。生有五男二女。男以门荫¹¹授官，女亦娉¹²于王族。荣耀显赫，一时之盛，代莫比之¹³。

是岁，有檀萝国者，来伐是郡。王命生练将训师以征之。乃表周弁将兵三万，以拒贼之众于瑶台城。弁刚勇轻敌，师徒败绩¹⁴。弁单骑裸身潜遁，夜归城。贼亦收辎重铠甲而还。生因囚弁以请罪。王并舍之¹⁵。

是月，司宪周弁疽发背¹⁶，卒。生妻公主遘疾，旬日又薨。生因请罢郡¹⁷，护丧赴国。王许之。便以司农田子华行¹⁸南柯太守事。生哀恸发引¹⁹，威仪在途，男女叫号，人吏奠馔，攀辕遮道者不可胜数，遂达于国。王

---

[1]　阗（tián）咽：喧闹。
[2]　郁郁：繁盛茂密。
[3]　棨（qǐ）户：门前列有棨戟的府第。棨，木制的门戟。
[4]　邃（suì）：深远。
[5]　大理：大治。
[6]　风化广被：政治教化推行得十分普遍。
[7]　生祠宇：给活人修的祠堂。
[8]　食邑：封建时代赐给贵族、大臣的封地，该处租税归受赐者享用。
[9]　居台辅：所居地位相当于宰相。
[10]　大位：指高官。
[11]　门荫：封建时代子孙靠祖、父辈的功劳或地位荫袭做官。
[12]　娉：同"聘"。
[13]　代莫比之：当时没有比得上的。
[14]　败绩：打了败仗。
[15]　舍之：赦免不问。
[16]　疽（jū）发背：背上生痈疽大疮。
[17]　罢郡：免去太守官职。
[18]　行：代理。
[19]　发引：灵柩启行。

与夫人素衣哭于郊，候灵舆之至。谥[1]公主曰："顺仪公主。"备仪仗，羽葆鼓吹[2]。葬于国东十里盘龙冈。是月，故司宪子[3]荣信，亦护丧赴国。

生久镇外藩，结好中国，贵门豪族，靡不是洽[4]。自罢郡还国，出入无恒，交游宾从，威福日盛。王意疑惮之。时有国人上表云："玄象谪见[5]，国有大恐。都邑迁徙，宗庙崩坏。衅起他族，事在萧墙[6]。"时议以生侈僭[7]之应也。遂夺生侍卫，禁生游从，处之私第。生自恃守郡多年，曾无败政，流言怨悖[8]，郁郁不乐。王亦知之，因命生曰："姻亲二十余年，不幸小女夭枉[9]，不得与君子偕老，良用痛伤。"夫人因留孙自鞠育之[10]。又谓生曰："卿离家多时，可暂归本里，一见亲族。诸孙留此，无以为念。后三年，当令迎卿。"生曰："此乃家矣，何更归焉？"王笑曰："卿本人间，家非在此。"生忽若惛[11]睡，曹然[12]久之，方乃发悟前事，遂流涕请还。王顾左右以送生，生再拜而去。

复见前二紫衣使者从焉。至大户外，见所乘车甚劣，左右亲使御仆[13]，遂无一人，心甚叹异。生上车行可数里，复出大城。宛是昔年东来之途，山川原野，依然如旧。所送二使者，甚无威势。生愈怏怏[14]。生问

---

[1]　谥（shì）：贵族官僚死后，朝廷给予的称号。
[2]　羽葆鼓吹：羽葆，绸制的伞状华盖，上饰羽毛，是仪仗之一；鼓吹，指乐队。
[3]　故司宪子：已故司宪（指周弁）的儿子。
[4]　靡不是洽：无不交好。
[5]　玄象谪见：意谓天象已显露出责罚我们的征兆。
[6]　事在萧墙：意同祸起萧墙，指祸患起自内部。
[7]　侈僭（jiàn）：权势太盛而有非分的行为。
[8]　流言怨悖（bèi）：因流言蜚语而受疏忌。
[9]　夭枉：夭折。
[10]　鞠育之：抚养他们。
[11]　惛：昏沉。
[12]　曹（méng）然：神志不清的样子。
[13]　御仆：车夫与仆从。
[14]　怏怏：郁郁不乐。

使者曰："广陵郡何时可到?"二使讴歌自若,久乃答曰:"少顷即至。"俄出一穴,见本里闾巷,不改往日,潸然[1]自悲,不觉流涕。二使者引生下车,入其门,升自阶,己身卧于堂东庑之下。生甚惊畏,不敢前近。二使因大呼生之姓名数声,生遂发寤如初。见家之僮仆拥篲于庭,二客濯足于榻,斜日未隐于西垣,余樽尚湛[2]于东牖。梦中倏忽,若度一世矣。

　　生感念嗟叹,遂呼二客而语之。惊骇。因与生出外,寻槐下穴。生指曰:"此即梦中所惊入处。"二客将谓狐狸木媚[3]之所为祟。遂命仆夫荷斤斧,断拥肿,折查枿[4],寻穴究源。旁可袤丈[5],有大穴。根洞然明朗,可容一榻,上有积土壤,以为城郭台殿之状。有蚁数斛[6],隐聚其中。中有小台,其色若丹。二大蚁处之,素翼朱首,长可三寸。左右大蚁数十辅之,诸蚁不敢近。此其王矣。即槐安国都也。又穷[7]一穴,直上南枝可四丈,宛转方中[8],亦有土城小楼,群蚁亦处其中,即生所领南柯郡也。又一穴,西去二丈,磅礴空圬[9],嵌窞[10]异状。中有一腐龟壳,大如斗。积雨浸润,小草丛生,繁茂翳荟[11],掩映振壳[12],即生所猎灵龟山也。又穷一穴,东去丈余,古根盘屈,若龙虺[13]之状。中有小土壤,高尺余,即生

---

[1]　潸(shān)然:流泪的样子。
[2]　湛:清澄。
[3]　木媚:树妖。
[4]　查枿(niè):砍伐后又新长出的枝丫。
[5]　袤(mào)丈:一丈长。
[6]　斛(hú):量器名,古代南宋前曾以十斗为一斛。
[7]　穷:追究探寻。
[8]　宛转方中:意谓曲曲折折地通向一方正之处。
[9]　磅礴空圬(wū):很宽大,里面涂抹泥土。
[10]　嵌窞(dàn):凹凸不平。
[11]　翳(yì)荟:草木茂盛的样子。
[12]　掩映振壳:意谓草飘动在龟壳上拂来拭去。
[13]　虺(huǐ):毒蛇。

所葬妻盘龙冈之墓也。追想前事，感叹于怀，披阅穷迹，皆符所梦。不欲二客坏之，遽令掩塞如旧。是夕风雨暴发。旦视其穴，遂失群蚁，莫知所去。故先言"国有大恐，都邑迁徙"，此其验矣。复念檀萝征伐之事，又请二客访迹于外。宅东一里有古涸涧[1]，侧有大檀树一株，藤萝拥织[2]，上不见日。旁有小穴，亦有群蚁隐聚其间。檀萝之国，岂非此耶？嗟乎！蚁之灵异，犹不可穷，况山藏木伏之大者所变化乎[3]？时生酒徒周弁、田子华并居六合县，不与生过从旬日矣。生遽遣家僮疾往候之。周生暴疾已逝，田子华亦寝疾于床。生感南柯之浮虚，悟人世之倏忽，遂栖心道门[4]，绝弃酒色。后三年，岁在丁丑，亦终于家。时年四十七，将符宿契之限矣[5]。

公佐贞元十八年秋八月，自吴之洛，暂泊淮浦[6]。偶觌[7]淳于生梦，询访遗迹，翻复再三，事皆摭实[8]，辄编录成传，以资好事[9]。虽稽神语怪，事涉非经[10]，而窃位著生[11]，冀将为戒。后之君子，幸以南柯为偶然，无以名位骄于天壤间云[12]。

前华州参军李肇[13]赞曰：贵极禄位，权倾国都，达人[14]视此，蚁聚

---

[1]　古涸涧：多年干涸的山涧。
[2]　拥织：纠缠密结。
[3]　"况山藏木"句：意谓何况山林中隐藏着的大的鸟兽，那变化灵异就更难穷尽了。
[4]　栖心道门：一心信奉道教。
[5]　"将符宿"句：意谓符合上文槐安国王所说的"后三年，当令迎卿"的约定。
[6]　淮浦：淮河岸边。
[7]　觌（dí）：见。
[8]　摭（zhí）实：得到证实。
[9]　好事：好听奇闻轶事的人。
[10]　非经：不合常理。
[11]　窃位著生：窃据官位以维持生活。
[12]　"无以名"句：意谓不要拿名位骄傲于世。
[13]　李肇：《国史补》的作者，曾任翰林学士、中书舍人、尚书司功郎中等职。
[14]　达人：达观的人。

何殊[1]。

（据四库全书本《太平广记》）

说明

　　本篇为唐人传奇代表作品之一。作家受道家感悟与释家色空观念的交错影响，以梦喻人生，但他并未完全超脱尘世，而是以梦幻的形式，真实地反映了中唐时期的社会面貌，特别是对权贵们的黑暗腐朽作了揭露与嘲讽，但作者在文末又言："感南柯之浮虚，悟人世之倏忽，遂栖心道门，绝弃酒色"，即以消极的佛老出世思想批判现实。本篇结构严谨，叙事细腻，对人情世态的描摹，极为尽致，而梦境结束后发穴穷源的描绘，更有"假实证幻，余韵悠然"的艺术效果。作品传世后，"南柯一梦"因此而成为成语，许多小说与戏曲都以此为题材，明代汤显祖"临川四梦"之一的《南柯记》，则是描写此故事的名作。

集评

　　有传蚁穴而称者，李公佐《南柯太守》；有乐伎而工篇什者，成都薛涛；有家僮而善章句者，郭氏奴（不记名）；皆文之妖也。

　　　　　　　　　　　　　　　　　——唐·李肇《国史补》卷下

　　凡变异之谈，盛于六朝，然多是传录舛讹，未必尽幻设语。至唐人乃作意好奇，假小说以寄笔端，如《毛颖》、《南柯》之类尚可，若《东阳

---

[1]　蚁聚何殊：与聚集在一起的蚂蚁没有什么区别。

夜怪录》称成自虚,《玄怪录》元无有，皆但可付一笑，其文气亦卑下亡足论。

——明·胡应麟《少室山房笔丛》卷三十六

（《南柯太守传》）其立意与《枕中记》同，而描摹更为尽致，明汤显祖亦本之作传奇曰《南柯记》。篇末言命仆发穴，以究根源，乃见蚁聚，悉符前梦，则假实证幻，余韵悠然，虽未尽于物情，已非《枕中》之所及矣。

——鲁迅《中国小说史略》

元　稹

元稹（779—831），字微之，别字威明，洛阳（今河南省洛阳市）人。唐德宗贞元十八年（802）进士，任校书郎、左拾遗、监察御史等职。因与宦官及守旧官僚斗争，几遭贬斥。后依附宦官势力，起任工部侍郎、同中书门下平章事。后又遭贬，出任同州刺史，最后卒于鄂岳节度使任所。元稹文学见解、诗风均与白居易相近，二人同为新乐府运动创始人，世称"元白"。主要著作有《元氏长庆集》。

莺莺传

贞元[1]中，有张生者，性温茂[2]，美风容，内秉坚孤[3]，非礼不可入。或朋从游宴，扰杂其间，他人皆汹汹拳拳[4]，若将不及[5]，张生容顺而已，终不能乱。以是年二十三，未尝近女色。知者诘之。谢而言曰："登徒子[6]非好色者，是有淫行。余真好色者，而适不我值[7]。何以言之？大凡物之尤者[8]，未尝不留连于心，是知其非忘情者也。"诘者哂之[9]。

无几何，张生游于蒲[10]。蒲之东十余里，有僧舍曰普救寺，张生寓焉。适有崔氏孀妇，将归长安，路出于蒲，亦止兹寺。崔氏妇，郑女也。张

---

[1]　贞元：唐德宗李适年号（785—805）。
[2]　温茂：温良而重感情。
[3]　内秉坚孤：意谓性格坚定、孤高。
[4]　汹汹拳拳：形容喧嚷、起哄的样子。
[5]　若将不及：争先恐后，迫不及待。
[6]　登徒子：好色者的代称，典出宋玉《登徒子好色赋》。
[7]　适不我值：正好我没遇见。
[8]　物之尤者：人物中最特出的。后常以"尤物"称美女。
[9]　哂（shěn）之：讥笑他。
[10]　蒲：即蒲州，唐代郡名，治所在今山西省永济县。

出于郑¹，绪其亲，乃异派之从母²。是岁，浑瑊³薨于蒲。有中人丁文雅⁴，不善于军⁵，军人因丧而扰，大掠蒲人。崔氏之家，财产甚厚，多奴仆。旅寓惶骇，不知所托。先是，张与蒲将之党有善，请吏护之，遂不及于难。十余日，廉使杜确将天子命以总戎节⁶，令于军，军由是戢⁷。

郑厚张之德甚，因饰馔以命张⁸，中堂宴之。复谓张曰："姨之孤嫠未亡⁹，提携幼稚。不幸属师徒大溃¹⁰，实不保其身。弱子幼女，犹君之生¹¹！岂可比常恩哉！今俾以仁兄礼奉见，冀所以报恩也。"命其子曰欢郎，可十余岁，容甚温美。次命女："出拜尔兄，尔兄活尔。"久之，辞疾¹²。郑怒曰："张兄保尔之命。不然，尔且掳矣。能复远嫌¹³乎？"久之，乃至。常服睟容¹⁴，不加新饰，垂鬟接黛¹⁵，双脸销红¹⁶而已。颜色艳异，光辉动人。张惊，为之礼。因坐郑旁，以郑之抑而见¹⁷也，凝睇¹⁸怨绝，若不胜其体者。问其年纪。郑曰："今天子甲子岁之七月，终于贞元庚辰¹⁹，生年

---

[1] 张出于郑：张生的母亲姓郑。

[2] "乃异派"句：意谓排起亲族关系来，崔老夫人应算是张生的姨母。异派，不是嫡亲的。

[3] 浑瑊（zhēn）：唐肃宗时任兵马副元帅，这里指他在绛州节度使任内去世。

[4] 中人：宦官。丁文雅：当时监浑瑊军的宦官。

[5] 不善于军：与军队的关系不好。

[6] 将天子命以总戎节：意谓奉皇帝之命继浑瑊主持军务。

[7] 戢（jí）：收敛，停止骚扰。

[8] 饰馔以命张：设席宴请张生。因崔老夫人是长辈，故用"命"。

[9] 孤嫠（lí）未亡：孤嫠，寡妇；未亡，寡妇自称"未亡人"。

[10] 属（zhǔ）师徒大溃：适值军队大乱。

[11] 犹君之生：如同你救了他们的性命。

[12] 辞疾：借病推辞。

[13] 远嫌：远离以避嫌疑。

[14] 睟（suì）容：容颜丰润。

[15] 垂鬟接黛：遮额的短发接近眉毛。

[16] 双脸销红：两颊飞红。

[17] 抑而见：强迫出见。

[18] 睇：微微斜视的目光。

[19] 贞元庚辰：贞元十六年（800）。终于，意同现在。

十七矣。"张生稍以词导之，不对。终席而罢。

张自是惑之，愿致其情，无由得也。崔之婢曰红娘。生私为之礼者数四，乘间遂道其衷[1]。婢果惊沮[2]，腆然[3]而奔。张生悔之。翼日[4]，婢复至。张生乃羞而谢之，不复云所求矣。婢因谓张曰："郎之言，所不敢言，亦不敢泄。然而崔之姻族，君所详也。何不因其德而求娶焉？"张曰："余始自孩提[5]，性不苟合。或时纨绮间居[6]，曾莫流盼。不为当年，终有所蔽[7]。昨日一席间，几不自持[8]。数日来，行忘止，食忘饱，恐不能逾旦暮[9]，若因媒氏而娶，纳采问名[10]，则三数月间，索我于枯鱼之肆矣[11]。尔其谓我何[12]？"婢曰："崔之贞慎自保，虽所尊不可以非语犯之[13]。下人之谋，固难入矣。然而善属文[14]，往往沉吟章句，怨慕者久之。君试为喻情诗以乱之[15]。不然，则无由也。"张大喜，立缀《春词》二首以授之。是夕，红娘复至，持彩笺以授张，曰："崔所命也。"题其篇曰《明月三五夜[16]》。其词曰："待月西厢下，迎风户半开。拂墙花影动，疑是玉人[17]来。"张亦

---

[1] 衷：心事。
[2] 惊沮：吓呆了。
[3] 腆（tiǎn）然：羞涩的样子。
[4] 翼日：同"翌日"，第二天。
[5] 孩提：儿时。
[6] 纨绮（qǐ）间居：和妇女们在一起。纨绮，绸绢的衣服，此处借指妇女。
[7] "不为当年"两句：意谓想不到过去不接近女性，今天却被莺莺迷住了。
[8] 自持：控制自己。
[9] "恐不能"句：意谓恐怕活不了多久。
[10] 纳采问名：纳采，男方向女方送去订婚的礼物；问名，索要女方姓名、生年月日，以卜订婚礼吉期。
[11] "索我于枯"句：意谓等到那个时候我早死了。枯鱼之肆，卖干鱼的铺子，典出《庄子·外物》。
[12] 尔其谓我何：你说我该怎么办。
[13] 非语犯之：以不合礼教的话冒犯她。
[14] 属（zhǔ）文：连缀文字，写文章。
[15] 乱之：挑动她。
[16] 三五夜：十五日的夜晚。
[17] 玉人：喻人容貌如玉之美。

微喻其旨。是夕，岁二月旬有四日¹矣。崔之东有杏花一株，攀援可逾。既望之夕，张因梯其树²而逾焉。达于西厢，则户半开矣。红娘寝于床。生因惊之。红娘骇曰："郎何以至？"张因绐³之曰："崔氏之笺召我也。尔为我告之。"无几，红娘复来，连曰："至矣！至矣！"张生且喜且骇，必谓获济⁴。及崔至，则端服严容，大数⁵张曰："兄之恩，活我之家，厚矣。是以慈母以弱子幼女见托。奈何因不令⁶之婢，致淫逸之词。始以护人之乱为义，而终掠乱⁷以求之。是以乱易乱，其去几何？诚欲寝⁸其词，则保人之奸，不义；明之于母，则背人之惠，不祥；将寄于婢仆⁹，又惧不得发其真诚。是用¹⁰托短章，愿自陈启¹¹，犹惧兄之见难¹²；是用鄙靡之词，以求其必至。非礼之动，能不愧心？特愿以礼自持，毋及于乱！"言毕，翻然而逝。张自失者久之。复逾而出，于是绝望。

　　数夕，张生临轩独寝，忽有人觉之¹³。惊骇而起，则红娘敛衾携枕而至，抚张曰："至矣！至矣！睡何为哉！"并枕重衾而去。张生拭目危坐¹⁴久之，犹疑梦寐。然而修谨以俟¹⁵。俄而红娘捧¹⁶崔氏而至。至，则娇羞融

---

[1]　旬有四日：十四日。
[2]　梯其树：将树当作梯子。
[3]　绐（dài）：欺哄。
[4]　济：成功。
[5]　数：责备。
[6]　不令：不好的。
[7]　掠乱：乘乱要挟。
[8]　寝：压下，不声张。
[9]　寄于婢仆：让婢仆转告。
[10]　是用：因此。
[11]　陈启：陈述。
[12]　见难：责难。
[13]　觉之：叫醒他。
[14]　危坐：端坐。
[15]　修谨以俟（sì）：恭恭敬敬地等着。
[16]　捧：拥着。

冶，力不能运支体，曩时[1]端庄，不复同矣。是夕，旬有八日也。斜月晶莹，幽辉[2]半床。张生飘飘然，且疑神仙之徒，不谓从人间至矣。有顷，寺钟鸣，天将晓。红娘促去。崔氏娇啼宛转，红娘又捧之而去，终夕无一言。张生辨色而兴[3]，自疑曰："岂其梦邪？"及明，睹妆在臂，香在衣，泪光荧荧然，犹莹于茵席而已。

是后又十余日，杳不复知。张生赋《会真[4]诗》三十韵[5]，未毕，而红娘适至，因授之，以贻崔氏。自是复容之。朝隐而出，暮隐而入，同安于曩所谓西厢者，几一月矣。张生常诘郑氏之情。则曰："知不可奈何矣[6]。"因欲就成之。

无何[7]，张生将之长安，先以情谕之。崔氏宛无难词，然而愁怨之容动人矣。将行之再夕[8]，不复可见，而张生遂西下。

不数月，复游于蒲，会于崔氏者又累月。崔氏甚工刀札[9]，善属文。求索再三，终不可见。往往张生自以文挑，亦不甚睹览。大略崔之出人者，艺必穷极，而貌若不知；言则敏辩，而寡于酬对。待张之意甚厚，然未尝以词继之。时愁艳幽邃[10]，恒若不识，喜愠之容，亦罕形见[11]。异时[12]独夜操琴，愁弄凄恻。张窃听之。求之，则终不复鼓矣。以是愈惑之。

---

[1]　曩（nǎng）时：从前。
[2]　幽辉：月光。
[3]　辨色而兴：见天色快亮就起来了。
[4]　会真：遇仙。
[5]　韵：两句为一韵。
[6]　知不可奈何矣：意谓即使郑氏知道了，也将无可奈何。
[7]　无何：过了不多久。
[8]　再夕：前一天晚上。
[9]　刀札：指写作。
[10]　幽邃：默静深沉。
[11]　形见：见于外表。
[12]　异时：有一天。

张生俄以文调及期[1]，又当西去。当去之夕，不复自言其情，愁叹于崔氏之侧。崔已阴知将诀矣，恭貌怡声。徐谓张曰："始乱之，终弃之，固其宜矣。愚不敢恨。必也君乱之，君终之，君之惠也。则没身之誓[2]，其有终矣。又何必深感于此行？然而君既不怿[3]，无以奉宁[4]。君常谓我善鼓琴，向时羞颜，所不能及。今且往矣，既君此诚[5]。"因命拂琴，鼓《霓裳羽衣》序，不数声，哀音怨乱，不复知其是曲也。左右皆歔欷。崔亦遽止之，投琴，泣下流连，趋归郑所，遂不复至。明旦而张行。

明年，文战不胜[6]，张遂止于京。因贻书于崔，以广其意[7]。崔氏缄报之词，粗载于此，曰："捧览来问，抚爱过深。儿女之情，悲喜交集。兼惠花胜[8]一合，口脂[9]五寸，致耀首膏唇之饰。虽荷殊恩，谁复为容[10]？睹物增怀，但积悲叹耳。伏承使于京中就业，进修之道，固在便安[11]。但恨僻陋之人，永以遐弃[12]。命也如此，知复何言！自去秋已来，常忽忽如有所失。于喧哗之下，或勉为语笑，闲宵自处[13]，无不泪零。乃至梦寐之间，亦多感咽，离忧之思，绸缪缱绻，暂若寻常，幽会未终，惊魂已断。虽半衾如暖，而思之甚遥。一昨拜辞，倏逾旧岁。长安行乐之地，触绪牵

[1]　文调及期：到了科举考试的时候。
[2]　没身之誓：至死不分离的誓言。
[3]　怿（yì）：喜悦。
[4]　无以奉宁：没有什么可安慰你。
[5]　既君此诚：满足你这个心愿。
[6]　文战不胜：没有考取。
[7]　广其意：宽慰她的心意。
[8]　花胜：古代女子的发饰。
[9]　口脂：唇膏。
[10]　谁复为容：还为谁去打扮。
[11]　便安：方便安静。
[12]　遐弃：因相距遥远而被抛弃。
[13]　闲宵自处：清夜独居。

　　　　　　　　　　　　　　　　　　　古代短篇小说

情。何幸不忘幽微，眷念无致[1]。鄙薄之志，无以奉酬。至于终始之盟，则固不忒[2]。鄙昔中表相因[3]，或同宴处。婢仆见诱，遂致私诚。儿女之心，不能自固。君子有援琴之挑，鄙人无投梭之拒[4]。及荐寝席，义盛意深。愚陋之情，永谓终托。岂期既见君子，而不能定情。致有自献之羞，不复明侍巾帻[5]。没身永恨，含叹何言！倘仁人用心，俯遂幽眇[6]，虽死之日，犹生之年。如或达士略情[7]，舍小从大，以先配为丑行，以要盟[8]为可欺。则当骨化形销，丹诚不泯，因风委露，犹托清尘[9]。存没[10]之诚，言尽于此。临纸呜咽，情不能申。千万珍重，珍重千万！玉环一枚，是儿[11]婴年所弄，寄充君子下体所佩。玉取其坚润不渝，环取其终始不绝。并乱丝一绚[12]，文竹茶碾子[13]一枚。此数物不足见珍，意者欲君子如玉之真，俾志如环不解。泪痕在竹，愁绪萦丝。因物达情，永以为好耳。心迩身遐[14]，拜会无期。幽愤所钟，千里神合。千万珍重！春风多厉，强饭[15]为嘉。慎言自保，无以鄙为深念。"

张生发其书于所知，由是时人多闻之。所善杨巨源好属词，因为赋《崔娘诗》一绝云：

---

[1] 眷念无致（yì）：时刻想念。无致，不厌。
[2] 不忒（tè）：不变。
[3] 中表相因：姨表兄妹。
[4] 投梭之拒：晋代谢鲲调戏邻女，被邻女用织布的梭扔过去，打掉了他两颗牙齿。
[5] 明侍巾帻：明媒正娶。巾帻，原为男子的冠服，现为丈夫的代称。
[6] 俯遂幽眇：俯就我的愿望。幽眇，莺莺自称的谦词。
[7] 达士略情：旷达的人看得开朗。
[8] 要盟：盟约。
[9] 清尘：对别人的尊称，指对方的身边。
[10] 存没：生死。
[11] 儿：唐时年轻女子的自称。
[12] 一绚（qú）：一缕。
[13] 文竹茶碾子：文竹制成的茶磨。
[14] 心迩身遐：心近身远。
[15] 强饭：勉力加餐。

清润潘郎[1]玉不如，中庭蕙草雪销初。

风流才子多春思，肠断萧娘[2]一纸书。

河南元稹亦续生《会真诗》三十韵，诗曰：

微月透帘栊，萤光[3]度碧空。

遥天初缥缈，低树渐葱茏[4]。

龙吹过庭竹[5]，鸾歌拂井桐[6]。

罗绡垂薄雾，环珮响轻风。

绛节随金母[7]，云心捧玉童[8]。

更深人悄悄，晨会雨濛濛。

珠莹光文履[9]，花明隐绣龙。

瑶钗行彩凤，罗帔掩丹虹[10]。

言自瑶华浦，将朝碧玉宫[11]。

因游洛城北[12]，偶向宋家东[13]。

---

[1]　潘郎：晋代潘安貌美，后世便使用"潘郎"代称美男子。
[2]　萧娘：唐代对女子的泛称，此处指莺莺。
[3]　萤光：月光。
[4]　葱茏：草木茂盛的样子。
[5]　龙吹过庭竹：风吹庭竹，发出笛声般的低吟。
[6]　井桐：天井中的梧桐树。
[7]　绛节：红色的节，神仙的仪仗。金母，西王母，意即仙女，此处指莺莺。
[8]　云心：白云间。玉童：仙童。
[9]　文履：绣花鞋。
[10]　罗帔掩丹虹：披肩好像掩在身上的一片彩虹。
[11]　"言自瑶华浦"两句：瑶华浦与碧玉宫都是神仙居住的地方。
[12]　因游洛城北：此句用曹植《洛神赋》典故，以洛神喻莺莺。
[13]　宋家东：宋玉《登徒子好色赋》称其东邻有美丽少女"登墙窥臣三年"，本句用此典故指崔、张幽会。

戏调初微拒，柔情已暗通。

低鬟蝉影[1]动，回步玉尘蒙。

转面流花雪[2]，登床抱绮丛[3]。

鸳鸯交颈舞，翡翠[4]合欢笼。

眉黛羞偏聚，唇朱暖更融。

气清兰蕊馥，肤润玉肌丰。

无力慵[5]移腕，多娇爱敛躬[6]。

汗流珠点点，发乱绿葱葱。

方喜千年会，俄闻五夜穷[7]。

留连时有恨，缱绻意难终。

慢脸含愁态，芳词誓素衷。

赠环明运合[8]，留结表心同。

啼粉流清镜，残灯远暗虫[9]。

华光犹苒苒，旭日渐曈曈[10]。

乘鹜还归洛[11]，吹箫亦上嵩[12]。

衣香犹染麝，枕腻尚残红。

---

[1] 蝉影：即蝉鬓，古代女子的一种发式。

[2] 花雪：形容面容美丽与肤色洁白。

[3] 绮丛：锦被。

[4] 翡翠：鸟名。雄称翡，其色多亦；雌为翠，其色多青。

[5] 慵：懒怠。

[6] 敛躬：弯着身子。

[7] 五夜穷：五更已尽。

[8] 赠环明运合：莺莺赠张生指环，表明两人的命运定会团圆聚合。"环"、"还"谐意，古人以此取必定回来的吉兆。

[9] 残灯远暗虫：灯残光暗，原本绕灯飞着的小虫渐渐远去。

[10] 曈（tóng）曈：太阳初出，渐渐光明的样子。

[11] 乘鹜还归洛：指莺莺离去。此处借用曹植《洛神赋》中的典故。鹜，水鸟名。

[12] 吹箫亦上嵩：指张生赴长安应试。此处用《列仙传》中王子乔上嵩山修道仙去的典故。

幂幂[1]临塘草，飘飘思渚蓬[2]。

素琴鸣怨鹤[3]，清汉望归鸿[4]。

海阔诚难渡，天高不易冲。

行云无处所，萧史[5]在楼中。

张之友闻之者，莫不耸异之，然而张志亦绝矣。稹特与张厚，因征其词[6]。张曰："大凡天之所命尤物也，不妖[7]其身，必妖于人。使崔氏子遇合富贵，乘宠娇，不为云为雨，则为蛟为螭[8]，吾不知其所变化矣。昔殷之辛[9]，周之幽[10]，据百万之国[11]，其势甚厚。然而一女子败之，溃其众，屠其身，至今为天下僇笑[12]。予之德不足以胜妖孽，是用忍情。"于时坐者皆为深叹。

后岁余，崔已委身于人，张亦有所娶。适经所居，乃因其夫言于崔，求以外兄[13]见。夫语之，而崔终不为出。张怨念之诚，动于颜色。崔知之，潜赋一章，词曰：

---

[1]　幂（mì）幂：浅草盖满地的样子。

[2]　渚（zhǔ）蓬：小洲上的蓬草。

[3]　怨鹤：即《别鹤操》，古琴曲名。

[4]　望归鸿：盼望来信。古人认为鸿雁可以传书。

[5]　萧史：据《列仙传》载，春秋时人萧史善吹箫，娶秦穆公之女弄玉。后有凤凰飞来，两人成仙而去。

[6]　征其词：问他如何解说。

[7]　妖：祸害。

[8]　螭（chī）：传说中似龙但带有妖气的灵物。

[9]　殷之辛：指商纣王，纣王号帝辛。

[10]　周之幽：周幽王姬宫涅。

[11]　百万之国：百万户的大国。

[12]　僇（lù）笑：耻笑。

[13]　外兄：表兄。

自从消瘦减容光，万转千回懒下床。

不为旁人羞不起，为郎憔悴却羞郎。

竟不之见。后数日，张生将行，又赋一章以谢绝云：

弃置今何道，当时且自亲。

还将旧时意，怜取眼前人。

自是，绝不复知矣。时人多许张为善补过者。予尝于朋会之中，往往及此意者，夫使知者不为，为之者不惑。贞元岁九月，执事李公垂[1]宿于予靖安里第[2]，语及于是。公垂卓然称异，遂为《莺莺歌》以传之。崔氏小名莺莺，公垂以命篇[3]。

（据四库全书本《太平广记》）

说明

　　本篇是唐传奇中的名作，篇中崔莺莺的形象塑造得尤为成功。莺莺聪明美丽，温柔多情，内心热烈地向往真挚的爱情，但在外表上言行却遵循着淑女的仪礼。后来她冲破了礼教习俗的束缚，与张生私下欢聚，但思想上仍受着封建的闺训懿范的约束，认为自己"有自献之羞"，私自结合为不合法的行为。最后当张生抛弃她时，莺莺也只是自怨自艾，听

---

[1]　执事：此处指当官的朋友。李公垂：即李绅，字公垂，唐穆宗时官翰林学士、中书舍人。

[2]　第：住宅。

[3]　命篇：命为篇名。

任命运的摆布。篇中张生的形象较为逊色，作者将张生的薄幸负心肯定为"善补过者"，严重地损害了作品的思想性与艺术性，同时也反映出作者浓重的封建意识。《莺莺传》在当时和后世都产生了深广的影响，宋代时崔、张故事已是说唱文学与文人创作的热门题材。后来诸多改编、移植该故事的作品将爱情悲剧改成了大团圆的喜剧，其中以金代董解元的《西厢记诸宫调》与元代王实甫的《西厢记》最为著名，特别是后者提出"愿普天下有情的都成了眷属"，具有鲜明的反封建礼教的色彩，而崔、张恋爱由于这些作品的传播而成为家喻户晓的故事。

集评

夫传奇者，唐元微之之所述也，以不载于本集，而出于小说，或疑其非是。今观其词，自非大手笔，孰能与于此。至今士大夫，极谈幽玄，访奇述异，无不举此以为美话。至于娼优女子，皆能调说大略。惜乎不被之以音律，故不能播之声乐，形之管弦。好事君子，极饮肆欢之际，愿欲一听其说，或举其末而忘其本；或纪其略而不及其终篇。此吾曹之所共恨者也。今于暇日，详观其文，略其烦亵，分之为十章。每章之下，属之以词。或全撷其文，或止取其意。又别为一曲，载之传前，先叙前篇之义。调曰"商调"，曲名"蝶恋花"。

——宋·赵德麟《商调蝶恋花》

右《会真记》出于元微之积手。杨阜公尝见微之所作姨母墓志云："其既丧夫，遭军乱。"微之为保护其家备至。白乐天作微之母郑氏志，云是郑济女。而唐崔氏谱，永宁尉鹏娶郑济女。则莺莺乃崔鹏女，于微之为中表。再考微之墓志，其年甲皆相合。其为微之无疑。因元与张姓同所出，而借言之耳。传云时人以张为善补过者，夫此何过也？而如是补乎？如是而为善补过，则天下负心薄幸、食言背盟之徒，皆可云善补过矣！女子钟情之深，无如崔者。乱而终之，犹可救过之半。妖不自我，何畏乎尤物？微之与李十郎一也，特崔不能为小玉耳。

——明·詹詹外史《情史》卷十四

元稹以张生自寓，述其亲历之境，虽文章尚非上乘，而时有情致，固亦可观，惟篇末文过饰非，遂<u>堕</u>恶趣，而李绅、杨巨源辈既各赋诗以张之，稹又早有诗名，后秉节钺，故世人仍多乐道……唐人传奇留遗不少，而后来煊赫如是者，惟此篇及李朝威《柳毅传》而已。

——鲁迅《中国小说史略》

词人韵事，传播艺林，皆推本于微之此传，而益加恢张者也。唐人小说，影响于元明大曲杂剧者颇多，而此传流传最广。究其原因：一则以传出微之，文虽不高，而辞旨顽艳，颇切人情；一则社会心理，趋尚在此，观于赵令畤称"今世士大夫，无不举此为美话。"宋世已然，于今为烈，其流播之故可知矣。

——汪辟疆《唐人小说》

薛　调

薛调（830—872），河中宝鼎（今山西省万荣县）人。唐宣宗大中朝进士及第。唐懿宗咸通元年（860）官右拾遗内供奉，十一年以户部员外郎加驾部郎中，充翰林承旨学士，次年加知制诰。薛调姿貌甚美，人号"生菩萨"，郭妃悦其貌，谓懿宗曰："驸马盍若薛调乎。"不久暴卒，或言为中鸩而死。

无双传

王仙客者，建中[1]中朝臣刘震之甥也。初，仙客父亡，与母同归外氏[2]。震有女曰无双，小仙客数岁，皆幼稚，戏弄相狎。震之妻常戏呼仙客为王郎子[3]。如是者凡数岁，而震奉孀姊及抚仙客尤至[4]。一旦，王氏姊疾，且重，召震约曰："我一子，念之[5]可知也。恨不见其婚室[6]。无双端丽聪慧，我深念之。异日无令归他族。我以仙客为托。尔诚许我，瞑目无所恨也。"震曰："姊宜安静自颐养[7]，无以他事自挠[8]。"其姊竟不瘳。仙客护丧，归葬襄、邓[9]。服阕[10]，思念："身世孤子如此，宜求婚娶，以广后嗣。无双长成矣。我舅氏岂以位尊官显，而废旧约耶？"

---

[1]　建中：唐德宗李适年号（780—783）。
[2]　外氏：外祖父家。
[3]　郎子：古代对别家子弟的称呼，唐人也称女婿为郎。
[4]　尤至：特别周到。
[5]　念之：眷爱。
[6]　婚室：指娶妻。
[7]　颐养：保养。
[8]　自挠：自寻烦恼。
[9]　襄、邓：均为唐代州名，襄州故治在今湖北省襄阳县，邓州故治在今河南省邓县。
[10]　服阕（què）：指父母死后守孝三年，期满除去丧服。

于是饰装 [1] 抵京师。时震为尚书租庸使 [2]，门馆赫奕 [3]，冠盖 [4] 填塞。仙客既觐，置于学舍 [5]，弟子为伍。舅甥之分，依然如故，但寂然不闻选取 [6] 之议。又于窗隙间窥见无双，姿质明艳，若神仙中人。仙客发狂，唯恐姻亲之事不谐也。遂鬻囊橐 [7]，得钱数百万。舅氏、舅母左右给使 [8]，达于厮养 [9]，皆厚遗 [10] 之；又因复设酒馔，中门之内，皆得入之矣。诸表 [11] 同处，悉敬事之。遇舅母生日，市新奇以献，雕镂犀玉，以为首饰。舅母大喜。又旬日，仙客遣老妪，以求亲之事闻于舅母。舅母曰："是我所愿也，即当议其事。"又数夕，有青衣 [12] 告仙客曰："娘子适以亲情事言于阿郎 [13]，阿郎云：'向前亦未许之。'模样云云 [14]，恐是参差 [15] 也。"仙客闻之，心气俱丧，达旦不寐，恐舅氏之见弃也。然奉事不敢懈怠。一日，震趋朝，至日初出 [16]，忽然走马入宅，汗流气促，唯言："镙却 [17] 大门，镙却大门！"一家惶骇，不测其由。良久，乃言："泾、原兵士反 [18]，

---

[1]　饰装：置办行装。
[2]　尚书租庸使：尚书省负责全国税收事务的大臣。
[3]　赫奕：显赫华美。
[4]　冠盖：冠，官员的冠服；盖，车盖，指官员坐的车子。此处以冠盖代指高官。
[5]　学舍：书塾。
[6]　选取：指定亲。
[7]　**囊橐**：此处指行囊中的物品。
[8]　左右给使：身边亲近的仆人、使女。
[9]　厮养：奴仆。
[10]　遗（wèi）：赠送礼物。
[11]　诸表：表，指表亲。此处指所有的外家亲戚。
[12]　青衣：侍女、丫环。
[13]　阿郎：指刘震。唐时奴婢称主人为"郎"。
[14]　模样云云：看这样子。
[15]　参（cēn）差（cī）：此处意谓不成功。
[16]　至日初出：这本应是早朝正在开始时。
[17]　镙却：关上。镙，同"锁"。
[18]　泾、原兵士反：唐德宗建中四年，泾原节度使姚令言所率的士兵在京城哗变。泾、原，指泾州保定郡与原州平凉郡，都在今甘肃平凉一带。

姚令言领兵入含元殿¹，天子出苑北门²，百官奔赴行在³。我以妻女为念，略归部署。疾召仙客与我勾当⁴家事。我嫁与尔无双！"仙客闻命，惊喜拜谢。乃装金银罗锦二十驮⁵，谓仙客曰："汝易衣服，押领此物出开远门⁶，觅一深隙店⁷安下。我与汝舅母及无双出启夏门⁸，绕城续至。"仙客依所教。至日落，城外店中待久不至。城门自午后扃锁⁹，南望目断。遂乘骢¹⁰秉烛绕城至启夏门。门亦锁。守门者不一，持白棓¹¹，或立或坐。仙客下马，徐问曰："城中有何事如此？"又问"今日有何人出此？"门者曰："朱太尉¹²已作天子。午后有一人重戴¹³，领妇人四五辈，欲出此门。街中人皆识，云是租庸使刘尚书，门司¹⁴不敢放出。近夜，追骑至，一时驱向北去矣。"仙客失声恸哭，却归店。三更向尽¹⁵，城门忽开，见火炬如昼，兵士皆持兵挺刃，传呼斩斫使¹⁶出城，搜城外朝官。仙客舍辎骑¹⁷惊走，归襄阳，村居三年。后知剋复¹⁸，京师重整，海内无事。乃入

---

[1]　含元殿：长安大明宫的正殿。
[2]　苑北门：唐宫禁苑的北门。
[3]　行在：皇帝离开京城，所住的地方称行在。
[4]　勾当：料理，安排。
[5]　驮（duò）：牲口所负载之物。
[6]　开远门：古代长安的西门。
[7]　深隙店：偏僻隐蔽处的旅店。
[8]　启夏门：唐代长安南面靠东的城门。
[9]　扃（jiōng）锁：关闭上锁。
[10]　骢（cōng）：青白色的马。
[11]　棓：同"棒"。
[12]　朱太尉：指朱泚。朱泚曾任泾原节度使，姚令言兵变后迎当时任太尉的朱泚入宫，朱泚旋自称大秦皇帝。
[13]　重戴：在裹头巾上复戴一冠。
[14]　门司：守城门的官吏。
[15]　向尽：将要过去。
[16]　斩斫（zhuó）使：指负责搜捕斩杀不肯投降朱泚的官员的人。
[17]　辎（zī）骑：行李车马。
[18]　剋复：即克复。

古代短篇小说

京，访舅氏消息。至新昌南街，立马彷徨之际，忽有一人马前拜，熟视之，乃旧使苍头[1]塞鸿也。鸿本王家生，其舅常使得力，遂留之。握手垂涕。仙客谓鸿曰："阿舅、舅母安否？"鸿云："并在兴化宅。"仙客喜极云："我便过街去。"鸿曰："某已得从良[2]，客户有一小宅子，贩缯为业。今日已夜，郎君且就客户一宿。来早同去未晚。"遂引至所居，饮馔甚备。至昏黑，乃闻报曰："尚书受伪命官[3]，与夫人皆处极刑。无双已入掖庭[4]矣。"仙客哀冤号绝，感动邻里。谓鸿曰："四海至广，举目无亲戚，未知托身之所。"又问曰："旧家人谁在？"鸿曰："唯无双所使婢采苹者，今在金吾将军王遂中宅。"仙客曰："无双固无见期，得见采苹，死亦足矣。"由是乃刺谒[5]，以从侄[6]礼见遂中，具道本末，愿纳厚价以赎采苹。遂中深见相知[7]，感其事而许之。仙客税屋，与鸿、苹居。塞鸿每言："郎君年渐长，合求官职。悒悒不乐，何以遣时？"仙客感其言，以情悉告遂中。遂中荐见仙客于京兆尹李齐运。齐运以仙客前衔为富平县尹，知长乐驿[8]。累月，忽报有中使押领内家[9]三十人往园陵，以备洒扫，宿长乐驿，毡车子[10]十乘下讫。仙客谓塞鸿曰："我闻宫嫔选在掖庭，多是衣冠子女[11]。我恐无双在焉。汝为我一窥，可乎？"鸿曰："宫嫔数千，岂便及无双？"仙客曰："汝但去，人事亦未可定。"因令塞鸿假为驿吏，烹

---

[1] 苍头：卖身或家生的奴仆。

[2] 从良：脱离奴籍，恢复一般人身份。

[3] 伪命官：指朱泚任命的官职。

[4] 掖（yì）庭：皇宫中的旁舍，宫嫔所居。

[5] 刺谒（yè）：持名帖请求接见。

[6] 从侄：本家侄子。

[7] 相知：此处指同情。

[8] "齐运以仙客"两句：意谓以富平县尹的官衔去主持长乐驿的驿务。富平：今陕西省富平县。长乐驿：长安附近的驿站。

[9] 内家：内宫宫女。

[10] 毡车子：车厢外装有软帘的车子。

[11] 衣冠子女：官僚家庭的子女。

茗于帘外。仍给钱三千，约曰："坚守茗具，无暂舍去[1]。忽有所睹，即疾报来。"塞鸿唯唯而去。宫人悉在帘下，不可得见之，但夜语喧哗而已。至夜深，群动皆息。塞鸿涤器搆火[2]，不敢辄寐。忽闻帘下语曰："塞鸿，塞鸿，汝争[3]得知我在此耶？郎健否？"言讫，呜咽。塞鸿曰："郎君见[4]知此驿。今日疑娘子在此，令塞鸿问候。"又曰："我不久语。明日我去后，汝于东北舍阁子中紫褥下，取书送郎君。"言讫，便去。忽闻帘下极闹，云："内家中恶[5]。"中使索汤药甚急，乃无双也。塞鸿疾告仙客，仙客惊曰："我何得一见？"塞鸿曰："今方修渭桥[6]。郎君可假作理桥官，车子过桥时，近车子立。无双若认得，必开帘子，当得瞥见耳。"仙客如其言。至第三车子，果开帘子，窥见，真无双也。仙客悲感怨慕，不胜其情。塞鸿于阁子中褥下得书送仙客。花笺五幅，皆无双真迹，词理哀切，叙述周尽，仙客览之，茹恨[7]涕下。自此永诀矣。其书后云："常见敕使[8]说富平县古押衙[9]人间有心人。今能求之否？"仙客遂申府[10]，请解驿务，归本官。遂寻访古押衙，则居于村墅。仙客造谒，见古生。生所愿，必力致之，缯采宝玉之赠，不可胜纪。一年未开口。秩满[11]，闲居于县。古生忽来，谓仙客曰："洪一武夫，年且老，何所用？郎君于某竭分[12]。察郎君之意，将有求于老夫。老夫乃一片有心人也。感郎君之深恩，愿粉身

---

[1] 无暂舍去：一会儿也不要离开。
[2] 搆火：生火。
[3] 争：同"怎"。
[4] 见：同"现"。
[5] 中恶：指人被恶气所中而致病。
[6] 渭桥：指长安西北横跨渭水的桥。
[7] 茹恨：满含怨恨。
[8] 敕使：传宣皇帝敕命的官员。
[9] 押衙：执掌皇帝仪仗和侍卫的官员。
[10] 申府：呈文向京兆府申请。
[11] 秩满：官员任职期满。
[12] 竭分：用尽了情分。

以答效。"仙客泣拜，以实告古生。古生仰天，以手拍脑数四，曰："此事大不易。然与郎君试求，不可朝夕便望。"仙客拜曰："但生前得见，岂敢以迟晚为限耶。"半岁无消息。一日，扣门，乃古生送书。书云："茅山[1]使者回。且来此。"仙客奔马去。见古生，生乃无一言。又启[2]使者。复云："杀却也。且吃茶。"夜深，谓仙客曰："宅中有女家人识无双否？"仙客以采苹对。仙客立取而至。古生端相，且笑且喜云："借留三五日。郎君且归。"后累日，忽传说曰："有高品[3]过，处置[4]园陵宫人。"仙客心甚异之。令塞鸿探所杀者，乃无双也。仙客号哭，乃叹曰："本望古生。今死矣！为之奈何！"流涕歔欷，不能自已。是夕更深，闻叩门甚急。及开门，乃古生也。领一篼子[5]入，谓仙客曰："此无双也。今死矣。心头微暖，后日当活，微灌汤药，切须静密。"言讫，仙客抱入阁子中，独守之。至明，遍体有暖气。见仙客，哭一声遂绝。救疗至夜，方愈。古生又曰："暂借塞鸿于舍后掘一坑。"坑稍深，抽刀断塞鸿头于坑中。仙客惊怕。古生曰："郎君莫怕。今日报郎君恩足矣。比闻茅山道士有药术。其药服之者立死，三日却活。某使人专求，得一丸。昨令采苹假作中使，以无双逆党，赐此药令自尽。至陵下，托以亲故，百缣赎其尸。凡道路邮传[6]，皆厚赂矣，必免漏泄。茅山使者及舁篼人[7]，在野外处置讫。老夫为郎君，亦自刎。君不得更居此。门外有檐子[8]一十人，马

---

［1］　茅山：在江苏省句容县东南。

［2］　启：询问。

［3］　高品：品秩很高的大官。

［4］　处置：杀死。

［5］　篼（dōu）子：竹桥。

［6］　道路邮传：一路的驿站。

［7］　舁（yú）篼人：抬竹桥的人。

［8］　檐子：轿子，此处作轿夫解。

五匹，绢二百匹。五更，挈[1]无双便发，变姓名浪迹[2]以避祸。"言讫，举刀。仙客救之，头已落矣。遂并尸盖覆讫。未明发，历四蜀下峡[3]，寓居于渚宫[4]。悄不闻京兆之耗，乃挈家归襄、邓别业[5]，与无双偕老矣。男女成群。噫，人生之契阔[6]会合多矣，罕有若斯之比。常谓古今所无。无双遭乱世籍没[7]，而仙客之志，死而不夺。卒遇古生之奇法取之，冤死者十余人。艰难走窜后，得归故乡，为夫妇五十年，何其异哉！

（据四库全书本《太平广记》）

说明

　　中唐之后，传奇创作中六朝遗风复炽，搜奇记异者居多。然而此时仍有佳作问世，《无双传》便是其中之一。本篇歌颂了王仙客与刘无双生死不渝的爱情，对古押衙的侠义精神也颇为赞扬，同时在一定程度上也谴责了藩镇割据叛乱给百姓带来的家破人亡、生离死别。本篇着重描述王仙客、刘无双经历种种波折终成眷属的爱情故事，情节委婉曲折，主要人物的形象较为鲜明，对许多细节乃至人物的语气都有相当细致的描摹，颇能显示其时其地的人物心理状态。然而，男女主人公最后的团圆虽可使读者快意，在当时的社会现实中却是不可能的，而且为了他们的

[1]　挈（qiè）：携带。
[2]　浪迹：各处游荡。
[3]　历四蜀下峡：意谓在四川各地流浪迁居之后，再下三峡出川。四蜀，指川东、川西、川南、川北。
[4]　渚（zhǔ）宫：春秋时楚成王建的宫殿，在郢都（今湖北省江陵县）之南，此处泛指江陵一带。
[5]　别业：原籍以外的产业。
[6]　契阔：久别。
[7]　籍没：此处指无双家被抄，无双没入宫廷为宫婢。

团圆，竟致使十余人无辜枉死，作者结尾的处理也有悖于情理。这篇作品对后世的小说、戏曲创作有一定的影响，明代陆采的传奇《明珠记》、清代崔应玠、吴恒宣的传奇《双仙记》的创作均以本篇为素材。

集评

王仙客亦唐人小说，事大奇而不情，盖润饰之过。或乌有无是之类不可知。

——明·胡应麟《少室山房笔丛》卷四十一

无双曰："古押衙，人间有心人也。"古生亦曰："老夫乃一片有心人也。"夫无双在掖庭即不忘古生，见王郎，便使之求古生，意何为乎？亦人间有心人也。王郎谋无双者十数年，念绝矣，终无一日忘无双。在闺阁，必欲得之于闺阁；在园陵，必欲得之于园陵。是亦人间有心人也。塞鸿为王郎谋得采苹，谋得官，谋得无双消息，复谋得古生。亦人间有心人也。天下未有如许有心人而不得成一事者也。虽然，母为无双求婚，先死；舅母为保婚，舅氏为主婚，俱死；塞鸿为长乐驿媒，亦死；采苹为园陵媒，亦死；茅山使者赠药，异与人送亲，亦死；古生了婚事，亦死；为无双者，不祟甚乎！范蜀公云："假使丁令威化鹤归来，见城郭人民俱非，即独存，亦何足乐？"吾不知王郎与无双偕老时，亦复念此否也？

——明·詹詹外史《情史》卷四

此事（按：指唐代范摅《云溪友议》中所载崔郊故事）既与王仙客事相类，而无双为薛太保之妾，且有图画流传，亦可考见。薛调与范摅同为咸通间人。（范摅咸通人，见《唐书·艺文志》。薛调，咸通十三年卒，年四十三。见《唐语林》。）或各摭所闻，笔诸篇籍。薛则直取向来艳传之无双，附会其事。而嗜奇之过，不中情理，反不如《云溪友议》所载之崔郊，切近人情也。

——汪辟疆《唐人小说》

乐　史

乐史（930—1007），字子正，抚州宜黄（今江西省宜黄县）人。南唐时官秘书郎，入宋后于太平兴国五年（980）进士及第，此后先后任三馆编修、直史馆著作郎等职。乐史著述甚丰，尤精于地理学，其著作以《太平寰宇记》最为有名。又编有笔记小说《广卓异记》《总仙记》等，传奇小说创作则有《绿珠传》《杨太真外传》等。

绿珠传

绿珠者，姓梁，白州博白县[1]人也。州则南昌郡[2]，古粤地，秦象郡，汉合浦县地。唐武德[3]初，削平萧铣[4]，于此置南州。寻改为白州，取白江为名。州境有博白山、博白江、盘龙洞、房山、双角山、大荒山。山上有池，池中有婢妾鱼。绿珠生双角山下，美而艳。粤俗以珠为上宝，生女为珠娘，生男为珠儿，绿珠之字，由此而称。

晋石崇[5]为交趾采访使[6]，以真珠三斛[7]致之。崇有别庐[8]，在河南金谷涧。涧中有金水，自太白源来。崇即川阜[9]制园馆。绿珠能吹笛，又善舞

---

[1]　白州博白县：今广西壮族自治区博白县。
[2]　南昌郡：白州又名南昌郡。
[3]　武德：唐高祖李渊年号（618—626）。
[4]　萧铣（xiǎn）：原为隋朝罗川令，隋末起兵，自称梁帝。后兵败降唐，被杀。
[5]　石崇：晋朝南皮人，字季伦，历官散骑常侍、荆州刺史等职。曾劫远使商客，致富不赀。奢靡成风，与贵戚王恺等以豪奢相尚，后为赵王伦所杀。
[6]　交趾：今广西西南至越南北部一带。采访使：掌举劾所属州县官吏的官员。
[7]　斛（hú）：容量单位，古代南宋前曾以十斗为一斛。
[8]　别庐：别墅。
[9]　即川阜：依据山水地形。

《明君》[1]。明君者，汉妃也。汉元帝[2]时，匈奴单于入朝，诏王嫱配之，即昭君也。及将去，入辞，光彩射人，天子悔焉。重难[3]改更，汉人怜其远嫁，为作此歌。崇以此曲教之，而自制新歌曰：

我本良家子，将适单于庭；辞别未及终，前驱已抗旌[4]。仆御[5]流涕别，辕马悲且鸣；哀郁伤五内[6]，涕泣沾珠缨。行行日已远，遂造[7]匈奴城；延伫于穹庐[8]，加我阏氏[9]名。殊类[10]非所安，虽贵非所荣；父子见陵辱[11]，对之且惭惊。杀身良不易，默默以苟生；苟生亦何聊[12]，积思常愤盈。愿假飞鸿翼，乘之以遐征[13]；飞鸿不我愿，伫立以屏营[14]。昔为匣中玉，今为粪上英[15]；朝华[16]不足欢，甘与秋草并。传语后世人，远嫁难为情。

崇又制《懊恼曲》以赠绿珠。崇之美艳者千余人，择数十人妆饰一

[1] 《明君》：吟咏王昭君的歌曲。晋时因避司马昭之讳，改称王昭君为明君。
[2] 汉元帝：即刘奭，公元前48年至前33年在位。
[3] 重难：再难。
[4] 前驱已抗旌：意谓前面的队伍已举旗出发。
[5] 仆御：车夫。
[6] 五内：五脏。
[7] 造：到。
[8] 延伫（zhù）：久立等待。穹庐：毡制的帐幕，匈奴游牧民族居宅。
[9] 阏（yān）氏（zhī）：亦作"焉提"，汉时匈奴单于之妻的称号。
[10] 殊类：异族。
[11] 父子见陵辱：父子，指匈奴王呼韩邪父子。呼韩邪死，按匈奴习俗，王昭君又为呼韩邪之子之妻。
[12] 聊：寄托。
[13] 遐征：远行。
[14] 屏营：惶恐。
[15] 粪上英：粪土上的花朵。
[16] 华：同"花"。

等[1]，使忽视之，不相分别。刻玉为倒龙佩，紫金[2]为凤凰钗，结袖绕楹而舞[3]。欲有所召者，不呼姓名，悉听佩声，视钗色，佩声轻者居前，钗色艳者居后，以为行次而进。

赵王伦乱常[4]，贼类孙秀[5]使人求绿珠。崇方登凉观[6]，临清水，妇人侍侧。使者以告。崇出侍婢数百人以示之，皆蕴兰麝[7]而披罗縠[8]，曰："任所择。"使者曰："君侯服御[9]，丽矣。然受命指索绿珠，不知孰是？"崇勃然曰："吾所爱，不可得也。"秀因是谮伦[10]族之[11]。收兵[12]忽至，崇谓绿珠曰："我今为尔获罪。"绿珠泣曰："愿效死于君前！"崇因止之，于是坠楼而死。崇弃东市[13]。时人名其楼曰"绿珠楼"。楼在步庚里，近狄泉[14]。狄泉在正城之东。绿珠有弟子宋祎，有国色，善吹笛，后入晋明帝[15]宫中。今白州有一派水，自双角山出，合容州江，呼为绿珠江，亦犹归州[16]有昭君滩、昭君村、昭君场，吴有西施谷、脂粉塘，盖取美人出处为名。又

---

[1]　一等：同一种样子。

[2]　紫（yíng）金：用金子镂制成饰物。

[3]　结袖绕楹而舞：意谓美女们联起长袖在廷柱间穿行舞蹈。楹，厅堂前部的柱子。

[4]　赵王伦：即司马伦。常：指封建纲常，此处乱常为叛乱之意。永康元年（300），赵王伦作乱，杀贾后，幽禁惠帝，自居帝位。

[5]　孙秀：赵王伦之嬖臣，与伦同谋废贾后，逼惠帝禅位。伦既僭立，孙秀为侍中中书监，大行杀戮。后齐王司马冏等起兵讨伦，孙秀亦被诛杀。

[6]　凉观：傍水的凉亭、凉阁。

[7]　兰麝：兰与麝香。

[8]　縠（hú）：绉纱。

[9]　服御：指侍妾。

[10]　谮（zèn）伦：指在司马伦前说石崇的坏话。

[11]　族之：灭族。

[12]　收兵：指前来石崇家抄家、搜捕的军队。

[13]　弃东市：石崇被杀后，暴尸于洛阳东市。

[14]　狄泉：水名，亦作"翟泉"，在河南省洛阳市故洛阳城中。

[15]　晋明帝：东晋明帝司马绍，在位三年（323—325）。

[16]　归州：今湖北省秭归县。

有绿珠井，在双角山下。耆老¹传云：汲此井饮者，诞女必多美丽。里闾有识者，以美色无益于时，因以巨石镇之。尔后虽有产女端妍者，而七窍四肢，多不完具。异哉！山水之使然。昭君村生女，皆灸破其面。故白居易诗曰："不取往者戒，恐贻来者冤；至今村女面，烧灼成瘢痕。"又以不完具而惜焉。

牛僧孺《周秦行纪》²云：夜宿薄太后³庙，见戚夫人⁴、王嫱⁵、太真妃⁶、潘淑妃⁷，各赋诗言志。别有善笛女子，短鬓窄袖具带，貌甚美，与潘氏偕来。太后以接坐居之⁸，令吹笛，往往亦及酒。太后顾而谓曰："识此否？石家绿珠也。潘妃养作妹。"太后曰："绿珠岂能无诗乎？"绿珠拜谢，作曰："此日人非昔日人，笛声空怨赵王伦；红残钿碎花楼下，金谷千年更不春。"太后曰："牛秀才⁹远来，今日谁人与伴？"绿珠曰："石卫尉¹⁰性严忌，今有死，不可及乱。"然事虽诡怪，聊以解颐¹¹。

噫！石崇之败，虽自绿珠始，亦其来有渐矣。崇常刺荆州¹²，劫夺远使，沉杀商客，以致巨富。又遗王恺鸩鸟¹³，共为鸩毒之事¹⁴。有此阴谋，

---

[1] 耆（qí）老：年高的乡老。
[2] 牛僧孺《周秦行纪》：牛僧孺是中唐武宗、宣宗时的宰相，好作小说，与同时另一宰相李德裕不和。《周秦行纪》是李德裕门人韦瓘所著，托名牛僧孺作，借以诬陷他。
[3] 薄太后：即薄姬，汉高祖刘邦的侍姬，生汉文帝刘恒，文帝即位后，被尊为皇太后。
[4] 戚夫人：汉高祖刘邦的宠妃，后被吕后所杀。
[5] 王嫱：即王昭君。
[6] 太真妃：即杨贵妃。
[7] 潘淑妃：南朝宋文帝刘义隆妃，以计得宠，爱倾后宫。
[8] 接坐居之：指坐在潘妃下位。
[9] 牛秀才：指牛僧孺。
[10] 石卫尉：指石崇。石崇曾任卫尉，即统领御营的长官。
[11] 解颐：开口一笑。
[12] 刺荆州：任荆州刺史。荆州，即今湖北省江陵县。
[13] 王恺：司马昭妻弟，官至后军将军，性豪侈，曾与石崇斗富。鸩（zhèn）鸟：传说中的毒鸟，其羽毛放酒中，能毒杀人。
[14] 鸩毒之事：指石崇任荆州刺史时，送王恺鸩鸟鸩制毒酒事。

加以每邀客宴集，令美人行酒，客饮不尽者，使黄门[1]斩美人。王丞相[2]与大将军[3]，尝共访崇。丞相素不能饮，辄自勉强，至于沉醉。至大将军，故不饮以观其变，已斩三人。君子曰："祸福无门，惟人自召。"崇心不义，举动杀人，乌得无报也。非绿珠无以速[4]石崇之诛，非石崇无以显绿珠之名。绿珠之坠楼，侍儿之有贞节者也。比之于古，则有曰六出。

六出者，王进贤侍儿。进贤，晋愍太子[5]妃。洛阳乱，石勒[6]掠进贤渡孟津，欲妻之。进贤骂曰："我皇太子妇，司徒公[7]女，胡羌小子[8]，敢干[9]我乎？"言毕投河。六出曰："大既有之，小亦宜然。"复投河中。

又有窈娘者，武周时乔知之[10]宠婢也。盛有姿色，特善歌舞。知之教读书，善属文[11]，深所爱幸。时武承嗣[12]骄贵，内宴酒酣[13]，迫知之将金玉赌窈娘。知之不胜，便使人就家强载以归。知之怨悔，作《绿珠篇》以叙其怨。词曰："石家金谷重新声，明珠十斛买娉婷；此日可怜无复比，此时可爱得人情。君家闺阁未曾难，尝持歌舞使人看；富贵雄豪非分理，骄矜势力横相干。辞君去君终不忍，徒劳掩面伤红粉；百年离别在高楼，

---

[1]　黄门：本意为宦官，此处指侍者。
[2]　王丞相：指王导，东晋元帝、明帝、成帝时任丞相。
[3]　大将军：指王敦，王导的堂兄，东晋元帝时总领军事，为镇东大将军。
[4]　速：促使。
[5]　晋愍（mǐn）太子：晋惠帝太子司马遹，为贾后所废与杀害，后谥愍怀太子。
[6]　石勒：五胡十六国中后赵高祖（319—333 在位）。攻陷洛阳时石勒为前赵将领。
[7]　司徒公：指王衍，西晋大臣，官至司徒，后为石勒所害。
[8]　胡羌小子：指石勒。石勒为羯族人。
[9]　干：侵犯。
[10]　乔知之：武则天时人，历任右补阙、左司郎中。
[11]　属（zhǔ）文：做文章。
[12]　武承嗣：武则天侄儿，官至左相，求册立皇太子未遂，忧郁而死。
[13]　内宴酒酣：宫中宴饮欢乐之时。

一旦红颜为君尽。"知之私属承嗣家阉奴[1]，传诗于窈娘。窈娘得诗悲泣，投井而死。承嗣令汲出[2]，于衣中得诗。鞭杀阉奴，讽吏罗织[3]知之，以至杀焉。悲夫！二子以爱姬示人，掇丧身之祸。所谓"倒持太阿，授人以柄"[4]。《易》曰："慢藏诲盗，冶容诲淫"[5]，其此之谓乎？其后诗人题歌舞妓者，皆以绿珠为名。庾肩吾[6]曰："兰堂上客至，绮席清弦抚；自作明君辞，还教绿珠舞。"李元操[7]云："绛树摇歌扇，金谷舞筵开；罗袖拂归客，留欢醉玉杯。"江总[8]云："绿珠含泪舞，孙秀强相邀。"

绿珠之没[9]，已数百年矣，诗人尚咏之不已，其故何哉？盖一婢子，不知书而能感主恩，愤不顾身，其志烈懔懔[10]，诚足使后人仰慕歌咏也。至有享厚禄，盗高位，亡仁义之性，怀反复之情，暮四朝三，惟利是务，节操反不若一妇人，岂不愧哉？今为此传，非徒述美丽，室祸源，且欲惩戒辜恩背义之类也。

季伦死后十日，赵王伦败。左卫将军赵泉，斩孙秀于中书[11]；军士赵骏，剖秀心食之。伦囚金墉城[12]，赐金屑酒。伦惭，以巾覆面曰："孙秀误我也！"饮金屑而卒。皆夷[13]家族。

---

[1] 阉奴：执贱役的阉人。
[2] 汲出：捞出。
[3] 罗织：编造罪名进行诬陷。
[4] "倒持太阿"两句：此语出自《汉书·梅福传》："倒持泰阿，授楚其柄，"指倒拿着宝剑，将剑柄交予别人，喻授人以权，反受其害。太阿，亦作泰阿，剑名。
[5] "慢藏"两句：意谓收藏财物不慎，诱人窃盗；容貌修饰妖艳，诱人奸淫。
[6] 庾肩吾：南朝梁时宫体诗代表作家之一。
[7] 李元操：即李孝贞，元操为其字，隋朝时历官蒙州刺史、内史侍郎等。
[8] 江总：南朝陈时幸臣，善为艳诗。
[9] 没：死。
[10] 懔懔：严正貌。
[11] 中书：此处指中书监官署。
[12] 金墉城：在今河南省洛阳市东北，三国魏明帝所筑。
[13] 夷：诛灭。

南阳生[1]曰："此乃天假[2]之报怨，不然，何以枭夷[3]之立见乎？"（据鲁迅编辑《唐宋传奇集》）

说明

本篇故事发生的背景是西晋末年的社会大动乱之时，作者通过对绿珠事迹的叙述，肯定了她的"贞烈"，同时也谴责了西晋贵族官僚的生活糜烂、凶狠残暴与互相之间的争斗杀戮。作者所赞赏的是绿珠的"其志烈懔懔"，与后来南宋道学家要求妇女从一而终的节义并不相同，而他的描写在客观上也反映出封建时代里妇女没有独立人格、任人摆布的悲惨命运。作品采用了夹叙夹议的手法，篇中排列了较多的前代记载与诗文，反而冲淡了对绿珠故事的描述，但这样的创作方式在宋人传奇中却具有一定的代表性。在元明清三代，绿珠坠楼的故事常见于各种小说、戏曲作品，由此也可以看出乐史的这篇传奇对后世创作的影响。

集评

右钞直史馆乐史所撰《绿珠传》。史尤精于地理学，故此传推考山水为详，又皆出于地志杂书者也。

——宋·晁载之《续谈助·绿珠传》

---

[1] 南阳生：作者乐史的别号。
[2] 假：借。
[3] 枭（xiāo）夷：斩首灭族。枭，即枭首，斩首后将首节悬于木上。

余谓绿珠一婢子耳，能感主恩而奋不顾身，是宜刊以风世云。

——清·胡珽《绿珠传跋》

史既博览，复长地理，故其辑述地志，即缘滥于采录，转成繁芜。而撰传奇，如《绿珠》、《太真传》，又不免专拾旧文，如《语林》、《世说新语》、《晋书》、《明皇杂录》、《开天传信记》、《长恨传》、《酉阳杂俎》、《安禄山事迹》等，稍加排比，且常拳拳于山水也。

——鲁迅《唐宋传奇集·稗边小缀》

《绿珠》、《太真传》二传，本荟萃稗史成文，则又参以舆地志语；篇末垂诫，亦如唐人，而增其严冷，则宋人积习如是也，于《绿珠传》最明白。

——鲁迅《中国小说史略》

张齐贤

张齐贤（943—1014），字师亮，原籍曹州冤句（今属山东省菏泽市），五代晋时迁居洛阳。太平兴国二年（977）进士及第，先后任衡州通判、左拾遗、工部侍郎、兵部尚书与同中书门下平章事等职，后以司空致仕。著作有记载洛阳贵族官僚遗闻轶事的《洛阳缙绅旧闻记》五卷。

白万州遇剑客

万州[1]白太保[2]，名廷海，即致政中令讳文珂[3]之长子也。任庄宅使[4]时，权五司兼水北巡检[5]（五司者，庄宅、皇城、内园、洛苑、宫苑也）。平蜀有功[6]，就除万州刺史。受代[7]归，殁于荆南[8]。

白性好奇，重道士之术。从兄[9]廷让，为亲事都将[10]，不履行检[11]，屡游行于鄽市[12]中，忽有客对廷让曰："剑客尝闻之乎？"廷让曰："闻。""曾见之乎？"曰："未尝见。"客曰："见[13]在通利坊逆旅中，呼为处士，即

---

[1]　万州：今四川省万县市及万县、梁平县一带。
[2]　太保：古代三公之一，位次于太师、太傅。东汉废。以后各代均置，但多为勋戚文武大臣加衔赠官，无实职。
[3]　文珂：白文珂，字德温，太原人，历仕后唐、后汉。后周时，加中书令，以太子太师致仕，故文中称他为"致政中令"。致政，辞官退休。
[4]　庄宅使：官名，掌管京城一带属官府的庄田、磨坊、店铺、菜园、车坊等产业。
[5]　权：代理。水北：汴水以北。巡检：掌管训练士卒、巡逻地方、捕捉盗贼的武官。
[6]　平蜀有功：指在宋灭后蜀的战争中建有战功。
[7]　受代：受人替代，指去官。
[8]　荆南：即今湖北省江陵县。
[9]　从兄：堂兄。
[10]　亲事都将：京城禁卫军中的下级军官。
[11]　不履行检：意谓行为不检点，不受约束。
[12]　鄽（chán）市：即廛市，商店集中的地方。
[13]　见：同"现"。

剑客也，可同往见之。"廷让如其言，明日同诣逆旅中。见五六人席地环坐，中有一人，深目丰眉[1]，紫黑色，黄须。廷让至，黄须独不起。客曰："可拜。"廷让拜。黄须倨受[2]，徐曰："谁氏子至？"客曰："白令公侄，与某同来，专起居[3]处士。"黄须笑曰："尔同来，可坐共饮。"须臾，将一木盆至，取酒数瓶，满其盆，各置一瓷碗在面前，舁一案[4]，驴肉置其侧，中一人鼓刀切肉，作大脔[5]，用杓酌酒于碗中，每人前设一肉器。廷让视之有难色，黄须者一举而尽，数辈亦然，且引手取肉啖之，顾廷让，扬眉摄目[6]，若怒色。廷让强饮半碗许，咀嚼少肉而已。

酒食罢，散去。廷让熟视，皆狗屠角抵辈[7]。廷让与同来客独住款曲[8]。客语黄须曰："白公志士也，处士幸勿形迹[9]。"黄须于床上取一短剑出匣，以手簸弄[10]讫，以指弹剑，铿然有声。廷让视之，意谓剑客尔，复起再三拜之，曰："幸睹处士，他日终愿乞为弟子。"黄须曰："此剑凡杀五七十人，皆吝财轻侮人者，取首级煮食之，味如猪羊头尔。"廷让闻之，若芒刺满身，恐悚而退。

归，具以事语于弟廷海。贵家子闻异人奇士，素所尚，且曰："某如何得一见之，可谋于客。"遂告之。客曰："但备酒馔俟之。"明日辰巳间[11]，客果与俱来。白兄弟迎接之。延入，白俱投拜。黄须悉倨受之。

---

[1]　深目丰眉：浓眉大眼。
[2]　倨受：傲慢地动也不动，受礼不还。
[3]　起居：请安、问好。
[4]　舁（yú）一案：抬来一张桌子。
[5]　脔（luán）：切成块的肉。
[6]　摄目：用目光表示威胁。摄，同"慑"。
[7]　狗屠角抵辈：杀狗、相扑一类的人。
[8]　款曲：殷勤款洽。
[9]　幸勿形迹：意谓不要见怪。
[10]　簸（bǒ）弄：玩弄。
[11]　辰巳间：上午七时至十一时之间。

饮食讫，谓白曰："君家有好剑否？"对曰："有。"因取数十口置于前。黄须一一阅之，曰："皆凡铁也。"廷让曰："某房中有两口剑，试取观之。"黄须置一于地，亦曰凡剑尔；再取一，云此可。乃令工磨之。黄须命取火箸[1]至，引剑断之，刃无复缺。黄须曰："果稍堪尔。"以手掷，若剑舞状，久之告去。廷海奇而留之，命止[2]于厅侧，待之甚厚。

黄须大率少语，但应唯而已。忽一日，借一骏蹄[3]暂出数日，徒步而来，曰马惊逸，不知所之。旬日，有人送马至。又月余，黄须谓廷让曰："于尔弟处，借银十铤[4]，皮箧一，好马一匹，仆二人，暂至华阳[5]，回日，银与马却奉还。"白兄潜思之，欲不与，闻其多杀吝财者；欲与，虑其不返。犹豫未决，黄须果怒，告去，不可留。白昆弟逊谢之，曰："十铤银，一马，暂借小事尔，却是奴仆辈恐不称处士指顾[6]。"悉依借与之。黄须不辞，上马而去。白之昆仲，亦不之测。数日，一仆至曰："处士至土壕，怒行迟，遣回。"又旬日，一仆至曰："到陕州[7]，处士怒遣回。"白之昆仲谓剑客不敢窃议，恐知而及祸。

逾年，不至。有贾客乘所借马过门者，白之左右皆识之，闻于白，诘之，曰："于华州[8]八十千买之。"契券分明卖马，姓名易之矣，方知其诈。三数年后，有人陕州见之，盖素善锻者也。

大凡人平常厚貌深衷[9]，未易轻信，黄须假剑术以惑人，宜乎白之可

---

[1]　火箸：火钳。
[2]　止：居住。
[3]　骏蹄：好马。
[4]　铤（dìng）：铸成贝状、颗状或块状的金银，其重为五两或十两。
[5]　华阳：今陕西省沔县一带。
[6]　指顾：使唤差遣。
[7]　陕州：今河南省陕县。
[8]　华州：今陕西省华县一带。
[9]　厚貌深衷：相貌忠厚，思虑深远。

欺也。书之者，亦铸鼎备物之象，使人入山林不逢不若尔[1]，彼亦自古欺诈之尤者也。君子志之，抑铸鼎之类也，诚之诚之！

（据四库全书本《洛阳搢绅旧闻记》）

说明

　　本篇选自《洛阳搢绅旧闻记》卷三。这是一篇笔记体小说，文字质朴简洁，情节也较单纯，但作者善于选择精彩的细节加以渲染，从而将假冒剑客而实为骗子的黄须的装模作样、故弄玄虚描写得活灵活现，对一心仰慕剑客的白氏兄弟上当受骗的心理与原因也作了细致的交代。于是，作品的主旨便因此而被突出，即提醒人们必须善于辨别真假，不要被表面现象所迷惑。在清代的长篇小说《儒林外史》中，也有一个假剑客张铁臂与上当受骗的娄氏兄弟，他们的行径与本篇中的黄须、白氏兄弟十分相像。这恐怕不是一个巧合，而是可看作本篇对后世小说创作的影响。

---

[1]　"使人入山"句：典出《左传·宣公三年》："铸鼎像物，百物而为之备，使民知神奸。故民入川泽山林，不逢不若。"意谓记述这个故事，就像在鼎上铸绘百物，以便人们对照、辨别真伪。

张　实

张实，字子京，约为北宋中期时魏陵人，其生平不详。他的作品今存《流红记》一篇。

流红记

唐僖宗[1]时，有儒士于祐晚步禁衢[2]间。于时万物摇落[3]，悲风素秋，颓阳[4]西倾，羁怀[5]增感。视御沟[6]浮叶，续续而下。祐临流浣手，久之，有一脱叶，差[7]大于他叶，远视之，若有墨迹载其上。浮红泛泛[8]，远意绵绵[9]。祐取而视之，果有四句题于其上，其诗曰：

　　流水何太急？深宫尽日闲。
　　殷勤谢红叶，好去到人间。

祐得之，蓄于书笥[10]，终日咏味，喜其句意新美，然莫知何人作而书于叶也。因念御沟水出禁掖[11]，此必宫中美人所作也。祐但宝之，以为念

---

[1]　唐僖宗：李儇，873—888年在位。
[2]　禁衢：皇城内的街道。皇城为官方办公处，其北为帝后居住的宫城。
[3]　摇落：凋残，零落。
[4]　颓阳：落日。
[5]　羁怀：流浪在外的愁思。
[6]　御沟：从皇宫内导水而出的水渠。
[7]　差：略。
[8]　泛泛：在水中漂浮的样子。
[9]　绵绵：连绵不断。
[10]　书笥（sì）：装书的竹箱。
[11]　禁掖：皇宫。

耳，亦时时对好事者说之。祐自此思念，精神俱耗。一日，友人见之曰："子何清削[1]如此？必有故，为吾言之。"祐曰："吾数月来眠食俱废。"因以红叶句言之。友人大笑曰："子何愚如是也！彼书之者，无意于子，子偶得之，何置念如此。子虽思爱之勤，帝禁深宫，子虽有羽翼，莫敢往也。子之愚又可笑也。"祐曰："天虽高而听卑[2]，人苟有志，天必从人愿耳。吾闻牛仙客遇无双之事，卒得古生之奇计[3]，但患无志耳，事固未可知也。"祐终不废思虑[4]，复题二句，书于红叶上云：

　　　曾闻叶上题红怨，叶上题诗寄阿谁？

　　置御沟上流水中，俾其流入宫中。人为笑之，亦为好事者称道。有赠之诗者曰：

　　　君恩不禁东流水，流出宫情是此沟。

　　祐后累举不捷[5]，迹颇羁倦[6]，乃依河中贵人韩泳门馆[7]，得钱帛稍稍自给，亦无意进取。久之，韩泳召祐谓之曰："帝禁宫人三十余得罪，使各适人[8]。有韩夫人者，吾同姓，久在宫，今出禁庭[9]，来居吾舍。子今未娶，

---

[1]　清削：清瘦。
[2]　天虽高而听卑：语出《史记·宋微子世家》，意谓天虽然很高却能明察下界的事情。
[3]　"吾闻牛仙客"二句：此处所引为唐代薛调所作的传奇《无双传》中的故事，牛仙客应作王仙客。
[4]　不废思虑：思念不止。
[5]　不捷：应试没有考取。
[6]　羁倦：厌倦旅居在外的漂泊生活。
[7]　河中：唐代府名，治所在今山西省永济县。门馆：此处指教书或任文墨职务。
[8]　适人：嫁人。
[9]　禁庭：皇宫。

年又逾壮 [1]，困苦一身，无所成就，孤生独处，吾甚怜汝。今韩夫人箧中不下千缗，本良家女，年才三十，姿色甚丽。吾言之使聘子 [2]，何如？"祐避席伏地曰："穷困书生，寄食门下，昼饱夜温，受赐甚久，恨无一长，不能图报。早暮愧惧，莫知所为，安敢复望如此！"泳乃令人通媒妁，助祐进羔雁，尽六礼 [3] 之数，交二姓之欢。祐就吉之夕，乐甚。明日，见韩氏装橐 [4] 甚厚，姿色绝艳，祐本不敢有此望，自以为误入仙源，神魂飞越。既而韩氏于祐书笥中见红叶，大惊曰："此吾所作之句，君何故得之？"祐以实告。韩氏复曰："吾于水中亦得红叶，不知何人作也？"乃开笥取之，乃祐所题之诗，相对惊叹，感泣久之，曰："事岂偶然哉！莫非前定也。"韩氏曰："吾得叶之初，尝有诗，今尚藏箧 [5] 中。"取以示祐。诗云：

独步天沟 [6] 岸，临流得叶时。
此情谁会得 [7]，肠断一联诗。

闻者莫不叹异惊骇。一日，韩泳开宴召祐洎 [8] 韩氏，泳曰："子二人今日可谢媒人也。"韩氏笑答曰："吾为 [9] 祐之合乃天也，非媒氏之力也。"泳曰："何以言之？"韩氏索笔为诗曰：

---

[1]　逾壮：已过了三十岁。《礼记》："三十曰壮。"
[2]　使聘子：使她嫁给你。聘，聘礼，封建婚姻六礼之一的"纳征"，此处引申为婚嫁。
[3]　六礼：古代婚制中纳采、问名、纳吉、纳征、请期、亲迎合称为六礼。
[4]　装橐（tuó）：此处指嫁妆。
[5]　箧（qiè）：小箱子。
[6]　天沟：御沟。
[7]　会得：体会到。
[8]　洎（jì）：及。
[9]　为：同。

一联佳句题流水，十载幽思满素怀[1]。

今日却成鸾凤[2]友，方知红叶是良媒。

泳曰："吾今知天下事无偶然者也。"僖宗之幸蜀[3]，韩泳令祐将家僮百人前导，韩以宫人得见帝，具言适祐事。帝曰："吾亦微闻之。"召祐，笑曰："卿乃朕门下旧客也。"祐伏地拜，谢罪。帝还西都，以从驾得官，为神策军虞候[4]。韩氏生五子三女，子以力学[5]俱有官，女配名家。韩氏治家有法度，终身为命妇[6]。宰相张濬[7]作诗曰：

长安百万户，御水日东注。

水上有红叶，子独得佳句。

子复题脱叶，流入宫中去。

深宫千万人，叶归韩氏处。

出宫三十人，韩氏籍中数[8]。

回首谢君恩，泪洒胭脂雨。

寓居贵人家，方与子相遇。

通媒六礼具，百岁为夫妇。

儿女满眼前，青紫[9]盈门户。

---

[1] 素怀：夙愿。

[2] 鸾凤：鸾鸟与凤凰，喻夫妻。

[3] 僖宗之幸蜀：唐末黄巢起义军攻下洛阳与长安，僖宗匆匆奔蜀。

[4] 神策军：唐代设左右神策军，为皇帝的近卫部队。虞候：此处指皇帝左右的禁卫军官。

[5] 力学：发奋努力学习。

[6] 命妇：封建时代受朝廷封号的妇女。

[7] 张濬：字禹川，河间（今河北省河间县）人，唐僖宗时任尚书右仆射，故称宰相。

[8] 籍中数：名字列在花名册中。

[9] 青紫：本为古时公卿服饰，此处指达官贵人。

兹事自古无，可以传千古。

议曰：流水，无情也；红叶，无情也。以无情寓无情，而求有情，终为有情者得之，复与有情者合，信前世所未闻也。夫在天理可合，虽胡越之远，亦可合也。天理不可，则虽比屋¹邻居，不可得也。悦于得，好于求者，观此可以为戒也。

（据鲁迅编辑《唐宋传奇集》）

说明

红叶题诗的故事早在唐代孟棨的《本事诗》、范摅的《云溪友议》等作中就有载录，本篇即是在这些记载的基础上敷衍排叙，而情节更为曲折生动，描写也较为细致。尽管故事结尾处于祐一门富贵的安排较为庸俗，情节设计也有过于巧合之处，但作品确实反映出了长期幽闭在宫中的宫女的精神苦闷及其渴望自由和爱情的愿望，在宋代传奇中可算是优秀之作。自宋代以降，后人引用红叶题诗的故事都依据张实的《流红记》，元代白朴的杂剧《韩翠苹御水流红叶》、明代王骥德的传奇《题红记》等，也都以本篇故事为创作素材。

---

[1]　比屋：住宅相连的邻居。

集评

　　唐小说记红叶事有四。《本事诗》云：顾况在洛乘间与一二诗友游苑中，于流水上得大梧叶，有诗云："一入深宫里，年年不见春。聊题一片叶，寄与有情人。"况明日于上流亦题曰："愁见莺啼柳絮飞，上阳宫女断肠时。君恩不禁东流水，叶上题诗寄与谁？"后十余日，有客来苑中，又于叶上得诗，以示况曰："一叶题诗出禁城，谁人酬和独含情。自嗟不及波中叶，荡漾乘春取次行。"一说明皇时，贵妃宠盛，宫娥皆衰悴，不愿备掖庭，尝书落叶，随御沟流出，云："旧宠悲秋扇，新恩寄早春。聊题一片叶，寄与接流人。"况从而和之（和诗同前）。既达圣聪，遣出禁内人不少。又，《云溪友议》载：宣宗朝，卢渥舍人应举之岁，偶临御沟，见红叶上有诗"流水何太急"云云。又，《北梦琐言》所载，与《云溪友议》同，以为进士李茵事。惟刘斧《青琐》中有《流红记》，易其人为于祐，妄也。

——明·詹詹外史《情史》卷十二

　　宋人作传奇，始回避时事，拾旧闻附会牵合以成篇，而文意并瘁。如《流红记》，即其一也。

——鲁迅《唐宋传奇集·稗边小缀》

秦　醇

秦醇，字子复（或作子履），亳州（今安徽省亳县）人，其生平不详，约活动于北宋中期。秦醇撰有文言小说《骊山记》、《温泉记》、《赵飞燕别传》与《谭意歌传》，这些作品均被收入刘斧撰辑的《青琐高议》。

谭意歌传

谭意歌，小字英奴，随亲生于英州[1]。丧亲，流落长沙，今潭州也。年八岁，母又死，寄养小工张文家。文造竹器自给。一日，官妓丁婉卿过之，私念：苟得之，必丰吾屋[2]。乃召文饮，不言而去。异日复以财帛贶[3]文，遗颇稠迭[4]。文告婉卿曰："文廛[5]市贱工，深荷厚意，家贫，无以为报。不识子欲何图也？子必有告，幸请言之，愿尽愚图报，少答厚意。"婉卿曰："吾久不言，诚恐激君子之怒。今君恳言，吾方敢发。窃知意歌非君之子，我爱其容色，子能以此售我，不惟今日重酬子，异日亦获厚利。无使其居子家，徒受寒饥。子意若何？"文曰："文揣知君意久矣，方欲先白。如是，敢不从命？"是时方十岁，知文与婉卿之意，怒诘[6]文曰："我非君之子，安忍弃于娼家乎？子能嫁我，虽贫穷家所愿也。"文竟以意归婉卿。过门，意歌大号泣曰："我孤苦一身，流落万里，势力微弱，年龄幼小。无人怜救，不得从良人。"闻者莫不嗟恸[7]。

---

[1]　英州：州治在今广东省英德县。
[2]　丰吾屋：使我家富裕。
[3]　贶（kuàng）：赠与。
[4]　遗（wèi）颇稠迭：赠物甚丰厚。遗，赠给。
[5]　廛（chán）：古代城市平民的房地。
[6]　诘：责问。
[7]　嗟恸（tòng）：叹息、悲痛。

婉卿日以百计诱之，以珠翠饰其首，轻暖[1]披其体，甘鲜[2]足其口，既久益勤，若慈母之待婴儿。辰夕浸没[3]，则心自爱夺，情由利迁[4]，意歌忘其初志。未及笄[5]，为择佳配。肌清骨秀，发绀眸[6]长，荑手纤纤[7]，宫腰搦搦[8]，独步于一时。车马骈溢[9]，门馆如市。加之性明敏慧，解音律，尤工诗笔。年少千金买笑，春风[10]惟恐居后。郡官宴聚，控骑[11]迎之。

时运使周公权府[12]会客，意先至府，医博士及有故至府，升厅拜公。及美髯可爱，公因笑曰："有句，子能对乎?"及曰："愿闻之。"公曰："医士拜时须拂地。"及未暇对答，意从旁曰："愿代博士对。"公曰："可。"意曰："郡侯[13]宴处幕侵天。"公大喜。

意疾既愈，庭见府官，多自称诗酒于刺[14]。蒋田见其言，颇笑之。因令其对句，指其面曰："冬瓜霜后频添粉。"意乃执其公裳袂，对曰："木枣秋来也著绯[15]。"公且惭且喜，众口噏然[16]称赏。魏谏议之镇[17]长沙，游

---

[1]   轻暖：指轻而暖的衣服。
[2]   甘鲜：指美味的食物。
[3]   浸没：原意为渗透淹没，此处指感染。
[4]   "则心"二句：意谓谭意歌被丁婉卿的爱所感动，感情因物质利益的诱惑而变化。
[5]   及笄（jī）：指满十五岁。古代女子十五岁可以盘发插笄，表示成年。
[6]   绀（gàn）：天青色。眸：原意为眼珠，此处指眼睫毛。
[7]   荑手纤纤：形容十指纤纤似嫩草。荑，茅草的嫩芽。
[8]   宫腰搦（nuò）搦：宫腰，细腰，搦搦，柔弱多姿貌。
[9]   骈溢：排列相接，充斥于道。
[10]   春风：喻温和可亲。
[11]   控骑：驾牛马。
[12]   运使：转运使的简称。权府：此处指暂代潭州知州的职务。
[13]   郡侯：对州郡长官的尊称。
[14]   刺：名帖。
[15]   著绯：穿红色官服。
[16]   噏（xī）然：赞叹的样子。
[17]   谏议：谏议大夫之简称。镇：镇守。

岳麓[1]时，意随轩[2]。公知意能诗，呼意曰："子可对吾句否？"公曰："朱衣吏引登青障[3]。"意对曰："红袖人[4]扶下白云。"公喜，因为之立名文婉，字才姬。意再拜曰："某微品[5]也，而公为之名字，荣逾万金之赐。"刘相之镇长沙，云一日登碧湘门[6]纳凉，幕官[7]从焉。公呼意对，意曰："某，贱品也，安敢敌公之才。公有命，不敢拒。"尔时迤逦[8]望江外湘渚[9]间，竹屋茅舍，有渔者携双鱼入修巷。公相曰："双鱼入深巷。"意对曰："尺素[10]寄谁家。"公喜，赞美久之。

他日，又从公轩游岳麓，历抱黄洞[11]望山亭吟诗，坐客毕和。意为诗以献曰：

真仙去后已千载，此构危亭四望赊[12]。灵迹几迷三岛路[13]，凭高空想五云车[14]。清猿啸月千岩晓，古木吟风[15]一径斜。鹤驾[16]何时还古里，江城应少旧人家。

---

[1]　岳麓：山名，位于长沙西南，湘江西岸。

[2]　轩：车子。

[3]　青障：似屏障的山峰，此处指岳麓山。

[4]　红袖人：指美人，此处为谭意歌自喻。

[5]　微品：下等人。

[6]　碧湘门：长沙的南门。

[7]　幕官：指衙署中参谋、书记一类的属员。

[8]　迤逦（yǐ lǐ）：曲折连绵。

[9]　湘渚（zhǔ）：湘江中的小洲。

[10]　尺素：书信。

[11]　抱黄洞：岳麓山名胜之一，因道士张抱黄而得名。

[12]　危亭：高亭。赊（shē）：遥远。

[13]　"灵迹"句：意谓真仙去仙界的路已难以寻觅。三岛，即蓬莱、方丈、瀛洲的合称，传说中的三座神山。

[14]　五云车：道家谓仙人所乘的车。

[15]　古木吟风：指古树因风吹而发出声响。

[16]　鹤驾：指神仙。

公见诗愈惊叹，坐客传观，莫不心服。公曰："此诗之妖也。"

公问所从来，意歌以实对。公怆然悯之。意乃告曰："意入籍[1]驱使迎候之列有年矣，不敢告劳。今幸遇公，倘得脱籍，为良人箕帚之役[2]，虽死必谢。"公许其脱。异日，诣投牒[3]，公诺其请。

意乃求良匹，久而未遇。会汝州[4]民张正字为潭茶官[5]，意一见，谓人曰："吾得婿矣。"人询之，意曰："彼风调[6]才学，皆中吾意。"张闻之，亦有意。一日，张约意会于江亭。于时亭高风怪，江空月明。陡帐垂丝，清风射牖，疏帘透月，银鸭[7]喷香。玉枕相连，绣衾低覆，密语调簧[8]，春心飞絮，如仙葩之并蒂，若双鱼之同泉；相得之欢，虽死未已。翌日，意尽挈[9]其装囊归张。有情者赠之以诗曰：

才色相逢方得意，风流相遇事尤佳。牡丹移入仙都去，从此湘东无好花。

后二年，张调官，复来见，意乃治行[10]，饯之郊外。张登途，意把臂嘱曰："子本名家，我乃娼类，以贱偶贵，诚非佳婚。况室无主祭之妇[11]，

---

[1] 入籍：指沦为妓女。
[2] "为良人"句：意谓脱籍成为良家妇女。
[3] 诣投牒：到官府呈递要求脱籍的申请。
[4] 汝州：治所在今河南省临汝县。
[5] 茶官：掌管茶税、管理茶民的官员。
[6] 风调：风度。
[7] 银鸭：即香炉。
[8] 调簧：原意为吹奏乐器，此处喻话语动听。
[9] 挈（qiè）：携带。
[10] 治行：整理行装。
[11] 主祭之妇：指正妻。

堂有垂白之亲¹。今之分袂²，决无后期。"张曰："盟誓之言，皎如日月，苟或背此，神明非欺。"意曰："我腹有君之息³数月矣；此君之体也⁴，君宜念之。"相与极恸，乃舍去。

意闭户不出，虽比屋⁵莫见意面。既久，意为书与张云：

阴老春回⁶，坐移岁月。羽伏鳞潜⁷，音问两绝。首春气候寒热，切宜保爱。逆旅都辇⁸，所见甚多。但幽远之人，摇心左右⁹；企望回辕¹⁰，度日如岁。因成小诗，裁寄所思。兹外千万珍重。

其诗曰：

潇湘江上探春回，消尽寒冰落尽梅。愿得儿夫似春色，一年一度一归来。

逾岁，张尚未回，亦不闻张娶妻。意复有书曰：

相别入此新岁，湘东地暖，得春尤多。溪梅堕玉¹¹，槛杏吐红；

---

[1] 垂白之亲：指年老的双亲。
[2] 分袂：离别。
[3] 我腹有君之息：意谓怀上您的孩子。
[4] 此君之体也：意谓这是您的骨血。
[5] 比屋：近邻。
[6] 阴老春回：冬去春来。
[7] 羽伏鳞潜：羽、鳞分别为雁、鱼的代称。古人有雁足、鱼腹传书之说，此处意谓音讯全无。
[8] 逆旅都辇：客居京城。
[9] 摇心左右：心萦绕在你的左右。
[10] 回辕：指归家的车。
[11] 溪梅堕玉：溪边的梅花已谢。

旧燕初归，暖莺已啭[1]。对物如旧，感事自伤。或勉为笑语，不觉泪泠。数月来颇不喜食，似病非病，不能自愈。孺子无恙，无烦流念[2]。向尝面告，固匪自欺。君不能违亲之言，又不能废己之好，仰结高援[3]，其无□焉[4]。或俯就微下，曲为始终[5]，百岁之恩，没齿何报？虽亡若存，摩顶至足[6]，犹不足答君意。反覆其心，虽秃十兔毫，罄三江之楮[7]，亦不能□兹稠迭[8]，上浼[9]君听，执笔不觉堕泪几砚中，郁郁之意，不能自已。千万对时善育[10]，无或以此为至念也。短唱二阕，固非君子齿牙间可吟，盖欲摅情[11]耳。

曲名《极相思令》一首：

湘东最是得春先，和气暖如绵。清明过了，残花巷陌，犹见秋千。　对景感时情绪乱，这密意、翠羽空传[12]。风前月下，花时永昼[13]，洒泪何言？

又作《长相思令》一首：

旧燕初归，梨花满院，迤逦天气融和。新晴巷陌，是处轻车轿马，禊饮[1]笙歌。旧赏人非[2]，对佳时、一向乐少愁多。远意[3]沉沉，幽闺独自颦蛾[4]。正消黯[5]无言，自感凭高远意，空寄烟波。从来美事，因甚天教两处多磨？开怀强笑，向新来宽却衣罗[6]。似恁地[7]人怀憔悴，甘心总为伊呵！

张得意书辞，情悰[8]久不快，亦私以意书示其所亲，有情者莫不嗟叹。

张内逼慈亲之教，外为物议之非[9]，更期月[10]，亲已约孙贲殿丞[11]女为姻。定问[12]已行，媒妁素定[13]，促其吉期，不日佳赴[14]。张回肠危结[15]，感泪自零；好天美景，对乐成悲；凭高怅望，默然自已。终不敢为记报意。逾岁，意方知，为书云：

妾之鄙陋，自知甚明。事由君子，安敢深扣[16]！一入闺帏[17]，克勤

---

[1]　禊（xì）饮：古代民俗于三月上巳日到水边嬉游采兰，宴饮行乐。
[2]　旧赏人非：意谓景物依旧，您却不在身边。
[3]　远意：怀念远方亲人的思绪。
[4]　颦（pín）蛾：皱眉。
[5]　消黯：黯然消魂，即伤感。
[6]　"向新"句：意谓最近以来人渐消瘦，衣服显得宽松了。衣罗，即罗衣，为押韵而颠倒。
[7]　似恁（nèn）地：似这样。
[8]　情悰（cóng）：情怀，心情。
[9]　物议之非：舆论的批评、责难。
[10]　更期（jī）月：过了整整一个月。
[11]　殿丞：宋代殿中省监丞的简称，为协助掌管皇帝衣食药住行的官员。
[12]　定问：此处泛指订婚礼仪。
[13]　素定：早已确定。
[14]　佳赴：指迎亲。
[15]　回肠危结：意谓忧愁得肠子似打了结一般。
[16]　扣：询问。
[17]　闺帏：内室。

妇道，晨昏恭顺，岂敢告劳！自执箕帚，三改岁□[1]，苟有未至，固当垂诲[2]。遽[3]此见弃，致我失图[4]。求[5]之人情，似伤薄恶；揆[6]之天理，亦所不容。业已许君，不可贻咎[7]。有义则企，常风服于前书[8]；无故见离，深自伤于微弱。盟顾可欺，则不复道[9]。稚子今已三岁，方能移步，期于成人，此犹可待。妾囊中尚有数百缗[10]，当售附郭之田亩[11]，日与老农耕耨别穰[12]，卧漏复毳[13]，凿井灌园。教其子知诗书之训，礼义之重；愿其有成，终身休庇[14]，妾之此身，如此而已。其他清风馆宇，明月亭轩，赏心乐事，不致如心[15]久矣。今有此言，君固未信，俟在他日，乃知所怀。燕尔方初[16]，宜君子之多喜；拔葵在地，徒向日之有心[17]。自兹弃废，莫敢凭高。思入白云，魂游天末。幽怀蕴积，不能穷极。得官何地？因风寄声[18]。固无他意，贵知动止。饮泣为书，意绪无极，千万自爱。

---

[1] 三改岁□：此处缺字，疑当为"三改岁华"。
[2] 固当垂诲：意谓我有什么不对的地方，你本应当教导我。
[3] 遽：突然。
[4] 失图：失去指望。
[5] 求：寻求，推究。
[6] 揆（kuí）：度量，衡量。
[7] 贻咎：把错误归给某人，意即批评、责难。
[8] "有义则企"两句：意谓人与人之间，本于正道方能相结合，我很佩服前人著述关于这方面的论述。
[9] "盟顾"两句：意谓倘若盟约可以背弃，那就没什么可说的了。
[10] 缗（mín）：一千文为一缗，即一贯。
[11] "当售"句：意谓购买城郊的田地。售，买。
[12] 耕耨（nòu）别穰（ráng）：耕种、锄草、间苗、收获。此处泛指种田。
[13] 卧漏复毳（cuì）：意谓睡在漏雨的屋里，盖着粗毛毡，形容生活艰苦。
[14] 休庇：庇护。此处意为照顾。
[15] 不致如心：不能合心意，即毫无兴趣。
[16] 燕尔方初：正在新婚的时候。燕尔，新婚的代称，典出《诗经·邶风·谷风》。
[17] "拔葵"两句：意谓葵花被拔弃地，空有向日转向之心，喻自己被抛弃的境地与心情。
[18] 因风寄声：凭借风力传递消息，指乘便告诉。

张得意书，日夕叹怅。

后三年，张之妻孙氏谢世，湖外莫通信耗。会有客自长沙替归[1]，遇于南省书理间[2]。张询客意歌行没[3]，客抚掌大骂曰："张生乃木人石心也，使有情者见之，罪不容诛。"张曰："何以言之？"客曰："意自张之去，则掩户不出，虽比屋莫见其面。闻张已别娶，意之心愈坚，方买郭外田百亩以自给。治家清肃，异议纤毫不可入。亲教其子，吾谓古之李住满女，不能远过此。吾或见张，当唾其面而非之。"张惭怩久之，召客饮于肆，云："吾乃张生，子责我皆是，但子不知吾家有亲，势不得已。"客曰："吾不知子乃张君也。"久乃散。张生乃如[4]长沙，数日既至，则微服游于肆，询意之所为。言意之美者不容刺口[5]，默询其邻，莫有见者。门户潇洒[6]，庭宇清肃。张固已恻然。

意见张，急闭户不出。张曰："吾无故涉重河[7]，跨大岭，行数千里之地，心固在子，子何见拒之深也？岂昔相待之薄欤？"意云："子已有室，我方端洁以全其素志。君宜去，无浼我。"张云："吾妻已亡矣。曩者之事，君勿复为念，以理推之可也。吾不得子，誓死于此矣。"意云："我向慕君，匆遽入君之门，则弃之也容易。君若不弃焉，君当通媒妁，为行吉礼[8]，然后妾敢闻命。不然，无相见之期。"竟不出。张乃如其请，纳彩问名，一如秦晋之礼焉。事已，乃挈意归京师。意治闺门，深有礼

---

[1]　替归：指因官职更动而归京。

[2]　南省书理间：南省，宋代尚书省在皇宫南面，故称南省；书理间，办理公文的地方。

[3]　行没：行止，动静。

[4]　如：往，到。

[5]　刺口：多嘴、插嘴，此处引申为批评。

[6]　潇洒：此处意为清静、干净。

[7]　重河：好几道河。

[8]　吉礼：婚礼。

　　　　　　　　　　　　　　　　　　　　古代短篇小说

法。处亲族皆有恩意，内外和睦，家道已成。意后又生一子，以进士登科，终身为命妇[1]。夫妻偕老，子孙繁茂。呜呼，贤哉！

（据鲁迅编辑《唐宋传奇集》）

说明

本篇选自刘斧《青琐高议》别集卷二，原题下注有"记英奴才华秀色"数字。这则故事与唐传奇中的《霍小玉传》、《莺莺传》有某些相似之处，由此可见唐传奇对作者创作的影响，而谭意歌对被抛弃的命运的抗争不如霍小玉强烈、尖锐，又正与宋时重视礼法的氛围相适应。谭意歌被抛弃后，既没有绝望，也没有重又沦落，而是自食其力，教子成人，维护了自己的人格尊严。这一描写，使该人物形象具有了独特的新意。在作品的结尾，面对张正字的破镜重圆的要求，谭意歌提出了"通媒妁，为行吉礼"的条件，这既是她对曾被抛弃的微弱抗议，同时也可以看到那个时代的浓重的封建意识在她身上打下的烙印。《谭意歌传》问世后曾流传较广，宋代的《类说》、《绿窗新话》与明代的《青泥莲花记》、《情史》等书都辑录过这个故事。

集评

谭可弃也，腹中之息忍不念乎？死而收之，以是慰谭，晚矣！（注：《情史》辑录谭意歌故事时，其结尾改为谭被抛弃后，"三年而死"。）

——明·詹詹外史《情史》卷十三

---

[1]　命妇：受有朝廷封号的妇女。

秦醇此传，亦不似别有所本，殆窃取《莺莺传》、《霍小玉传》等为前半，而以团圆结之尔。

——鲁迅《唐宋传奇集·稗边小缀》

（秦醇之文）颇欲规抚唐人，然辞意皆芜劣，惟偶见一二好语，点缀其间；又大抵托之古事，不敢及近，则仍由士习拘谨之所致矣……（《谭意歌传》）盖袭蒋防之《霍小玉传》，而结以"团圆者"也。

——鲁迅《中国小说史略》

洪　迈

洪迈（1123—1202），字景庐，号客斋，晚号野处老人，鄱阳（今江西省鄱阳县）人。绍兴十五年（1145）进士，后五十余年里历官多职，最后以端明殿学士致仕。洪迈著述甚多，主要有《容斋随笔》五集七十四卷、《夷坚志》四百二十卷、《野处类稿》二卷与《万首唐人绝句》一百卷等。

太原意娘

京师[1]人杨从善，陷虏在云中[2]，以干如燕山[3]，饮于酒楼。见壁间留题，自称"太原意娘"，又有小词，皆寻忆良人[4]之语。认其姓名字画，盖表兄韩师厚妻王氏也。自乱离暌隔[5]，不复相闻。细验所书，墨尚湿。问酒家人，曰："恰[6]数妇女来共饮，其中一人，索笔而书，去犹未远。"杨便起，追蹑[7]及之。

数人同行，其一衣紫，佩金马盂，以帛拥项[8]，见杨愕然，不敢公招唤，时时举目[9]使相送。逮[10]夜，众散，引杨到大宅门外，立语曰："顷与

---

[1]　京师：指北宋首都汴京（今河南省开封市）。
[2]　云中：府名，治所在今山西省大同市。
[3]　以干如燕山：因公事到燕山。燕山，府名，今北京市一带。
[4]　良人：古时女子对丈夫的称呼。
[5]　暌（kuí）隔：分离远隔。
[6]　恰：刚才。
[7]　追蹑：追踪。
[8]　以帛拥项：用绢帛围裹着脖子。
[9]　举目：以目示意。
[10]　逮：及，到。

良人避地至淮泗[1]，为虏所掠。其酋[2]撤八太尉者欲相逼，我义不受辱，引刀自刭不殊[3]。大酋之妻韩国夫人闻而怜我，亟命救疗，且以自随。苍黄[4]别良人，不知安往[5]，似闻在江南为官，每念念不能释。此韩国宅也，适与女伴出游，因感而书壁，不谓[6]叔见之。乘间[7]愿再访我，倘得良人音息，幸见报。"杨恐宅内人出，不敢久留连，怅然告别。虽眷眷于怀，未敢复往。

它日但之[8]酒楼，瞻玩墨迹，忽睹别壁新题字并悼亡一词，正所谓韩师厚也。惊扣[9]此为谁？酒家曰："南朝[10]遣使通和在馆，有四五人来买酒，此盖其所书。"时法禁未立，奉使官属尚得与外人相往来。杨急诣[11]馆，果见韩，把手悲喜，为言娘所在。韩骇曰："忆遭掠时亲见其自刎死，那得生？"杨固执前说，邀与俱至向一宅，则阒[12]无人居，荒草如织。逢墙外打线媪，试告焉。媪曰："意娘实在此，然非生者。昨韩国夫人闵[13]其节义，为火骨以来[14]，韩国亡，因随葬此。"遂指示窆[15]处。二人逾垣[16]

---

[1] 淮泗：今江苏省淮安、泗阳一带。
[2] 酋（qiú）：首领。
[3] 自刭（jǐng）不殊：用刀割颈没死。殊，死。
[4] 苍黄：同"仓惶"。
[5] 安往：何往。
[6] 不谓：没料到。
[7] 乘间：有空。
[8] 之：到。
[9] 扣：追问。
[10] 南朝：指南宋王朝。
[11] 诣：去。
[12] 阒（qù）：寂静。
[13] 闵：同"悯"，怜爱。
[14] 为火骨以来：意谓火化后将骨殖带来。
[15] 窆（biǎn）：落葬。
[16] 逾垣（yuán）：越过围墙。

入，恍然见从庑下 [1] 趣 [2] 室中，皆惊惧。然业已至，即随之，乃韩国影堂。傍绘意娘像，衣貌悉曩所见。韩悲痛还馆，具酒殽作文祭酹。欲挈遗烬 [3] 归，拜而祝曰："愿往不愿往，当以影响 [4] 相告。"良久，出现曰："劳君爱念，孤魂寓此，岂不愿有归？然从君而南，得常常善视我，庶慰冥漠。君如更娶妻，不复我顾，则不若不南之愈也 [5]。"韩感泣，誓不再娶。于是窃发冢，裹骨归。至建康 [6]，备礼卜葬 [7]。每旬日，辄往临视。

后数年，韩无以为家，竟有所娶，而于故妻墓稍益疏。梦其来，怨恚 [8] 甚切，曰："我在彼甚安，君强携我。今正违誓言，不忍独寂寞，须屈君同此况味 [9]。"韩愧怖得病，知不可免，不数日卒。

（据中华书局版《夷坚志》）

说明

本篇选自《夷坚志》之《丁志》卷九，作品的背景是北宋灭亡后宋金对峙的时代。本篇通过一个受金人迫害致死的妇女的故事，反映了当时战乱给人民造成的灾害。元代沈和的杂剧《郑玉娥燕山逢故人》、明代冯梦龙《古今小说》中的《杨思温燕山逢故人》的本事均取自本篇。

---

[1]　庑（wǔ）下：堂周的廊屋。
[2]　趣：同"趋"，急走。
[3]　遗烬：指火化后遗下的骨殖。
[4]　影响：指显灵。
[5]　"君如更娶妻"三句：意谓，倘若你再娶，不再顾念我，那么不如不到江南去更好。我顾，即顾我。
[6]　建康：今江苏省南京市。
[7]　卜葬：择地安葬。
[8]　恚（huì）：发怒，怨恨。
[9]　同此况味：一起体验这种境遇的滋味。

集评

　　宋代某氏曰："《夷坚丁志》载《太原意娘》正此一事，但以意娘为王氏，师厚为从善，又不及刘氏事。案此新奇而怪，全在再娶一节，而洪公不详知，故复载之，以补《夷坚》之阙。"

——宋·无名氏《鬼董》卷一

　　徐釚曰："郑义娘，宣、政间杨思厚妻，撒八太尉自盱眙掠得之，不辱而死，魂常出游。思厚奉使燕山，访其瘗处，与之相见。有《好事近》云：'往事与谁论？无语暗弹泪血。何处最堪肠断？是黄昏时节。　　倚楼凝望又徘徊，谁解此情切？何计可同归雁，趁江南春色。'"

——清·徐釚《词苑丛谈》卷八

周　密

周密（1232—1298），字公谨，号草窗，又号苹洲、四水潜夫、弁阳老人。祖籍济南（今山东省济南市），曾祖随宋室南迁，定居吴兴（今浙江省湖州市）。周密曾先后官监和济药局奉礼郎、义乌县知县等职。宋亡后不仕，潜心著述，其《草窗韵语》、《苹洲渔笛谱》脍炙人口，笔记则有《齐东野语》二十卷、《癸辛杂识》四集六卷与《武林旧事》十一卷等。

放翁钟情前室

陆务观[1]初娶唐氏[2]，闳之女也，于其母夫人为姑侄[3]。伉俪[4]相得，而弗获于其姑[5]。既出[6]，而未忍绝之，则为别馆，时时往焉。其姑知而掩之[7]，虽先知挈[8]去，然事不得隐，竟绝之，亦人伦之大变也。

唐后改适同郡宗子[9]士诚，尝以春日出游，相遇于禹迹寺南之沈氏园[10]。唐以语赵，遣致酒肴，翁怅然久之，为赋《钗头凤》一词，题园壁间云："红酥手[11]，黄滕酒[12]，满城春色宫墙柳[13]。东风恶，欢情薄[14]，

---

[1]　陆务观：即陆游，字务观，自号放翁。
[2]　唐氏：即唐婉，唐闳之女，陆游妻，因陆游母所逼而离异，改嫁赵士诚，怏怏而卒。
[3]　姑侄：陆游的母亲是唐闳的姐妹，唐婉是她的内侄女。
[4]　伉俪（kàng lì）：夫妇。
[5]　"而弗"句：意谓不能讨得婆婆的欢心。
[6]　出：古代妇女被休弃称出。
[7]　掩之：袭击。
[8]　挈（qiè）：提携，率领。
[9]　改适：改嫁。宗子：宋朝宗室，指姓赵。
[10]　沈氏园：在今浙江省绍兴市。
[11]　红酥手：红润而白嫩的手。
[12]　黄滕酒：一名黄封酒，宫中所酿造。
[13]　宫墙柳：喻唐婉。此时唐婉已改嫁，如宫禁中的杨柳，可望而不可即。
[14]　"东风"两句：以东风喻破坏美满婚姻的压力。

一怀愁绪，几年离索[1]。错，错，错！春如旧，人空瘦，泪痕红浥鲛绡透[2]。桃花落，闲池阁。山盟[3]虽在，锦书[4]难托。莫，莫，莫[5]！"实绍兴乙亥岁[6]也。

翁居鉴湖[7]之三山，晚岁[8]每入城，必登寺眺望，不能胜情。尝赋二绝云："梦断香销四十年，沈园柳老不飞绵[9]。此身行作稽山[10]土，犹吊遗踪一怅然。"又云："城上斜阳画角[11]哀，沈园无复旧池台。伤心桥下春波绿，曾是惊鸿[12]照影来。"盖庆元己未岁[13]也。

未久，唐氏死。至绍熙壬子岁[14]，复有诗。序云："禹迹寺南有沈氏小园。四十年前，尝题小词一阕壁间。偶复一到，而园已三易主，读之怅然。"诗云："枫叶初丹槲叶黄，河阳愁鬓[15]怯新霜。林亭感旧空回首，泉路[16]凭谁说断肠。坏壁醉题尘漠漠，断云幽梦事茫茫。年来妄念消除尽，回向蒲龛[17]一炷香。"

又至开禧乙丑岁[18]暮，夜梦游沈氏园，又两绝句云："路近城南已怕

---

[1] 离索：离散，分居。
[2] "泪痕"句：意谓沾染着脸上胭脂的红泪湿透了手帕。浥（yì），湿；鲛绡，丝织的手帕。
[3] 山盟：如山一般坚定不移的盟誓。
[4] 锦书：同"锦笺"，指书信。
[5] 莫，莫，莫：表示绝望与无可奈何，意谓罢了，罢了。
[6] 绍兴乙亥岁：宋高宗绍兴二十五年（1155）。
[7] 鉴湖：亦称镜湖、长湖、庆湖，在今浙江省绍兴市西南。
[8] 晚岁：晚年。
[9] 绵：指柳絮。
[10] 稽山：即会稽山，在今浙江省绍兴市东南。
[11] 画角：军中号角。
[12] 惊鸿：喻唐婉。曹植《洛神赋》中有"翩若惊鸿"之句，喻美人体态轻盈。
[13] 庆元己未岁：宋宁宗庆元五年（1199）。
[14] 绍熙壬子岁：宋光宗绍熙三年（1192）。
[15] 河阳愁鬓：此处引用晋朝潘岳三十鬓白而叹的典故，潘岳曾任河阳（今河南省孟县）宰。
[16] 泉路：即黄泉路，代指阴间。
[17] 蒲龛（kān）：茅庵中的神龛。
[18] 开禧乙丑岁：宋宁宗开禧元年（1205）。

行，沈家园里更伤情。香穿客袖梅花在，绿蘸寺桥春水生。""城南小陌
又逢春，只见梅花不见人。玉骨久成泉下土，墨痕犹锁壁间尘。"沈园后
属许氏，又为汪之道宅云。

（据涵芬楼元刻明补校本）

说明

　　本篇选自《齐东野语》卷一。作品通过陆游与唐婉的爱情悲剧，揭
露了将他俩活活拆散的封建礼法的残忍，并肯定了唐婉死后陆游对她的
钟情与眷念。陆游的《钗头凤》词和《沈园》诗一直广为流传，直到当
代，电影、京剧、越剧以及话剧等各种剧种仍在演出这段哀艳凄婉的爱
情故事。

集评

　　詹詹外史曰："陆放翁之蜀，宿一驿中，见题壁云：'玉阶蟋蟀闹清夜，
金井梧桐辞故枝。一枕凄凉眠不得，呼灯起作感秋诗。'放翁询之，则驿卒女
也，遂纳为妾。方余半载，夫人逐之，妾赋《卜算子》云：'只知眉上愁，不
识愁来路。窗外有芭蕉，阵阵黄昏雨。　　晓起理残妆，整顿教愁去。不合
画春山，依旧留愁住。'夫出一爱妻得一炉妻，母夫人之为放翁计者误矣！然
爱妻见逐于母，爱妾复又逐于妻，何放翁之多不幸也！"

——明·詹詹外史《情史》卷十四

瞿　佑

瞿佑（1347—1433），字宗吉，号存斋，钱塘（今浙江省杭州市）人。少有文名，曾得到当时著名文学家杨维桢的赏识。明初做过几任教官，永乐初任周王府右长史，后因写诗蒙祸，被谪贬保安（今河北省怀来县一带），十年后才遇赦得还。瞿佑博学多识，撰述丰富，有《存斋诗集》、《归田诗话》与《剪灯新话》等数十种。

翠翠传

翠翠，姓刘氏，淮安[1]民家女也。生而颖悟，能通诗书，父母不夺[2]其志，就令入学。同学有金氏子者，名定，与之同岁，亦聪明俊雅。诸生戏之曰："同岁者当为夫妇。"二人亦私以此自许。金生赠翠翠诗曰：

十二阑干七宝台，春风到处艳阳开。东园桃树西园柳，何不移教一处栽？

翠翠和曰：

平生每恨祝英台，凄抱何为不肯开？我愿东君[3]勤用意，早移花树向阳栽。

---

[1]　淮安：今江苏省淮安县。
[2]　夺：强迫改变。
[3]　东君：司春之神。

已而，翠翠年长，不复至学。年及十六，父母为其议亲，辄悲泣不食。以情问之，初不肯言，久乃曰："必西家金定。妾已许之矣，若不相从，有死而已，誓不登他门也。"父母不得已，听焉。然而刘富而金贫，其子虽聪俊，门户甚不敌[1]。及媒氏至其家，果以贫辞，惭愧不敢当。媒氏曰："刘家小娘子，必欲得金生，父母亦许之矣，若以贫辞，是负其诚志，而失此一好因缘也。今当语之曰：'寒家有子，粗知诗礼，贵宅见求，敢不从命。但生自蓬荜[2]，安于贫贱久矣，若责其聘问之仪，婚娶之礼，终恐无从而致。'彼以爱女之故，当不较也。"其家从之。媒氏复命，父母果曰："婚姻论财，夷虏之道，吾知择婿而已，不计其他。但彼不足而我有余，我女到彼，必不能堪，莫若赘[3]之入门可矣。"媒氏传命再往，其家幸甚。遂涓日[4]结亲，凡币帛之类，羔雁[5]之属，皆女家自备。过门交拜，二人相见，喜可知矣！是夕，翠翠于枕上作《临江仙》一阕赠生曰：

曾向书斋同笔砚，故人今作新人。洞房花烛十分春！汗沾蝴蝶粉，身惹麝香尘。　　嵽雨尤云浑未惯，枕边眉黛羞颦。轻怜痛惜莫嫌频。愿郎从此始，日近日相亲。

邀生继和。生遂次韵曰：

记得书斋同讲习，新人不是他人。扁舟来访武陵春：仙居邻紫府，人世隔红尘。　　誓海盟山心已许，几番浅笑轻颦。向人犹自

---

[1]　敌：相当。
[2]　蓬荜：即蓬门荜户。用草、树枝等做成的门户，形容穷苦人家居处简陋。
[3]　赘（zhuì）：招女婿。
[4]　涓日：选择吉利的日子。
[5]　羔雁：古时聘妇的礼品。

语频频。意中无别意，亲后有谁亲？

二人相得之乐，虽孔翠[1]之在赤霄，鸳鸯之游绿水，未足喻也。未及一载，张士诚[2]兄弟起兵高邮，尽陷沿淮诸郡，女为其部将李将军者所掳。至正[3]末，士诚辟土益广，跨江南北，奄[4]有浙西，乃通款[5]元朝，愿奉正朔[6]，道途始通，行旅无阻。生于是辞别内、外父母，求访其妻，誓不见则不复还。行至平江[7]，则闻李将军见为绍兴守御[8]；及至绍兴，则又调屯兵安丰[9]矣；复至安丰，则回湖州驻扎矣。生来往江淮，备经险阻，星霜屡移，囊橐又竭，然此心终不少懈；草行露宿，丐乞于人，仅而得达湖州。则李将军方贵重用事，威焰赫弈。生伫立门墙，踌躇窥俟，将进而未能，欲言而不敢。阍者[10]怪而问焉。生曰："仆，淮安人也，丧乱以来，闻有一妹在于贵府，是以不远千里至此，欲求一见耳。"阍者曰："然则，汝何姓名？汝妹年貌若干？愿得详言，以审其实。"生曰："仆姓刘，名金定，妹名翠翠，识字能文。当失去之时，年始十七，以岁月计之，今则二十有四矣。"阍者闻之，曰："府中果有刘氏者，淮安人，其齿[11]如汝所言，识字善为诗，性又通慧，本使宠之专房。汝信不妄，吾将告于内，汝且止此以待。"遂奔趋入告。须臾，复出，领生入见。将军坐

---

[1]　孔翠：孔雀。
[2]　张士诚：元末一支农民义军领袖，后成为地方割据势力。
[3]　至正：元顺帝年号（1341—1368）。
[4]　奄：覆盖，包括。
[5]　通款：此处指降服，输诚。
[6]　正朔：正月一日。古时改朝换代，有改正朔事，后即以此为皇朝正统的代称。
[7]　平江：元置平江路，今江苏省苏州市一带。
[8]　守御：即防御，地方带兵官。
[9]　安丰：今安徽省寿县。
[10]　阍（hūn）者：守门人。
[11]　齿：年龄。

于厅上，生再拜而起，具述厥由[1]。将军，武人也，信之不疑，即命内竖[2]
告于翠翠曰："汝兄自乡中来此，当出见之。"翠翠承命而出，以兄妹之
礼见于厅前，动问父母外，不能措一辞，但相对悲咽而已。将军曰："汝
既远来，道途跋涉，心力疲困，可且于吾门下休息，吾当徐为之所[3]。"
即出新衣一袭，令服之，并以帷帐衾席之属，设于门西小斋[4]，令生处焉。
翌日，谓生曰："汝妹能识字，汝亦通书否？"生曰："仆在乡中，以儒
为业，以书为本，凡经史子集，涉猎[5]尽矣，盖素所习也，又何疑焉。"
将军喜曰："吾自少失学，乘乱崛起。方响用于时，趋从者众，宾客盈
门，无人延款，书启堆案，无人裁答。汝便处吾门下，足充一记室[6]矣。"
生，聪敏者也，性既温和，才又秀发，处于其门，益自检束，承上接下，
咸得其欢，代书回简，曲尽其意。将军大以为得人，待之甚厚。然生本
为求妻而来，自厅前一见之后，不可再得，闺阁深邃，内外隔绝，但欲
一达其意，而终无便可乘。荏苒数月，时及授衣，西风夕起，白露为霜，
独处空斋，终夜不寐，乃成一诗曰：

　　好花移入玉阑干，春色无缘得再看。乐处岂知愁处苦，别时虽
易见时难！何年塞上重归马[7]？此夜庭中独舞鸾！雾阁云窗深几许？
可怜辜负月团圆！

　　诗成，书于片纸，折布裘之领而缝之，以百钱纳于小竖而告曰："天

---

[1]　厥由：来历。
[2]　内竖：本指宦官，此处指通内外的童仆。
[3]　徐为之所：意谓慢慢地为你安排一个适当的安身处所。
[4]　小斋：小书房。
[5]　涉猎：广泛涉及，谓读书多而不专精。
[6]　记室：掌理书札的书记。
[7]　"何年塞上"句：引用《韩非子》中塞翁失马的故事，意谓分离的亲人何时能够团聚。

气已寒，吾衣甚薄，乞持入付吾妹，令浣濯而缝纫之，将以御寒耳。"小竖如言持入。翠翠解其意，折衣而诗见，大加伤感，吞声而泣，别为一诗，亦缝于内以付生。诗曰：

> 一自乡关动战锋，旧愁新恨几重重！肠虽已断情难断，生不相从死亦从。长使德言藏破镜[1]，终教子建赋游龙[2]。绿珠碧玉心中事[3]，今日谁知也到侬！

生得诗，知其以死许之，无复致望，愈加抑郁，遂感沉痼。翠翠请于将军，始得一至床前问候，而生病已亟矣。翠翠以臂扶生而起，生引首侧视，凝泪满眶，长吁一声，奄然命尽。将军怜之，葬于道场山麓。翠翠送殡而归，是夜得疾，不复饮药，展转衾席，将及两月。一旦，告于将军曰："妾弃家相从，已得八载；流离外境，举目无亲，止有一兄，今又死矣。妾病必不起，乞埋骨兄侧，黄泉之下，庶有依托，免于他乡作孤魂也。"言尽而卒。将军不违其志，竟附葬于生之坟左，宛然东西二丘焉。洪武[4]初，张氏既灭，翠翠家有一旧仆，以商贩为业，路经湖州，过道场山下，见朱门华屋，槐柳掩映，翠翠与金生方凭肩而立。遽呼之入，访问父母存殁，及乡井旧事。仆曰："娘子与郎安得在此？"翠翠曰："始因兵乱，我为李将军所掳，郎君远来寻访，将军不阻，以我

---

[1]　"长使德言"句：意谓请你不要丧失重新聚首的信念。南朝陈将亡时，驸马徐德言破一镜，与妻乐昌公主各执一半，作为离散后相见的凭证。后乐昌公主为隋杨素所得，徐德言以破镜为凭，找到乐昌公主，两人遂团聚。

[2]　"终教子建"句：子建，三国时曹操儿子曹植的表字。曹植作《洛神赋》，内有"翩若惊鸿，矫若游龙"之句。

[3]　"绿珠碧玉"句：意谓如生不得聚首，则以死相从。绿珠，晋石崇的爱妾。碧玉，唐乔知之的婢女。两人均因被外人争夺，以自杀殉主。

[4]　洪武：明太祖朱元璋的年号（1368—1398）。

古代短篇小说

归焉，因遂侨居于此耳。"仆曰："予今还淮安，娘子可修一书以报父母也。"翠翠留之宿，饭吴兴之香糯，羹苕溪¹之鲜鲫，以乌程²酒出饮之。明旦，遂修启以上父母曰：

伏以父生母育，难酬罔极之恩³；夫唱妇随，凤著三从⁴之义。在人伦而已定，何时事之多艰！曩者汉日将颓，楚氛甚恶⁵；倒持太阿⁶之柄，擅弄潢池之兵⁷。封豕长蛇⁸，互相吞并；雄蜂雌蝶，各自逃生。不能玉碎于乱离，乃至瓦全⁹于仓卒。驱驰战马，随逐征鞍。望高天而八翼莫飞，思故国而三魂屡散。良辰易迈，伤青鸾之伴木鸡；怨偶为仇，惧乌鸦之打丹凤。虽应酬而为乐，终感激而生悲。夜月杜鹃之啼，春风蝴蝶之梦。时移事往，苦尽甘来。今则杨素览镜而归妻¹⁰，王敦开阁而放妓¹¹，蓬岛践当时之约，潇湘有故人之逢。自怜赋命之屯，不恨寻春之晚。章台之柳¹²，虽已折于他人；玄都之花¹³，尚不改于前度。将谓瓶沉而簪折，岂期璧返而珠还¹⁴。殆同玉箫女两世

---

[1] 苕溪：水名，流经浙江省吴兴县。
[2] 乌程：今浙江省吴兴县。
[3] 罔极之恩：意谓父母恩大，如天无边。罔极，无边。
[4] 三从：封建社会妇女遵循的道德规范，即在家从父，出嫁从夫，夫死从子。
[5] "曩者汉日"两句："曩者汉日"喻正统的王朝即将崩溃，"楚氛甚恶"为春秋时晋国大夫伯凤对赵孟说的话，意谓楚有袭晋的气氛。
[6] 倒持太阿：授人以柄。太阿，剑名。
[7] 擅弄潢（huáng）池之兵：意谓像小儿在池塘边玩弄武器一样。潢池，池塘。
[8] 封豕长蛇：喻贪婪。封豕，大猪。
[9] 瓦全：喻自损气节以求活。
[10] 杨素览镜而归妻：见 106 页注 [1]。
[11] 王敦开阁而放妓：东晋权臣王敦好色，美婢满室。后身体受损，听从左右劝谏，打开后房，放走几十个婢妾。
[12] 章台之柳：韩翃与宠姬柳氏在安史之乱中失散，乱平后，韩翃寄柳氏诗中有"章台柳"句。
[13] 玄都之花：桃花。唐代刘禹锡两次贬谪还长安后，均曾观桃花于玄都观。
[14] 璧返而珠还：喻失而复得。璧返，指战国时赵国蔺相如完璧归赵故事；珠还，指后汉孟尝任合浦太守时革除弊政，珠重新返回合浦的故事。

因缘[1]，难比红拂妓一时配合[2]。天与其便，事非偶然。煎鸾胶而续断弦[3]，重谐缱绻；托鱼腹而传尺素[4]，谨致丁宁。未奉甘旨，先此申复。

父母得之，甚喜。其父即赁舟与仆自淮徂[5]浙，径奔吴兴，至道场山下畴昔留宿之处，则荒烟野草，狐兔之迹交道，前所见屋宇，乃东西两坟耳。方疑访间，适有野僧扶锡[6]而过，叩而问焉。则曰："此故李将军所葬金生与翠娘之坟耳，岂有人居乎？"大惊。取其书而视之，则白纸一幅也。时李将军为国朝所戮，无从诘问其详。父哭于坟下曰："汝以书赚我，令我千里至此，本欲与我一见也。今我至此，而汝藏踪秘迹，匿影潜形，我与汝生为父子，死何间焉？汝如有灵，毋吝一见，以释我疑虑也。"是夜，宿于坟。以三更后，翠翠与金生拜跪于前，悲号宛转。父泣而抚问之，乃具述其始末曰："往者，祸起萧墙[7]，兵兴属郡[8]。不能效窦氏女[9]之烈，乃致为沙吒利[10]之驱。忍耻偷生，离乡去国。恨以蕙兰之弱质，配兹驵侩[11]之下材。惟知夺石家买笑之姬[12]，岂暇怜息国不言之妇[13]。叫

---

[1]　玉箫女两世因缘：唐朝韦皋少年时与姜使君家丫环玉箫相爱，赠与玉指环。韦皋别去七年，玉箫绝食而死。韦皋任西川节度使，有人赠与歌妓，也名玉箫，且面貌无二，中指又有环形，与留别的玉环一样，后世遂称他们是两世因缘。

[2]　红拂妓一时配合：指隋越国公杨素的侍妾私奔李靖的故事。

[3]　煎鸾胶而续断弦：相传汉武帝弓弦断，以西海所献鸾胶使弦两头相续，终日射，不断。琴瑟喻夫妇，琴瑟的弦与弓弦同，因以续弦喻妻死再娶。

[4]　托龟腹而传尺素：以鱼腹传书的故事喻传递隐秘的书信。尺素，指书信。

[5]　徂（cú）：往，到。

[6]　锡：指僧人手中所持的锡杖。

[7]　萧墙：极近的地方。

[8]　属郡：邻近的郡邑。

[9]　窦氏女：唐代宗时，窦氏有二女被贼寇劫持，为免受侮辱，二女跳山谷自杀。

[10]　沙吒利：唐时藩将，曾劫持韩翃的宠姬柳氏。

[11]　驵（zǎng）侩：做生意的居间人，即掮客。

[12]　石家买笑之姬：指绿珠。参见106页注[3]。

[13]　息国不言之妇：即息妫，后世称为息夫人。春秋时楚文王灭息国，带回息夫人。她生了两个儿子，但以先后嫁两个丈夫为耻，始终不开口说话。

　　　　　　　　　　　　　　　　　　　　　　　古代短篇小说

九阍[1]而无路，度一日如三秋。良人[2]不弃旧恩，特勤远访。托兄妹之名，而仅获一见；隔伉俪之情，而终遂不通。彼感疾而先殂[3]，妾含冤而继殒。欲求祔葬[4]，幸得同归。大略如斯，微言莫尽。"父曰："我之来此，本欲取汝还家，以奉我耳。今汝已矣，将取汝骨迁于先垅，亦不虚行一遭也。"复泣而言曰："妾生而不幸，不得视膳庭闱[5]；殁且无缘，不得首丘[6]茔垅。然而地道尚静，神理宜安，若更迁移，反成劳扰。况溪山秀丽，草木荣华，既已安焉，非所愿也。"因抱持其父而大哭。父遂惊觉，乃一梦也。明日，以牲酒奠于坟下，与仆返棹而归。至今过者，指为金、翠墓云。

（据朝鲜李朝林芑注释本《剪灯新话句解》）

说明

　　这则爱情悲剧故事选自《剪灯新话》卷三。翠翠为军将所掳，后虽与丈夫金定相见，却只能以兄妹相称，不敢认为夫妻，两人在难以忍受的精神折磨中先后死去。作品通过这对恩爱夫妻的不幸遭遇，反映了元末时连年战乱给人民带来的灾难与痛苦。这篇小说情节曲折缠绵，感情凄婉深沉，但作者为了炫耀才学，在叙述中穿插了不少诗词唱和与骈文书札，故而略显拖沓支离。后来凌濛初据《翠翠传》改写为拟话本小说

[1]　九阍：即九门，神话中天帝的住处。
[2]　良人：丈夫。
[3]　殂（cú）：死亡。
[4]　祔（fù）葬：合葬。
[5]　视膳庭闱：意谓在父母跟前侍奉。视，视寒暖；膳，问膳食。
[6]　首丘：归葬故乡，称为归正首丘。

《李将军错认舅，刘氏女诡从夫》，收入《二刻拍案惊奇》，叶宪祖的杂剧《金翠寒衣记》与袁声的传奇《领头书》也均据这则故事改写而成，本篇作品的影响由此可见。

集评

事载瞿宗吉《剪灯新话》。后尚有翠翠家旧仆，以商贩过道场山，遇翠翠夫妇，寄书于父母。父买舟来访，徒见二坟，夜复梦翠翠云云。似涉小说家套数，今删之。

——明·詹詹外史《情史》卷十四

此乃生前隔别，死后成双，犹自心愿满足，显出这许多灵异来。真乃是情之所钟也。有诗为证："连理何须一处栽，多情只愿死同埋。试看金翠当年事，愤愤将军更可哀！"

——明·凌濛初《二刻拍案惊奇》卷之六

李昌祺

李昌祺（1376—1451），名祯，字昌祺，以字行。庐陵（今江西吉安）人。永乐二年（1404）进士，选庶吉士。预修《永乐大典》，僻书疑事，人多就质。擢礼部郎中，迁广西左布政使。一度被贬，后复官，任河南布政使。李昌祺为人刚正不阿、耿介廉洁，为官多政绩，但他死后，因曾撰文言小说集《剪灯余话》，景泰间巡抚韩雍不准其入乡先贤祠。

芙蓉屏记

至正辛卯¹，真州²有崔生名英者，家极富。以父荫³，补浙江温州永嘉尉⁴，携妻王氏赴任。道经苏州之圌山⁵，泊舟少憩，买纸钱牲酒，赛⁶于神庙。既毕，与妻小饮舟中。舟人见其饮器皆金银，遂起恶念。是夜，沉英水中，并婢仆杀之。谓王氏曰："尔知所以不死者乎？我次子尚未有室，今与人撑船往杭州，一两月归来，与汝成亲，汝即吾家人，第安心无恐。"言讫，席卷其所有，而以新妇呼王氏。王氏佯应之，勉为经理，曲尽殷勤。舟人私喜得妇，渐稔熟⁷，不复防闲⁸。将月余，值中秋节，舟人盛设酒肴，雄饮痛醉。王氏伺其睡熟，轻身上岸，行二三里，忽迷

---

[1] 至正辛卯：公元 1351 年。至正，元惠宗年号。

[2] 真州：今江苏仪征县。

[3] 荫：以父、祖的余荫而得官。

[4] 永嘉尉：永嘉县尉。县尉原为掌管治安之官，后来多协助知县处理各种杂务。

[5] 圌（chuí）山：山名，在江苏省镇江市。本篇称"苏州之圌山"，似误。

[6] 赛：报。先对神有所祈求，后祭祀酬谢称赛。

[7] 稔（rěn）熟：积久熟悉。

[8] 防闲：防备禁止。

路，四面皆水乡，惟芦苇菰蒲[1]，一望无际；且生自良家，双弯[2]纤细，不任跋涉之苦，又恐追寻至，于是尽力狂奔。久之，东方渐白，遥望林中有屋宇，急往投之。至则门犹未启，钟梵[3]之声隐然，少顷开关[4]，乃一尼院。王氏径入，院主问所以来故，王氏未敢以实对，绐[5]之曰："妾真州人，阿舅[6]宦游江浙，挈家偕行，抵任而良人殁矣。孀居数年，舅以嫁永嘉崔尉为次妻，正室悍戾难事，箠辱万端。近者解官，舟次于此，因中秋赏月，命妾取金杯酌酒，不料失手坠于江，必欲置之死地，遂逃生至此。"尼曰："娘子既不敢归舟，家乡又远，欲别求匹配，卒乏良媒，孤苦一身，将何所托？"王惟涕泣而已。尼又曰："老身有一言相劝，未审尊意如何？"王曰："若吾师有以见处，即死无憾！"尼曰："此间僻在荒滨，人迹不到，菱葑[7]之与邻，鸥鹭之与友，幸得一二同袍[8]，皆五十以上，侍者数人，又皆淳谨。娘子虽年芳貌美，奈命蹇时乖，盍若舍爱离痴，悟身为幻，被缁削发，就此出家，禅榻佛灯，晨餐暮粥，聊随缘以度岁月，岂不胜于为人宠妾，受今世之苦恼，而结来世之仇雠乎？"王拜谢曰："是所志也。"遂落发于佛前，立法名慧圆。王读书识字，写染俱通，不期月间，悉究内典[9]，大为院主所礼待，凡事之巨细，非王主张，莫敢辄自行者。而复宽和柔善，人皆爱之。每日于白衣大士[10]

---

[1]　菰（gū）蒲：菰为茭白，蒲为香蒲，两种均为浅水植物。
[2]　双弯：双足。因古代妇女缠脚，成弓形，故称双弯。
[3]　梵：此处指木鱼。
[4]　关：门。
[5]　绐（dài）：欺哄。
[6]　舅：指丈夫的父亲，即公公。
[7]　菱葑（fēng）：指茭白与蔓菁。
[8]　同袍：此处指志同道合的伙伴。
[9]　内典：佛教的典籍。
[10]　白衣大士：即观世音菩萨。

前礼百余拜，密诉心曲，虽隆寒盛暑弗替[1]。既罢，即身居奥室，人罕见其面。

岁余，忽有人至院随喜[2]，留斋而去。明日，持画芙蓉一轴来施，老尼张于素屏。王过见之，识为英笔，因询所自。院主曰："近日檀越[3]布施。"王问："檀越何姓名？今住甚处？以何为生？"曰："同县顾阿秀，兄弟以操舟为业，年来如意，人颇道其劫掠江湖间，未知诚然否？"王又问："亦尝往来此中乎？"曰："少到耳。"即默识之。乃援笔题于屏上曰：

> 少日风流张敞[4]笔，写生不数黄筌[5]，芙蓉画出最鲜妍，岂知娇艳色，翻抱死生冤！
>
> 粉绘凄凉疑幻质，只今流落谁怜！素屏寂寞伴枯禅。今生缘已断，愿结再生缘。

其词盖《临江仙》也。尼皆不晓其所谓。一日，忽在城有郭庆春者，以他事至院，见画与题，悦其精致，买归为清玩。适御史大夫高公纳麟退居姑苏，多募书画，庆春以屏献之，公置于内馆，而未暇问其详。偶外间忽有人卖草书四幅，公取观之，字格类怀素[6]，而清劲不俗。公问："谁写？"其人对："是某学书。"公视其貌，非庸碌者，即询其乡里姓名，则蹙頞[7]对曰："英姓崔，字俊臣，世居真州，以父荫补永嘉尉，挈

---

[1] 替：衰废。

[2] 随喜：佛家语，意谓随自己的欢喜，故游览寺院也称随喜。

[3] 檀越：佛家语，即施主。

[4] 张敞：西汉平阳人，宣帝时曾任京兆尹。他曾为妻子画眉，成为后世形容夫妻相爱的典故。

[5] 黄筌：成都人，宋初著名画家。

[6] 怀素：唐代僧人，俗家姓钱，字藏真。嗜酒，善草书。

[7] 蹙頞（è）：皱起眉头。頞，鼻梁。

累[1]赴官，不自慎重，为舟人所图，沉英水中，家财妻妾，不复顾矣。幸幼时习水，潜泅波间，度既远，遂登岸投民家，而举体沾湿，了无一钱在身。赖主翁善良，易以裳衣，待以酒食，赠以盘缠，遣之曰：'既遭寇劫，理合闻官，不敢奉留，恐相连累。'英遂问路出城，陈告于平江路[2]，今听候一年，杳无音耗，惟卖字以度日，非敢谓善书也。不意恶札[3]，上彻钧[4]览。"公闻其语，深悯之，曰："子既如斯，付之无奈！且留我西塾，训诸孙写字，不亦可乎？"英幸甚。公延入内馆，与饮。英忽见屏间芙蓉，泫然垂泪。公怪问之。曰："此舟中失物之一，英手笔也。何得在此？"又诵其词，复曰："英妻所作。"公曰："何以辨识？"曰："识其字画。且其词意有在，真拙妇所作无疑。"公曰："若然，当为子任捕盗之责。子姑秘之。"乃馆英于门下。明日，密召庆春问之。庆春云："买自尼院。"公即使宛转诘尼："得于何人？谁所题咏？"数日报云："同县顾阿秀舍，院尼慧圆题。"公遣人说院主曰："夫人喜诵佛经，无人作伴，闻慧圆了悟[5]，今礼为师，愿勿却也。"院主不许。而慧圆闻之，深愿一出，或者可以借此复仇，尼不能拒。公命舁[6]至，使夫人与之同寝处，暇日，问其家世之详。王饮泣，以实告，且白题芙蓉屏事，曰："盗不远矣，惟夫人转以告公，脱得罪人，洗刷前耻，以下报夫君，则公之赐大矣！"而未知其夫之故在也。夫人以语公，且云其读书贞淑，决非小家女。公知为英妻无疑，属[7]夫人善视之，略不与英言。

---

[1]　累：指妻室家眷。
[2]　平江路：元代行政区域名，约辖今江苏省苏州市一带。
[3]　恶札：写得不好的字幅。
[4]　钧：敬词，书札及口语中，对尊者多用钧安、钧启、钧览等语。
[5]　了悟：佛家语，指明心见性。
[6]　舁（yú）：扛，抬，此处指用轿接。
[7]　属：同"嘱"。

公廉[1]得顾居址出没之迹，然未敢轻动。惟使夫人阴劝王蓄发，返初服。又半年，进士薛理溥化为监察御史，按郡。溥化，高公旧日属吏，知其敏手也，具语溥化，掩捕之，敕牒[2]及家财尚在，惟不见王氏下落。穷讯之，则曰："诚欲留以配次男，不复防备，不期当年八月中秋逃去，莫知所往矣。"溥化遂置之于极典[3]，而以原赃给英。英将辞公赴任，公曰："待与足下作媒，娶而后去，非晚也。"英谢曰："糟糠之妻[4]，同贫贱久矣，今不幸流落他方，存亡未卜，且单身到彼，迟以岁月，万一天地垂怜，若其尚在，或冀伉俪之重谐耳。感公恩德，乃死不忘，别娶之言，非所愿也。"公凄然曰："足下高谊如此，天必有以相佑，吾安敢苦逼。但容奉饯，然后起程。"翌日，开宴，路官[5]及郡中名士毕集。公举杯告众曰："老夫今日为崔县尉了今生缘。"客莫喻。公使呼慧圆出，则英故妻也。夫妇相持大恸，不意复得相见于此。公备道其始末，且出芙蓉屏示客，方知公所云"了今生缘"乃英妻词中句，而慧圆则英妻改字也。满座为之掩泣，叹公之盛德为不可及。公赠英奴婢各一，资遣就道。英任满，重过吴门，而公薨矣。夫妇号哭，如丧其亲，就墓下建水陆斋[6]三昼夜以报，而后去。王氏因此长斋念观音不辍。真之才士陆仲旸，作画芙蓉屏歌，以纪其事，因录以警世云：

画芙蓉，妾忍题屏风！屏间血泪如花红。败叶枯梢两萧索，断

---

[1]　廉：查访。
[2]　敕牒：任命官职的文书。
[3]　极典：极刑，死刑。
[4]　糟糠之妻：东汉光武帝姐湖阳公主新寡，欲嫁宋弘，宋弘拒绝，云："贫贱之交不可忘，糟糠之妻不下堂。"
[5]　路官：指平江路各官。
[6]　水陆斋：佛教宗教活动之一，也称水陆道场，是诵念经文、遍施饮食以救度水陆鬼众苦恼的法会。

缱遗墨俱零落。去水奔流隔死生，孤身只影成飘泊。成飘泊，残骸向谁托，泉下遗魂竟不归，图中艳姿浑似昨。浑似昨，妾心伤，那禁秋雨复秋霜！宁肯江湖逐舟子，甘从宝地礼医王[1]。医王本慈悯，慈悯怜群品，逝魄愿提撕[2]，茕嫠[3]赖将引。芙蓉颜色娇，夫婿手亲描，花萎因折蒂，干死为伤苗，蕊干心尚苦，根朽恨难消。但道章台泣韩翃[4]，岂期甲帐遇文箫[5]。芙蓉良有意，芙蓉不可弃。幸得宝月再团圆，相亲相爱莫相捐。谁能听我芙蓉篇？人间夫妇休反目，看此芙蓉真可怜。

（据诵芬室刊本）

说明

本篇选自《剪灯余话》卷四，它描写了崔英夫妇舟行被劫，后因芙蓉屏而得以报仇团圆的悲欢离合故事。就题材而言，这是一篇公案小说，但作者叙述的重点并不是具体的破案过程，而是着重描写崔英夫妇之间坚贞、深厚的感情。正是这种感情在推动着情节的发展与案件的侦破。整篇故事曲折动人，王氏的沉着机敏与高纳麟的成人之美都给人留下了深刻印象。后来凌濛初据此故事写成拟话本小说《顾阿秀喜舍檀郎物，崔俊臣巧会芙蓉屏》，收入《拍案惊奇》。《曲海总目提要》所录佚名传奇《芙蓉屏》，也是据本篇改写而成。

---

[1] 医王：佛教传说中能与众生治心病的人，据说能使迷者醒，狂者定，垢者净，邪者正。
[2] 提撕：犹提醒，兼有警觉与振励之意。
[3] 茕嫠（qióng lí）：孤独的寡妇。
[4] 章台泣韩翃：安史之乱中韩翃与宠姬柳氏失散，韩寄柳氏诗中有"章台柳"之句。
[5] 文箫：唐传奇中人名，他与仙女吴彩鸾在钟陵西山观相遇，互相爱慕，后结为夫妇。

集评

　　使贼奴无意得妇，王必死。即有意得妇，而无杭州之行，王亦必死。使崔生不识水性，与泪俱没，即不然而天涯隔绝，更无消息到空门，王虽生亦犹之乎死。乃芙蓉屏之施，贼奴自出供案，而又辗转入于有力者之家，呈于有心者之门，仇雠授首，夫妇重圆，中间情节奇幻，绝好一部传奇骨子。崔，义夫；王，节妇；主翁，善人；高御史，侠士。无一不可传也。

——明·詹詹外史《情史》卷二

　　高公之德，崔尉之谊，王氏之节，皆是难得的事。各人存了好心，所以天意周全，好人相逢，毕竟冤仇尽报，夫妇重完。此可为世人之劝。

——明·凌濛初《拍案惊奇》卷二十七

马中锡

马中锡（约1446—约1512），字天禄，号东田，故城（今河北省故城县）人。成化十一年（1475）进士，官至兵部侍郎、右都御史。为人刚介耿直，反对宦官刘瑾等专权舞弊，为此曾屡遭杖责、削职与下狱等迫害。后奉命率兵镇压农民起义，因主张招抚，遭同僚中伤，被劾"纵贼"，下狱致死。

中山狼传

赵简子大猎于中山[1]，虞人[2]导前，鹰犬罗[3]后，捷禽鸷[4]兽，应弦而倒者不可胜数。有狼当道，人立而啼。简子唾手[5]登车，援乌号[6]之弓，挟肃慎[7]之矢，一发饮羽[8]，狼失声而逋[9]。简子怒，驱车逐之。惊尘蔽天，足音鸣雷，十步之外，不辨人马。

时墨者[10]东郭先生将北适中山以干仕[11]。策蹇驴[12]，囊图书，夙行失道[13]，

---

[1]　中山：古国名，在今河北省定县一带。
[2]　虞人：管理狩猎的官员。
[3]　罗：散布。
[4]　鸷（zhì）：凶猛。
[5]　唾手：轻易从容。
[6]　乌号：古代良弓名。
[7]　肃慎：古代居住在东北地区的少数民族，曾向周朝贡箭。
[8]　饮羽：中箭，形容射箭有力，连箭末的羽毛也进入了目标的身体。
[9]　逋：逃跑。
[10]　墨者：信奉墨子学说的人。
[11]　干仕：谋求官职。
[12]　蹇（jiǎn）驴：跛足驴。
[13]　夙（sù）行失道：清早起程，迷了路。

　　　　　　　　　　　　　　　古代短篇小说

望尘惊悸。狼奄至[1]，引首顾曰："先生岂有志于济物哉？昔毛宝放龟而得渡[2]，随侯救蛇而获珠[3]，龟蛇固弗灵于狼也。今日之事，何不使我得早处囊中以苟延残喘乎？异时倘得脱颖而出[4]，先生之恩，生死而肉骨[5]也，敢不努力以效龟蛇之诚！"先生曰："嘻！私[6]汝狼以犯世卿[7]、忤权贵，祸且不测，敢望报乎？然墨之道，'兼爱'[8]为本，吾终当有以活汝。脱[9]有祸，固所不辞也。"乃出图书，空囊橐[10]，徐徐焉实狼其中。前虞跋胡[11]，后恐疐尾[12]，三纳之而未克。徘徊容与[13]，追者益近。狼请曰："事急矣！先生果将揖逊救焚溺，而鸣銮避寇盗耶[14]？惟先生速图！"乃跼蹐四足[15]，引绳而束缚之，下首至尾，曲脊掩胡[16]，猬缩蠖屈[17]，蛇盘龟息[18]，以听命

---

[1]　奄至：突然来到。

[2]　毛宝放龟而得渡：相传晋人毛宝曾将一只白龟放生，后来他在战乱中投江逃命，那只白龟载他过江。

[3]　随侯救蛇而获珠：随国君曾为一条受伤的蛇敷药，后来蛇衔来一颗名贵的珍珠报答他。

[4]　脱颖而出：这是战国时毛遂自荐的话，意思是锥子在口袋里总要露出锥尖来。此处借用这成语，表示能安全地从袋里逃出去。

[5]　生死而肉骨：将死者救活，使枯骨长肉，喻恩德之深厚。

[6]　私：隐藏。

[7]　世卿：指赵简子。春秋时，各国世代掌握政权的家族称世卿。

[8]　兼爱：墨子学说中的重要思想之一，主张普遍地爱一切人。

[9]　脱：即使。

[10]　橐（tuó）：口袋。

[11]　前虞跋胡：往前担心压住垂肉。虞，担忧。跋，践踏。胡，嘴巴下面的垂肉。

[12]　后恐疐（zhì）尾：往后又恐怕压住尾巴。疐，跌倒。

[13]　徘徊容与：迟疑不决，拖拖沓沓。

[14]　"先生果将"二句：意谓你难道真要在抢救火烧水淹的时候还讲究礼貌，在遇盗逃命的时候，还像平时坐着车一样响起叮当的铃声吗？揖逊，打躬作揖地讲究客套；銮，驾车的马身上装饰的铃铛。

[15]　跼蹐四足：缩作一团。

[16]　曲脊掩胡：弓着脊梁，遮住垂肉。

[17]　猬缩蠖（huò）屈：像刺猬一样缩起来，像尺蠖虫那样弯起身体。

[18]　蛇盘龟息：像蛇一样将身子盘在一起，像乌龟一样将头缩了进去。

先生。先生如其指，内[1]狼于囊，遂括囊口，肩举驴上，引避道左[2]，以待赵人之过。已而简子至，求狼弗得，盛怒，拔剑斩辕端示先生，骂曰："敢讳狼方向者，有如此辕！"先生伏踬就地[3]，匍匐以进，跽[4]而言曰："鄙人不慧，将有志于世，奔走遐方[5]，自迷正途，又安能发狼踪以指示夫子之鹰犬也？然尝闻之：'大道以多歧亡羊[6]。'夫羊，一童子可制之，如是其驯也，尚以多歧而亡；狼非羊比，而中山之歧可以亡羊者何限？乃区区循大道以求之，不几于守株缘木[7]乎？况田猎，虞人之事也，君请问诸皮冠[8]。行道之人何罪哉？且鄙人虽愚，独不知夫狼乎？性贪而狠，党豺[9]为虐，君能除之，固当窥左足[10]以效微劳，又肯讳之而不言哉！"简子默然，回车就道。先生亦驱驴兼程而进。

良久，羽旄[11]之影渐没，车马之音不闻。狼度简子之去远，而作声囊中曰："先生可留意矣。出我囊，解我缚，拔矢我臂，我将逝矣！"先生举手出狼，狼咆哮谓先生曰："适为虞人逐，其来甚速，幸先生生我。我馁甚[12]，馁不得食，亦终必亡而已。与其饥死道路，为群兽食，无宁毙于虞人，以俎豆于贵家[13]。先生既墨者，摩顶放踵[14]，思一利天下，又何吝一

---

[1]　内：同"纳"。
[2]　道左：路旁。
[3]　伏踬就地：趴在地上。踬，跌倒。
[4]　跽（jì）：跪。
[5]　遐方：远方。
[6]　大道以多歧亡羊：语出《列子·说符》，意谓大路上的岔道多，所以羊会走失。歧，岔道。
[7]　守株缘木：指守株待兔与缘木求鱼，比喻做事的方法和方向不对，达不到目的。
[8]　皮冠：古代打猎时所戴的帽子，此处指掌管狩猎的官员虞人。
[9]　党豺：同豺结为一伙。
[10]　窥左足：举左脚起步，意谓不用花很大的力气。窥，同"跬"，半步。
[11]　羽旄：旗子上的装饰，此处指赵简子一行人。
[12]　馁甚：饿极了。
[13]　俎（zǔ）豆于贵家：供贵族做食品。俎豆，古代盛食品的器皿。
[14]　摩顶放踵：意谓劳累奔波，以至于从头顶到脚跟都擦伤了。

躯啖我而全微命乎？"遂鼓吻奋爪¹，以向先生。先生仓猝²以手搏之，且搏且却，引蔽驴后，便旋³而走，狼终不得有加于先生，先生亦极力拒，彼此俱倦，隔驴喘息。先生曰："狼负我！狼负我！"狼曰："吾非固欲负汝，天生汝辈，固需吾辈食也！"相持既久，日晷⁴渐移，先生窃念："天色向晚，狼复群至，吾死矣夫！"因绐狼曰："民俗，事疑必询三老⁵。第⁶行矣，求三老而问之，苟⁷谓我当食即食，不可即已。"狼大喜，即与偕行。

逾时，道无行人，狼馋甚，望老木僵立路侧，谓先生曰："可问是老。"先生曰："草木无知，叩焉何益⁸？"狼曰："第问之，彼当有言矣。"先生不得已，揖老木，具述始末，问曰："若然，狼当食我耶？"木中轰轰有声，谓先生曰："我杏也，往年老圃种我时，费一核耳，逾年华⁹，再逾年实¹⁰，三年拱把¹¹，十年合抱，至于今，二十年矣。老圃食我¹²，老圃之妻子食我，外至宾客，下至于仆，皆食我。又复鬻实于世以规利¹³。我其有功于老圃甚巨。今老矣，不得敛华就实¹⁴，贾¹⁵老圃怒，伐我条枚，

---

[1] 鼓吻奋爪：张起嘴巴，伸出爪子。
[2] 仓猝：匆促。猝，同"卒"。
[3] 便（pián）旋：绕圈子。
[4] 日晷（guǐ）：日影。
[5] 事疑必询三老：有疑难事一定要请教三位老年人。
[6] 第：只管。
[7] 苟：如果。
[8] 叩焉何益：问了有什么用。叩，问。
[9] 华：开花。
[10] 实：结果。
[11] 拱把：两把粗细。
[12] 食我：吃我的果实。
[13] 规利：谋利。
[14] 敛华就实：花谢结果。
[15] 贾：引起。

芟¹我枝叶，且将售我工师之肆取直²焉。噫！樗朽之材³，桑榆之景⁴，求免于斧钺⁵之诛而不可得。汝何德于狼，乃觊免乎？是固当食汝。"言下，狼复鼓吻奋爪，以向先生。先生曰："狼爽盟⁶矣！矢询三老，今值一杏，何遽⁷见迫耶？"复与偕行。

狼愈急，望见老牸⁸，曝日⁹败垣中，谓先生曰："可问是老。"先生曰："晷¹⁰者草木无知，谬言害事。今牛，禽兽耳，更何问为？"狼曰："第问之，不问将咥¹¹汝。"先生不得已，揖老牸，再述始末以问。牛敛眉瞪目，舐鼻张口，向先生曰："老杏之言不谬矣！老牸茧栗¹²少年时，筋力颇健，老农卖一刀以易我，使我贰群牛¹³事南亩¹⁴。既壮，群牛日以老惫，凡事我都任之。彼将驰驱，我伏田车¹⁵，择便途以急奔趋；彼将躬耕，我脱辐衡¹⁶，走郊坰以辟榛荆¹⁷。老农亲我犹左右手。衣食仰¹⁸我而给，婚姻仰我而毕，赋税仰我而输，仓庾¹⁹仰我而实。我亦自谅，可

---

[1]　芟（shān）：剪除。
[2]　售我工师之肆取直：将我卖给工匠的铺子换钱。直，同"值"。
[3]　樗（chū）朽之材：无用的树木。
[4]　桑榆之景：比喻晚年和暮景。
[5]　钺（yuè）：大斧。
[6]　爽盟：背约，失信。
[7]　遽（jù）：急忙，立刻。
[8]　牸（zì）：母牛。
[9]　曝（pù）日：晒太阳。
[10]　晷（xiǎng）：刚才。
[11]　咥（dié）：咬。
[12]　茧栗：牛角初长成时，似蚕茧与栗子一般大小。
[13]　贰群牛：和别的牛在一起。贰，并，一道。
[14]　事南亩：指从事耕作。南亩，泛指农田。
[15]　伏田车：低下头驾车。
[16]　辐衡：驾在牛身上的横木。辐，同"楅"。
[17]　走郊坰（jiōng）以辟榛荆：奔走在郊外开垦荒地。坰，郊野；辟，开辟、开垦；榛荆，指野草杂树。
[18]　仰：依靠。
[19]　仓庾（yǔ）：粮囤。

得帷席之蔽 [1]，如马、狗也。往年家储无儋石 [2]，今麦收多十斛 [3] 矣；往年穷居无顾借 [4]，今掉臂 [5] 行村社 [6] 矣；往年尘卮罂 [7]，涸唇吻 [8]，盛酒瓦盆，半生未接，今酿黍稷，据樽罍 [9]，骄妻妾矣；往年衣短褐 [10]，侣木石，手不知揖，心不知学，今持兔园册 [11]，戴笠子，腰韦带 [12]，衣宽博 [13] 矣。一丝一粟，皆我力也。顾欺我老弱，逐我郊野；酸风射眸 [14]，寒日吊影 [15]；瘦骨如山，老泪如雨；涎垂而不可收，足挛 [16] 而不可举；皮毛俱亡，疮痍未瘥 [17]。老农之妻妒且悍，朝夕进说曰：'牛之一身无废物也：肉可脯，皮可鞟 [18]，骨角且切磋 [19] 成器。'指大儿曰：'汝受业庖丁 [20] 之门有年矣，胡不砺刃于硎 [21] 以待？'迹是观之 [22]，是将不利于我，我不知死所矣！夫我有功，彼无情乃若是，行将蒙祸。汝何德于狼，觊幸免乎？"言下，狼又鼓吻奋爪

---

[1] 帷席之蔽：用帷帐和席子掩盖身体，喻死后的埋葬。

[2] 儋（dān）石：一担之量，喻微少。

[3] 斛（hú）：古代容量单位。古时十斗为一斛，宋以后五斗为一斛。

[4] 无顾借：无聊。

[5] 掉臂：甩着膀子，形容逍遥自在的样子。

[6] 村社：农村中的社集。

[7] 尘卮罂（zhī yīng）：盛酒的器皿积满了灰尘。卮，酒杯；罂，大腹小口的酒瓶。

[8] 涸唇吻：嘴唇干燥，指一直喝不上酒。

[9] 据樽罍（léi）：拿着酒杯。据，执持；罍，古时盛酒器皿。

[10] 褐：粗毛布。

[11] 兔园册：村塾中所用的浅近的识字课本。

[12] 腰韦带：用皮带束腰。

[13] 宽博：指宽大舒适的衣服。

[14] 酸风射眸：冷风刺痛眼睛。

[15] 吊影：意谓冷清地与影子互相慰问。

[16] 挛（luán）：肌肉抽筋。

[17] 疮痍未瘥（chài）：伤痕没有痊愈。

[18] 鞟（kuò）：制成去毛的皮。

[19] 切磋：磨治。

[20] 庖丁：厨师。

[21] 砺刃于硎：指磨快刀子。砺刃，磨刀；硎，磨刀石。

[22] 迹是观之：根据这种迹象看来。

以向先生。先生曰："毋欲速[1]！"

遥望老子杖藜[2]而来，须眉皓然[3]，衣冠闲雅，盖有道者[4]也。先生且喜且愕，舍狼而前，拜跪啼泣，致辞曰："乞丈人一言而生！"丈人问故，先生曰："是狼为虞人所窘，求救于我，我实生之。今反欲咥我，力求不免，我又当死之。欲少延片时，誓定是于三老[5]。初逢老杏，强我问之，草木无知，几杀我；次逢老牸，强我问之，禽兽无知，又将杀我。今逢丈人，岂天之未丧斯文[6]也！敢乞一言而生。"因顿首[7]杖下，俯伏听命。丈人闻之，歔欷再三，以杖叩狼曰："汝误矣！夫人有恩而背之，不祥莫大焉！儒谓受人恩而不忍背者，其为子必孝。又谓虎狼之父子[8]。今汝背恩如是，则并父子亦无矣。"乃厉声曰："狼速去！不然将杖杀汝！"狼曰："丈人知其一，未知其二。请愬[9]之，愿丈人垂听。初，先生救我时，束缚我足，闭我囊中，压以诗书，我鞠躬[10]不敢息[11]。又蔓辞[12]以说简子，其意盖将死我于囊，而独窃其利也。是安可不咥？"丈人顾先生曰："果如是，是羿亦有罪焉[13]。"先生不平，具状[14]其囊狼怜惜之意。狼亦巧辩不已以求胜。丈人曰："是皆不足以执信也。试再囊之，吾观其状，果困苦

---

[1]　毋欲速：不要性急。
[2]　杖藜：扶着拐杖。藜，可做拐杖的树木。
[3]　皓然：形容须眉的雪白。
[4]　盖有道者：大概是个有道之士。
[5]　誓定是于三老：讲定以三位老者的话为准。
[6]　斯文：指读书人。
[7]　顿首：叩头。
[8]　虎狼之父子：意谓即使是虎狼，也有父子之爱。之，疑是知字之误。
[9]　愬：同"诉"。
[10]　鞠躬：指弓着身体。
[11]　息：出气。
[12]　蔓辞：冗长而无关的话。
[13]　是羿亦有罪焉：逢蒙向羿学射箭，学成后射杀羿，故孟子说"是羿亦有罪焉"，意谓羿不能辨别人的好坏，以致死在坏人手里，他自己也有错处。
[14]　具状：详详细细地描述一番。

否?"狼欣然从之,信[1]足先生。先生复缚置囊中,肩举驴上,而狼未之知也。丈人附耳谓先生曰:"有匕首否?"先生曰:"有。"于是出匕。丈人目先生使引匕刺狼。先生曰:"不害狼乎?"丈人笑曰:"禽兽负恩如是,而犹不忍杀,子固仁者,然愚亦甚矣!从井以救人,解衣以活友,于彼计则得[2],其如就死地何[3]!先生其此类乎?仁陷于愚[4],固君子之所不与[5]也。"言已大笑,先生亦笑。遂举手助先生操刃,共殪[6]狼,弃道上而去。

(据上海古籍出版社《古代文言短篇小说选注》)

说明

　　本篇选自马中锡所著的《东田集》。这是一篇寓言式的小说,阴险凶狼的中山狼象征着那些在危难时刻花言巧语,装出一副可怜相,而危机一过就凶相毕露,以怨报德的恶人;而迂腐的东郭先生则是不分是非、不辨敌我,对恶人心慈手软的典型。作品情节曲折离奇,且融戏剧性、哲理性于一体,其语言亦简洁生动,在准确地刻画人物心理活动方面尤为出色。这篇小说早已脍炙人口,仅明一代,康海、王九思、汪廷讷和陈与郊等作家就都写过杂剧《中山狼》。

---

[1]　信:通"伸"。
[2]　得:合适。
[3]　其如就死地何:无奈自己要陷于绝境呀。
[4]　仁陷于愚:讲究仁慈到了愚蠢的地步。
[5]　不与:不赞成。
[6]　殪(yì):杀死。

集评

李空同与韩贯道草疏极为切直，刘瑾切齿，必欲置之死，赖康浒西营救而脱。后浒西得罪，空同议论稍过严。人作《中山狼传》以诋之。

——明·阙名《嵩阳杂识·诋诮》

献吉下狱时，瑾欲杀之。急，乃书片纸出，谓："德涵抹（救）我。"家人往告康，康即上马，驰至瑾门，瑾摄衣迎康。……康曰："公何谬称海也。此一人乃今之李白，海何能为役。"瑾固问之，则曰："海不敢道，海不敢道。"瑾俯首思曰："先生岂谓李梦阳耶？此人罪当诛。"康即起辞出，曰："海不敢道者此也。"瑾谢曰："敬闻命矣。"明日即赦出之。其后献吉反嫉害德。马中锡撰《中山狼传》以刺献吉。"

——清·梁维枢《玉剑尊闻》卷十

《中山狼传》为宋谢良所著，虽游戏之笔，当时必有所指而不欲明言，托此以抒愤耳。《玉剑尊闻》曰：李献吉下狱时，刘瑾欲杀之，急，乃书片纸出，谓对山救之。家人往告康，康即上马，驰至瑾门白之，明日即赦出。其后献吉反嫉害对山。马中锡撰《中山狼传》以刺献吉。夫对山之救献吉，原先非望报于献吉也，献吉即有忮忌，何至若中山狼之甚乎？况其文体丰茂，非宋人不办。马东田或有憾于献吉，书此相诮，遂以为撰自东田，《明文英华》仍之，盖亦未深考矣。

——清·钮琇《觚賸续编》卷一

宋懋澄

宋懋澄（1569—1622），字幼清，号稚源，华亭（今上海松江）人，明后期诗人、文言小说家。早年因倭患与后金犯北境，曾研读兵书，欲报国于沙场。三十岁后学文，游学北京，为太学生。万历四十年（1612）中举人，后三试均不第。著有《九籥集》，内有多篇文言小说，其中《负情侬传》、《珍珠衫》、《刘东山》等在当时曾产生较大的影响。

负情侬传[1]

万历[2]间，浙东李生，系某藩臬[3]子，入赀游北雍[4]，与教坊[5]女郎杜十娘情好最殷。往来经年，李赀告匮，女郎母颇以生频来为厌，然而两人交益欢。女姿态为平康[6]绝代，兼以管弦歌舞，妙出一时，长安[7]少年所藉以代花月者也。母苦留连，始以言辞挑怒，李恭谨如初，已而声色竞严，女益不堪，誓以身归李生。母自揣女非己出，而故事[8]教坊落籍[9]，非数百金不可，且熟知李囊无一钱，思有以困之，令愧不辨，庶且忘日去，

---

[1] 原题下有作者小字注云："王仲雍《懊恨曲》曰：'常恨负情侬，郎今果行许。'作《负情侬传》。"

[2] 万历：明神宗朱翊钧的年号（1573—1620）。

[3] 藩臬（niè）：地方上的最高长官。藩，指布政使，省级最高行政长官；臬，指按察使，省级最高司法长官。

[4] 北雍：北京的国子监。明制，国子监太学生由各地根据名额推荐，后名额外缴纳钱粮（即入赀）也可入监。

[5] 教坊：指妓院。

[6] 平康：原为唐代长安内的里名，妓女多聚居于此，后以"平康"为妓院的代称。

[7] 长安：唐代首都，旧址在今陕西省西安市，此处代指北京。

[8] 故事：惯例。

[9] 落籍：从乐籍除名，指妓女从良。

乃戟掌[1]诉女曰："汝能耸郎君措三百金畀[2]老身，东西南北，惟汝所之。"女即慨然曰："李郎虽落魄旅邸，办三百金不难，顾金不易聚，倘金具而母负约，奈何？"母策李郎穷途，侮之，指烛中花笑曰："李郎若携金以入，婢子可随郎君而出，烛之生花，谶[3]郎之得女也。"遂相与要言[4]而散。

　　女至夜半，悲啼谓李生曰："郎君游赀，固不足谋妾身，然亦有意于交亲中得缓急乎？"李惊喜曰："唯唯，向非无心，第未敢言耳。"明日故为束装状，遍辞亲知，多方乞贷。亲知咸以生沉湎狭斜[5]，积有日月，忽欲南辕，半疑涉妄；且李生之父，怒生飘零，作书绝其归路，今若贷之，非惟无所征德，且索负无从，皆援引[6]支吾。生因循经月，空手来见，女中夜叹曰："郎君果不能办一钱耶？妾褥中有碎金百五十两，向缘线里絮中，明日令平头[7]密持去，以次付妈，外此非妾所办，奈何？"生惊喜，珍重持褥而去，因出褥中金语亲知，亲知悯杜之有心，毅然各敛金付生，仅得百两。生泣谓女："吾道穷矣，顾安所措五十金乎？"女雀跃曰："毋忧，明旦妾从邻家姊妹中谋之。"至期果得五十金，合金而进，妈欲负约，女悲啼向妈曰："母曩责郎君三百金，金具而母食言，郎持金去，女从此死矣。"母惧人金俱亡，乃曰："如约，第自顶至踵，寸珥尺素，非汝有也。"女忻然[8]从命。明日，秃鬓布衣，从生出门，过院中诸

---

［1］　戟掌：即戟手，用食指、中指指点，其形如戟。
［2］　畀：给予。
［3］　谶（chèn）：预兆。
［4］　要言：约言。
［5］　狭斜：小街曲巷，也作"狭邪"，代指娼妓居处。
［6］　援引：找借口。
［7］　平头：仆人。当时仆人多带平头巾，故以此代称。
［8］　忻然：喜悦貌。忻，同"欣"。

姊妹作别，诸姊妹咸感激[1]泣下曰："十娘为一时风流领袖，今从郎君蓝缕出院门，岂非姊妹羞乎？"于是人各赠以所携，须臾之间，簪珥[2]衣履，焕然一新矣。诸姊妹复谓曰："郎君与姊，千里间关，而行李曾无约束，复合赠以一箱。"箱中之盈虚，生不能知，女亦若为不知也者。日暮，诸姊妹各相与挥泪而别，女郎就生逆旅，四壁萧然，生但两目瞪视几案而已。女脱左膊坐绢，掷朱提[3]二十两，曰："持此为舟车资。"明日，生办舆马出崇文门，至潞河，附奉使船，抵船而金已尽，女复露右臂生绡，出三十金曰："此可以谋食矣。"生频承不测，快幸遭逢，于时自秋涉冬，嗤来鸿之寡俦，诎游鱼之乏比[4]，誓白头则皎露为霜，指赤心则丹枫交炙[5]，喜可知也。

行及瓜洲，舍使者艅艎，别赁小舟，明日欲渡。是夜，璧月盈江，练飞镜写[6]，生谓女曰："自出都门，便埋头项，今夕专舟，复何顾忌！且江南水月，何如塞北风烟，顾作此寂寂乎？"女亦以久淹形迹，悲关山之迢递[7]，感江月之交流，乃与生携手月中，趺坐船首。生兴发执卮[8]，倩女清歌，少酬江月。女宛转微吟，忽焉入调，鸟啼猿咽，不足以喻其悲也。有邻舟少年者，积盐维扬[9]，岁暮将归新安[10]，年仅二十左右，青楼中推为轻薄祭酒[11]，酒酣闻曲，神情欲飞，而音响已寂，遂通宵不寐。黎

---

[1]　感激：感动，激发。
[2]　珥（kōu）：指环一类首饰。
[3]　朱提：云南昭通朱提山产银且质优，故后以"朱提"为银的代称。
[4]　"嗤来鸿之"两句：意谓嘲笑天上的鸿雁、河里的游鱼没有伴侣。诎，通"黜"。
[5]　"指赤心"句：意谓两心似枫叶般互相映辉、温暖。
[6]　写：通"泻"。
[7]　迢递：高远貌。
[8]　卮（zhī）：酒杯。
[9]　维扬：今江苏省扬州市。
[10]　新安：今安徽省歙县、休宁县一带。
[11]　祭酒：原指国子监的主官，此处为首领之意。

明，而风雪阻渡，新安人物色生舟，知中有尤物[1]，乃貂帽复绹，弄形顾影，微有所窥，因叩舷而歌。生推篷四顾，雪色森然。新安人呼生绸缪，即邀生上岸，至酒肆论心，酒酣微叩公子，昨夜清歌为谁。生具以实对。复问："公子渡江，即归故乡乎？"生惨然告以难归之故，丽人将邀我于吴、越山水之间。杯酒缠绵，无端尽吐情实。新安人愀然谓公子："旅麋芜而挟桃李[2]，不闻明珠委路，有力交争乎？且江南之人，最工轻薄，情之所钟，不敢爱死[3]。即鄙心时时萌之，况丽人之才，素行不测，焉知不借君以为梯航[4]，而密践他约于前途，则震泽[5]之烟波，钱塘之风浪，鱼腹鲸齿，乃公子之一抔三尺[6]也。抑愚闻之，父与色孰亲，欢与害孰切，愿公子之熟思也。"生始愁眉曰："然则奈何？"曰："愚有至计[7]，甚便于公子，然而顾公子不能行也。"公子曰："为计奈何？"客曰："公子诚能割厌余之爱，仆虽不敏，愿上千金为公子寿，得千金则可以归报尊君，舍丽人则可以道路无恐，幸公子熟思之。"生既飘零有年，携形挈影，虽鸳树之诅[8]，生死靡他，而燕幕之栖[9]，进退维谷。羝藩狐济[10]，既猜月而疑云；燕喙龙漦[11]，更悲魂而啼梦。乃低首沉思，辞以归而谋诸妇，遂与新安人携手下船，各归舟次。

---

[1]　尤物：特出的人物，此处指美女。
[2]　"旅麋芜"句：意谓携带美女而行。麋芜，通"蘼芜"，香草名，此处与桃李皆喻美女。
[3]　爱死：惜死。爱，音薔。
[4]　梯航：梯与船为登山航海之具，此处代指阶梯。
[5]　震泽：太湖之古名。
[6]　一抔（póu）三尺：一丘小坟。一抔，一捧土；三尺，形容坟矮小。
[7]　至计：上策。
[8]　诅：誓约。
[9]　燕幕之栖：即燕窠幕上之意，比喻处境危难。
[10]　羝藩狐济：喻进退两难。《易经》中有"羝羊触藩，不能退，不能遂"；"小狐汔济，濡其尾"之句，意谓公羊角触入篱笆，进退不得；小狐狸过河，弄湿了尾巴，行步艰难。
[11]　燕喙龙漦（lí）：此处意谓怀疑杜十娘为害人的女子。燕喙，指汉时赵飞燕姐妹阴谋毒害皇孙事；龙漦，指西周时后宫童妾遇龙漦所化玄鼋生褒姒，后周幽王因宠褒姒而亡国。

　　　　　　　　　　　　　　　　　　　　　　　古代短篇小说

女挑灯俟生小饮，生目动齿涩，终不出辞，相与拥被而寝，至夜半，生悲啼不已，女急起坐抱持之曰："妾与郎君处情境几三年，行数千里，未尝哀痛，今日渡江，正当为百年欢笑，忽作此面向人，妾所不解？抑声有离音，何也？"生言随涕兴，悲因情重，既吐颠末，涕泣如前。女始解抱谓李生曰："谁为足下画此策者，乃大英雄也，郎得千金，可觐[1]二亲，妾得从人，无累行李，发乎情，止乎礼义，贤哉，其两得之矣！顾金安在？"生对以未审卿意云何，金尚在是人箧内。女曰："明蚤[2]亟过诺之。然千金重事也，须金入足下箧中，妾始至是人舟内。"时夜已过半，即请起为艳妆，曰："今日之妆，迎新送旧者也，不可不工。"计妆毕而天亦就曙矣，新安人已刺船[3]李生舟前，得女郎信，大喜，曰："请丽卿妆台为信。"女忻然谓李生界之，即索新安人聘赀过船，衡之无爽。于是女郎起身自舟中，据舷谓新安人曰："顷所携妆台中有李郎路引，可速检还。"新安人急如命。女郎使李生抽某一箱来，皆集凤翠霓，悉投水中，约值数百金，李生与轻薄子及两船人始竞大咤。又指生抽一箱，悉翠羽明珰[4]，玉箫金管也，值几千金，又投之江。复令生抽出某革囊，尽古玉紫金之玩，世所罕有，其价盖不赀云，亦投之。最后恚生抽一匣出，则夜明之珠盈把，舟中人一一大骇，喧声惊集市人，女郎又投之江，李生不觉大悔，抱女郎恸哭止之，虽新安人亦来劝解，女郎推生于侧，而啐詈[5]新安人曰："汝闻歌荡情，遂代莺弄舌，不顾神天剪绠[6]落瓶，使妾

[1]　觐（jìn）：古代诸侯秋朝天子称觐，此处为拜望父母之意。
[2]　蚤：通"早"。
[3]　刺船：撑船。
[4]　明珰：用珠玉串成的耳饰。
[5]　啐詈（cuì lì）：唾骂。
[6]　绠（gěng）：汲水器上的绳索。

将骨殷血碧¹；自恨弱质，不能抽刀向伧²。乃复贪财，强来萦抱，何异狂犬，方事趋风，更欲争骨。妾死有灵，当诉之明神，不日夺汝人面。且妾藏辰诒影³，托诸姊妹，蕴藏奇货，将资李郎归见父母也，今畜我不卒⁴，而故暴扬⁵之者，欲人知李郎眶中无瞳耳。妾为李郎涩眼几枯，翕魂⁶屡散，事幸粗成，不念携手，而倏溺笙簧⁷，畏行多露⁸，一朝弃捐，轻于残汁，顾乃婪此残膏，欲收覆水，妾更何颜而听其挽鼻！今生已矣，东海沙明，西华黍垒，此恨纠缠，宁有尽耶！"于是舟中岸上，观者无不流涕，詈李生为负心人，而女郎已持明珠赴江水不起矣。

当是时，目击之人，皆欲争殴新安人及李生，李生暨新安人各鼓船分道逃去，不知所之。噫！若女郎亦何愧子政⁹所称烈女哉！虽深闺之秀，其贞奚以加焉！

宋幼清曰：余自庚子¹⁰秋闻其事于友人，岁暮多暇，援笔叙事，至"妆毕而已就曙矣"，时夜将分，困惫就寝，梦被发而其音妇人者谓余曰："妾自恨不识人，羞令人间知有此事。近幸冥司见怜，令妾稍司¹¹风波，间豫¹²人间祸福，若郎君为妾传奇，妾将使君病作。"明日果然，几十日

---

[1]　骨殷（yān）血碧：以骨和血呈现的特殊颜色来表示含冤屈死的意思。殷，赤黑色；碧，青绿色。
[2]　伧：粗俗，鄙陋，此处指鄙俗之人。
[3]　藏辰诒影：形容偷偷积攒财物的不易。
[4]　畜我不卒：意谓中途抛弃，有始无终。畜，养活；卒，终。
[5]　暴扬：泄露，宣扬。
[6]　翕（xī）魂：完整健全的魂魄。翕，聚。
[7]　倏（shū）溺笙簧：意谓忽然听信巧言欺骗。
[8]　畏行多露：原意是害怕衣履被露水沾湿，此处意为怕事情对自己不利。
[9]　子政：西汉刘向字子政，著有《列女传》等书。
[10]　庚子：此处指万历二十八年（1600）。
[11]　司：掌管。
[12]　豫：干预。

而间，因弃置箧中。丁未[1]携家南归，舟中检箬稿，见此事尚存，不忍湮没，急捉笔足之，惟恐其复祟，使我更捧腹也，既书之纸尾，以纪其异，复寄语女郎："传已成矣，它日过瓜洲，幸勿作恶风波相虐。倘不见谅，渡江后必当复作，宁肯折笔同盲人乎！"时丁未秋七月二日，去庚子盖八年矣。舟行卫河[2]道中，拒沧州[3]约百余里，不数日而女奴露桃忽堕河死。

（据中国社会科学出版社 1984 年版《九籥集》）

说明

本篇选自《九籥集》卷之五。作品成功地塑造了杜十娘的悲剧形象，她的正直、刚烈，与李生的自私、怯懦以及新安盐商的奸猾、卑劣形成鲜明对照。杜十娘的悲剧集中地反映了当时社会最底层妇女的痛苦与抗争，而悲剧的根源则是她的生活理想与封建制度的尖锐矛盾。最后杜十娘怒沉百宝，以死抗争，这一结局给人以强烈震撼，显示了作品动人的艺术魅力。这篇小说问世不久即被《情史》、《文苑楂橘》等书选载，并传至日本、朝鲜等国。冯梦龙的拟话本《杜十娘怒沉百宝箱》即据本篇改写而成，明清两代也都出现过一些以该故事为素材的传奇剧本。

---

[1]　丁未：此处指万历三十五年（1607）。
[2]　卫河：河名，源出河南辉县，东北至天津合白河入海。
[3]　沧州：今河北省沧州市。

集评

潘之恒曰:"杜十娘为厉乃尔,盖冤鬼耻为人负也。宋郎作此传,几再病而竟陨露桃,欲令我绝笔矣。虽然,宁无才鬼感激思报者乎!吾平生风流罪过甚多,不愁倩魂作祟,直恐伧鬼抱恨,含沙射人,然微唾尚能掩之,毋惧也。本传'少年'作'新安人',吾不愿与同乡,故削去,非为之讳,当为愤俗者所原耳。"

——明·潘之恒辑《亘史内纪》卷十一

宋存标曰:"噫,若女郎亦何愧子政所称烈女哉!虽深闺之秀,其贞奚以加焉!……新安人,天下有情人也。其说李郎也,口如河;其识十娘也,目如电。惜十娘之早遇李生而不遇新安人也。使其遇之,虽文君与相如,欢如是耳。虽然,女不死不侠,不痴不情,于十娘又何憾焉。"

——明·宋存标《情种》卷四

冯梦龙曰:"后人评论此事,以为孙富谋夺美色,轻掷千金,固非良士;李甲不识杜十娘一片苦心,碌碌蠢才,无足道者。独谓十娘千古女侠,岂不能觅一佳侣,共跨秦楼之凤,乃错认李公子,明珠美玉,投于盲人,以致恩变为仇,万种恩情,化为流水,深可惜也!有诗叹云:'不会风流莫妄谈,单单情字费人参。若将情字能参透,唤作风流也不惭。'"

——明·冯梦龙《警世通言》卷三十二

蒲松龄

蒲松龄（1640—1715），字留仙，一字剑臣，别号柳泉居士。山东淄川县人。十九岁时参加童子试，县、府、道均考第一，颇受当时主持山东学政的著名诗人施闰章的赏识。但其后屡试不第，四十四岁时方始补廪膳生，七十一岁高龄时才援例成为贡生。科举的失意与生活的潦倒，使他有了不平、牢骚，以致郁结为"孤愤"，对科举制度的腐朽、封建仕途的黑暗也有了深刻的认识和体会，他将满腔愤气倾注在《聊斋志异》的创作中。此书蒲松龄年轻时即已动手撰写，而直到暮年时才最后成书。除《聊斋志异》之外，蒲松龄的著述还有诗、词、赋、俚曲、杂著等。

青凤

太原耿氏，故大家，第宅宏阔。后凌夷 [1]，楼舍连亘，半旷废之。因生怪异，堂门辄自关掩，家人恒中夜骇哗。耿患之，移居别墅，留老翁门 [2] 焉。由此荒落益甚。或闻笑语歌吹声。

耿有从子 [3] 去病，狂放不羁，嘱翁有所闻见，奔告之。至夜，见楼上灯光明灭，走报生。生欲入觇其异。止之，不听。门户素所习识，竟拨蒿蓬，曲折而入。登楼，初无少异；穿楼而过，闻人语切切 [4]。潜窥之，见巨烛双烧，其明如昼。一叟儒冠南面坐，一媪相对，俱年四十余。东

---

[1] 凌夷：同"陵夷"。凌，丘陵；夷，平。意谓像丘陵一样渐渐低下，引申作衰微、没落解。
[2] 门：此处作动词解，即看守门户。
[3] 从子：侄子。
[4] 切切：形容声音轻细。

向一少年，可¹二十许；右一女郎，才及笄²耳。酒藏³满案，团坐笑语。生突入，笑呼曰："有不速之客一人来！"群惊奔匿。独叟诧问："谁何入人闺闼⁴？"生曰："此我家也，君占之。旨酒⁵自饮，不邀主人，毋乃太吝？"叟审睇⁶之，曰："非主人也。"生曰："我狂生耿去病，主人之从子耳。"叟致敬曰："久仰山斗⁷！"及揖生入，便呼家人易馔。生止之。叟乃酌客。生曰："吾辈通家⁸，坐客无容见避，还祈招饮。"叟呼："孝儿！"俄少年自外入。叟曰："此豚儿⁹也。"揖而坐，略审门阀¹⁰。叟自言："义君姓胡。"生素豪，谈论风生，孝儿亦倜傥¹¹；倾吐间，雅相爱悦。生二十一，长孝儿二岁，因弟之。

叟曰："闻君祖纂《涂山外传》，知之乎？"答曰："知之。"叟曰："我涂山氏¹²之苗裔¹³也。唐以后，谱系¹⁴犹能忆之；五代¹⁵而上无传焉。幸公子一垂教也。"生略述涂山女佐禹之功，粉饰多词，妙绪泉涌。叟大喜，谓子曰："今幸得闻所未闻。公子亦非他人，可请阿母及青凤来共听之，亦令知我祖德也。"孝儿入帏中。少时，媪偕女郎出。审顾之，弱态

---

[1]　可：大约，差不多。
[2]　及笄（jī）：特指女子可以盘发插笄的年龄，即成年。笄，簪子。
[3]　藏（zì）：大块的肉。
[4]　闺闼（tà）：内室。
[5]　旨酒：美酒。
[6]　睇（dì）：斜视。
[7]　久仰山斗：表示仰慕对方的客气话，意谓如仰望泰山北斗一样。
[8]　通家：彼此世代有交情的家族。
[9]　豚（tún）儿：旧时对人称自己儿子的谦辞。豚，小猪。
[10]　门阀：家世。
[11]　倜傥（tì tǎng）：豪放不羁。
[12]　涂山氏：相传上古大禹治水时，在涂山娶狐女为妻，号涂山氏。后世因以涂山氏为狐仙的始祖。
[13]　苗裔：后裔。
[14]　谱系：家谱世系。
[15]　五代：通常是指唐、宋之间的后梁、后唐、后晋、后汉、后周，但这里又有"唐以后，谱系犹能忆之"之语，故此五代当指宋、齐、梁、陈、隋五个朝代。

生娇，秋波流慧，人间无其丽也。叟指妇云："此为老荆[1]。"又指女郎："此名青凤，鄙人之犹女[2]也。颇慧，所闻见，辄记不忘，故唤令听之。"生谈竟而饮，瞻顾女郎，停睇不转。女觉之，俛其首。生隐蹑莲钩[3]，女急敛足，亦无愠怒。生神志飞扬，不能自主，拍案曰："得妇如此，南面王不易也[4]！"媪见生渐醉益狂，与女俱去。生失望，乃辞叟出。而心萦萦[5]，不能忘情于青凤也。

至夜，复往，则兰麝犹芳，凝待终宵，寂无声咳。归与妻谋，欲携家而居之，冀[6]得一遇。妻不从，生乃自往，读于楼下。夜凭几，一鬼披发入，面黑如漆，张目视生。生笑，捻指研[7]墨自涂，灼灼然[8]相与对视，鬼惭而去。次夜更深，灭烛欲寝，闻楼后发扃[9]，辟之闹然[10]。急起窥觇，则扉半启。俄闻履声细碎，有烛光自房中出。视之，则青凤也。骤见生，骇而却退，遽阖双扉。生长跽[11]致词曰："小生不避险恶，实以卿故。幸无他人，得一握手为笑，死不憾耳。"女遥语曰："惓惓[12]深情，妾岂不知？但吾叔闺训[13]严谨，不敢奉命。"生固哀之，曰："亦不敢望肌肤之亲，但一见颜色足矣。"女似肯可，启关[14]出，捉其臂而曳之。生狂喜，

---

[1]　老荆：对别人称自己妻子的谦辞。
[2]　犹女：侄女。
[3]　隐蹑（niè）莲钩：暗中去踩青凤的脚。
[4]　南面王不易也：此句意谓即使用帝王的位置来交换，也不肯同意。
[5]　萦萦：牵挂缠绕的样子。
[6]　冀：希望。
[7]　研：同"砚"。
[8]　灼灼然：鲜明、光盛的样子。
[9]　扃（jiōng）：自外关闭门户用的门闩。
[10]　闹（pēng）然：开关门户的声音。
[11]　长跽（jì）：长跪。
[12]　惓（quán）惓：恳切貌，同"拳拳"。
[13]　闺训：封建社会时规定妇女应该遵守的一套道德标准。
[14]　启关：开门。

相将入楼下，拥而加诸膝。女曰："幸有夙分[1]；过此一夕，即相思无益矣。"问："何故？"曰："阿叔畏君狂，故化厉鬼以相吓，而君不动也。今已卜居[2]他所，一家皆移什物赴新居，而妾留守，明日即发矣。"言已，欲去，云："恐叔归。"生强止之，欲与为欢。方持论间，叟掩入。女羞惧无以自容，俯首倚床，拈带不语。叟怒曰："贱婢辱我门户！不速去，鞭挞且从其后！"女低头急去，叟亦出。生尾而听之，呵诟万端，闻青凤嘤嘤[3]啜泣。生心意如割，大声曰："罪在小生，于青凤何与[4]？倘宥青凤，刀锯铁钺[5]，愿身受之！"良久寂然，乃归寝。自此第内，绝不复声息矣。

生叔闻而奇之，愿售以居，不较直[6]。生喜，携家口而迁焉。居逾年，甚适，而未尝须臾忘青凤也。

会清明上墓归，见小狐二，为犬逼逐。其一投荒窜去，一则皇急[7]道上。望见生，依依哀啼，葺耳辑首[8]，似乞其援。生怜之，启裳衿，提抱以归。闭门，置床上，则青凤也。大喜，慰问。女曰："适与婢子戏，遭此大厄。脱非郎君，必葬犬腹。望无以非类[9]见憎。"生曰："日切怀思，系于魂梦。见卿如得异宝，何憎之云！"女曰："此天数也，不因颠覆，何得相从？然幸矣，婢子必言妾已死，可与君坚永约耳。"生喜，另舍居之。

积二年余，生方夜读，孝儿忽入。生辍读，讶诘所来。孝儿伏地，怆然[10]曰："家君有横难[11]，非君莫救。将自诣恳，恐不见纳，故以某来。"

---

[1] 夙分：注定的缘分。
[2] 卜居：择地居住。
[3] 嘤嘤：原是形容鸟鸣声，此处形容女子轻微的哭声。
[4] 何与：有什么相干。
[5] 铁钺（yuè）：铁，同"斧"；钺，大斧，斧和钺都是古代的武器。
[6] 直：同"值"。
[7] 皇急：急迫惊惧。皇，同"遑"。
[8] 葺耳辑首：垂耳缩头，害怕可怜的样子。葺，应作阘（tà）。
[9] 非类：异类。
[10] 怆然：形容悲伤的样子。
[11] 横（hèng）难：意外的祸事。

问："何事？"曰："公子识莫三郎否？"曰："此吾年家子[1]也。"孝儿曰："明日将过，倘携有猎狐，望君留之也。"生曰："楼下之羞，耿耿在念，他事不敢预闻。必欲仆效绵薄[2]，非青凤来不可。"孝儿零涕曰："凤妹已野死三年矣。"生拂衣曰："既尔[3]，则恨滋深耳！"执卷高吟，殊不顾瞻。孝儿起，哭失声，掩面而去。生如青凤所，告以故。女失色曰："果救之否？"曰："救则救之；适不之诺[4]者，亦聊以报前横[5]耳。"女乃喜曰："妾少孤，依叔成立[6]。昔虽获罪，乃家范[7]应尔。"生曰："诚然，但使人不能无介介[8]耳。卿果死，定不相援。"女笑曰："忍哉！"次日，莫三郎果至，镂膺虎韔[9]，仆从甚赫[10]。生门逆之。见获禽甚多，中一黑狐，血殷毛革[11]；抚之，皮肉犹温。便托裘敝[12]，乞得缀补。莫慨然解赠。生即付青凤，乃与客饮。

客既去，女抱狐于怀，三日而苏，展转[13]复化为叟。举目见凤，疑非人间。女历言其情。叟乃下拜，惭谢前愆[14]。喜顾女曰："我固谓汝不死，今果然矣。"女谓生曰："君如念妾，还祈以楼宅相假，使妾得以

---

[1]　年家子：在科举时代，同科取中的进士或举人称同年，其后辈则称年家子。
[2]　绵薄：微小的力量，通常作自谦语用。
[3]　既尔：既然这样。
[4]　不之诺：不应允他。此为倒装句式。之，他。
[5]　前横（hèng）：先前的蛮横。
[6]　成立：长大成人。
[7]　家范：封建社会中治家道德标准，也称家规。
[8]　介介：指心中的嫌隙或不快。
[9]　镂膺虎韔（chàng）：形容莫三郎威武的装束。镂膺，系在马腹上的金制勒带。虎韔，虎皮做成的弓匣。
[10]　赫：显赫。
[11]　血殷（yān）毛革：意谓血污已变成黑色，皮上的毛也脱落了。
[12]　托裘敝：假说皮袄破旧。
[13]　展转：曲伸转动。展，同"辗"。
[14]　前愆（qiān）：先前的过失。

申返哺[1]之私。"生诺之。叟赧然[2]谢别而去。入夜，果举家来。由此如家人父子，无复猜忌矣。生斋居[3]，孝儿时共谈宴。生嫡出子[4]渐长，遂使傅之[5]；盖循循[6]善教，有师范[7]焉。

（据铸雪斋抄本）

说明

　　本篇选自《聊斋志异》卷一。作品描写具有豪侠气概的耿去病，为了追求青凤的爱情，冒险入危厄之境而无畏惧，虽知青凤是狐女却不嫌弃，而是真情眷念。男女主人公的相爱与结合，显然与传统的封建婚姻观念相悖。这则故事描写得优美感人，且富有诗意。特别是作者通过与耿去病初会，以及夜半相逢、为狐叔撞见等情节的描写，将青凤这个恋爱中少女的含情、矛盾、惊慌的心理与娇羞的神态刻画得细致入微，给读者留下了十分深刻的印象。

集评

　　青凤之爱生甚挚，而待之又甚诚，卒脱其死以及其叔，孰谓狂生不可近

---

[1]　返哺：幼鸟长成，衔食以哺母鸟，称为返哺。此处则是用作子女尽孝的代词。
[2]　赧（nǎn）然：惭愧面赤貌。
[3]　斋居：住在书房里。
[4]　嫡出子：正妻生的儿子。
[5]　傅之：做他的师傅。
[6]　循循：有顺序地。
[7]　师范：老师的样子。

乎？叟家范綦严，观孝儿可为师，青凤不敢怼可见。何物老狐，乃有此家法。

——清·何守奇《聊斋志异》卷一《青凤》篇评语

停睇而俯首，蹑足而不愠，搴帏去后，情思亦可知矣。不然，岂犹不知有鬼吓不动之狂生在此？斯时何时，而乃独自房中出乎？启关捉臂，拥加诸膝，而曰："幸有夙分。"盖自使之留守时，窃已私心自喜矣。

——清·但明伦《聊斋志异》卷一《青凤》篇评语

因遭颠覆，乃得相从，坚永约，人事得失，亦复何常。士之错节盘根，所自信者，此心耳。天数不可知，听之而已。

——清·但明伦《聊斋志异》卷一《青凤》篇评语

友人宴集，盛谈《聊斋》诸狐事。或曰："足下亦欲得如青凤者乎？"余曰："非不欲也。诚恐既内凤，而凤之弟兄伯叔，援内戚之谊，窥阃而去室者，量不止孝儿等一二辈也。其害有不可尽言者。恐得不补失。"时座中忽有变色拂衣，起而去者。

——清·刘玉书《常谈》卷一

补堂谓《聊斋》中文章，最妙者当惟《青凤》、《连琐》、《婴宁》、《莲香》诸篇，陆离光怪，香艳秀丽，兼而有之，真绝代之文章也。余谓不然，《聊斋》中当以《青梅》、《仇大娘》、《曾友于》诸篇为绝唱。盖此数篇皆实人实事，非如《青凤》诸作，空中楼阁，可以文章就成事迹。此数篇必须本事迹而成文章，则下笔较难。而留仙洋洋洒洒，出之自然，万种佳妙，《青凤》诸篇不能及也。

——清·石庵《忏观室随笔》

婴宁

　　王子服，莒[1]之罗店人。早孤，绝惠，十四入泮[2]。母最爱之，寻常不令游郊野。聘萧氏，未嫁而夭，故求凰[3]未就也。

　　会上元[4]，有舅氏子吴生，邀同眺瞩[5]。方至村外，舅家有仆来，招吴去。生见游女如云，乘兴独遨。有女郎携婢，拈梅花一枝，容华绝代，笑容可掬。生注目不移，竟忘顾忌。女过去数武[6]，顾婢曰："个[7]儿郎目灼灼似贼！"遗花地上，笑语自去。生拾花怅然，神魂丧失，怏怏遂返。至家，藏花枕底，垂头而睡，不语亦不食。母忧之，醮禳[8]益剧，肌革锐减[9]。医师诊视，投剂发表[10]，忽忽若迷。母抚问所由，默然不答。适吴生来，嘱密诘之。吴至榻前，生见之泪下。吴就榻慰解，渐致研诘[11]。生具吐其实，且求谋画。吴笑曰："君意亦复痴，此愿有何难遂？当代访之。徒步于野，必非世家[12]。如其未字[13]，事固谐矣；不然，拚以重赂，计必允

---

[1]　莒（jǔ）：今山东省莒县。
[2]　入泮（pàn）：进学，取得生员资格。
[3]　求凰：指求娶妻子。
[4]　上元：农历正月十五日，俗称上元。
[5]　眺瞩：远望，这里作游览解。
[6]　数武：几步。武，半步。
[7]　个：这个。
[8]　醮禳（jiào ráng）：做法事禳解。
[9]　肌革锐减：身体大大消瘦。
[10]　发表：中医术语，指服药发散。
[11]　研诘：细问。
[12]　世家：名门望族。
[13]　字：女子许嫁。

遂。但得痊瘥[1]，成事在我。"生闻之，不觉解颐[2]。吴出告母，物色女子居里，而探访既穷，并无踪绪。母大忧，无所为计。然自吴去后，颜顿开，食亦略进。数日，吴复来。生问所谋，吴绐[3]之曰："已得之矣。我以为谁何人，乃我姑氏女，即君姨妹行，今尚待聘；虽内戚有婚姻之嫌[4]，实告之，无不谐者。"生喜溢眉宇[5]，问："居何里？"吴诡曰："西南山中，去此可三十余里。"生又付嘱再四，吴锐身自任[6]而去。

　　生由此饮食渐加，日就平复。探视枕底，花虽枯，未便凋落，凝思把玩，如见其人。怪吴不至，折柬[7]招之，吴支托不肯赴召。生恚怒[8]，悒悒[9]不欢。母虑其复病，急为议姻。略与商榷，辄摇首不愿。惟日盼吴，吴迄无耗[10]，益怨恨之。转思三十里非遥，何必仰息他人[11]？怀梅袖中，负气自往，而家人不知也。伶仃[12]独步，无可问程[13]，但望南山行去。约三十余里，乱山合沓[14]，空翠爽肌，寂无人行，止有鸟道[15]；遥望谷底丛花乱树中，隐隐有小里落[16]。下山入村，见舍宇无多，皆茅屋，而意[17]甚

---

[1]　痊瘥（chōu）：病愈。
[2]　解颐：露出笑容。
[3]　绐（dài）：欺骗。
[4]　内戚有婚姻之嫌：内戚为母亲一系的亲戚。古时姑表不通婚，故称内戚有婚姻之嫌。
[5]　眉宇：眉间，此处代指容颜。
[6]　锐身自任：挺身承担。
[7]　折柬：写信。
[8]　恚（huì）怒：恨怒。
[9]　悒悒：忧闷不乐的样子。
[10]　耗：音信。
[11]　仰息他人：依赖别人。仰息，即仰人鼻息。
[12]　伶仃：形容孤单的样子。
[13]　程：路程。
[14]　合沓：集合重叠。
[15]　止有鸟道：谓奇险无路，只有飞鸟之道。
[16]　里落：村落。
[17]　意：意境，风格。

修雅[1]。北向一家，门前皆丝柳，墙内桃杏尤繁，间以修竹，野鸟格磔[2]其中。意其园亭，不敢遽入。回顾对户，有巨石滑洁，因据坐少憩。俄闻墙内有女子长呼："小荣！"其声娇细。方伫听间，一女郎由东而西，执杏花一朵，俯首自簪，举头见生，遂不复簪，含笑拈花而入。审视之，即上元途中所遇也。心骤喜，但念无以阶进[3]。欲呼姨氏，顾[4]从无还往，惧有讹误。门内无人可问。坐卧徘徊，自朝至于日昃[5]，盈盈[6]望断，并忘饥渴。时见女子露半面来窥，似讶其不去者。忽一老妪扶杖出，顾生曰："何处郎君，闻自辰刻[7]便来，以至于今，意将何为？得勿[8]饥耶？"生急起揖之，答云："将以盼亲。"妪聋聩不闻，又大言之。乃问："贵戚何姓？"生不能答。妪笑曰："奇哉！姓名尚自不知，何亲可探？我视郎君，亦书痴耳。不如从我来，啖以粗粝[9]，家有短榻可卧。待明朝归，询知姓氏，再来探访不晚也。"生方腹馁[10]思啖，又从此渐近丽人，大喜。从妪入，见门内白石砌路，夹道红花，片片堕阶上；曲折而西，又启一关[11]，豆棚花架满庭中。肃客入舍[12]，粉壁光明如镜；窗外海棠，枝朵探入室中。裀藉[13]几榻，罔不洁泽。甫坐，即有人自窗外隐约相窥。

---

[1]　修雅：整齐优雅。
[2]　格磔（zhé）：鸟鸣声。
[3]　阶进：进门见面的借口。阶，阶梯，代指进身的门路。
[4]　顾：只是。
[5]　日昃（zè）：太阳过午的时候。
[6]　盈盈：对于清澈、流动的美的形容。此处形容盼望着的眼睛。
[7]　辰刻：上午七时至九时。
[8]　得勿：是不是。
[9]　粗粝：糙米饭。
[10]　馁（něi）：饥饿。
[11]　关：门。
[12]　肃客入舍：恭敬地请客人进屋。
[13]　裀藉：垫褥。

媪唤："小荣，可速作黍¹！"外有婢子嗷声²而应。坐次³，具展宗阀⁴。媪曰："郎君外祖，莫姓吴否？"曰："然。"媪惊曰："是吾甥也！尊堂⁵，我妹子。年来以家窭贫⁶，又无三尺男⁷，遂至音问梗塞⁸。甥长成如许，尚不相识。"生曰："此来即为姨也，匆遽遂忘姓氏。"媪曰："老身秦姓，并无诞育；弱息⁹仅存，亦为庶产¹⁰。渠母改醮¹¹，遗我鞠养¹²，颇亦不钝；但少教训，嬉不知愁。少顷，使来拜识。"未几，婢子具饭，雏尾盈握¹³。媪劝餐已，婢来敛具¹⁴。媪曰："唤宁姑来。"婢应去。良久，闻户外隐有笑声。媪又唤曰："婴宁！汝姨兄在此。"户外嗤嗤笑不已。婢推之以入，犹掩其口，笑不可遏。媪瞋目¹⁵曰："有客在，咤咤叱叱¹⁶，景象何堪。"女忍笑而立，生揖之。媪曰："此王郎，汝姨子。一家尚不相识，可笑人也¹⁷。"生问："妹子年几何矣？"媪未能解，生又言之。女复笑，不可仰视。媪谓生曰："我言少教诲，此可见矣。年已十六，呆痴裁¹⁸如婴儿。"

---

[1]　作黍：做饭。

[2]　嗷（jiào）声：响亮的答应声。

[3]　坐次：坐着的时候。次，指某一事件正在进行的中间的时候。

[4]　具展宗阀：详细说明宗族门第。

[5]　尊堂：对别人母亲的尊称。

[6]　窭（jù）贫：贫穷。

[7]　三尺男：小男孩。

[8]　梗塞：不通。

[9]　弱息：女儿。此处指婴宁。

[10]　庶产：妾生的儿女。

[11]　渠母改醮：她的母亲改嫁了。

[12]　鞠养：抚养。

[13]　雏尾盈握：形容小鸡的肥大。雏，小鸡；盈握，满满的一把。《礼记·内则》云："雏尾不盈握，不食。"

[14]　敛具：收拾碗筷。

[15]　瞋（chēn）目：怒目，瞪着眼睛。

[16]　咤咤叱叱（zhà chì）叱：形容笑声。

[17]　可笑人也：令人可笑。

[18]　裁：同"才"。

生曰："小于甥一岁。"曰："阿甥已十七矣，得非庚午属马者耶[1]？"生首应[2]之。又问："甥妇阿谁？"答云："无之。"曰："如甥才貌，何十七岁犹未聘？婴宁亦无姑家[3]，极相匹敌，惜有内亲之嫌。"生无语，目注婴宁，不遑他瞬。婢向女小语云："目灼灼，贼腔未改。"女又大笑，顾婢曰："视碧桃开未？"遽起，以袖掩口，细碎连步[4]而出。至门外，笑声始纵。媪亦起，唤婢襆被[5]，为生安置。曰："阿甥来不易，宜留三五日，迟迟[6]送汝归。如嫌幽闷，舍后有小园，可供消遣。有书可读。"

次日，至舍后，果有园半亩，细草铺毡，杨花糁径[7]。有草舍三楹[8]，花木四合其所。穿花小步，闻树头苏苏有声，仰观，则婴宁在上。见生来，狂笑欲堕。生曰："勿尔，堕矣。"女且下且笑，不能止。方将及地，失手而堕，笑乃止。生扶之，阴捘其腕[9]。女笑又作，倚树不能行，良久乃罢。生俟[10]其笑歇，乃出袖中花示之。女接之曰："枯矣，何留之？"曰："此上元妹子所遗，故存之。"问："存之何益？"曰："以示相爱不忘。自上元相遇，凝思成病，自分化为异物[11]，不图得见颜色，幸垂怜悯。"女曰："此大细事，至戚何所靳惜[12]？待郎行时，园中花，当唤老奴来，折一巨捆负送之。"生曰："妹子痴耶？"女曰："何便是痴？"生曰：

---

[1]　得非庚午属马者耶：莫非是庚午年生、属马的吗？
[2]　首应：点头认可。
[3]　姑家：婆家。
[4]　细碎连步：一步接一步，走得很快，脚步却跨得很小。
[5]　襆被：铺设被褥。
[6]　迟迟：慢慢地。
[7]　"细草铺毡"二句：意谓地上长满了细草，就像铺上了一层绿毡，而其间的小路上，又点缀着许多杨花。糁（sǎn），原意为把米和在羹汤里。
[8]　三楹（yíng）：三间。楹，房屋的柱子。
[9]　阴捘（zùn）其腕：暗中捏婴宁的手腕。捘，捏。
[10]　俟（sì）：等待。
[11]　异物：指鬼。
[12]　靳（jìn）惜：吝惜。

"我非爱花,爱拈花之人耳。"女曰:"葭莩[1]之情,爱何待言!"生曰:"我所谓爱,非瓜葛[2]之爱,乃夫妻之爱。"女曰:"有以异乎?"曰:"夜共枕席耳。"女俯思良久,曰:"我不惯与生人睡!"语未已,婢潜至,生惶恐遁去。少时,会母所。母问:"何往?"女答以园中共话。媪曰:"饭熟已久,有何长言,周遮[3]乃尔?"女曰:"大哥欲我共寝。"言未已,生大窘,急目瞪之,女微笑而止。幸媪不闻,犹絮絮[4]究诘。生急以他词掩之,因小语责女。女曰:"适此语不应说耶?"生曰:"此背人语。"女曰:"背他人,岂得背老母?且寝处亦常事,何讳之?"生恨其痴,无术可悟之。食方竟,家中捉双卫[5]来寻生。先是,母待生久不归,始疑。村中搜觅几遍,竟无踪兆。因往询吴。吴忆曩言,因教于西南山村行觅。凡历数村,始至于此。生出门,适相值。便入告媪,且请偕女同归。媪喜曰:"我有志,匪伊朝夕[6],但残躯不能远涉。得甥携妹子去,识认阿姨,大好。"呼婴宁,宁笑至。媪曰:"有何喜,笑辄不辍?若不笑,当为全人。"因怒之以目。乃曰:"大哥欲同汝去,可便装束。"又饷[7]家人酒食,始送之出,曰:"姨家田产丰裕,能养冗人[8]。到彼且勿归,小学[9]诗礼,亦好事翁姑,即烦阿姨择一良匹与汝。"二人遂发,至山坳回顾,犹依稀见媪倚门北望也。

抵家,母睹姝丽,惊问为谁。生以姨女对。母曰:"前吴郎与儿言

---

[1] 葭莩(jiā fú):喻疏远的亲戚,其原意指芦苇里的白膜。
[2] 瓜葛:原指有藤牵连的蔓生植物,此处也用以比喻疏远的亲戚。
[3] 周遮:形容话多的样子。
[4] 絮絮:唠叨,啰唆。
[5] 卫:驴子。
[6] 匪伊朝夕:不止一朝一夕。匪,同"非"。伊,语助词。
[7] 饷(xiǎng):招待。
[8] 冗(róng)人:指不事生产的闲人。
[9] 小学:略微学一点。

者，诈也。我未有姊，何以得甥？"问女，女曰："我非母出。父为秦氏，没时，儿在襁中 [1]，不能记忆。"母曰："我一姊适秦氏，良确。然姐谢 [2] 已久，那得复存？"因审诘面庞志赘 [3]，一一符合。又疑曰："是矣。然亡已多年，何得复存？"疑虑间，吴生至，女避入室。吴询得故，惘然久之，忽曰："此女名婴宁耶？"生然之，吴极称怪事。问所自知，吴曰："秦家姑去世后，姑丈鳏 [4] 居，祟于狐，病瘠 [5] 死。狐生女名婴宁，绷 [6] 卧床上，家人皆见之。姑丈殁，狐犹时来。后求天师 [7] 符粘壁上，狐遂携女去。将勿此耶？"彼此疑参 [8]，但闻室中嗤嗤，皆婴宁笑声。母曰："此女亦太憨生 [9]。"吴请面之，母入室，女犹浓笑不顾。母促令出，始极力忍笑，又面壁移时 [10]，方出。才一展拜，翻然遽入，放声大笑，满室妇女，为之粲然 [11]。吴请往觇其异，就便执柯 [12]。寻至村所，庐舍全无，山花零落而已。吴忆姑葬处，仿佛不远，然坟垄湮没，莫可辨识，诧叹而返。母疑其为鬼，入告吴言，女略无骇意；又吊其无家，亦殊无悲意，孜孜 [13] 憨笑而已。众莫之测。母令与少女同寝止，昧爽 [14] 即来省问。操女红，精巧绝伦。但善

[1] 在襁中：指婴儿时代。
[2] 姐谢：死亡。
[3] 志赘：志，同"痣"；赘，赘疣。
[4] 鳏（guān）：成年人没有妻子的称鳏。
[5] 瘠（jí）：疾疫。
[6] 绷：用襁褓裹着。
[7] 天师：指张天师。元代封张道陵的子孙为天师，后来以炼丹画符、捉鬼拿妖为职业的人也常被尊称为天师。
[8] 疑参：疑惑参详。
[9] 太憨（hān）生：娇媚天真而又不懂事。生，语助词。
[10] 移时：一段时间。
[11] 粲然：形容笑的样子。
[12] 执柯：做媒。
[13] 孜（zī）孜：不歇的样子。
[14] 昧爽：拂晓。

笑，禁之亦不可止。然笑处嫣然¹，狂而不损其媚，人皆乐之。邻女少妇，争承迎之。母择吉将为合卺²，而终恐为鬼物，窃于日中窥之，形影殊无少异³。至日，使华妆行新妇礼，女笑极不能俯仰，遂罢。生以其憨痴，恐泄漏房中隐事，而女殊密秘，不肯道一语。每值母忧怒，女至，一笑即解。奴婢小过，恐遭鞭楚，辄求诣母共话；罪婢投见，恒得免。而爱花成癖，物色遍戚党⁴；窃典金钗，购佳种。数月，阶砌藩溷⁵，无非花者。

庭后有木香⁶一架，故邻西家。女每攀登其上，摘供簪玩。母时遇见，辄呵之，女卒⁷不改。一日，西邻子⁸见之，凝注倾倒⁹。女不避而笑，西邻子谓女意属己，心益荡。女指墙底，笑而下。西邻子谓示约处，大悦。及昏而往，女果在焉。就而淫之，则阴如锥刺，痛彻于心，大号而踣¹⁰。细视，非女，则一枯木卧墙边，所接乃水淋窍也。邻父闻声，急奔研问，呻而不言。妻来，始以实告。爇¹¹火烛窍，见中有巨蝎，如小蟹然。翁碎木，捉杀之。负子至家，半夜寻卒。邻人讼生，讦¹²发婴宁妖异。邑宰¹³素仰生才，稔知¹⁴其笃行士¹⁵，谓邻翁讼诬，将杖责之。生为乞

---

[1]　嫣然：甜美的样子。

[2]　合卺（jǐn）：指结婚仪式。

[3]　"窃于日中窥之"二句：按迷信的传说，鬼物于日中无影。王母在太阳底下偷偷地观察婴宁，发现她的形状影子与别人并没有什么不同。

[4]　戚党：亲戚朋友。

[5]　藩溷（hùn）：篱笆和厕所。

[6]　木香：本名蜜香，又名青木香、南木香，多年生草本。

[7]　卒：终于。

[8]　西邻子：西家家的儿子。

[9]　倾倒：此处指爱慕。

[10]　踣（bó）：僵仆。

[11]　爇（ruò）：烧。

[12]　讦（jié）：用言词攻击。

[13]　邑宰：一县的行政长官，即知县。

[14]　稔（rěn）知：积久熟知。

[15]　笃（dǔ）行士：行为敦厚的读书人。

免，逐释而归。母谓女曰："憨狂尔尔[1]，早知过喜而伏忧也。邑令神明，幸不牵累，设鹘突[2]官宰，必逮妇女质公堂[3]，我儿何颜见戚里？"女正色，矢[4]不复笑。母曰："人罔不笑，但须有时[5]。"而女由是竟不复笑，虽故逗之，亦终不笑，然竟日未尝有戚容。

一夕，对生零涕，异之。女哽咽曰："曩以相从日浅，言之恐致骇怪；今日察姑及郎，皆过爱无有异心，直告或无妨乎？妾本狐产，母临去，以妾托鬼母，相依十余年，始有今日。妾又无兄弟，所恃者惟君。老母岑寂山阿[6]，无人怜而合厝[7]之，九泉辄为悼恨。君倘不惜烦费，使地下人消此怨恫[8]，庶养女者不忍溺弃[9]。"生诺之，然虑坟冢迷于荒草。女但言："无虑。"刻日，夫妻舆櫬[10]而往。女于荒烟错楚[11]中，指示墓处，果得媪尸，肤革犹存。女抚哭哀痛。舁[12]归，寻秦氏墓合葬焉。是夜，生梦媪来称谢，寤而述之。女曰："妾夜见之，嘱勿惊郎君耳。"生恨不邀留，女曰："彼鬼也，生人多，阳气胜，何能久居？"生问小荣，曰："是亦狐，最黠[13]。狐母留以视妾。每摄果饵相哺，故德之，常不放心。昨问母，云已嫁之。"由是岁至寒食[14]，夫妻登秦墓，拜扫无缺。女逾年生一

---

[1]　憨狂尔尔：疯疯癫癫到那个样子。

[2]　鹘（hú）突：糊涂。

[3]　质公堂：与公堂对质。

[4]　矢：发誓。

[5]　有时：指适当的时间。

[6]　岑寂山阿：寂寞地葬在山边。

[7]　合厝（cuò）：合葬。

[8]　怨恫（tōng）：怨痛。

[9]　庶养女者不忍溺弃：封建时代由于重男轻女，往往有了女儿就将她淹死或抛弃的恶习，故而婴宁有此言。庶，庶几、使得。

[10]　舆櫬（chèn）：用车装着棺材。

[11]　错楚：指杂乱的灌木。

[12]　舁（yú）：扛、抬。

[13]　黠（xiá）：狡猾而又聪慧。

[14]　寒食：农历清明节前两天，不举火，称为寒食，据说是为了纪念春秋时晋国人介之推被烧死在绵山。

子，在怀抱中，不畏生人，见人辄笑，亦大有母风[1]云。

异史氏曰："观其孜孜憨笑，似全无心肝者，而墙下恶作剧，其黠孰甚焉！至凄恋鬼母，反笑为哭，我婴宁何尝憨耶？窃闻山中有草，名'笑矣乎'[2]。嗅之，则笑不可止。房中植此一种，则合欢[3]、忘忧[4]，并无颜色矣；若解语花[5]，正嫌其作态耳。"

（据铸雪斋抄本）

说明

本篇选自《聊斋志异》卷二。作品塑造了婴宁这样一个活泼开朗、天真烂漫的少女典型，爱笑是她性格的主要特征，她无拘无束的纵情欢笑也冲破了封建礼法为妇女规定的清规戒律。作品对女主人公笑的各种形态刻画得细致入微、出神入化，在描写婴宁憨态可掬的同时，又十分注意发掘她美好的性格与内心世界，使读者看到了她聪慧善良的另一面。

---

[1]　大有母风：很像母亲的样子。
[2]　笑矣乎：宋人陶谷《清异录》记载："菌蕈有一种，食之令人得干笑疾，士人戏呼为'笑矣乎'。"
[3]　合欢：即夜合花，夏天开红花的豆科植物。相传看到这种花可以使人欢乐。
[4]　忘忧：萱草的别名，夏天开红黄色花的草本植物，相传见了可使人忘忧。
[5]　解语花：唐玄宗曾称杨贵妃为解语花，后世常用以比喻美丽而聪明的女子。

集评

　　婴宁憨态，一片天真，过于司花儿远矣。我正以其笑为全人。

　　　　　　　　　　——清·何守奇《聊斋志异》卷二《婴宁》篇评语

　　写其笑，写其来时之笑，写其见母之笑，写其见客之笑，写其转入之笑；又恐冷落花字，以山花零落，小作映带，然后笑与花反复并写，从花写笑，从笑而写不笑；既不笑矣，笑字无从写矣，偏以不笑反复映衬，而忽而零涕，忽而哽咽，忽而抚哭哀痛，无非出力反衬笑字。更以其子见人辄笑，大有母风，收拾全篇笑字。

　　　　　　　　　　——清·但明伦《聊斋志异》卷二《婴宁》篇评语

罗刹海市

马骥，字龙媒，贾人[1]子。美丰姿。少倜傥[2]，喜歌舞。辄从梨园子弟[3]，以锦帕缠头，美如好女，因复有"俊人"之号。十四岁入郡庠[4]，即知名。父衰老，罢贾而归。谓生曰："数卷书，饥不可煮，寒不可衣。吾儿可仍继父贾。"马由是稍稍权子母[5]。

从人浮海，为飓风引去，数昼夜至一都会。其人皆奇丑，见马至，以为妖，群哗而走。马初见其状，大惧。迨[6]知国人之骇己也，遂反以此欺国人。遇饮食者则奔而往，人惊遁，则啜其余。

久之，入山村。其间形貌亦有似人者，然褴褛如丐。马息树下，村人不敢前，但遥望之。久之，觉马非噬人者，始稍稍近就之。马笑与语。其言虽异，亦半可解。马遂自陈所自[7]。村人喜，遍告邻里，客非能搏噬者。然奇丑者望望即去，终不敢前；其来者口鼻位置，尚皆与中国同。共罗浆酒奉马。马问其相骇之故。答曰："尝闻祖父言：西去二万六千里有中国，其人民形象率诡异。但耳食[8]之，今始信。"问其何贫。曰："我国所重，不在文章，而在形貌。其美之极者为上卿；次任民社[9]；下者亦

---

[1]　贾人：商人。

[2]　倜傥：豪放不羁。

[3]　梨园子弟：原为唐玄宗时梨园歌舞艺人的称呼，后用以称戏曲演员。

[4]　入郡庠（xiáng）：入学，取得生员身份，俗称秀才。庠，古代学校名。

[5]　权子母：指做生意。权，计算；子，利息。母，本钱。

[6]　迨（dài）：等到。

[7]　所自：从何处而来。

[8]　耳食：听说。

[9]　民社：指地方官。

邀贵人宠，故得鼎烹¹以养妻子。若我辈初生时，父母皆以为不祥，往往置弃之；其不忍遽弃者，皆为宗嗣耳。"问："此名何国？"曰："名大罗刹国。都城在北去三十里。"马请导往一观。于是鸡鸣而兴²，引与俱去。

天明，始达都。都以黑石为墙，色如墨，楼阁近百尺。然少瓦，皆覆以红石；拾其残块磨甲上，无异丹砂。时值朝退，朝中有冠盖³出，村人指曰："此相国⁴也。"视之，双耳皆背生，鼻三孔，睫毛覆目如帘。又数骑出，曰："此大夫也。"以次各指其官职，率鬈髳⁵怪异；然位渐卑，丑亦渐杀⁶。

无何，马归，街衢人望见之，噪奔跌蹶，如逢怪物。村人百口解说，市人始敢遥立。既归，国中咸知有异人，于是搢绅⁷大夫，争欲一广见闻，遂令村人要⁸马。然每至一家，阍人⁹辄阖¹⁰户，丈夫女子，窃窃自门隙中窥语。终一日无敢延见¹¹者。村人曰："此间一执戟郎¹²，曾为先王出使异国，所阅人多，或不以子为惧。"造郎门。郎果喜，揖为上客。视其貌如八九十岁人。目睛突出，须卷如蝟。曰："仆少年奉王命出使最多，独未尝至中华。今一百二十余岁，又得见上国人物，此不可不上闻于天子。然臣卧林下，十余年不践朝阶，早旦为君一行。"乃具饮馔，修主客礼。酒数行，出女乐十余人，更番歌舞。貌类夜叉，皆以白锦缠头，拖

---

[1] 鼎烹：指饮食。
[2] 兴：起来。
[3] 冠盖：代指官员。冠，冠冕；盖，车盖。两者均为封建时代官员的专用品。
[4] 相国：宰相的通称。
[5] 鬈髳（zhēng níng）：头发散乱。
[6] 杀（shā）：减少。
[7] 搢绅：官员的代称。搢，将朝笏插在大带里；绅，大带。
[8] 要：同"邀"。
[9] 阍（hūn）人：守门者。
[10] 阖（hé）：关闭。
[11] 延见：接待，接见。
[12] 执戟郎：古时官名，负责宫门警卫。

朱衣及地。扮唱不知何词，腔拍恢诡。主人顾而乐之，问："中国亦有此乐乎？"曰："有。"主人请拟其声，马遂击桌，为度一曲。主人喜曰："异哉！声如凤鸣龙啸，得未曾闻。"翌日[1]趋朝，荐诸国王。王忻然[2]下诏。有二三大夫，言其怪状，恐惊圣体。王乃止。郎出告马，深为扼腕[3]。

居久之，与主人饮而醉，拔剑起舞，以煤涂面作张飞。主人以为美，曰："请客以张飞见宰相，宰相必乐用之，厚禄不难致。"马曰："嘻！游戏犹可，何能易面目图荣显？"主人固强之，马乃诺。主人设筵，邀当路者[4]饮，令马绘面以待。客至，呼马出见客。客讶曰："异哉！何前媸[5]而今妍也！"遂与共饮甚欢。马婆娑[6]歌"弋阳曲[7]"，一座无不倾倒。明日，交章荐马。王喜，召以旌节[8]。既见，问中国治安之道，马委曲上陈，大蒙嘉赏，赐宴离宫[9]。酒酣，王曰："闻卿善雅乐，可使寡人得而闻之乎？"马即起舞，亦效白锦缠头，作靡靡之音[10]。王大悦，即日拜下大夫。时与私宴，恩宠殊异。

久而官僚知其面目之假；所至，辄见人耳语，不甚与款洽。马至是孤立，悄然[11]不自安。遂上疏乞休致[12]，不许；又告休沐[13]，乃给三月假。于是乘传[14]，载金宝复归村。村人膝行以迎。马以金资分给旧所与交好者，

---

[1]　翌（yì）日：第二天。
[2]　忻然：心喜的样子。忻，同"欣"。
[3]　扼腕：手握其腕，表示惋惜。
[4]　当路者：掌权的要人。
[5]　媸（chī）：丑陋。
[6]　婆娑：委婉曲折。
[7]　弋阳曲：南曲中的高腔，因元末明初时产生于江西弋阳县而得名。
[8]　旌节：旌与节都是唐宋时皇帝赐给臣子的仪仗，以示礼遇。
[9]　离宫：皇帝出巡或游猎时休息的行宫。
[10]　靡靡之音：柔弱的乐声。
[11]　悄（xián）然：心中不安的样子。
[12]　休致：辞去官职。
[13]　休沐：指短期休假。汉唐时官员任职一段时间后，可获得休息沐浴的机会，称做休沐。
[14]　乘传：古代官员出行，由沿途驿站供应马匹，叫做乘传。

欢声雷动。村人曰："吾侪[1]小人受大夫赐，明日赴海市，当求珍玩以报。"问："海市何地？"曰："海中市，四海鲛人[2]，集货珠宝。四方十二国皆来贸易。中多神人游戏。云霞障天，波涛间作。贵人自重，不敢犯险阻，皆以金帛付我辈，代购异珍。今其期不远矣。"问所自知，曰："每见海上朱鸟往来，七日即市。"马问行期，欲同游瞩。村人劝使自贵。马曰："我顾沧海客，何畏风涛？"

未几，果有踵门寄资者，遂与装资入船。船客数十人，平底高栏。十人摇橹，激水如箭。凡三日，遥见水云幌漾之中，楼阁层叠，贸迁[3]之舟，纷集如蚁。少时，抵城下。视墙上砖，皆长与人等；敌楼[4]高接云汉。维[5]舟而入，见市上所陈奇珍异宝，光明射目，多人世所无。一少年乘骏马来，市人尽奔避，云是"东洋三世子"。世子过，目生曰："此非异域人。"即有前马者来诘乡籍。生揖道左[6]，具展邦族。世子喜曰："既蒙辱临，缘分不浅！"于是授生骑，请与连辔[7]，乃出西城。

方至岛岸，所骑嘶跃入水。生大骇失声。则见海水中分，屹如壁立。俄睹宫殿，玳瑁为梁，鲂鳞作瓦，四壁晶明，鉴影炫目。下马揖入。仰见龙君在上，世子[8]启奏："臣游市廛，得中华贤士，引见大王。"生前拜舞。龙君乃言："先生文学士，必能衙官屈、宋[9]。欲烦椽笔[10]赋海市，幸

---

[1]　侪（chái）：辈。
[2]　鲛（jiāo）人：神话中南海的人鱼，眼泪能变珍珠，又善纺织，其织物称鲛绡。
[3]　贸迁：来往交易。
[4]　敌楼：城墙上瞭望守御的城楼，也称望楼、谯楼。
[5]　维：拴系。
[6]　道左：路旁。
[7]　连辔（pèi）：指并骑而行。辔，马缰。
[8]　世子：帝王或诸侯正妻所生的长子。
[9]　衙官屈、宋：恭维别人会做文章之语。唐代杜审言曾自夸说，若以作文而言，屈原和宋玉只配做他的衙官。
[10]　椽笔：恭维写文章人之语，意谓其笔大如屋椽一般。

无斧珠玉。"生稽首受命。授以水晶之砚，龙鬣[1]之毫，纸光似雪，墨气如兰。生立成千余言献殿上。龙君击节曰："先生雄才，有光水国矣！"遂集诸龙族，宴集采霞宫。酒炙[2]数行，龙君执爵[3]向客曰："寡人所怜女，未有良匹，愿累[4]先生。先生倘有意乎？"生离席愧荷[5]，唯唯[6]而已。龙君顾左右语。无何，宫人数人扶女郎出。环佩声动，鼓乐暴作，拜竟睨[7]之，实仙人也。女拜已而去。少时酒罢，双嬛挑画灯，导生入副宫。女浓妆坐伺。珊瑚之床，饰以八宝[8]，帐外流苏[9]，缀明珠如斗大，衾褥皆香耎[10]。天方曙，则雏女妖鬟，奔入满侧。生起，趋出朝谢。拜为驸马都尉。以其赋驰传诸海。诸海龙君，皆专员来贺，争折柬招驸马饮。生衣绣裳，驾青虬，呵殿[11]而出。武士数十骑，背雕弧[12]，荷白棓[13]，晃耀填拥，马上弹筝，车中奏玉[14]。三日间，遍历诸海。由是"龙媒"之名，噪于四海。

宫中有玉树一株，围可合抱；本莹澈，如白琉璃，中有心，淡黄色，稍细于臂；叶类碧玉，厚一钱许，细碎有浓阴。常与女啸咏[15]其下。花开满树，状类蔷葡[16]，每一瓣落，锵然作响。拾视之，如赤瑙雕镂，光明可爱。

---

[1] 鬣（liè）：须。
[2] 炙：烤肉。此处泛指菜肴。
[3] 爵：此处指酒杯。
[4] 累：嫁与的谦称。
[5] 愧荷：惭愧地承受。
[6] 唯唯：恭敬、顺从的答应声。
[7] 睨（nì）：斜视。
[8] 八宝：各色珠宝。
[9] 流苏：以五彩羽毛或丝线制成的穗子。
[10] 耎：同"软"。
[11] 呵殿：前呼后拥。呵，指前面喝道的；殿，指后面跟随的。
[12] 雕弧：刻有花纹的弓。
[13] 白棓（bàng）：官员出行仪仗的一种。棓，同"棒"。
[14] 玉：玉制成的乐器，通常指玉笛。
[15] 啸咏：歌咏。
[16] 蔷（zhān）葡：栀子花。

时有异鸟来鸣，毛金碧色，尾长于身，声等哀玉，恻人肺腑。生每闻辄念故土。因谓女曰："亡出三年，恩慈[1]间阻，每一念及，涕膺汗背。卿能从我归乎？"女曰："仙尘路隔，不能相依。妾亦不忍以鱼水之爱夺膝下之欢。容徐谋之。"生闻之，泣不自禁，女亦叹曰："此势之不能两全者也！"

明日，生自外归。龙王曰："闻都尉有故土之思，诘旦[2]趋装，可乎？"生谢曰："逆旅孤臣[3]，过蒙优宠，衔报[4]之诚，结于肺腑。容暂归省，当图复聚耳。"入暮，女置酒话别。生订后会。女曰："情缘尽矣。"生大悲。女曰："归养双亲，见君之孝。人生聚散，百年犹旦暮耳，何用作儿女哀泣？此后妾为君贞，君为妾义，两地同心，即伉俪也，何必旦夕相守，乃谓之偕老乎？若渝此盟，婚姻不吉。倘虑中馈[5]乏人，纳婢可耳。更有一事相嘱：自奉衣裳，似有佳娠，烦君命名。"生曰："其女耶，可名龙宫；男耶，可命福海。"女乞一物为信。生在罗刹国所得赤玉莲花一双，出以授女。女曰："三年后四月八日，君当泛舟南岛，还君体胤[6]。"女以鱼革为囊，实以珠宝。授生曰："珍藏之，数世吃着不尽也。"天微明，王设祖帐，馈遗[7]甚丰，生拜别出宫。女乘白羊车，送诸海涘[8]。生上岸下马，女致声珍重，回车便去，少顷便远。海水复合，不可复见。生乃归。

自浮海去，家人无不谓其已死。及至家，家人无不诧异。幸翁媪无恙，独妻已去帷[9]，乃悟龙女"守义"之言，盖已先知也。父欲为生再婚，

---

[1] 恩慈：指父母。

[2] 诘旦：明晨。

[3] 逆旅孤臣：单身在外作客的臣民。

[4] 衔报：相传汉朝杨宝曾救一黄雀，夜梦黄衣童子衔玉环四只前来报谢，故后称报恩为衔报。

[5] 中馈（kuì）：指主持家务。馈，饮食。

[6] 体胤（yìn）：后嗣。

[7] 遗（wèi）：赠送。

[8] 海涘（sì）：海边。

[9] 去帷：指改嫁他人。

生不可，纳婢焉。谨志[1]三年之期，泛舟岛中。见两儿坐浮水面，拍流嬉笑，不动亦不沉。近引之，儿哑然[2]捉生臂，跃入怀中。其一大啼，似嗔生之不援己者。亦引上之。细审之，一男一女，貌皆婉秀。额上花冠缀玉，则赤莲在焉。背有锦囊，拆视得书云："翁姑俱无恙。忽忽三年，红尘永隔；盈盈一水，青鸟[3]难通。结想为梦，引领成劳，茫茫蓝蔚，有恨如何也。顾念奔月姮娥[4]，且虚桂府；投梭织女，犹怅银河。我何人斯，而能永好？兴思及此，辄复破涕为笑。别后两月，竟得孪生。今已啁啾[5]怀抱，颇解言笑；觅枣抓梨，不母可活。敬以还君。所贻赤玉莲花，饰冠作信[6]。膝头抱儿时，犹妾在左右也。闻君克践旧盟，意愿斯慰。妾此生不二，之死靡他[7]。奁中珍物，不蓄兰膏；镜里新妆，久辞粉黛。君似征人[8]，妾作荡妇[9]，即置而不御，亦何得谓非琴瑟哉？独计翁姑已得抱孙，曾未一觌[10]新妇，揆[11]之情理，亦属缺然。岁后阿姑窀穸[12]，当往临穴，一尽妇职。过此以往，则'龙宫'无恙，不少把握之期；'福海'长生，或有还往之路。伏惟珍重，不尽欲言。"生反复省书揽涕。两儿抱颈曰："归休乎！"生益恸，抚之曰："儿知家在何许？"儿呜啼，呕哑言归。生望海水茫茫，极天无际；雾鬟人渺，烟波路穷。抱儿返棹，怅然遂归。

---

[1]　志：记识。
[2]　哑然：同"哑哑"，小儿学语的声音。
[3]　青鸟：指通信的使者。
[4]　姮娥：即嫦娥。
[5]　啁（zhōu）啾：细碎的声音。
[6]　信：信物。
[7]　之死靡他：意谓到死也不再嫁他人。
[8]　征人：漂流的远客。
[9]　妾作荡妇：此处"作"似为"非"字之笔误。
[10]　觌（dí）：相见。
[11]　揆：测度、度量。
[12]　窀穸（zhūn xī）：原指墓穴，此处作死亡解。

生知母寿不永，周身物悉为预具，墓中植松槚¹百余。逾岁，媪果亡。灵舆至殡宫²，有女子缞绖³临穴。众惊顾，忽而风激雷轰，继以急雨，转瞬已失所在。松柏新植多枯，至是皆活。福海稍长，辄思其母，忽自投入海，数日始还。龙宫以女子不得往，时掩户泣。一日昼瞑，龙女急入，止之曰："儿自成家，哭泣何为？"乃赐八尺珊瑚一树，龙脑香⁴一帖，明珠百粒，八宝嵌金合⁵一双，为作嫁资。生闻之突入，执手啜泣。俄顷，疾雷破屋，女已无矣。

异史氏曰："花面逢迎，世情如鬼。嗜痂之癖⁶，举世一辙。'小惭小好，大惭大好⁷。'若公然带须眉以游都市，其不骇而走者几希⁸矣。彼陵阳痴子⁹，将抱连城玉向何处哭也。呜呼！显荣富贵，当于蜃楼海市中求之耳！"

（据铸雪斋抄本）

说明

本篇选自《聊斋志异》卷四。作者将主人公马骥先后在大罗刹国与

---

[1]　槚（jiǎ）：即楸树，常与松树一起种在坟墓前。
[2]　殡宫：指墓穴。
[3]　缞绖（cuī dié）：封建丧礼规定的子女为父母所服的孝服。
[4]　龙脑香：即冰片。
[5]　合：同"盒"。
[6]　嗜痂之癖：南北朝宋刘邕喜食人的疮疤，以为味同腹鱼，后世便将特殊嗜好称为嗜痂之癖。
[7]　"小惭小好"二句：唐代文学家韩愈之语，意谓自己对不得已所写的应酬文字感到惭愧，可是自己越感到惭愧的文字，别人却认为写得越好。
[8]　几希：太少太少了。
[9]　陵阳痴子：指卞和。卞和两次献璞，都被认为是欺骗，先后被斩去两足。最后开璞得玉，卞和被封为陵阳侯。

海市龙宫的遭遇结合为一个故事。对罗刹国不重文章重形貌，且又喜丑怕美、妍媸颠倒等怪现状的描写，是作者对社会上丑恶世态的讽刺，反映了他愤世嫉俗的思想感情。海市龙宫的奇遇似与在罗刹国的经历并无必然的联系，但其实却是作者不满现实的另一种形式的反映。他借助奇妙的想像，将美好的憧憬与热烈的追求精心编织进一个理想的王国之中。然而，这毕竟只是虚幻的想像，于是作者在篇末也只能发出无奈的慨叹："呜呼！显荣富贵，当于蜃楼海市中求之耳！"

集评

世人以美为恶，以恶为美，使无脂韦之骨，即强为涂抹，终觉面目非真，遂令世界茫茫，几无处安此一副面孔；正恐蜃楼海市，显荣富贵，亦终不可得耳。悲夫！

——清·何守奇《聊斋志异》卷四《罗刹海市》篇评语

花面逢迎，以出身为游戏，固自好者所不屑；即遭逢极盛，得志于时，只忠孝廉节，才是实地，馀皆海市蜃楼耳，不可为无，不可为有。何者可指为真无？何者可指为真有？知其无而有有之用，知其有而皆无之归。以其本有，而有所当有；以其终无，而无所当无。乃可以有，可以无；可以无而有，可以有而无。是谓无有，是谓无无；是谓非无有，是谓非无无。

——清·但明伦《聊斋志异》卷四《罗刹海市》篇评语

故老相传，《志异》之不为《四库全书》说部所收者，盖以《罗刹海市》一则，含有讥讽满人，非刺时政之意。如云女子效男儿装，乃言旗俗，遂与'美不见容，丑乃癍贵'诸事，同遭摈斥也。

——清·阙名《过日斋杂记》

席方平

　　席方平，东安[1]人。其父名廉，性戆拙[2]。因与里[3]中富室羊姓有郤[4]，羊先死，数年，廉病垂危，谓人曰："羊某今贿嘱冥使榜[5]我矣。"俄而身赤肿，号呼遂死。席惨怛[6]不食，曰："我父朴讷，今见凌于强鬼。我将赴地下，代伸冤气矣。"自此不复言，时坐时立，状类痴，盖魂已离舍[7]。

　　席觉初出门，莫知所往，但见路有行人，便问城邑，少选[8]，入城。其父已收狱中。至狱门，遥见父卧檐下，似甚狼狈，举目见子，潸然[9]流涕，曰："狱吏悉受贿嘱，日夜榜掠，胫股摧残甚矣！"席怒，大骂狱吏："父如有罪，自有王章[10]，岂汝等死魅所能操[11]耶！"遂出写状，趁城隍早衙[12]，喊冤投之。羊惧，内外贿通，始出质理。城隍以所告无据，颇不直席。席忿气无伸，冥行[13]百余里，至郡，以官役私状，告之郡司。迟至半月，始得质理。郡司扑[14]席，仍批城隍复案[15]。席至邑，备受械梏，惨冤

[1]　东安：今河北省安次县。
[2]　戆（zhuàng）拙：刚直而愚。
[3]　里：旧时户籍编制单位，二十五家为里。
[4]　郤：同"隙"，嫌怨，仇恨。
[5]　榜（péng）：用棍子或竹板打。
[6]　惨怛（dá）：忧伤。
[7]　舍：躯体。
[8]　少选：一会儿。
[9]　潸（shān）然：形容流泪的样子。
[10]　王章：王法。
[11]　操：把持。
[12]　早衙：封建时代县官早晚两次坐堂治事，早上的那次称早衙。
[13]　冥行：夜行。
[14]　扑：打。
[15]　复案：重审。

古代短篇小说

不能自舒。城隍恐其再讼，遣役押送归家。役至门辞去。席不肯入，遁赴冥府，诉郡邑之贪酷。冥王立拘质对。二官密遣腹心，与席关说[1]，许以千金。席不听。过数日，逆旅[2]主人告曰："君负气已甚，官府求和而执不从，今闻于王前各有函进，恐事殆矣。"席以道路之口，犹未深信。俄有皂衣人唤入。升堂，见冥王怒色，不容置词，命笞二十。席厉声问："小人何罪？"冥王漠若不闻。席受笞，喊曰："受笞允当，谁教我无钱也！"冥王益怒，命置火床。两鬼捽[3]席下，见东墀[4]有铁床，炽火其下，床面通赤。鬼脱席衣，掬[5]置其上，反复揉捺[6]之。痛极，骨肉焦黑，苦不得死。约一时许，鬼曰："可矣。"遂扶起，促使下床着衣，犹幸跛而能行。复至堂上，冥王问："敢再讼乎？"席曰："大冤未伸，寸心不死，若言不讼，是欺王也。必讼！"又问："讼何词？"席曰："身所受者，皆言之耳。"冥王又怒，命以锯解其体。二鬼拉去，见立木，高八九尺许，有木板二，仰置其下，上下血肉模糊。方将就缚，忽堂上大呼"席某"，二鬼即复押回。冥王又问："尚敢讼否？"答云："必讼！"冥王命捉去速解。既下，鬼乃以二板夹席，缚木上。锯方下，觉顶脑渐辟，痛不可禁，顾亦忍而不号。闻鬼曰："壮哉此汉！"锯隆隆然[7]寻[8]至胸下。又闻一鬼云："此人大孝无辜，锯令稍偏，勿损其心。"遂觉锯锋曲折而下，其痛倍苦。俄顷，半身辟矣。板解，两身俱仆。鬼上堂大声以报。堂上传呼，令合身来见。二鬼即推令复合，曳使行。席觉锯缝一道，痛欲复裂，半步而

---

[1]　关说：通关节以进说。
[2]　逆旅：客舍。
[3]　捽（zuó）揪。
[4]　墀（chí）：台阶。
[5]　掬（jū）：双手捧取。
[6]　捺：往下按。
[7]　隆隆然：形容锯声似雷鸣。
[8]　寻：一会儿。

踣[1]。一鬼于腰间出丝带一条授之，曰："赠此以报汝孝。"受而束之，一身顿健，殊[2]无少苦。遂升堂而伏。冥王复问如前，席恐再罹[3]酷毒，便答："不讼矣。"冥王立命送还阳界。隶率出北门，指示归途，反身遂去。

席念阴曹之暗昧尤甚于阳间，奈无路可达帝听，世传灌口二郎[4]为帝勋戚，其神聪明正直，诉之当有灵异。窃喜二隶已去，遂转身南向。奔驰间有二人追至，曰："王疑汝不归，今果然矣。"捽回复见冥王。窃意冥王益怒，祸必更惨，而王殊无厉容，谓席曰："汝志诚孝。但汝父冤，我已为若雪之矣。今已往生富贵家，何用汝鸣呼为？今送汝归，予以千金之产、期颐[5]之寿，于愿足乎？"乃注籍中，嵌以巨印，使亲视之。席谢而下。鬼与俱出，至途，驱而骂曰："奸猾贼！频频反复，使人奔波欲死。再犯，当捉入大磨中细细研之！"席张目叱曰："鬼子胡为者！我性耐刀锯，不耐挞楚，请返见王。王如令我自归，亦复何劳相送！"乃返奔。二鬼惧，温语劝回。席故蹇缓，行数步，辄憩路侧。鬼含怒不敢复言。

约半日，至一村，一门半开，鬼引与共坐，席便据门阈[6]。二鬼乘其不备，推入门中。惊定自视，身已为婴儿。愤啼不乳，三日遂殇[7]。魂摇摇不忘灌口，约奔数十里，忽见羽葆[8]来，幡[9]戟横路，越道避之。因犯卤簿[10]，为前马[11]所执，絷送车前。仰见车中一少年，丰仪瑰玮[12]，问席：

---

[1] 踣（bó）：跌倒。

[2] 殊：极，甚。

[3] 罹（lí）：遭遇。

[4] 灌口二郎：传说中玉皇大帝的外甥杨戬，封在灌口，即今四川省灌县。

[5] 期（jī）颐：一百岁。

[6] 阈（yù）：门槛。

[7] 殇（shāng）：未成年而死。

[8] 羽葆：用鸟的羽毛制成的华盖。

[9] 幡（fān）：旗帜。

[10] 卤簿：帝王或大臣外出时前后的仪仗队。

[11] 前马：官吏出行时前面的仪仗队。

[12] 丰仪瑰玮：仪表奇伟。

"何人？"席冤愤正无所出，且意必是巨官，或当能作威福，因缅诉[1]毒痛。车中人命释其缚，使随车行。俄至一处，官府十余员，迎谒道左。车中人各有问讯，已而指席谓一官曰："此下方人，正欲往愬[2]，宜即为之剖决。"席询之从者，始知车中即上帝殿下九王，所嘱即二郎也。席视二郎，修躯[3]多髯，不类世间所传。九王既去，席从二郎至一官廨[4]，则其父与羊姓并衙隶俱在。少顷，槛车中有囚人出，则冥王及郡司、城隍也。当堂对勘[5]，席所言皆不妄。三官战栗，状若伏鼠。二郎援笔立判。顷刻，传下判语，令案中人共视之。判云：

勘得冥王者，职膺[6]王爵，身受帝恩，自应贞洁以率臣僚，不当贪墨以速[7]官谤。而乃繁缨棨戟[8]，徒夸品秩之尊；羊狠狼贪[9]，竟玷人臣之节。斧敲斫[10]，斫入木，妇子之皮骨皆空；鲸吞鱼，鱼食虾，蝼蚁之微生可悯。当掬西江[11]之水，为尔湔[12]肠；即烧东壁之床，请君入瓮[13]。城隍、郡司，为小民父母之官，司上帝牛羊之牧[14]，虽则职居

---

[1] 缅诉：原原本本地从头说起。

[2] 愬（sù）：诉说。

[3] 修躯：高大的身材。

[4] 廨（xiè）：官署。

[5] 对勘：对质，查问。

[6] 膺：承受，承当。

[7] 速：招来。

[8] 繁（pán）缨棨（qǐ）戟：形容耀武扬威的样子。繁，通"鞶"。繁缨，古时天子诸侯辂马的带饰；棨戟，有衣套的戟，古代官员出行前导用的一种仪仗。

[9] 羊狠狼贪：喻官吏对百姓的剥削和压迫。

[10] 斫：此处为凿的意思。

[11] 西江：泛指大江。

[12] 湔（jiān）：洗。

[13] 请君入瓮：以其人之道，还治其人之身之意，典出唐朝来俊臣勘鞫周兴的故事。

[14] 司上帝牛羊之牧：意谓奉君主之命来管理百姓。司，主管。牛羊，喻百姓。牧，原意指饲养放牧，此处引申为治理。

下列，而尽瘁者不辞折腰[1]；即或势逼大僚，而有志者亦应强项[2]。乃上下其鹰鸷[3]之手，既罔念夫民贫；且飞扬其狙狯[4]之奸，更不嫌乎鬼瘦。惟受赃而枉法，真人面而兽心！是宜剔髓伐毛，暂罚冥死；所当脱皮换革，仍令胎生。隶役者，既在鬼曹[5]，便非人类，只宜公门修行，庶[6]还落蓐之身[7]；何得苦海[8]生波，益造弥天之孽[9]？飞扬跋扈，狗脸生六月之霜[10]；隳突叫号[11]，虎威断九衢之路[12]。肆淫威于冥界，咸知狱吏为尊；助酷虐于昏官，共以屠伯[13]是惧。当于法场之内，剁其四肢；更向汤镬[14]之中，捞其筋骨。羊某，富而不仁，狡而多诈。金光盖地，因使阎摩殿[15]上，尽是阴霾；铜臭熏天，遂叫枉死城[16]中，全无日月。余腥犹能役鬼，大力直可通神。宜籍[17]羊氏之家，以偿席生之孝。

即押赴东岳[18]施行。又谓席廉："念汝子孝义，汝性良懦，可再赐阳寿三

---

[1] 不辞折腰：喻做官尽职，典出陶渊明"吾不能为五斗米折腰"之句。
[2] 强项：直梗着脖子，喻刚直不屈。
[3] 鸷（zhì）：一种凶猛的鸟。
[4] 狙狯（jū kuài）：像猴子般狡诈。狙，一种性情狡猾的猕猴；狯，狡诈，奸猾。
[5] 鬼曹：冥府。
[6] 庶：或许。
[7] 落蓐（rù）之身：人身。蓐，产褥。
[8] 苦海：佛家语，喻非常困苦的境遇。
[9] 弥天之孽：极大的罪孽。弥，遍，满。
[10] 六月之霜：喻隶役冷酷狠毒，典出战国时燕国邹衍蒙冤的故事。
[11] 隳（huī）突叫号：形容暴跳如雷的样子。隳突，破坏奔突。
[12] 九衢之路：四通八达之路。衢，大路。
[13] 屠伯：指杀人的酷吏。
[14] 汤镬（huò）：古代酷刑，将人投入滚汤中煮死。镬，无足大鼎。
[15] 阎摩殿：即阎罗殿。
[16] 枉死城：迷信传说中的屈死鬼所住之处。
[17] 籍：籍没，抄家。
[18] 东岳：泰山。

　　　　　　　　　　　　　　　　　　　古代短篇小说

纪¹。"因使两人送之归里。席乃抄其判词，途中父子共读之。既至家，席先苏，令家人启棺视父，僵尸犹冰，俟之终日，渐温而活。又索抄词，则已无矣。

自此家日益丰，三年良沃遍野，而羊氏子孙微²矣。楼阁田产，尽为席有。里人或有买其田者，夜梦神人叱之曰："此席家物，汝乌得有之！"初未深信，既而种作，则终岁升斗无所获，于是复鬻归席。席父九十余岁而卒。

异史氏曰："人人言净土³，而不知生死隔世，意念都迷，且不知其所以来，又乌知其所以去；而况死而又死，生而复生者乎？忠孝志定，万劫⁴不移，异哉席生，何其伟也！"

（据铸雪斋抄本）

说明

本篇选自《聊斋志异》卷十。作品描写了席方平魂入冥府、为父伸冤的经历。阴间的隶役、城隍、郡司，直到最高的统治者阎王都是官官相护，贿赂公行，屈害良民，而作者正是借写阴曹地府的冤狱，揭露了封建社会整个官僚机构的黑暗。篇中的席方平是一个成功的复仇者的形象。他不畏刀锯，不贪富贵，面对恶势力的迫害毫不退让，体现了被压迫人民的不屈不挠的斗争意志。在作品中，由于天神的干预，冤狱才终于得到平反，这固然表现出了作者将希望寄予最高封建统治者的局限，

---

[1]　纪：古代以十二年为一纪。
[2]　微：衰败。
[3]　净土：佛家语，指清净无垢之地。
[4]　万劫：永久。佛家称天地的形成到毁灭为一劫。

但在那个时代，蒲松龄也只能提出这样的解决方法。

集评

　　人言冥府无私者，妄也。冥府无私，宁尚有埋忧地下者哉！千金期颐，皆可以为贿祝之具，以是知阳世颠倒，皆冥府之愦愦有以致之也。

——清·何守奇《聊斋志异》卷十《席方平》篇评语

　　赴地下而诉，至冥王力已竭矣，冤可伸矣；乃关说不通，而私函密进，钱神当道，木偶登堂，甚且卧以焦肉之床，辟以解身之锯。壮哉此汉！毒矣斯刑！幸而锯未损心，丝能续命；大冤未雪，万死难辞。注富贵期颐之籍，乌足以移其心？诉聪明正直之神，乃可以断斯狱。独怪俨然王简者，为彼私函，枉兹律法。移恶人之鬼，加孝子之身。送之归而料其不归，速之讼而禁其勿讼。饵之以足愿之事，赚之以不备之生。酷而又贪，奸而且诈，较之城隍、郡司，罪又甚焉！卒之槛车囚至，伏鼠现形，地下之鬼何辜，而乃王及此辈哉！

——清·但明伦《聊斋志异》卷十《席方平》篇评语

通俗小说

冯梦龙

冯梦龙（1574—1646），字犹龙，一字子犹，又字耳犹，别号龙子犹，其室名墨憨斋。吴县籍长洲（今江苏省苏州市）人。崇祯（1628—1644）间贡生，先后曾任江苏丹徒县训导、福建寿宁县知县。致力于通俗文学的搜集、整理、编辑和出版，同时也进行创作。重要的作品有"三言"，即《喻世明言》、《警世通言》与《醒世恒言》，以及《北宋三遂平妖传》、《新列国志》、《古今谭概》、《智囊》与《情史》等。

玉堂春落难逢夫[*]

公子初年柳陌[1]游，玉堂一见便绸缪[2]；黄金数万皆消费，红粉[3]双眸枉泪流。　　财货拐，仆驹[4]休，犯法洪同[5]狱内囚；按临骢马[6]冤愆脱，百岁姻缘到白头。

话说正德[7]年间，南京金陵城有一人，姓王名琼，别号思竹，中乙丑[8]科进士，累官至礼部尚书。因刘瑾[9]擅权，劾了一本。圣旨发回原籍。

---

[*]　　原注：与旧刻《王公子奋志记》不同。
[1]　　柳陌：指妓院聚集之处。
[2]　　绸缪（chóu móu）：犹缠绵，指情意深厚。
[3]　　红粉：代指美女，此处指玉堂春。
[4]　　仆驹：仆人和马。
[5]　　洪同：今山西省洪洞县。
[6]　　骢（cōng）马：代指御史或执法严厉之典，此处指御史王景隆。
[7]　　正德：明武宗朱厚照的年号（1506—1521）。
[8]　　乙丑：当指明孝宗朱祐樘弘治十八年（1505），但该年进士中并无名王琼者。小说中的王琼是作者虚拟的人物，与正德间名臣王琼不可混为一谈。
[9]　　刘瑾：明武宗宠信的一个宦官，掌司礼监，专权朝政，后因谋反罪被凌迟处死。

不敢稽留¹，收拾轿马和家眷起身。王爷暗想有几两俸银，都借在他人名下，一时取讨不及。况长子南京中书²，次子时当大比³，踌躇半晌，乃呼公子三官前来。那三官双名景隆，字顺卿，年方一十七岁。生得眉目清新，丰姿俊雅，读书一目十行，举笔即便成文，元是个风流才子。王爷爱惜胜如心头之气，掌上之珍。当下王爷唤至分付道："我留你在此读书，叫王定讨帐，银子完日，作速回家，免得父母牵挂。我把这里帐目，都留与你。"叫王定过来："我留你与三叔在此读书讨帐，不许你引诱他胡行乱为。吾若知道，罪责非小。"王定叩头说："小人不敢。"次日收拾起程，王定与公子送别，转到北京，另寻寓所安下。公子谨依父命，在寓读书。王定讨帐。不觉三月有余，三万银帐，都收完了。公子把底帐扣算，分厘不欠。分付王定，选日起身。公子说："王定，我们事体俱已完了，我与你到大街上各巷口，闲耍片时，来日起身。"王定遂即锁了房门，分付主人家用心看着生口⁴。房主说："放心，小人知道。"二人离了寓所，至大街观看皇都景致。但见：

　　人烟凑集，车马喧阗。人烟凑集，合四山五岳之音；车马喧阗⁵，尽六部九卿之辈。做买做卖，总四方土产奇珍；闲荡闲游，靠万岁太平洪福，处处胡同铺锦绣。家家杯斝⁶醉笙歌。

公子喜之不尽。忽然又见五七个宦家子弟，各拿琵琶弦子，欢乐饮酒。

---

[1]　稽留：停留，耽延。
[2]　中书：明代内阁中书科掌书写机密文件的官员。
[3]　大比：指乡试。
[4]　生口：即牲口。
[5]　喧阗（tián）：喧哗热闹。
[6]　斝（jiǎ）：原指商周时青铜酒器，此处指酒杯。

　　　　　　　　　　　　　　　　古代短篇小说

公子道："王定，好热闹去处。"王定说："三叔，这等热闹，你还没到那热闹去处哩！"二人前至东华门，公子睁眼观看，好锦绣景致。只见门彩金凤，柱盘金龙。王定道："三叔，好么？"公子说："真个好所在！"又走前面去，问王定："这是那里？"王定说："这是紫禁城。"公子往里一视，只见城内瑞气腾腾，红光闪闪。看了一会，果然富贵无过于帝王，叹息不已。离了东华门往前，又走多时，到一个所在，见门前站着几个女子，衣服整齐。公子便问："王定，此是何处？"王定道："此是酒店。"乃与王定进到酒楼上。公子坐下。看那楼上有五七席饮酒的，内中一席有两个女子，坐着同饮。公子看那女子，人物清楚，比门前站的，更胜几分。公子正看中间，酒保将酒来，公子便问："此女是那里来的？"酒保说："这是一秤金家丫头翠香、翠红。"三官道："生得清气。"酒保说："这等就说标致；他家里还有一个粉头[1]，排行三姐，号玉堂春，有十二分颜色。鸨儿索价太高，还未梳栊[2]。"公子听说留心。叫王定还了酒钱，下楼去，说："王定，我与你春院胡同[3]走走。"王定道："三叔不可去，老爷知道怎了！"公子说："不妨，看一看就回。"乃走至本司院[4]门首。果然是：

花街柳巷，绣阁朱楼。家家品竹弹丝，处处调脂弄粉。黄金买笑，无非公子王孙；红袖邀欢，都是妖姿丽色。正疑香雾弥天霭，忽听歌声别院娇。总然[5]道学也迷魂，任是真僧须破戒。

---

[1]　粉头：指妓女。
[2]　梳栊：妓女初次接客的专用词。
[3]　春院胡同：泛指妓女聚居处。
[4]　本司院：指妓院。明代妓女属教坊司管理，本司即指教坊司。
[5]　总然：纵然。

公子看得眼花缭乱，心内踌躇，不知那是一秤金的门。正思中间，有个卖瓜子的小伙叫做金哥走来，公子便问："那是一秤金的门？"金哥说："大叔莫不是要耍？我引你去。"王定便道："我家相公不嫖，莫错认了。"公子说："但求一见。"那金哥就报与老鸨知道。老鸨慌忙出来迎接，请进待茶。王定见老鸨留茶，心下慌张，说："三叔可回去罢！"老鸨听说，问道："这位何人？"公子说："是小价。"鸨子道："大哥，你也进来吃茶去，怎么这等小器？"公子道："休要听他。"跟着老鸨往里就走。王定道："三叔不要进去，俺老爷知道，可不干我事。"在后边自言自语。公子那里听他，竟到了里面坐下。老鸨叫丫头看茶。茶罢，老鸨便问："客官贵姓？"公子道："学生姓王，家父是礼部正堂[1]。"老鸨听说拜道："不知贵公子，失瞻休罪。"公子道："不碍，休要计较。久闻令爱玉堂春大名，特来相访。"老鸨道："昨有一位客官，要梳栊小女，送一百两财礼，不曾许他。"公子道："一百两财礼小哉！学生不敢夸大话，除了当今皇上，往下也数家父。就是家祖，也做过侍郎。"老鸨听说，心中暗喜。便叫翠红请三姐出来见尊客。翠红去不多时，回话道："三姐身子不健，辞了罢！"老鸨起身带笑说："小女从幼养娇了，直待老婢自去唤他。"王定在傍喉急[2]，又说："他不出来就罢了，莫又去唤。"老鸨不听其言，走进房中，叫："三姐，我的儿，你时运到了！今有王尚书的公子，特慕你而来。"玉堂春低头不语。慌得那鸨儿便叫："我儿，王公子好个标致人物，年纪不上十六七岁，囊中广有金银。你若打得上这个主儿，不但名声好听，也勾你一世受用。"玉姐听说，即时打扮，来见公子。临行，老鸨又说："我儿，用心奉承，不要怠慢他。"玉姐道："我知道了。"公子看玉堂春果然生得好：

---

[1]　正堂：正印官，此处指尚书。
[2]　喉急：着急。

鬓挽乌云，眉弯新月。肌凝瑞雪，脸衬朝霞。袖中玉笋[1]尖尖，裙下金莲[2]窄窄。雅淡梳妆偏有韵，不施脂粉自多姿。便数尽满院名妹，总输他十分春色。

玉姐偷看公子，眉清目秀，面白唇红，身段风流，衣裳清楚，心中也是暗喜。当下玉姐拜了公子。老鸨就说："此非贵客坐处，请到书房小叙。"公子相让，进入书房，果然收拾得精致。明窗净儿，古画古炉，公子却无心细看，一心只对着玉姐。鸨儿帮衬，教女儿揸着公子肩下坐了，分付丫环摆酒。王定听见摆酒，一发着忙，连声催促三叔回去。老鸨丢个眼色与丫头："请这大哥到房里吃酒。"翠香翠红道："姐夫请进房里，我和你吃钟喜酒。"王定本不肯去，被翠红二人，拖拖拽拽扯进去坐了。甜言美语，劝了几杯酒。初时还是勉强，以后吃得热闹，连王定也忘怀了，索性放落了心，且偷快乐。正饮酒中间，听得传语公子叫王定。王定忙到书房，只见杯盘罗列，本司自有答应乐人[3]，奏动乐器。公子开怀乐饮。王定走近身边，公子附耳低言："你到下处取二百两银子，四匹尺头[4]，再带散碎银二十两，到这里来。"王定道："三叔要这许多银子何用？"公子道："不要你闲管。"王定没奈何，只得来到下处，开了皮箱，取出五十两元宝四个，并尺头碎银，再到本司院说："三叔，有了。"公子看也不看，都教送与鸨儿，说："银两尺头，权为令爱初会之礼；这二十两碎银，把做赏人杂用。"王定只道公子要讨那三姐回去，用许多银子；听说只当初会之礼，吓得舌头吐出三寸。却说鸨儿一见许多东西，就叫丫

[1]　玉笋：喻女子手指洁白纤细。
[2]　金莲：喻女子缠的小脚。
[3]　答应乐人：指专为承应、伺候嫖客饮酒助兴的乐工。
[4]　尺头：绸缎等丝织品的代称。

头转过一张空桌。王定将银子尺头，放在桌上，鸨儿假意谦让了一回。叫玉姐："我儿，拜谢了公子。"又说："今日是王公子，明日就是王姐夫了。"叫丫头收了礼物进去。"小女房中还备得有小酌，请公子开怀畅饮。"公子与玉姐肉手相搀，同至香房，只见围屏小桌，果品珍羞，俱已摆设完备。公子上坐，鸨儿自弹弦子，玉堂春清唱侑酒[1]。弄得三官骨松筋痒，神荡魂迷。王定见天色晚了，不见三官动身，连催了几次。丫头受鸨儿之命，不与他传。王定又不得进房。等了一个黄昏，翠红要留他宿歇，王定不肯，自回下处去了。公子直饮到二鼓方散。玉堂春殷勤伏侍公子上床，解衣就寝，不在话下。天明，鸨儿叫厨下摆酒煮汤，自进香房，追红讨喜，叫一声："王姐夫，可喜可喜。"丫头小厮都来磕头。公子分付王定每人赏银一两。翠香翠红各赏衣服一套，折钗银三两。王定早晨本要来接公子回寓，见他撒漫使钱，有不然之色。公子暗想："在这奴才手里讨针线[2]，好不爽利，索性将皮箱搬到院里，自家便当。"鸨儿见皮箱来了，愈加奉承。真个朝朝寒食，夜夜元宵，不觉住了一个多月。老鸨要生心科派[3]，设一大席酒，搬戏演乐，专请三官玉姐二人赴席。鸨子举杯敬公子说："王姐夫，我女儿与你成了夫妇，地久天长，凡家中事务，望乞扶持。"那三官心里只怕鸨子心里不自在，看那银子犹如粪土，凭老鸨说谎，欠下许多债负，都替他还。又打若干首饰酒器，做若干衣服，又许他改造房子。又造百花楼一座，与玉堂春做卧房。随其科派，件件许了。正是：

酒不醉人人自醉，色不迷人人自迷。

---

[1]　侑（yòu）酒：劝酒。
[2]　针线：针头线脑，喻琐碎。此处指零碎钱。
[3]　科派：指巧立名目开支。

　　　　　　　　　　　　古代短篇小说

急得家人王定手足无措，三回五次，催他回去。三官初时含糊答应，以后逼急了，反将王定痛骂。王定没奈何，只得到求玉姐劝他。玉姐素知虔婆利害，也来苦劝公子道："'人无干日好，花有几日红！'你一日无钱，他番了脸来，就不认得你。"三官此时手内还有钱钞，那里信他这话。王定暗想："心爱的人还不听他，我劝他则甚？"又想："老爷若知此事，如何了得！不如回家报与老爷知道，凭他怎么裁处，与我无干。"王定乃对三官说："我在北京无用，先回去罢！"三官正厌王定多管，巴不得他开身，说："王定，你去时，我与你十两盘费，你到家中禀老爷，只说帐未完，三叔先使我来问安。"玉姐也送五两，鸨子也送五两。王定拜别三官而去。正是：

　　　　各人自扫门前雪，莫管他家瓦上霜。

　　且说三官被酒色迷住，不想回家。光阴似箭，不觉一年。亡八淫妇，终日科派。莫说上头、做生、讨粉头、买丫环，连亡八的寿圹[1]都打得到。三官手内财空。亡八一见无钱，凡事疏淡，不照常答应奉承。又住了半月，一家大小作闹起来。老鸨对玉姐说："'有钱便是本司院，无钱便是养济院[2]'。王公子没钱了，还留在此做甚！那曾见本司院举了节妇，你却呆守那穷鬼做甚！"玉姐听说，只当耳边之风。一日三官下楼往外去了，丫头来报与鸨子。鸨子叫玉堂春下来："我问你，几时打发王三起身？"玉姐见话不投机，复身向楼上便走。鸨子随即跟上楼来。说："奴才，不理我么？"玉姐说："你们这等没天理，王公子三万两银子，俱送

---

[1]　　寿圹（kuàng）：生前修好的墓穴。
[2]　　养济院：旧时收养老弱和鳏寡孤独的人的慈善机构。

在我家。若不是他时，我家东也欠债，西也欠债，焉有今日这等足用？"
鸨子怒发，一头撞去。高叫："三儿打娘哩！"亡八听见，不分是非，便
拿了皮鞭，赶上楼来，将玉姐搪跌[1]在楼上，举鞭乱打。打得鬓偏发乱，
血泪交流。且说三官在午门外，与朋友相叙，忽然面热肉颤，心下怀疑，
即辞归，径走上百花楼。看见玉姐如此模样，心如刀割，慌忙抚摩，问
其缘故。玉姐睁开双眼，看见三官，强把精神挣着说："俺的家务事，与
你无干！"三官说："冤家，你为我受打，还说无干？明日辞去，免得累
你受苦！"玉姐说："哥哥，当初劝你回去，你却不依我。如今孤身在
此，盘缠又无，三千余里，怎生去得？我如何放得心？你若不能还乡，
流落在外，又不如忍气且住几日。"三官听说，闷倒在地。玉姐近前抱住
公子。说："哥哥，你今后休要下楼去，看那亡八淫妇怎么样行来？"三
官说："欲待回家，难见父母兄嫂；待不去，又受不得亡八冷言热语。我
又舍不得你；待住，那亡八淫妇只管打你。"玉姐说："哥哥，打不打你
休管他，我与你是从小的儿女夫妻，你岂可一旦别了我！"看看天色又
晚，房中往常时丫头秉灯上来，今日火也不与了。玉姐见三官痛伤，用
手扯到床上睡了。一递一声长吁短气。三官与玉姐说："不如我去罢！再
接有钱的客官，省你受气。"玉姐说："哥哥，那亡八淫妇，任他打我，
你好歹休要起身。哥哥在时，奴命在，你真个要去，我只一死。"二人直
哭到天明，起来，无人与他碗水。玉姐叫丫头："拿钟茶来与你姐夫吃。"
鸨子听见，高声大骂："大胆奴才，少打。叫小三自家来取。"那丫头小
厮都不敢来。玉姐无奈，只得自己下楼，到厨下，盛碗饭，泪滴滴自拿
上楼去。说："哥哥，你吃饭来。"公子才要吃，又听得下边骂，待不吃，
玉姐又劝。公子方才吃得一口，那淫妇在楼下说："小三，大胆奴才，那

---

[1]　搪（táng）跌：推倒。

有'巧媳妇做出无米粥'？"三官分明听得他话，只索隐忍。正是：

囊中有物精神旺，手内无钱面目惭。

却说亡八恼恨玉姐，待要打他，倘或打伤了，难教他挣钱；待不打他，他又恋着王小三。十分逼的小三极了，他是个酒色迷了的人，一时他寻个自尽，倘或尚书老爷差人来接，那时把泥做也不干[1]。左思右算，无计可施。鸨子说："我自有妙法，叫他离咱门去。明日是你妹子生日，如此如此，唤做'倒房计'。"亡八说："倒也好。"鸨子叫丫头楼上问："姐夫吃了饭还没有？"鸨子上楼来说："休怪！俺家务事，与姐夫不相干。"又照常摆上了酒。吃酒中间，老鸨忙陪笑道："三姐，明日是你姑娘生日，你可禀王姐夫，封上人情，送与他。"玉姐当晚封下礼物。第二日清晨，老鸨说："王姐夫早起来，趁凉可送人情到姑娘家去。"大小都离司院，将半里，老鸨故意吃一惊。说："王姐夫，我忘了锁门，你回去把门锁上。"公子不知鸨子用计，回来锁门不题。且说亡八从那小巷转过来。叫："三姐，头上吊了簪子。"哄的玉姐回头，那亡八把头口打了两鞭，顺小巷流水出城去了。三官回院，锁了房门，忙往外赶看，不见玉姐，遇着一伙人。公子躬身便问："列位曾见一起男女，往那里去了？"那伙人不是好人，却是短路[2]的。见三官衣服齐整，心生一计，说："才往芦苇西边去了。"三官说："多谢列位。"公子往芦苇里就走。这人哄的三官往芦苇里去了，即忙走在前面等着。三官至近，跳起来喝一声，却去扯住三官，齐下手剥去衣服帽子，拿绳子捆在地上。三官手足难挣，昏昏沉沉，捱到天明，还只想了玉堂春，说："姐姐，你不知在何处去，

---

[1] 把泥做也不干：比喻事情难办，意谓尚书老爷家来要人时无法交待。

[2] 短路：指拦路抢劫。

那知我在此受苦！"——不说公子有难，且说亡八淫妇拐着玉姐，一日走了一百二十里地，野店安下。玉姐明知中了亡八之计，路上牵挂三官，泪不停滴。——再说三官在芦苇里，口口声声叫救命。许多乡老近前看见，把公子解了绳子。就问："你是那里人？"三官害羞，不说是公子，也不说嫖玉堂春。浑身上下又无衣服，眼中吊泪说："列位大叔，小人是河南人，来此小买卖，不幸遇着歹人，将一身衣服尽剥去了，盘费一文也无。"众人见公子年少，舍了几件衣服与他，又与了他一顶帽子。三官谢了众人，拾起破衣穿了，拿破帽子戴了。又不见玉姐，又没了一个钱，还进北京来，顺着房檐，低着头，从早至黑，水也没得口。三官饿的眼黄，到天晚寻宿，又没人家下他。有人说："想你这个模样子，谁家下你？你如今可到总铺门口去，有觅人打梆子，早晚勤谨，可以度日。"三官径至总铺门首，只见一个地方来雇人打更。三官向前叫："大叔，我打头更。"地方便问："你姓甚么？"公子说："我是王小三。"地方说："你打二更罢！失了更，短了筹[1]，不与你钱，还要打哩！"三官是个自在惯了的人，贪睡了，晚间把更失了。地方骂："小三，你这狗骨头，也没造化吃这自在饭，快着走。"三官自思无路，乃到孤老院里去存身。正是：

　　　　一般院子里，苦乐不相同。

　　却说那亡八鸨子，说："咱来了一个月，想那王三必回家去了，咱们回去罢。"收拾行李，回到本司院。只有玉姐每日思想公子，寝食俱废。鸨子上楼来，苦苦劝说："我的儿，那王三已是往家去了，你还想他怎么？北京城内多少王孙公子，你只是想着王三不接客，你可知道我的性

---

[1]　短了筹：指误了时刻。

　　　　　　　　　　　　　　　　　古代短篇小说

子，自讨分晓[1]，我再不说你了。"说罢自去了。玉姐泪如雨滴。想王顺卿手内无半文钱，不知怎生去了？"你要去时，也通个信息，免使我苏三常常挂牵。不知何日再得与你相见？"

不说玉姐想公子。且说公子在北京院讨饭度日。北京大街上有个高手王银匠，曾在王尚书处打过酒器。公子在虔婆家打首饰物件，都用着他。一日往孤老院过，忽然看见公子，唬了一跳。上前扯住，叫："三叔！你怎么这等模样？"三官从头说了一遍。王银匠说："自古狠心亡八！三叔，你今到寒家，清茶淡饭，暂住几日。等你老爷使人来接你。"三官听说大喜，随跟至王匠家中。王匠敬他是尚书公子，尽礼管待，也住了半月有余。他媳妇见短，不见尚书家来接，只道丈夫说谎，乘着丈夫上街，便发说话："自家一窝子男女，那有闲饭养他人！好意留吃几日，各人要自达时务，终不然在此养老送终。"三官受气不过，低着头，顺着房檐往外，出来信步而行。走至关王庙，猛省关圣最灵，何不诉他？乃进庙，跪于神前，诉以亡八鸨儿负心之事。拜祷良久，起来闲看两廊画的三国功劳。却说庙门外街上，有一个小伙儿叫云："本京瓜子，一分一桶；高邮鸭蛋，半分一个。"此人是谁？是卖瓜子的金哥。金哥说道："原来是年景消疏，买卖不济。当时本司院有王三叔在时，一时照顾二百钱瓜子，转的来，我父母吃不了。自从三叔回家去了，如今谁买这物？二三日不曾发市，怎么过？我到庙里歇歇再走。"金哥进庙里来，把盘子放在供桌上，跪下磕头。三官却认得是金哥，无颜见他，双手掩面坐于门限侧边。金哥磕了头，起来，也来门限上坐下。三官只道金哥出庙去了。放下手来，却被金哥认出说："三叔！你怎么在这里？"三官含羞带泪，将前事道了一遍。金哥说："三叔休哭，我请你吃些饭。"三

---

[1]　讨分晓：意谓放明白些。

官说："我得了饭。"金哥又问："你这两日，没见你三姊来？"三官说："久不相见了！金哥，我烦你到本司院密密的与三姊说，我如今这等穷，看他怎么说？回来复我。"金哥应允，端起盘，往外就走。三官又说："你到那里看风色，他若想我，你便题我在这里如此。若无真心疼我，你便休话，也来回我。他这人家有钱的另一样待，无钱的另一样待。"金哥说："我知道。"辞了三官，往院里来，在于楼外边立着。说那玉姐手托香腮，将汗巾拭泪，声声只叫："王顺卿，我的哥哥！你不知在那里去了？"金哥说："呀，真个想三叔哩！"咳嗽一声，玉姐听见，问："外边是谁？"金哥上楼来，说："是我。我来买瓜子与你老人家磕哩！"玉姐眼中吊泪。说："金哥，纵有羊羔美酒，吃不下，那有心绪磕瓜仁！"金哥说："三姊！你这两日怎么淡了？"玉姐不理。金哥又问："你想三叔，还想谁？你对我说，我与你接去。"玉姐说："我自三叔去后，朝朝思想，那里又有谁来？我曾记得一辈古人。"金哥说："是谁？"王姐说："昔有个亚仙女，郑元和为他黄金使尽，去打莲花落。后来收心勤读诗书，一举成名。那亚仙风月场中显大名。我常怀亚仙之心，怎得三叔他象郑元和方好。"金哥听说，口中不语，心内自思："王三到也与郑元和相象了，虽不打《莲花落》，也在孤老院讨饭吃。"金哥乃低低把三姊叫了一声，说："三叔如今在庙中安歇，叫我密密的报与你，济他些盘费，好上南京。"玉姐唬了一惊，"金哥休要哄我。"金哥说："三姊，你不信，跟我到庙中看看去。"玉姐说："这里到庙中有多少远？"金哥说："这里到庙中有三里地。"玉姐说："怎么敢去？"又问："三叔还有甚话？"金哥说："只是少银子钱使用，并没甚话。"玉姐说："你去对三叔说：'十五日在庙里等我。'"金哥去庙里回复三官，就送三官到王匠家中，"倘若他家不留你，就到我家里去。"幸得王匠回家，又留住了公子不题。

却说老鸨又问："三姐，你这两日不吃饭，还是想着王三哩！你想他，他不想你。我儿好痴，我与你寻个比王三强的，你也新鲜些。"玉姐说："娘！我心里一件事不得停当。"鸨子说："你有甚么事？"玉姐说："我当初要王三的银子，黑夜与他说话，指着城隍爷爷说誓，如今等我还了愿，就接别人。"老鸨问："几时去还愿？"玉姐道："十五日去罢！"老鸨甚喜。预先备下香烛纸马。等到十五日，天未明，就叫丫头起来："你与姐姐烧下水洗脸。"玉姐也怀心，起来梳洗，收拾私房银两，并钗钏首饰之类，叫丫头拿着纸马，径往城隍庙里去。进的庙来，天还未明，不见三官在那里。那晓得三官却躲在东廊下相等。先已看见玉姐，咳嗽一声。玉姐就知，叫丫头烧了纸马，"你先去，我两边看看十帝阎君。"玉姐叫了丫头转身，径来东廊下寻三官。三官见了玉姐，羞面通红。玉姐叫声："哥哥王顺卿，怎么这等模样？"两人抱头而哭。玉姐将所带有二百两银子东西，付与三官，叫他置办衣帽买骡子，再到院里来，"你只说是从南京才到，休负奴言。"二人含泪各别。玉姐回至家中，鸨子见了，欣喜不胜。说："我儿还了愿了？"玉姐说："我还了旧愿，发下新愿。"鸨子说："我儿，你发下甚么新愿？"玉姐说："我要再接王三，把咱一家子死的灭门绝户，天火烧了。"鸨子说："我儿这愿，忒发得重了些。"从此欢天喜地不题。

且说三官回到王匠家，将二百两东西，递与王匠，王匠大喜。随即到了市上，买了一身衲帛衣服[1]，粉底皂靴，绒袜，瓦楞帽子[2]，青丝绦[3]，真川扇，皮箱骡马，办得齐整。把砖头瓦片，用布包裹，假充银两，放在皮箱里面，收拾打扮停当。雇了两个小厮，跟随就要起身。王匠说："三叔！略停片时，小子置一杯酒饯行。"公子说："不劳如此，多蒙厚

---

[1] 衲帛衣服：绸上织花或绣花的衣服。
[2] 瓦楞帽子：明代一种可折叠的便帽。
[3] 绦（tāo）：丝带。

爱，异日须来报恩。"三官遂上马而去。

妆成圈套入胡同，鸨子焉能不强从；
亏杀玉堂垂念永，固知红粉亦英雄。

却说公子辞了王匠夫妇，径至春院门首。只见几个小乐工，都在门首说话。忽然看见三官气象一新，唬了一跳。飞风报与老鸨。老鸨听说，半晌不言："这等事怎么处！向日三姐说：他是宦家公子，金银无数，我却不信，逐他出门去了。今日到带有金银，好不惶恐人也！"左思右想，老着脸走出来见了三官，说："姐夫从何而至？"一手扯住马头。公子下马唱了半个喏，就要行，说："我伙计都在船中等我。"老鸨陪笑道："姐夫好狠心也。就是寺破僧丑，也看佛面，纵然要去，你也看看玉堂春。"公子道："向日那几两银子值甚的？学生岂肯放在心上！我今皮箱内，见有五万银子，还有几船货物。伙计也有数十人。有王定看守在那里。"鸨子一发不肯放手了。公子恐怕掣脱[1]了，将机就机，进到院门坐下。鸨儿分付厨下忙摆酒席接风。三官茶罢，就要走。故意捌出[2]两锭银子来，都是五两头细丝。三官检起，袖而藏之。鸨子又说："我到了姑娘家酒也不曾吃，就问你，说你往东去了，寻不见你，寻了一个多月，俺才回家。"公子乘机便说："亏你好心，我那时也寻不见你。王定来接我，我就回家去了。我心上也欠挂着玉姐，所以急急而来。"老鸨忙叫丫头去报玉堂春。丫头一路笑上楼来，玉姐已知公子到了。故意说："奴才笑甚么？"丫头说："王姐夫又来了。"玉姐故意唬了一跳，说："你不要哄我！"不肯下楼。老鸨慌忙自来。玉姐故意回脸往里睡。鸨子说："我的亲儿！王

---

[1]　掣（chè）脱：此处指计谋落空。
[2]　捌（lì）出：此处指掉出。捌，折断。

姐夫来了，你不知道么？"玉姐也不语，连问了四五声，只不答应。这一时待要骂，又用着他。扯一把椅子拿过来，一直坐下，长吁了一声气。玉姐见他这模样，故意回过头起来，双膝跪在楼上。说："妈妈！今日饶我这顿打。"老鸨忙扯起来说："我儿！你还不知道王姐夫又来了。拿有五万两花银，船上又有货物并伙计数十人，比前加倍。你可去见他，好心奉承。"玉姐道："发下新愿了，我不去接他。"鸨子道："我儿！发愿只当取笑。"一手挽玉姐下楼来，半路就叫："王姐夫，三姐来了。"三官见了玉姐，冷冷的作了一揖，全不温存。老鸨便叫丫头摆桌，取酒斟上一钟，深深万福，递与王姐夫："权当老身不是。可念三姐之情，休走别家，教人笑话。"三官微微冷笑。叫声妈妈："还是我的不是。"老鸨殷勤劝酒，公子吃了几杯，叫声多扰，抽身就走。翠红一把扯住，叫："玉姐，与俺姐夫陪个笑脸。"老鸨说："王姐夫，你忒做绝了。丫头把门顶了，休放你姐夫出去。"叫丫头把那行李抬在百花楼去。就在楼下重设酒席，笙琴细乐，又来奉承。吃了半更，老鸨说："我先去了，让你夫妻二人叙话。"三官玉姐正中其意，携手登楼。

如同久旱逢甘雨，好似他乡遇故知。

二人一晚叙话，正是"欢娱嫌夜短，寞寂恨更长。"不觉鼓打四更，公子爬将起来，说："姐姐！我走罢！"玉姐说："哥哥！我本欲留你多住几日，只是留君千日，终须一别。今番作急回家，再休惹闲花野草。见了二亲，用意攻书。倘或成名，也争得这一口气。"玉姐难舍王公子，公子留恋玉堂春。玉姐说："哥哥，你到家，只怕娶了家小不念我。"三官说："我怕你在北京另接一人，我再来也无益了。"玉姐说："你指着圣贤爷[1]说了誓愿。"两人双膝跪下。公子说:"我若南京再娶家小,五黄六月[2]害病死了我。"玉姐说:"苏三再若接别人,铁锁长枷永不出世。"就将镜子拆开,各执一半,日后为记。玉姐说:"你败了三万两银子,空手而回,我将金银首饰器皿,都与你拿去罢。"三官说:"亡八淫妇知道时,你怎打发他?"玉姐说:"你莫管我,我自有主意。"玉姐收拾完备,轻轻的开了楼门,送公子出去了。天明鸨儿起来,叫丫头烧下洗脸水,承下净口茶,"看你姐夫醒了时,送上楼去。问他要吃甚么?我好做去。若是还睡,休惊醒他。"丫头走上楼去,见摆设的器皿都没了。梳妆匣也出空了,撇在一边。揭开帐子,床上空了半边。跑下楼,叫:"妈妈罢了!"鸨子说:"奴才!慌甚么?惊着你姐夫。"丫头说:"还有甚么姐夫?不知那里去了。俺姐姐回脸往里睡着。"老鸨听说,大惊,看小厮骡脚都去了。连忙走上楼来,喜得皮箱还在。打开看时,都是个砖头瓦片。鸨儿便骂:"奴才!王三那里去了?我就打死你!为何金银器皿他都偷去了?"玉姐说:"我发过新愿了,今番不是我接他来的。"鸨子说:"你两个昨晚说了一夜说话,一定晓得他去处。"亡八就去取皮鞭,玉姐拿个首帕,将头扎了。口里说:"待我寻王三还你。"忙下楼来,往外就走。鸨子乐工,恐怕走了,随后赶来。玉姐行至大街上,高声叫屈,"图财杀命!"只见地方都来了。鸨子说:"奴才,他到把我金银首饰尽情拐去,你还放刁!"亡八说:"由他,咱到家里算帐。"玉姐:"不要说嘴,咱往那里去?那是我家?我同你到刑部堂上讲讲,恁家里是公侯宰相,朝郎[3]驸马,你那里的金银器皿!万物要平个理。一个行院[4]人家,至轻至贱,那有甚么大头面,戴往那里去坐席?王尚书公子在我家,费了三万

---

[1]　圣贤爷:此处指房中挂的神像。
[2]　五黄六月:指炎夏。
[3]　朝郎:泛指朝廷官员。
[4]　行院:此处指妓院。

银子，谁不知道他去了就开手。你昨日见他有了银子，又去哄到家里，图谋了他行李。不知将他下落在何处？列位做个证见。"说得鸨子无言可答。亡八说："你叫王三拐去我的东西，你反来图赖我。"玉姐舍命，就骂："亡八淫妇，你图财杀人，还要说嘴？见今皮箱都打开在你家里，银子都拿过了。那王三官不是你谋杀了是那个？"鸨子说："他那里有甚么银子？都是砖头瓦片哄人。"玉姐说："你亲口说带有五万银子，如何今日又说没有？"两下厮闹。众人晓得三官败过三万银子是真，谋命的事未必。都将好言劝解。玉姐说："列位，你既劝我不要到官，也得我骂他几句，出这口气。"众人说："凭你骂罢！"玉姐骂道：

　　你这亡八是喂不饱的狗，鸨子是填不满的坑。不肯思量做生理，只是排局骗别人。奉承尽是天罗网，说话皆是陷人坑。只图你家长兴旺，那管他人贫不贫。八百好钱买了我，与你挣了多少银。我父叫做周彦亨，大同城里有名人。买良为贱该甚罪？兴贩人口问充军。哄诱良家子弟犹自可，图财杀命罪非轻！你一家万分无天理，我且说你两三分。

　　众人说："玉姐，骂得勾了。"鸨子说："让你骂许多时，如今该回去了。"玉姐说："要我回去，须立个文书执照与我。"众人说："文书如何写？"玉姐说："要写'不合买良为娼，及图财杀命'等话。"亡八那里肯写。玉姐又叫起屈来。众人说："买良为娼，也是门户常事。那人命事不的实，却难招认。我们只主张写个赎身文书与你罢！"亡八还不肯。众人说："你莫说别项，只王公子三万银子也勾买三百个粉头了。玉姐左右心不向你了，舍了他罢！"众人都到酒店里面，讨了一张绵纸，一人念，一人写，只要亡八鸨子押花[1]。玉姐道："若写得不公道，我就扯碎了。"众人道："还你停当。"写道：

> 立文书本司乐户苏淮，同妻一秤金，向将钱八百文，讨大同府人周彦亨女玉堂春在家，本望接客靠老，奈女不愿为娼。……

写到"不愿为娼"，玉姐说："这句就是了。须要写收过王公子财礼银三万两。"亡八道："三儿！你也拿些公道出来，这一年多费用去了，难道也算？"众人道："只写二万罢。"又写道：

> ……有南京公子王顺卿，与女相爱，淮得过银二万两，凭众议作赎身财礼。今后听凭玉堂春嫁人，并与本户无干。立此为照。

后写"正德年月日，立文书乐户苏淮同妻一秤金"，见人[2]有十余人。众人先押了花。苏淮只得也押了，一秤金也画个十字。玉姐收讫。又说："列位老爹！我还有一件事，要先讲个明。"众人曰："又是甚事？"玉姐曰："那百花楼，原是王公子盖的，拨与我住。丫头原是公子买的，要叫两个来伏侍我。以后米面柴薪菜蔬等项，须是一一供给，不许揢勒[3]短少，直待我嫁人方止。"众人说："这事都依着你。"玉姐辞谢先回。亡八又请众人吃过酒饭方散。正是：

> 周郎妙计高天下，赔了夫人又折兵[4]。

---

[1] 押花：签字。
[2] 见人：见证人。
[3] 揢（kèn）勒：勒索，留难。
[4] "周郎妙计"二句：指《三国演义》中刘备东吴招亲的故事。周郎，指周瑜。

话说公子在路，夜住晓行，不数日，来到金陵自家门首下马。王定看见，唬了一惊。上前把马扯住，进的里面。三官坐下，王定一家拜见了。三官就问："我老爷安么？"王定说："安。""大叔、二叔、姑爷、姑娘何如？"王定说："俱安。"又问："你听得老爷说我家来，他要怎么处？"王定不言。长吁一口气，只看看天。三官就知其意："你不言语，想是老爷要打死我。"王定说："三叔！老爷誓不留你，今番不要见老爷了。私去看看老奶奶和姐姐兄嫂讨些盘费，他方去安身罢！"公子又问："老爷这二年，与何人相厚？央他来与我说个人情。"王定说："无人敢说。只除是姑娘姑爹，意思间稍题题[1]，也不敢直说。"三官道："王定，你去请姑爹来我与他讲这件事。"王定即时去请刘斋长[2]，何上舍[3]到来。叙礼毕，何刘二位说："三舅，你在此，等俺两个与咱爷讲过，使人来叫你。若不依时，捎信与你，作速逃命。"二人说罢，竟往潭府[4]来见了王尚书。坐下，茶罢，王爷问何上舍："田庄好么？"上舍答道："好！"王爷又问刘斋长："学业何如？"答说："不敢，连日有事，不得读书。"王爷笑道："'读书过万卷，下笔如有神。'秀才将何为本？'家无读书子，官从何处来？'今后须宜勤学，不可将光阴错过。"刘斋长唯唯谢教。何上舍问："客位前这墙几时筑的？一向不见。"王爷笑曰："我年大了，无多田产，日后恐怕大的二的争竞，预先分为两分。"二人笑说："三分家事，如何只做两分？三官回来，叫他那里住？"三爷闻说，心中大恼："老夫平生两个小儿，那里又有第三个？"二人齐声叫："爷，你如何不疼三官王景隆？当初还是爷不是，托他在北京讨帐，无有一个

---

[1] 题：同"提"。

[2] 斋长：学舍的领班。

[3] 上舍：太学分内、外、上三舍，初入学称外舍，由外舍升内舍，再由内舍升上舍。

[4] 潭府：大宅，对别人住宅的尊称。

去接寻。休说三官十六七岁，北京是花柳之所，就是久惯江湖，也迷了心。"二人双膝跪下，吊下泪来。王爷说："没下稍[1]的狗畜生，不知死在那里了，再休题起了！"正说间，二位姑娘也到。众人都知三官到家，只哄着王爷一人。王爷说："今日不请都来，想必有甚事情？"即叫家奴摆酒。何静庵欠身打一躬曰："你闺女昨晚作一梦，梦三官王景隆身上蓝缕，叫他姐姐救他性命。三更鼓做了这个梦，半夜捶床捣枕哭到天明，埋怨着我不接三官，今日特来问问三舅的信音。"刘心斋亦说："自三舅在京，我夫妇日夜不安，今我与姨夫凑些盘费，明日起身去接他回来。"王爷含泪道："贤婿，家中还有两个儿子，无他又待怎生？"何刘二人往外就走。王爷向前扯住问："贤婿何故起身？"二人说："爷撒手，你家亲生子还是如此，何况我女婿也？"大小儿女放声大哭，两个哥哥一齐下跪，女婿也跪在地上；奶奶在后边吊下泪来。引得王爷心动，亦哭起来。王定跑出来说："三叔，如今老爷在那里哭你，你好过去见老爷，不要待等恼了。"王定推着公子进前厅跪下说："爹爹！不孝儿王景隆今日回了。"那王爷两手擦了泪眼，说："那无耻畜生，不知死的往那里去了。北京城街上最多游食光棍，偶与畜生面庞厮像[2]，假充畜生来家，哄骗我财物，可叫小厮拿送三法司[3]问罪！"那公子往外就走。二位姐姐赶至二门首拦住说："短命的，你待往那里去？"三官说："二位姐姐，开放条路与我逃命罢！"二位姐姐不肯撒手，推至前来双膝跪下，两个姐姐手指说："短命的！娘为你痛得肝肠碎，一家大小为你哭得眼花，那个不牵挂！"众人哭在伤情处，王爷一声喝住众人不要哭。说："我依着二位姐夫，收了这畜生，可叫我怎么处他？"众人说："消消气再处。"王爷摇

---

[1]　下稍：结果，终结。
[2]　厮像：相像。
[3]　三法司：明代刑部、都察院与大理寺都职掌司法与狱讼，并称为三法司。

古代短篇小说

头。奶奶说："凭我打罢。"王爷说："可打多少？"众人说："任爷爷打多少？"王爷道："须依我说，不可阻我，要打一百。"大姐二姐跪下说："爹爹严命，不敢阻当，容你儿待替罢！"大哥二哥每人替上二十，大姐二姐每人亦替二十。王爷说："打他二十。"大姐二姐说："叫他姐夫也替他二十，只看他这等黄瘦，一棍打在那里？等他膉[1]满肉肥，那时打他不迟。"王爷笑道："我儿，你也说得是。想这畜生，天理已绝，良心已丧，打他何益？我问你：'家无生活计，不怕斗量金。'我如今又不做官了，无处挣钱，作何生意以为糊口之计？要做买卖，我又无本钱与你。"二位姐夫问："他那银子还有多少？"何刘便问三舅："银子还有多少？"王定抬过皮箱打开，尽是金银首饰器皿等物。王爷大怒，骂："狗畜生！你在那里偷的这东西？快写首状[2]，休要玷辱了门庭。"三官高叫："爹爹息怒，听不肖儿一言。"遂将初遇玉堂春，后来被鸨儿如何哄骗尽了。如何亏了王银匠收留。又亏了金哥报信，"玉堂春私将银两赠我回乡，这些首饰器皿，皆玉堂春所赠。"备细述了一遍。王爷听说骂道："无耻狗畜生！自家三万银子都花了，却要娼妇的东西，可不羞杀了人。"三官说："儿不曾强要他的，是他情愿与我的。"王爷说："这也罢了，看你姐夫面上，与你一个庄子，你自去耕地布种。"公子不言。王爷怒道："王景隆，你不言怎么说？"公子说："这事不是孩儿做的。"王爷说："这事不是你做的。你还去嫖院罢！"三官说："儿要读书。"王爷笑曰："你已放荡了，心猿意马，读甚么书？"公子说："孩儿此回笃志用心读书。"王爷说："既知读书好，缘何这等胡为？"何静庵立起身来说："三舅受了艰难苦楚，这下来改过迁善，料想要用心读书。"王爷说："就依你众人说，送他到书房里去，叫两个小厮去伏侍他。"即时就叫小厮送三官往书院里

---

[1]　膉：当为膉字，即"膘"的异体字。
[2]　首状：出首，向官厅报告。

去。两个姐夫又来说："三舅久别，望老爷留住他，与小婿共饮则可。"王爷说："贤婿，你如此乃非教子之方，休要纵他。"二人道："老爷言之最善。"于是翁婿大家痛饮，尽醉方归。这一出父子相会，分明是：

> 月被云遮重露彩，花遭霜打又逢春。

却说公子进了书院，清清独坐，只见满架诗书，笔山砚海。叹道："书呵！相别日久，且是生涩。欲待不看，焉得一举成名，却不辜负了玉姐言语；欲待读书，心猿放荡，意马难收。"公子寻思一会，拿着书来读了一会。心下只是想着玉堂春。忽然鼻闻甚气？耳闻甚声？乃问书童道："你闻这书里甚么气？听听甚么响？"书童说："三叔，俱没有。"公子道："没有？呀，原来鼻闻乃是脂粉气，耳听即是筝板声。"公子一时思想起来："玉姐当初嘱付我，是甚么话来？叫我用心读书。我如今未曾读书，心意还丢他不下，坐不安，寝不宁，茶不思，饭不想，梳洗无心，神思恍忽。"公子自思："可怎么处他？"走出门来，只见大门上挂着一联对子："'十年受尽窗前苦，一举成名天下闻。'这是我公公作下的对联。他中举会试，官至侍郎。后来咱爹爹在此读书，官到尚书。我今在此读书，亦要攀龙附凤，以继前人之志。"又见二门上有一联对子："不受苦中苦，难为人上人。"公子急回书房，心中回转，发志勤学。一日书房无火，书童往外取火。王爷正坐，叫书童。书童近前跪下。王爷便问："三叔这一会用功不曾？"书童说："禀老爷得知，我三叔先时通不读书，胡思乱想，体瘦如柴；这半年整日读书，晚上读至三更方才睡，五更就起，直至饭后，方才梳洗。口虽吃饭，眼不离书。"王爷道："奴才！你好说谎，我亲自去看他。"书童叫："三叔，老爷来了。"公子从从容容迎接父亲。王爷暗喜。观他行步安详，可以见他学问。王爷正面坐下，公子拜见。王爷曰："我限的书你看了不曾？我出的题你做了多少？"公子说："爹爹严命，限儿的书都看了，题目都做完了，但有余力旁观子史¹。"王爷说："拿文字来我看。"公子取出文字。王爷看他所作文课，一篇强如一篇，心中甚喜。叫："景隆，去应个儒士科举罢！"公子说："儿读了几日书，敢望中举？"王爷说："一遭中了虽多，两遭中了甚广。出去观观场，下科好中。"王爷就写书与提学察院²，许公子科举。竟到八月初九日，进过头场，写出文字与父亲看。王爷喜道："这七篇，中有何难？"到二场三场俱完，王爷又看他后场，喜道："不在散举³，决是魁解。"

　　话分两头。却说玉姐自上了百花楼，从不下梯。是日闷倦，叫丫头："拿棋子过来，我与你下盘棋。"丫头说："我不会下。"玉姐说："你会打双陆么？"丫头说："也不会。"玉姐将棋盘双陆一皆撒在楼板上。丫头见玉姐眼中吊泪，即忙拨过饭来，说："姐姐，自从昨晚没用饭，你吃个点心。"玉姐拿过分为两半。右手拿一块吃，左手拿一块与公子。丫头欲接又不敢接。玉姐猛然睁眼见不是公子，将那一块点心掉在楼板上。丫头又忙拨过一碗汤来，说："饭干燥，吃些汤罢！"玉姐刚呷得一口，泪如涌泉，放下了。问："外边是甚么响？"丫头说："今日中秋佳节，人人玩月，处处笙歌，俺家翠香翠红姐都有客哩！"玉姐听说，口虽不言，心中自思："哥哥今已去了一年了。"叫丫头拿过镜子来照了一照，猛然唬了一跳："如何瘦的我这模样？"把那镜丢在床上，长吁短叹，走至楼门前，叫丫头："拿椅子过来，我在这里坐一坐。"坐了多时，

---

[1]　子史：旧目录学将书籍分为经、史、子、集四类，子史指子类与史类的书。

[2]　提学察院：明代省一级主管教育的官员称提学，两京的提学由御史充任，而御史的办事机关则称察院。

[3]　散举：明代科举考以五经，每经的头名称解元，又称五魁，五魁之下的称散举。

只见明月高升，谯楼[1]敲转[2]，玉姐叫丫头，"你可收拾香烛过来，今日八月十五日，乃是你姐夫进三场日子，我烧一炷香保佑他。"玉姐下楼来，当天井跪下，说："天地神明，今日八月十五日，我哥王景隆进了三场，愿他早占鳌头，名扬四海。"祝罢，深深拜了四拜。有诗为证：

> 对月烧香祷告天，何时得泄腹中冤；
> 王郎有日登金榜，不枉今生结好缘。

却说西楼上有个客人，乃山西平阳府洪同县人，拿有整万银子，来北京贩马。这人姓沈名洪，因闻玉堂春大名，特来相访。老鸨见他有钱，把翠香打扮当作玉姐，相交数日，沈洪方知不是，苦求一见。是夜丫头下楼取火，与玉姐烧香。小翠红忍不住多嘴，就说了："沈姐夫！你每日间想玉姐，今夜下楼，在天井内烧香，我和你悄悄地张他。"沈洪将三钱银子买嘱了丫头，悄然跟到楼下，月明中，看得仔细。等他拜罢，趋出唱喏。玉姐大惊，问："是甚么人？"答道："在下是山西沈洪，有数万本钱，在此贩马，久慕玉姐大名，未得面睹。今日得见，如拨云雾见青天。望玉姐不弃，同到西楼一会。"玉姐怒道："我与你素不相识，今当夤夜[3]，何故自夸财势，妄生事端？"沈洪又哀告道："王三官也只是个人，我也是个人。他有钱，我亦有钱。那些儿强似我？"说罢，就上前要搂抱玉姐。被玉姐照脸啐一口，急急上楼关了门，骂丫头："好大胆，如何放这野狗进来？"沈洪没意思自去了。玉姐思想起来，分明是小翠香小翠红这两个奴才报他。又骂："小淫妇，小贱人，你接着得意孤老[4]也好

---

[1]　谯楼：建在城门上的瞭望楼，又称鼓楼。
[2]　敲转：指更鼓已敲过。
[3]　夤（yín）夜：深夜。
[4]　孤老：妓女称接的客人为孤老。

古代短篇小说

了，怎该来啰唣我？"骂了一顿，放声悲哭，"但得我哥哥在时，那个奴才敢调戏我！"又气又苦，越想越毒。正是：

　　　　可人去后无日见，俗子来时不待招。

　　却说三官在南京乡试终场，闲坐无事，每日只想玉姐。南京一般也有本司院，公子再不去走。到了二十九关榜之日，公子想到三更以后，方才睡着。外边报喜的说："王景隆中了第四名。"三官梦中闻信，起来梳洗，扬鞭上马。前拥后簇，去赴鹿鸣宴[1]。父母兄嫂，姐夫姐姐，喜做一团。连日做庆贺筵席。公子谢了主考，辞了提学。坟前祭扫了。起了文书。"禀父母得知，儿要早些赴京，到僻静去处安下，看书数月，好入会试。"父母明知公子本意牵挂玉堂春，中了举，只得依从。叫大哥二哥来。"景隆赴京会试，昨日祭扫。有多少人情？"大哥说："不过三百余两。"王爷道："那只勾他人情的，分外再与他一二百两拿去。"二哥说："禀上爹爹，用不得许多银子。"王爷说："你那知道，我那同年[2]门生，在京颇多，往返交接，非钱不行。等他手中宽裕，读书也有兴。"叫景隆收拾行装，有知心同年，约上两三位。分付家人到张先生家看了良辰。公子恨不的一时就到北京。邀了几个朋友，雇了一只船，即时拜了父母，辞别兄嫂。两个姐夫邀亲朋至十里长亭，酌酒作别。公子上的船来，手舞足蹈，莫知所之。众人不解其意，他心里只想着玉姐玉堂春。不则一日到了济宁府，舍舟起岸，不在话下。

　　再说沈洪自从中秋夜见了玉姐，到如今朝思暮想，废寝忘餐。叫声："二位贤姐！只为这冤家害的我一丝两气，七颠八倒，望二位可怜我孤身

---

[1]　鹿鸣宴：科举考试后由州县长官宴请考官、学政与中式诸生的宴会。
[2]　同年：科举制度同榜的人称同年。

在外，举眼无亲，替我劝化玉姐，叫他相会一面，虽死在九泉之下，也不敢忘了二位活命之恩。"说罢，双膝跪下。翠香翠红说："沈姐夫！你且起来，我们也不敢和他说这话。你不见中秋夜骂的我们不耐烦。等俺妈妈来，你央浼[1]他。"沈洪说："二位贤姐！替我请出妈妈来。"翠香姐说："你跪着我，再磕一百二十个大响头。"沈洪慌忙跪下磕头。翠香即时就去，将沈洪说的言语述与老鸨。老鸨到西楼见了沈洪。问："沈姐夫唤老身何事？"沈洪说："别无他事，只为不得玉堂春到手。你若帮衬我成就了此事，休说金银，便是杀身难保。"老鸨听说，口内不言，心中自思："我如今若许了他，倘三儿不肯，教我如何？若不许他，怎哄出他的银子？"沈洪见老鸨踌躇不语。便看翠红。翠红丢了一个眼色，走下楼来。沈洪即跟他下去。翠红说："常言'姐爱俏，鸨爱钞。'你多拿些银子出来打动他，不愁他不用心。他是使大钱的人，若少了，他不放在眼里。"沈洪说："要多少？"翠香说："不要少了！就把一千两与他，方才成得此事。"也是沈洪命运该败，浑如鬼迷一般，即依着翠香，就拿一千两银子来。叫："妈妈！财礼在此。"老鸨说："这银子，老身权收下，你却不要性急。待老身慢慢的倄他。"沈洪拜谢说："小子悬悬而望。"正是：

请下烟花诸葛亮，欲图风月玉堂春。

且说十三省乡试榜都到午门外张挂，王银匠邀金哥说："王三官不知中了不曾？"两个跑在午门外南直隶[2]榜下，看解元是《书经》，往下第四

---

[1] 央浼（měi）：请求，央求。
[2] 南直隶：明成祖朱棣迁都北京后，在两京设置南北直隶。今江苏、安徽两省地区直属南京，称南直隶。

古代短篇小说

个乃王景隆。王匠说："金哥好了，三叔已中在第四名。"金哥道："你看看的确，怕你识不得字。"王匠说："你说话好欺人，我读书读到《孟子》，难道这三个字也认不得，随你叫谁看。"金哥听说大喜。二人买了一本乡试录，走到本司院里去报玉堂春说："三叔中了。"玉姐叫丫头将试录拿上楼来，展开看了，上刊"第四名王景隆"，注明"应天府儒士，《礼记》"。玉姐步出楼门，叫丫头忙排香案，拜谢天地。起来先把王匠谢了，转身又谢金哥。唬得亡八鸨子魂不在体。商议说："王三中了举，不久到京，白白地要了玉堂春去，可不人财两失？三儿向他孤老，决没甚好言语，搬斗是非，教他报往日之仇，此事如何了？"鸨子说："不若先下手为强。"亡八说："怎么样下手？"老鸨说："咱已收了沈官人一千两银子，如今再要了他一千，贱些价钱卖与他罢。"亡八道："三儿不肯如何？"鸨子说："明日杀猪宰羊，买一桌纸钱，假说东岳庙看会，烧了纸，说了誓，合家从良，再不在烟花巷里。小三若闻知从良一节，必然也要往岳庙烧香。叫沈官人先安轿子，径抬往山西去。公子那时就来，不见他的情人，心下就冷了。"亡八说："此计大妙。"即时暗暗地与沈洪商议。又要了他一千银子。次早，丫头报与玉姐："俺家杀猪宰羊，上岳庙哩。"玉姐问："为何？"丫头道："听得妈妈说：'为王姐夫中了，恐怕他到京来报仇，今日发愿，合家从良。'"玉姐说："是真是假？"丫头说："当真哩！昨日沈姐夫都辞去了。如今再不接客了。"玉姐说："既如此，你对妈妈说，我也要去烧香。"老鸨说："三姐，你要去，快梳洗，我唤轿儿抬你。"玉姐梳妆打扮，同老鸨出的门来。正见四个人，抬着一顶空轿。老鸨便问："此轿是雇的？"这人说："正是。"老鸨说："这里到岳庙要多少雇价？"那人说："抬去抬来，要一钱银子。"老鸨说："只是五分。"那人说："这个事小，请老人家上轿。"老鸨说："不是我坐，是我女儿要坐。"玉姐上轿，那二人抬着，不往东岳庙去，径往西门去了。走有数里，到了上高转折去处，玉姐回头，看见沈洪在后骑着个骡子。玉姐大叫一声："吨！想是亡八鸨子盗卖我了？"玉姐大骂："你这些贼狗奴，抬我往那里去？"沈洪说："往那里去？我为你去了二千两银子，买你往山西家去。"玉姐在轿中号啕大哭，骂声不绝。那轿夫抬了飞也似走。行了一日，天色已晚。沈洪寻了一座店房，排合卺美酒，指望洞房欢乐。谁知玉姐题着便骂，触着便打。沈洪见店中人多，恐怕出丑。想道："瓮中之鳖，不怕他走了，权耐几日，到我家中，何愁不从。"于是反将好话奉承，并不去犯他。玉姐终日啼哭，自不必说。

却说公子一到北京，将行李上店，自己带两个家人，就往王银匠家，探问玉堂春消息。王匠请公子坐下："有见成酒，且吃三杯接风，慢慢告诉。"王匠就拿酒来斟上。三官不好推辞，连饮了三杯。又问："玉姐敢不知我来？"王匠叫："三叔开怀，再饮三杯。"三官说："勾了，不吃了。"王匠说："三叔久别，多饮几杯，不要太谦。"公子又饮了几杯。问："这几日曾见玉姐不曾？"王匠又叫："三叔且莫问此事，再吃三杯。"公子心疑，站起说："有甚或长或短，说个明白，休闷死我也！"王匠只是劝酒。却说金哥在门首经过，知道公子在内，进来磕头叫喜。三官问金哥："你三婶近日何如？"金哥年幼多嘴说："卖了。"三官急问说："卖了谁？"王匠瞅了金哥一眼，金哥缩了口。公子坚执盘问，二人瞒不过。说："三婶卖了。"公子问："几时卖了？"王匠说："有一个月了。"公子听说：一头撞在尘埃，二人忙扶起来。公子问金哥："卖在那里去了？"金哥说："卖与山西客人沈洪去了。"三官说："你那三婶就怎么肯去？"金哥叙出"鸨儿假意从良，杀猪宰羊上岳庙，哄三婶同去烧香，私与沈洪约定，雇下轿子抬去，不知下落。"公子说："亡八盗卖我玉堂春，我与他算帐！"那时叫金哥跟着，带领家人，径到本司院里，进的院门，亡八眼快，跑去躲了。公子问众丫头："你家玉姐何在？"无人敢应。公子发怒，房中寻见老鸨，一把揪住，叫家人乱打。金哥劝住。公子就走在百花楼上，看见锦帐罗帏，越加怒恼。把箱笼尽行打碎，气得痴呆了。问："丫头，你姐姐嫁那家去？可老实说，饶你打。"丫头说："去烧香，不知道就偷卖了他。"公子满眼落泪，说："冤家，不知是正妻，是偏妾？"丫头说："他家里自有老婆。"公子听说，心中大怒，恨骂"亡八淫妇，不仁不义！"丫头说："他今日嫁别人去了，还疼他怎的？"公子满眼流泪，正说间，忽报朋友来访。金哥劝："三叔休恼，三姉一时不在了，你纵然哭他，他也不知道。今有许多相公在店中相访，闻公子在院中，都要来。"公子听说，恐怕朋友笑话，即便起身回店。公子心中气闷，无心应举。意欲束装回家。朋友闻知，都来劝说："顺卿兄，功名是大事，表子[1]是末节，那里有为表子而不去求功名之理？"公子说："列位不知，我奋志勤学，皆为玉堂春的言语激我。冤家为我受了千辛万苦，我怎肯轻舍？"众人叫："顺卿兄，你倘联捷[2]，幸在彼地，见之何难？你若回家，忧虑成病，父母悬心，朋友笑耻，你有何益？"三官自思言之最当，倘或侥幸，得到山西，平生愿足矣。数言劝醒公子。会试日期已到。公子进了三场，果中金榜二甲第八名，刑部观政[3]。三个月，选了真定府理刑官[4]。即遣轿马迎请父母兄嫂。父母不来。回书说："教他做官勤慎公廉，念你年长未娶，已聘刘都堂[5]之女，不日送至任所成亲。"公子一心只想玉堂春，全不以聘娶为喜。正是：

已将路柳为连理，翻把家鸡作野鸳。

---

[1]　表子：即婊子。
[2]　联捷：指考中举人后又接连考中进士。
[3]　刑部观政：指在刑部学习政事。
[4]　理刑官：府衙中掌管刑狱之官。
[5]　都堂：明制，都御史、副都御史、佥都御史称都堂，又差遣在外任总督、巡抚者也称都堂。

且说沈洪之妻皮氏，也有几分颜色，虽然三十余岁，比二八少年，也还风骚。平昔间嫌老公粗蠢，不会风流，又出外日多，在家日少，皮氏色性太重，打熬不过。间壁有个监生，姓赵名昂，自幼惯走花柳场中，为人风月。近日丧偶。虽然是纳粟相公[1]，家道已在消乏一边。一日，皮氏在后园看花，偶然撞见赵昂，彼此有心，都看上了。赵昂访知巷口做歇家[2]的王婆，在沈家走动识熟，且是利口，善于做媒说合。乃将白银二十两，贿赂王婆，央他通脚[3]。皮氏平昔间不良的口气，已有在王婆肚里，况且今日你贪我爱，一说一上，幽期密约，一墙之隔，梯上梯下，做就了一点不明不白的事。赵昂一者贪皮氏之色，二者要骗他钱财。枕席之间，竭力奉承。皮氏心爱赵昂，但是开口，无有不从，恨不得连家当都津贴了他。不上一年，倾囊倒箧，骗得一空。初时只推事故，暂时挪借，借去后，分毫不还。皮氏只愁老公回来盘问时，无言回答。一夜与赵昂商议，欲要跟赵昂逃走他方。赵昂道："我又不是赤脚汉，如何走得？便走了，也不免吃官司。只除暗地谋杀了沈洪，做个长久夫妻，岂不尽美。"皮氏点头不语。却说赵昂有心打听沈洪的消息，晓得他讨了院妓玉堂春一路回来，即忙报与皮氏知道。故意将言语触恼皮氏。皮氏怨恨不绝于声。问："如今怎么样对付他说好？"赵昂道："一进门时，你便数他不是，与他寻闹，叫他领着娼根另住，那时凭你安排了。我央王婆赎得些砒霜在此，觑便放在食器内，把与他两个吃。等他双死也罢！单死也罢！"皮氏说："他好吃的是辣面。"赵昂说："辣面内正好下药。"两人圈套已定，只等沈洪入来。不一日，沈洪到了故乡，叫仆人和玉姐

---

[1]　纳粟相公：指捐纳钱粮而得到监生资格的人。

[2]　歇家：旧时的一种行业，兼营客店、生意经纪、职业介绍、做保、做媒以及代人打官司、找门路等业务。

[3]　通脚：指牵头拉线。

暂停门外。自己先进门，与皮氏相见，满脸陪笑说："大姐休怪，我如今做了一件事。"皮氏说："你莫不是娶了个小老婆？"沈洪说："是了。"皮氏大怒，说："为妻的整年月在家守活孤孀，你却花柳快活，又带这泼淫妇回来，全无夫妻之情。你若要留这淫妇时，你自在西厅一带住下，不许来缠我。我也没福受这淫妇的拜，不要他来。"昂然说罢，啼哭起来。拍台拍凳，口里"千亡八，万淫妇"骂不绝声。沈洪劝解不得，想道："且暂时依他言语在西厅住几日，落得受用。等他气消了时，却领玉堂春与他磕头。"沈洪只道浑家是吃醋，谁知他有了私情，又且房计空虚了，正怕老公进房，借此机会，打发他另居。正是：

　　　　你向东时我向西，各人有意自家知。

不在话下。

却说玉堂春曾与王公子设誓，今番怎肯失节于沈洪，腹中一路打稿[1]："我若到这厌物家中，将情节哭诉他大娘子，求他做主，以全节操。慢慢的寄信与三官，教他将二千两银子来赎我去，却不好。"及到沈洪家里，闻知大娘不许相见，打发老公和他往西厅另住，不遂其计，心中又惊又苦。沈洪安排床帐在厢房，安顿了苏三。自己却去窝伴[2]皮氏，陪吃夜饭。被皮氏三回五次催赶，沈洪说："我去西厅时，只怕大娘着恼。"皮氏说："你在此，我反恼，离了我眼睛，我便不恼。"沈洪唱个淡喏，谢声："得罪。"出了房门，径望西厅而来。原来玉姐乘着沈洪不在，检出他铺盖撒在厅中，自己关上房门自睡了。任沈洪打门，那里肯开。却

[1]　打稿：思量，策划。
[2]　窝伴：陪伴。

好皮氏叫小叚¹名到西厅看老公睡也不曾。沈洪平日原与小叚名有情，那时扯在铺上，草草合欢，也当春风一度。事毕，小叚名自去了。沈洪身子困倦，一觉睡去直至天明。却说皮氏这一夜等赵昂不来，小叚名回后，老公又睡了。番来覆去，一夜不曾合眼。天明早起，赶下一轴面，煮熟分作两碗。皮氏悄悄把砒霜撒在面内，却将辣汁浇上。叫小叚名送去西厅，"与你爹爹吃。"小叚名送至西厅，叫道："爹爹！大娘欠²你，送辣面与你吃。"沈洪见是两碗，就叫："我儿，送一碗与你二娘吃。"小叚名便去敲门。玉姐在床上问："做甚么？"小叚名说："请二娘起来吃面。"玉姐道："我不要吃。"沈洪说："想是你二娘还要睡，莫去闹他。"沈洪把两碗都吃了。须臾而尽。小叚名收碗去了。沈洪一时肚疼，叫道："不好了，死也死也！"玉姐还只认假意，看看声音渐变。开门出来看时，只见沈洪九窍流血而死。正不知甚么缘故。慌慌的高叫："救人！"只听得脚步响，皮氏早到，不等玉姐开言，就变过脸，故意问道："好好的一个人，怎么就死了？想必你这小淫妇弄死了他，要去嫁人？"玉姐说："那丫头送面来，叫我吃，我不要吃，并不曾开门。谁知他吃了，便肚疼死了。必是面里有些缘故。"皮氏说："放屁！面里若有缘故，必是你这小淫妇做下的，不然，你如何先晓得这面是吃不得的，不肯吃？你说并不曾开门，如何却在门外？这谋死情由，不是你，是谁？"说罢，假哭起"养家的天"来。家中僮仆养娘都乱做一堆。皮氏就将三尺白布摆头，扯了玉姐往知县处叫喊。正直王知县升堂，唤进问其缘故。皮氏说："小妇人皮氏，丈夫叫沈洪，在北京为商，用千金娶这娼妇，叫做玉堂春为妾。这娼妇嫌丈夫丑陋，因吃辣面，暗将毒药放入，丈夫吃了，登时身死。望爷爷断他偿命。"王知县听罢，问："玉堂春，你怎么说？"玉姐

---

[1]　叚（jiǎ）："假"的异体字。
[2]　欠：欠记，挂欠。

古代短篇小说

说:"爷爷,小妇人原籍北直隶大同府人氏,只因年岁荒旱,父亲把我卖在本司院苏家,卖了三年后,沈洪看见,娶我回家。皮氏嫉妒,暗将毒药藏在面中,毒死丈夫性命。反倚刁泼,展赖小妇人。"知县听玉姐说了一会。叫:"皮氏,想你见那男人弃旧迎新,你怀恨在心,药死亲夫,此情理或有之。"皮氏说:"爷爷!我与丈夫,从幼的夫妻,怎忍做这绝情的事。这苏氏原是不良之妇,别有个心上之人,分明是他药死,要图改嫁。望青天爷爷明镜。"知县乃叫苏氏:"你过来,我想你原系娼门,你爱那风流标致的人,想是你见丈夫丑陋,不趁你意,故此把毒药药死是实。"叫皂隶:"把苏氏与我夹起来。"玉姐说:"爷爷!小妇人虽在烟花巷里,跟了沈洪又不曾难为半分,怎下这般毒手?小妇人果有恶意,何不在半路谋害?既到了他家,他怎容得小妇人做手脚?这皮氏昨夜就赶出丈夫,不许他进房。今早的面,出于皮氏之手,小妇人并无干涉。"王知县见他二人各说有理。叫皂隶暂把他二人寄监。"我差人访实再审。"二人进了南牢不题。却说皮氏差人密密传与赵昂,叫他快来打点。赵昂拿着沈家银子,与刑房吏一百两,书手八十两,掌案的先生五十两,门子五十两,两班皂隶六十两,禁子每人二十两,上下打点停当。封了一千两银子,放在坛内,当酒送与王知县。知县受了。次日清晨升堂,叫皂隶把皮氏一起提出来。不多时到了,当堂跪下。知县说:"我夜来一梦,梦见沈洪说:'我是苏氏药死,与那皮氏无干。'"玉堂春正待分辩,知县大怒,说:"人是苦虫,不打不招。"叫皂隶:"与我拶起着实打。问他招也不招?他若不招,就活活敲死。"玉姐熬刑不过,说:"愿招。"知县说:"放下刑具。"皂隶递笔与玉姐画供。知县说:"皮氏召保在外。玉堂春收监。"皂隶将玉姐手肘[1]脚镣,带进南牢。禁子牢头都得了赵上舍

---

[1]　手肘:指手戴刑具。

银子，将玉姐百般凌辱。只等上司详允[1]之后，就递罪状，结果他性命。正是：

安排缚虎擒龙计，断送愁鸾泣凤人。

且喜有个刑房吏，姓刘名志仁，为人正直无私，素知皮氏与赵昂有奸，都是王婆说合。数日前撞见王婆在生药铺内赎砒霜，说："要药老鼠。"刘志仁就有些疑心。今日做出人命来，赵监生使着沈家不疼的银子来衙门打点，把苏氏买成死罪，天理何在？踌躇一会，"我下监去看看。"那禁子正在那里逼玉姐要灯油钱。志仁喝退众人，将温言宽慰玉姐，问其冤情。玉姐垂泪拜诉来历。志仁见四傍无人，遂将赵监生与皮氏私情及王婆赎药始末，细说一遍。分付："你且耐心守困，待后有机会，我指点你去叫冤。日逐饭食，我自供你。"玉姐再三拜谢。禁子见刘志仁做主，也不敢则声。此话阁过不题。

却说公子自到真定府为官，兴利除害，吏畏民悦。只是想念玉堂春，无刻不然。一日正在烦恼，家人来报，老奶奶家中送新奶奶来了。公子听说，接进家小。见了新人，口中不言，心内自思："容貌到也齐整，怎及得玉堂春风趣？"当时摆了合欢宴，吃下合卺杯，毕姻之际，猛然想起多娇："当初指望白头相守，谁知你嫁了沈洪，这官诰却被别人承受了。"虽然陪伴了刘氏夫人，心里还想着玉姐，因此不快。当夜中了伤寒。又想当初与玉姐别时，发下誓愿，各不嫁娶。心下疑惑，合眼就见玉姐在傍。刘夫人遣人到处祈禳，府县官都来问安，请名药切脉调治。一月之外，才得痊可。公子在任年余，官声大著，行取到京。吏部考选

---

[1] 详允：审核批准。

天下官员，公子在部点名已毕，回到下处，焚香祷告天地，只愿山西为官，好访问玉堂春消息。须臾马上人来报："王爷点了山西巡按。"公子听说，两手加额："趁我平生之愿矣。"次日领了敕印，辞朝，连夜起马，往山西省城上任讫。即时发牌，先出巡平阳府。公子到平阳府，坐了察院，观看文卷。见苏氏玉堂春问了重刑，心内惊慌，其中必有跷蹊。随叫书吏过来："选一个能干事的，跟着我私行采访。你众人在内，不可走漏消息。"公子时下换了素巾青衣，随跟书吏，暗暗出了察院。雇了两个骡子，往洪同县路上来。这赶脚的小伙，在路上闲问："二位客官往洪同县有甚贵干？"公子说："我来洪同县要娶个妾，不知谁会说媒？"小伙说："你又说娶小，俺县里一个财主，因娶了个小，害了性命。"公子问："怎的害了性命？"小伙说："这财主叫沈洪，妇人叫做玉堂春。他是京里娶来的。他那大老婆皮氏与那邻家赵昂私通，怕那汉子回来知道，一服毒药把沈洪药死了。这皮氏与赵昂反把玉堂春送到本县，将银买嘱官府衙门，将玉堂春屈打成招，问了死罪，送在监里。若不是亏了一个外郎，几时便死了。"公子又问："那玉堂春如今在监死了？"小伙说："不曾。"公子说："我要娶个小，你说可投着谁做媒？"小伙说："我送你往王婆家去罢，他极会说媒。"公子说："你怎知道他会说媒？"小伙说："赵昂与皮氏都是他做牵头。"公子说："如今下他家里罢。"小伙竟引到王婆家里，叫声："干娘！我送个客官在你家来，这客官要娶个小，你可与他说媒。"王婆说："累你，我转[1]了钱来，谢你。"小伙自去了。公子夜间与王婆攀话。见他能言快语，是个积年的马泊六[2]了。到天明，又到赵监生前后门看了一遍：与沈洪家紧壁相通，可知做事方便。回来吃了早饭，还了王婆店钱。说："我不曾带得财礼，到省下回来，再作商

---

[1]　转：此处作赚到解。
[2]　马泊六：指男女私情的牵线者。

议。"公子出的门来，雇了骡子，星夜回到省城，到晚进了察院，不题。次早，星火发牌，按临洪同县。各官参见过。分付就要审录。王知县回县，叫刑房吏书，即将文卷审册，连夜开写停当，明日送审不题。却说刘志仁与玉姐写了一张冤状，暗藏在身，到次日清晨，王知县坐在监门首，把应解犯人点将出来。玉姐披枷带锁，眼泪纷纷。随解子到了察院门首，伺候开门。巡捕官回风[1]已毕，解审牌出。公子先唤苏氏一起。玉姐口称冤枉，探怀中诉状呈上。公子抬头见玉姐这般模样，心中凄惨，叫听事官接上状来。公子看了一遍，问说："你从小嫁沈洪，可还接了几年客？"玉姐说："爷爷！我从小接着一个公子，他是南京礼部尚书三舍人。"公子怕他说出丑处，喝声："住了，我今只问你谋杀人命事，不消多讲。"玉姐说："爷爷！若杀人的事，只问皮氏便知。"公子叫皮氏问了一遍。玉姐又说了一遍。公子分付刘推官道："闻知你公正廉能，不肯玩法徇私，我来到任，尚未出巡，先到洪同县访得这皮氏药死亲夫，累苏氏受屈，你与我把这事情用心问断。"说罢，公子退堂。刘推官回衙，升堂，就叫："苏氏，你谋杀亲夫，是何意故？"玉姐说："冤屈！分明是皮氏串通王婆，和赵监生合计毒死男子，县官要钱，逼勒成招。今日小妇拚死诉冤，望青天爷爷做主。"刘爷叫皂隶把皮氏采上来。问："你与赵昂奸情可真么？"皮氏抵赖没有。刘爷即时拿赵昂和王婆到来面对。用了一番刑法，都不肯招。刘爷又叫小段名："你送面与家主吃，必然知情！"喝教夹起。小段名说："爷爷，我说罢！那日的面，是俺娘亲手盛起，叫小妇人送与爹爹吃。小妇人送到西厅，爹叫新娘[2]同吃。新娘关着门，不肯起身，回道：'不要吃。'俺爹自家吃了。即时口鼻流血死了。"刘爷又问赵昂奸情。小段名也说了。赵昂说："这是苏氏买来的硬证。"

---

[1] 回风：指高级官吏升堂前，办事人员向主官报告一切准备就绪的仪式。
[2] 新娘：当时对于妾的一种专称。

刘爷沉吟了一会，把皮氏这一起分头送监，叫一书吏过来："这起泼皮奴才，苦不肯招。我如今要用一计，用一个大柜，放在丹墀内，凿几个孔儿，你执纸笔暗藏在内，不要走漏消息。我再提来问他，不招，即把他们锁在柜左柜右，看他有甚么说话，你与我用心写来。"刘爷分付已毕，书吏即办一大柜，放在丹墀，藏身于内。刘爷又叫皂隶，把皮氏一起提来再审。又问："招也不招？"赵昂、皮氏、王婆三人齐声哀告，说："就打死小的那呈招？"刘爷大怒。分付："你众人各自去吃饭来，把这起奴才着实拷问。把他放在丹墀里，连小段名四人锁于四处。不许他交头接耳。"皂隶把这四个锁在柜的四角。众人尽散。却说皮氏抬起头来，四顾无人，便骂："小段名！小奴才！你如何乱讲？今日再乱讲时，到家中活敲杀你。"小段名说："不是夹得疼，我也不说。"王婆便叫："皮大姐，我也受这刑杖不过，等刘爷出来，说了罢。"赵昂说："好娘，我那些亏着你，倘捱出官司去，我百般孝顺你，即把你做亲母。"王婆说："我再不听你哄我。叫我圆成了，认我做亲娘；许我两石麦，还欠八升；许我一石米，都下了糠秕；段衣两套，止与我一条蓝布裙；许我好房子，不曾得住。你干的事，没天理，教我只管与你熬刑受苦。"皮氏说："老娘，这遭出去，不敢忘你恩。捱过今日不招，便没事了。"柜里书吏把他说的话尽记了，写在纸上。刘爷升堂，先叫打开柜子。书吏跑将出来，众人都唬软了。刘爷看了书吏所录口词，再要拷问，三人都不打自招。赵昂从头依直写得明白。各各画供已完，递至公案。刘爷看了一遍。问苏氏："你可从幼为娼，还是良家出身？"苏氏将"苏淮买良为贱，先遇王尚书公子，挥金三万，后被老鸨一秤金赶逐，将奴赚卖与沈洪为妾，一路未曾同睡，"备细说了。刘推官情知王公子就是本院。提笔定罪：

皮氏凌迟处死，赵昂斩罪非轻。王婆赎药是通情，杖责，段名示警。王县贪酷罢职，追赃不恕衙门。苏淮买良为贱合充军，一秤金三月立枷罪定。

刘爷做完申文[1]，把皮氏一起俱已收监。次日亲捧招详[2]，送解察院。公子依拟。留刘推官后堂待茶。问："苏氏如何发放？"刘推官答言："发还原籍，择夫另嫁。"公子屏去从人，与刘推官吐胆倾心，备述少年设誓之意："今日烦贤府密地差人送至北京王银匠处暂居，足感足感。"刘推官领命奉行，自不必说。却说公子行下关文[3]，到北京本司院提到苏淮一秤金依律问罪。苏淮已先故了。一秤金认得是公子，还叫："王姐夫。"被公子喝教重打六十，取一百斤大枷枷号。不勾半月，呜呼哀哉！正是：

万两黄金难买命，一朝红粉已成灰。

再说公子一年任满，复命还京。见朝已过，便到王匠处问信。王匠说有金哥伏侍，在顶银胡同居住。公子即往顶银胡同，见了玉姐。二人放声大哭。公子已知玉姐守节之美，玉姐已知王御史就是公子，彼此称谢。公子说："我父母娶了个刘氏夫人，甚是贤德，他也知道你的事情，决不妒忌。"当夜同饮同宿，浓如胶漆。次日，王匠金哥都来磕头贺喜。公子谢二人昔日之恩，分付：本司院苏淮家当原是玉堂春置办的，今苏淮夫妇已绝，将遗下家财，拨与王匠金哥二人管业，以报其德。上了个省亲本，辞朝和玉堂春起马共回南京。到了自家门首，把门人急报老爷说："小老爷到了。"老爷听说甚喜。公子进到厅上，排了香案，拜谢天

---

[1]　申文：呈报上司的公文。
[2]　招详：此处指口供、判词等与本案相关的案卷。
[3]　关文：各机关相互间行文查询和办理事件，称为关文。

地，拜了父母兄嫂，两位姐夫姐姐都相见了。又引玉堂春见礼已毕。玉姐进房，见了刘氏说："奶奶坐上，受我一拜。"刘氏说："姐姐怎说这话？你在先，奴在后。"玉姐说："奶奶是名门宦家之子，奴是烟花，出身微贱。"公子喜不自胜。当日正了妻妾之分，姊妹相称，一家和气。公子又叫："王定，你当先在北京三番四复规谏我，乃是正理，我今与老老爷说将你做老管家。"以百金赏之。后来王景隆官至都御史，妻妾俱有子，至今子孙繁盛。有诗叹云：

> 郑氏元和已著名，三官嫖院是新闻，
> 风流子弟知多少，夫贵妻荣有几人？

（据明兼善堂本）

说明

本篇为《警世通言》卷二十四，是一篇集爱情、世情、公案小说为一体的作品。小说歌颂了王景隆与玉堂春对爱情的坚贞不渝，同时又通过他们各自的曲折遭遇，描写了当时的世态炎凉，特别是作品后半段玉堂春在山西省洪洞县遭冤受屈的公案情节，揭露批判了当时的政治腐败与官吏的贪赃暴虐，从而使作品展现了明代中、后叶较广阔的社会生活画面。作者并没有因为玉堂春是处于社会最底层的妓女而鄙弃她，而是同情她对爱情与自由幸福生活的向往，赞扬她为此而进行的艰苦的抗争。但作品结尾处安排玉堂春甘居妾的地位，却又显示出一夫多妻制与封建门第等级观念的影响。本篇小说后来曾被许多剧种、曲种改编移植，京剧、秦腔、大鼓、弹词、河北梆子与晋剧等都有关于玉堂春故事的剧目或曲目。

集评

　　生非妓，终将落魄天涯；妓非生，终将含冤地狱。彼此相成，率为夫妇。好事者撰为《金钏记》。生为王瑚，妓为陈林春，商为周镗，奸夫莫有良。其转折稍异。

——明·詹詹外史《情史》卷二

　　夫人一宵之遇，亦必有缘焉凑之，况夫妇乎！嫫母可为西子，缘在不问好丑也；瓦砾可为金玉，缘在不问良贱也。或百求而不获，或无心而自至，或久揆而复合，或欲割而终联。缘定于天，情亦阴受其转而不知矣。吁！虽至无情，不能强之断；虽至多情，不能强缘之合。诚知缘不可强也。多情者，固不必取盈；而无情者，亦胡为甘自菲薄耶！

——明·情史氏《情史》卷二

施润泽滩阙遇友

还带曾消纵理纹，返金种得桂枝芬。

从来阴骘[1]能回福，举念须知有鬼神。

这首诗引着两个古人阴骘的故事。第一句说：还带曾消纵理纹。乃唐朝晋公裴度之事。那裴度未遇时，一贫如洗，功名蹭蹬[2]。就一风鉴[3]，以决行藏[4]。那相士说："足下功名事，且不必问。更有句话，如不见怪，方敢直言。"裴度道："小生因在迷途，故求指示。岂敢见怪！"相士道："足下滕蛇纵理纹入口[5]，数年之间，必致饿死沟渠。"连相钱俱不肯受。裴度是个知命[6]君子，也不在其意。一日，偶至香山寺闲游。只见供桌上光华耀目。近前看时，乃是一围宝带。裴度检在手中，想道："这寺乃冷落所在，如何却有这条宝带？"翻阅了一回，又想道："必有甚贵人，到此礼佛更衣。祗候[7]们不小心，遗失在此。定然转来寻觅。"乃坐在廊庑[8]下等候。不一时，见一女子走入寺来，慌慌张张，径望殿上而去。向供桌上看了一看，连声叫苦，哭倒于地。裴度走向前问道："小

[1] 阴骘（zhì）：阴德。
[2] 蹭（cèng）蹬（dèng）：比喻失意、潦倒。
[3] 风鉴：相人之术，此处代指相士。
[4] 行藏：行止，出处。
[5] 滕（téng）蛇纵理纹入口：按星相迷信说法，人鼻下左右两条纹称"滕蛇纹"，若该纹尾端延伸至口边，则称"滕蛇纹入口"。
[6] 知命：知穷达之分。
[7] 祗（zhī）候：原指官府中供奔走役使的衙役，后势家仆从头目也称祗候。
[8] 廊庑：堂前廊屋。

娘子因何恁般啼泣?"那女子道:"妾父被人陷于大辟[1],无门伸诉。妾日至此恳佛阴祐。近日幸得从轻赎镮[2]。妾家贫无措,遍乞高门。昨得一贵人矜怜,助一宝带。妾以佛力所致,适携带呈于佛前,稽首叩谢。因赎父心急,竟忘收此带,仓忙而去。行至半路方觉。急急赶来取时,已不知为何人所得。今失去这带,妾父料无出狱之期矣。"说罢又哭。裴度道:"小娘子不必过哀,是小生收得,故在此相候。"把带递还。那女子收泪拜谢:"请问姓字,他日妾父好来叩谢。"裴度道:"小娘子有此冤抑,小生因在贫乡,不能少助为愧。还人遗物,乃是常事,何足为谢!"不告姓名而去。过了数日,又遇向日相士,不觉失惊道:"足下曾作何好事来?"裴度答云:"无有。"相士道:"足下今日之相,比先大不相牟[3]。阴德纹大见,定当位极人臣,寿登耄耋[4],富贵不可胜言。"裴度当时犹以为戏语。后来果然出将入相,历事四朝[5],封为晋国公,年享上寿。有诗为证:

纵理纹生相可怜,香山还带竟安然。
淮西荡定[6]功英伟,身系安危三十年。

第二句说是:返金种得桂枝芬。乃五代窦禹钧之事。那窦禹钧,蓟州人氏,官为谏议大夫,年三十而无子。夜梦祖父说道:"汝命中已该绝嗣,寿亦只在明岁。及早行善,或可少延。"禹钧唯唯。他本来是个长

---

[1]　大辟: 死刑。
[2]　赎镮(huán): 指赎金。古代刑法规定,某些罪可通过缴纳金钱而减免处罚。
[3]　相牟(móu): 相同。牟, 等同。
[4]　耄耋(mào dié): 年寿高。
[5]　四朝: 指唐代宪宗、穆宗、敬宗、文宗四朝。
[6]　淮西荡定: 淮西节度使吴元济拥兵叛乱, 裴度任淮西招讨使, 擒吴元济, 平定淮西。

者，得了这梦，愈加好善。一日薄暮，于延庆寺侧，拾得黄金三十两，白金二百两。至次日清早，便往寺前守候。少顷，见一后生涕泣而来。禹钧迎住问之。后生答道："小人父亲身犯重罪，禁于狱中，小人遍恳亲知，共借白金二百两，黄金三十两。昨将去赎父，因主库者不在而归。为亲戚家留款，多吃了杯酒，把东西遗失。今无以赎父矣！"窦公见其言已合银数，乃袖中摸出还之，道："不消着急，偶尔拾得在此，相候久矣。"这后生接过手，打开看时，分毫不动。叩头泣谢。窦公扶起，分外又赠银两而去。其他善事甚多，不可枚举。一夜，复梦祖先说道："汝合无子无寿。今有还金阴德种种，名挂天曹，特延算三纪[1]，赐五子显荣。"窦公自此愈积阴功。后果连生五子，长仪、次俨、三侃、四偁、五僖，俱仕宋为显官。窦公寿至八十二，沐浴相别亲戚，谈笑而卒。长乐老冯道[2]有诗赠之云：

> 燕山窦十郎，教子有义方。
> 灵椿一株老，丹桂五枝芳。

说话的，为何道这两桩故事？只因亦有一人曾还遗金，后来虽不能如二公这等大富大贵，却也免了一个大难，享个大大家事。正是：

> 种瓜得瓜，种豆得豆。一切祸福，自作自受。

说这苏州府吴江县离城七十里，有个乡镇，地名盛泽，镇上居民稠广，土俗淳朴，俱以蚕桑为业。男女勤谨，络纬机杼之声，通宵彻夜。

---

[1]　延算三纪：延长寿命三十六年。纪，古代以十二年为一纪。
[2]　长乐老冯道：冯道，五代时人，后唐、后晋、后汉、后周四朝均为显宦，自号长乐老。

那市上两岸绸丝牙行，约有千百余家，远近村坊织成绸匹，俱到此上市。四方商贾来收买的，蜂攒蚁集，挨挤不开，路途无伫足之隙；乃出产锦绣之乡，积聚绫罗之地。江南养蚕所在甚多，惟此镇处最盛。有几句口号为证：

> 东风二月暖洋洋，江南处处蚕桑忙。
> 蚕欲温和桑欲干，明如良玉发奇光。
> 缫成万缕千丝长，大筐小筐随络床。
> 美人抽绎沾唾香，一经一纬机杼张。
> 咿咿轧轧谐宫商，花开锦簇成匹量。
> 莫忧八口无餐粮，朝来镇上添远商。

且说嘉靖[1]年间，这盛泽镇上有一人，姓施名复，浑家[2]喻氏，夫妻两口，别无男女。家中开张绸机，每年养几筐蚕儿，妻络夫织，甚好过活。这镇上都是温饱之家，织下绸匹，必积至十来匹，最少也有五六匹，方才上市。那大户人家积得多的便不上市，都是牙行引客商上门来买。施复是个小户儿，本钱少，织得三四匹，便去上市出脱。一日，已积了四匹，逐匹把来方方折好，将个布袱儿包裹，一径来到市中。只见人烟辏集，语话喧阗，甚是热闹。施复到个相熟行家来卖。见门首拥着许多卖绸的，屋里坐下三四个客商。主人家跕[3]在柜身里，展看绸匹，估喝[4]价钱。施复分开众人，把绸递与主人家。主人家接来，解开包袱，逐匹翻看一过，将秤准了一准，喝定价钱，递与一个客人道："这施一官是

---

[1]　嘉靖：明世宗朱厚熜的年号（1522—1566）。
[2]　浑家：妻子。
[3]　跕（tiē）：此字疑为"站"字之误。
[4]　估喝：口报估价。

忠厚人，不耐烦的，把些好银子与他。"那客人真个只拣细丝称准，付与施复。施复自己也摸出等子[1]来准一准，还觉轻些，又争添上一二分，也就罢了。讨张纸包好银子，放在兜肚里，收了等子包袱，向主人家拱一拱手，叫声有劳，转身便走。行不上半箭之地，一眼觑见一家街沿之下，一个小小青布包儿。施复趱步[2]向前，拾起袖过，走到一个空处，打开看时，却是两锭银子，又有三四件小块，兼着一文太平钱儿。把手掂一掂，约有六两多重。心中欢喜道："今日好造化！拾得这些银子，正好将去凑做本钱。"连忙包好，也揣在兜肚里，望家中而回。一头走，一头想："如今家中见开这张机，尽勾日用了。有了这银子，再添上一张机，一月出得多少绸，有许多利息。这项银子，譬如没得，再不要动他。积上一年，共该若干，到来年再添上一张。一年又有多少利息。算到十年之外，便有千金之富。那时造什么房子，买多少田产。"正算得熟滑，看看将近家中，忽地转过念头，想道："这银两若是富人掉的，譬如牯牛身上拔根毫毛，打甚么紧，落得将来受用。若是客商的，他抛妻弃子，宿水餐风，辛勤挣来之物，今失落了，好不烦恼。如若有本钱的，他捱这账生意扯直，也还不在心上；倘然是个小经纪，只有这些本钱，或是与我一般样苦挣过日，或卖了绸，或脱了丝，这两锭银乃是养命之根，不争失了，就如绝了咽喉之气，一家良善，没甚过活，互相埋怨，必致鬻身卖子。倘是个执性的，气恼不过，肮脏[3]送了性命，也未可知。我虽是拾得的，不十分罪过。但日常动念，使得也不安稳。就是有了这银子，未必真个营运发积起来。一向没这东西时，依原将就过了日子。不如原往那所在，等失主来寻，还了他去，到得安乐。"随复转身而去，正是：

---

[1]　等子：也作戥子。称量微量物品的小型杆秤。

[2]　趱（zǎn）步：快步。

[3]　肮脏：刚直倔强。

多少恶念转善，多少善念转恶。

劝君诸善奉行，但是诸恶莫作。

当下施复来到拾银之处，靠在行家柜边，等了半日，不见失主来寻。他本空心出门的，腹中渐渐饥饿。欲待回家吃了饭再来，犹恐失主一时间来，又不相遇。只得忍着等候。少顷，只见一个村庄后生，汗流满面，闯进行家，高声叫道："主人家，适来银子忘记在柜上，你可曾检得么？"主人家道："你这人好混帐！早上交银子与了你，这时节却来问我，你若忘在柜上时，莫说一包，再有几包也都拿去了。"那后生连把脚跌道："这是我的种田工本，如今没了，却怎么好？"施复问道："约莫有多少？"那后生道："起初在这里卖的丝银六两二钱。"施复道："把什么包的？有多少件数？"那后生道："两整锭，又是三四块小的，一个青布银包包的。"施复道："怎样，不消着急。我拾得在此，相候久矣。"便去兜肚里摸出来，递与那人。那人连声称谢。接过手，打开看时，分毫不动。那时往来的人，当做奇事，拥上一堆，都问道："在那里拾的？"施复指道："在这阶沿头拾的。"那后生道："难得老哥这样好心，在此等候还人。若落在他人手里，安肯如此。如今到是我拾得的了。情愿与老哥各分一半。"施复道："我若要，何不全取了，却分你这一半？"那后生道："既这般，送一两谢仪与老哥买果儿吃。"施复笑道："你这人是个呆子！六两三两都不要，要你一两银子何用！"那后生道："老哥，银子又不要，何以相报？"众人道："看这位老兄，是个厚德君子，料必不要你报。不若请到酒肆中吃三杯，见你的意罢了。"那后生道："说得是。"便来邀施复同去。施复道："不消得，不消得，我家中有事，莫要担阁我工夫。"转身就走。那后生留之不住。众人道："你这人好造化！掉了银子，一文钱不费，便捞到手。"那行家道："便是，不想世间原有这等好人。"把银包藏了，向主人说声打搅，下阶而去。众人亦赞叹而散。也有说："施复是个呆子，拾了银子不会将去受用，却骇[1]站着等人来还。"也有说："这人积此阴德，后来必有好处。"不题众人。

且说施复回到家里，浑家问道："为甚么去了这大半日？"施复道："不要说起，将到家了，因着一件事，覆身转去，担阁了这一回。"浑家道："有甚事担阁？"施复将还银之事，说向浑家。浑家道："这件事也做得好。自古道：'横财不富命穷人。'倘然命里没时，得了他反生灾作难，到未可知。"施复道："我正为这个缘故，所以还了他去。"当下夫妇二人，不以拾银为喜，反以还银为安。衣冠君子[2]中，多有见利忘义的，不意愚夫愚妇到有这等见识。

> 从来作事要同心，夫唱妻和种德深。
>
> 万贯钱财如粪土，一分仁义值千金。

自此之后，施复每年养蚕，大有利息，渐渐活动。那育蚕有十体、二光、八宜等法，三稀五广之忌。第一要择蚕种。蚕种好，做成茧小而明厚坚细，可以缫丝。如蚕种不好，但堪为绵纩，不能缫丝，其利便差数倍。第二要时运。有造化的，就蚕种不好，依般做成丝茧。若造化低的，好蚕种，也要变做绵茧。北蚕三眠，南蚕俱是四眠。眠起饲叶，各要及时。又蚕性畏寒怕热，惟温和为得候。昼夜之间，分为四时。朝暮类春秋，正昼如夏，深夜如冬，故调护最难。江南有谣云：

---

[1]　骇（ái）：呆，愚。
[2]　衣冠君子：指士大夫。

做天莫做四月天，蚕要温和麦要寒。

秧要日时麻要雨，采桑娘子要晴干。

那施复一来蚕种拣得好；二来有些时运。凡养的蚕，并无一个绵茧；缫下丝来，细员[1]匀紧，洁净光莹，再没一根粗节不匀的。每筐蚕，又比别家分外多缫出许多丝来。照常织下的绸拿上市去，人看时光彩润泽，都增价竞买，比往常每匹平添钱多银子。因有这些顺溜，几年间，就增上三四张绸机，家中颇颇饶裕。里中遂庆个号儿叫做施润泽。却又生下一个儿子，寄名观音大士，叫做观保。年才二岁，生得眉目清秀，到好个孩子。

话休烦絮。那年又值养蚕之时，才过了三眠，合镇阙了桑叶，施复家也只够两日之用。心下慌张，无处去买。大率蚕市时，天色不时阴雨，蚕受了寒湿之气，又食了冷露之叶，便僵死，十分之中，就只好存其半。这桑叶就有余了。那年天气温暖，家家无恙，叶遂短阙。且说施复正没处买桑叶，十分焦躁，忽见邻家传说洞庭山余下桑叶甚多，合了十来家过湖去买。施复听见，带了些银两，把被窝打个包儿，也来赶船。这时也是未牌时候，开船摇橹，离了本镇。过了平望，来到一个乡村，地名滩阙。这去处在太湖之傍，离盛泽有四十里之远。天已傍晚，过湖不及，遂移舟进一小港泊住，稳缆停桡，打点收拾晚食，却忘带了打火刀石。众人道："那个上涯去取讨个火种便好？"施复却如神差鬼使一般，便答应道："待我去。"取了一把麻骨[2]，跳上岸来。见家家都闭着门儿。你道为何天色未晚，人家就闭了门？那养蚕人家，最忌生人来冲。从蚕出至成茧之时，约有四十来日，家家紧闭门户，无人往来。任你天大事情，

---

[1]　员：同"圆"。
[2]　麻骨：麻秸。

也不敢上门。当下施复走过几家，初时甚以为怪，道："这些人家，想是怕鬼拖了人去，日色还在天上，便都闭了门。"忽地想起道："呸！自己是老看蚕，到忘记了这取火乃养蚕家最忌的。却兜揽这帐！如今那里去讨？"欲待转来，又想道："方才不应承来，到也罢了。若空身回转，教别个来取得时，反是老大没趣。或者有家儿不养蚕的也未可知。"依旧又走向前去。只见一家门儿半开半掩。他也不管三七廿一，做两步跨到檐下，却又不敢进去。站在门外，舒颈望着里边，叫声："有人么？"里边一个女人走出来，问道："什么人？"施复满面陪着笑道："大娘子，要相求个火儿。"妇人道："这时节，别人家是不肯的。只我家没忌讳。便点个与你也不妨得。"施复道："如此，多谢了！"即将麻骨递与，妇人接过手，进去点出火来。施复接了，谢声打搅，回身便走。走不上两家门面，背后有人叫道："那取火的转来，掉落东西了。"施复听得，想道："却不知掉了甚的？"又覆走转去。妇人说道："你一个兜肚落在此了。"递还施复。施复谢道："难得大娘子这等善心。"妇人道："何足为谢！向年我丈夫在盛泽卖丝，落掉六两多银子，遇着个好人拾得，住在那里等候。我丈夫寻去，原封不动，把来还了，连酒也不要吃一滴儿。这样人方是真正善心人！"施复见说，却与他昔年还银之事相合，甚是骇异，问道："这事有几年了？"妇人把指头掐算道："已有六年了。"施复道："不瞒大娘子说，我也是盛泽人，六年前也曾拾过一个卖丝官人六两多银子，等候失主来寻，还了去。他要请我，也不要吃他的。但不知可就是大娘子的丈夫？"妇人道："有这等事！待我教丈夫出来，认一认可是？"施复恐众人性急，意欲不要。不想手中麻骨火将及点完。乃道："大娘子，相认的事甚缓，求得个黄同纸[1]去引火时，一发感谢不尽。"妇人也

---

[1] 黄同纸：用表蕊纸搓成的细纸卷，供点火用。

不回言，径往里边去了。顷刻间，同一个后生跑出来。彼此睁眼一认，虽然隔了六年，面貌依然。正是昔年还银义士。正是：

一叶浮萍归大海，人生何处不相逢。

当下那后生躬身作揖道："常想老哥，无从叩拜，不意今日天赐下顾。"施复还礼不迭。二人作过揖，那妇人也来见个礼。后生道："向年承老哥厚情，只因一时仓忙，忘记问得尊姓大号住处。后来几遍到贵镇卖丝，问主人家，却又不相认。四面寻访数次，再不能遇见。不期到在敝乡相会。请里面坐。"施复道："多承盛情垂念。但有几个朋友，在舟中等候火去作晚食，不消坐罢。"后生道："何不一发请来？"施复道："岂有此理！"后生道："既如此，送了火去来坐罢。"便教浑家取个火来。妇人即忙进去。后生问道："老哥尊姓大号？今到那里去？"施复道："小子姓施名复，号润泽。今因缺了桑叶，要往洞庭山去买。"后生道："若要桑叶，我家尽有，老哥今晚住在寒舍，让众人自去。明日把船送到宅上，可好么？"施复见说他家有叶，好不欢喜。乃道："若宅上有时，便省了小子过湖，待我回覆众人自去。"妇人将出火来，后生接了，说："我与老哥同去。"又分付浑家，快收拾夜饭。

当下二人拿了火来至船边，把火递上船去。众人一个个眼都望穿，将施复埋怨道："讨个火什么难事！却去这许多时？"施复道："不要说起，这里人也都看蚕，没处去讨。落后相遇着这位相熟朋友，说了几句话，故此迟了，莫要见怪！"又道："这朋友偶有余叶在家中，我已买下，不得相陪列位过湖了。包袱在舱中，相烦拿来与我。"众人检出付与。那后生便来接道："待我拿罢！"施复叫道："列位，暂时抛撒，归家相会。"别了众人，随那后生转来。乃问道："适来忙促，不曾问得老哥贵姓大号。"答道:"小子姓朱名恩,表字子义。"施复道:"今年贵庚多少?"答道:"二十八岁。"施复道:"恁样,小子叨长老哥八年!"又问:"令尊令堂同居么?"朱恩道:"先父弃世多年,止有老母在堂。今年六十八岁了,吃一口长素。"二人一头说,不觉已至门首。

朱恩推开门,请施复屋里坐下。那棹上已点得灯烛。朱恩放下包裹道:"大嫂快把茶来。"声犹未了,浑家已把出两杯茶,就门帘内递与朱恩。朱恩接过来,递一杯与施复。自己拿一杯相陪。又问道:"大嫂,鸡可曾宰么?"浑家道:"专等你来相帮。"朱恩听了,连忙把茶放下,跳起身要去捉鸡。原来这鸡就罩在堂屋中左边。施复即上前扯住道:"既承相爱,即小菜饭儿也是老哥的盛情,何必杀生!况且此时鸡已上宿,不争我来又害他性命,于心何忍!"朱恩晓得他是个质直之人,遂依他说,仍复坐下道:"既如此说,明日宰来相请。"叫浑家道:"不要宰鸡了,随分有现成东西,快将来吃罢。莫饿坏了客人。酒烫热些。"施复道:"正是忙日子,却来蒿恼¹。幸喜老哥家没忌讳还好。"朱恩道:"不瞒你说,旧时敝乡这一带,第一忌讳是我家。如今只有我家无忌讳。"施复道:"这却为何?"朱恩道:"自从那年老哥还银之后,我就悟了这道理。凡事是有个定数,断不由人,故此绝不忌讳,依原年年十分利息。乃知人家都是自己见神见鬼,全不在忌讳上来。妖由人兴,信有之也。"施复道:"老哥是明理之人,说得极是。"朱恩又道:"又有一节奇事,常年我家养十筐蚕,自己园上叶吃不来,还要买些。今年看了十五筐,这园上桑又不曾增一棵两棵,如今够了自家,尚余许多,却好又济了老哥之用。这桑叶却象为老哥而生,可不是个定数?"施复道:"老哥高见,甚是有理。就如你我相会,也是个定数。向日你因失银与我识面;今日我亦因

---

[1]　蒿(hāo)恼:麻烦,打扰。

失物，尊嫂见还。方才言及前情，又得相会。"朱恩道："看起来，我与老哥乃前生结下缘分，才得如此。意欲结为兄弟，不知尊意若何？"施复道："小子别无兄弟。若不相弃，可知好哩。"当下二人就堂中八拜为交，认为兄弟。施复又请朱恩母亲出来拜见了。朱恩重复唤浑家出来，见了结义伯伯。一家都欢欢喜喜。

不一时，将出酒肴，无非鱼肉之类。二人对酌。朱恩问道："大哥有几位令郎？"施复答道："只有一个，刚才二岁。不知贤弟有几个？"朱恩道："止有一个女儿，也才二岁。"便教浑家抱出来，与施复观看。朱恩又道："大哥，我与你兄弟之间，再结个儿女亲家何如？"施复道："如此最好。但恐家寒攀陪不起。"朱恩道："大哥何出此言！"两下联了姻事，愈加亲热。杯来盏去，直饮至更余方止。朱恩寻扇板门，把凳子两头阁着，支个铺儿在堂中右边，将荐席铺上。施复打开包裹，取出被来丹[1]好。朱恩叫声安置，将中门闭上，向里面去了。施复吹息灯火，上铺卧下，翻来覆去，再睡不着。只听得鸡在笼中不住吱吱喳喳，想道："这鸡为甚么只管咭咶？"约莫一个更次，众鸡忽然乱叫起来，却象被什么咬住一般。施复只道是黄鼠狼来偷鸡，霍地[2]立起身，将衣服披着急来看这鸡。说时迟，那时快，才下铺，走不上三四步，只听得一时响亮，如山崩地裂，不知甚东西打在铺上，把施复吓得半步也走不动。

且说朱恩同母亲浑家正在那里饲蚕，听得鸡叫，也认做黄鼠狼来偷，急点火出来看。才动步，忽听见这一响，惊得跌足叫苦道："不好了！是我害了哥哥性命也，怎么处？"飞奔出来。母妻也惊骇，道："坏了，坏了！"接脚追随。朱恩开了中门，才跨出脚，就见施复站在中间，又惊又喜道："哥哥，险些儿吓杀我也！亏你如何走得起身，脱了这祸？"施

[1] 丹：同"摊"。
[2] 霍地：猛然地。

复道："若不是鸡叫得慌，起身来看，此时已为齑粉矣。不知是甚东西打将下来？"朱恩道："乃是一根车轴阁在上边，不知怎地却掉下来？"将火照时，那扇门打得粉碎，凳子都跌倒了。车轴滚在壁边，有巴斗粗大。施复看了，伸出舌头缩不上去。此时朱恩母妻见施复无恙，已自进去了。那鸡也寂然无声。朱恩道："哥哥起初不要杀鸡，谁想就亏他救了性命。"二人遂立誓戒了杀生。有诗为证。

　　　　昔闻杨宝酬恩雀[1]，今见施君报德鸡。
　　　　物性有知皆似此，人情好杀复何为？

　　当下朱恩点上灯烛，卷起铺盖，取出稻草，就地上打个铺儿与施复睡了。到次早起身，外边却已下雨。吃过早饭，施复便要回家。朱恩道："难得大哥到此！须住一日，明早送回。"施复道："你我正在忙时，总然留这一日，各不安稳。不如早些得我回去，等空闲时，大家宽心相叙几日。"朱恩道："不妨得！譬如今日到洞庭山去了。住在这里话一日儿。"朱恩母亲也出来苦留。施复只得住下。到巳牌时分，忽然作起大风，扬沙拔木，非常利害。接着风，就是一阵大雨。朱恩道："大哥，天遣你遇着了我，不去得还好。他们过湖的，有些担险哩。"施复道："便是。不想起这等大风，真个好怕人子[2]！"那风直吹至晚方息。雨也止了。施复又住了一宿。次日起身时，朱恩桑叶已采得完备。他家自有船只，都装好了。吃了饭，打点起身。施复意欲还他叶钱，料道不肯要的，乃道："贤弟，想你必不受我叶钱，我到不虚文了。但你家中脱不得身，送我去

---

[1]　杨宝酬恩雀：相传东汉杨宝曾救一黄雀，后遇黄衣童子拜谢曰：我西王母使者，感君仁爱救拯，以白环四枚为赠，令君子孙洁白，位登三公，一如此环。

[2]　好怕人子：非常怕人。子为语助词，无实义。

便担阁两日工夫。若有人顾一个摇去，却不两便？"朱恩道："正要认着大哥家中，下次好来往，如何不要我去？家中也不消得我。"施复见他执意要去，不好阻挡。遂作别朱恩母妻，下了船。

朱恩把船摇动。刚过午，就到了盛泽。施复把船泊住，两人搬桑叶上岸。那些邻家也因昨日这风，却担着愁担子，俱在门首等候消息。见施复到时，齐道："好了，回来也！"急走来问道："他们那里去了不见？共买得几多叶？"施复答道："我在滩阙遇见亲戚家，有些余叶送我，不曾同众人过湖。"众人俱道："好造化，不知过湖的怎样光景哩？"施复道："料然没事。"众人道："只愿如此便好。"施复就央几个相熟的，将叶相帮搬到家里。谢声有劳，众人自去。浑家接着，道："我正在这里忧你，昨日恁样大风，不知如何过了湖？"施复道："且过来见了朱叔叔，慢慢与你细说。"朱恩上前深深作揖。喻氏还了礼。施复道："贤弟请坐，大娘快取茶来，引孩子来见丈人。"喻氏从不曾见过朱恩，听见叫他是贤弟，又称他是孩子丈人，心中惑突¹，正不知兀谁²。忙忙点出两杯茶，引出小厮来。施复接过茶，递与朱恩。自己且不吃茶，便抱小厮过来，与朱恩看。朱恩见生得清秀，甚是欢喜。放下茶，接过来抱在手中。这小厮却如相熟的一般，笑嘻嘻全不怕生。施复向浑家说道："这朱叔叔便是向年失银子的。他家住在滩阙。"喻氏道："原来就是向年失银的。如何却得相遇？"施复乃将前晚讨火落了兜肚，因而言及，方才相会留住在家，结为兄弟。又与儿女联姻，并不要宰鸡，亏鸡警报，得免车轴之难。所以不曾过湖。今日将叶送回。前后事细细说了一遍。喻氏又惊又喜，感激不尽。即忙收拾酒肴款待。

正吃酒间，忽闻得邻家一片哭声。施复心中怪异。走出来问时，却

---

[1]　惑突：疑惑，糊涂。
[2]　兀谁：什么人。兀，发语词。

是昨日过湖买叶的翻了船，十来个人都淹死了，只有一个人得了一块船板，浮起不死。亏渔船上救了回来报信。施复闻得，吃这惊不小。进来说向朱恩与浑家听了，合掌向天称谢。又道："若非贤弟相留，我此时亦在劫中矣。"朱恩道："此皆大哥平昔好善之报，与我何干！"施复留朱恩住了一宿。到次早，朝膳已毕，施复道："本该留贤弟闲玩几日，便是晓得你家中事忙，不敢担误在此。过了蚕事，然后来相请。"朱恩道："这里原是不时往来的，何必要请。"施复又买两盒礼物相送。朱恩却也不辞。别了喻氏，解缆开船。施复送出镇上，方才分手。正是：

> 只为还金恩义重，今朝难舍弟兄情。

且说施复是年蚕丝利息比别年更多几倍。欲要又添张机儿，怎奈家中窄隘，摆不下机床。大凡人时运到来，自然诸事遇巧。施复刚愁无处安放机床，恰好间壁邻家住着两间小房，连年因蚕桑失利，嫌道住居风水不好，急切要把来出脱，正凑了施复之便。那邻家起初没售主时，情愿减价与人。及至施复肯与成交，却又道方员无真假，比原价反要增厚，故意作难刁蹬[1]，直征个心满意足，方才移去。那房子还拆得如马坊一般。施复一面唤匠人修理，一面择吉铺设机床。自己将把锄头去垦机坑。约摸锄了一尺多深，忽锄出一块大方砖来。揭起砖时，下面圆圆一个坛口，满满都是烂米。施复说道："可惜这一坛米，如何却埋在地下？"又想道："上边虽然烂了，中间或者还好。"丢了锄头，把手去捧那烂米。还不上一寸，便露出一搭雪白的东西来。举目看时，不是别件，却是腰间细两头趫[2]，凑心的细丝锭儿。施复欲待运动，恐怕被匠人们撞见，沸扬

---

[1]　刁蹬：刁难，故意为难。
[2]　腰间细两头趫（qiáo）：古代银锭的形状。

开去。急忙原把土泥掩好，报知浑家。直至晚上，匠人去后，方才搬运起来，约有千金之数。夫妻们好不欢喜！施复因免了两次大难，又得了这注财乡，愈加好善。凡力量做得的好事，便竭力为之。做不得的，他也不敢勉强。因此里中随有长者之名。夫妻依旧省吃俭用，昼夜营运。不上十年，就长有数千金家事。又买了左近一所大房居住，开起三四十张绸机，又讨几房家人小厮，把个家业收拾得十分完美。儿子观保，请个先生在家，教他读书，取名德胤。行聘礼定了朱恩女儿为媳。俗语说得好：六亲合一运。那朱恩家事也颇颇长起。二人不时往来，情分胜如嫡亲。

话休烦絮。且说施复新居房子，别屋都好，惟有厅堂坍塌坏了，看看要倒。只得兴工改造。他本寒微出身，辛苦作家惯了，不做财主身分，日逐也随着做工的搬瓦弄砖，拿水提泥。众人不晓得他是勤俭，都认做借意监工，没一个敢怠惰偷力。工作半月有余，择了吉日良时，立柱上梁。众匠人都吃利市酒[1]去了。止存施复一人，两边检点，柱脚若不平准的，便把来垫稳。看到左边中间柱脚歪斜，把砖去垫。偏有这等作怪的事，左垫也不平，右垫又不稳。索性拆开来看，却原来下面有块三角沙石，尖头正向着上边，所以垫不平。乃道："这些匠工精鸟账[2]！这块石怎么不去了，留在下边？"便将手去一攀，这石随手而起。拿开石看时，到吃一惊。下面雪白的一大堆银子，其锭大小不一。上面有几个一样大的，腰间都束着红绒，其色甚是鲜明。又喜又怪。喜的是得这一大注财物，怪的是这几锭红绒束的银子，他不知藏下几多年了，颜色还这般鲜明。当下不管好歹，将衣服做个兜儿，抓上许多，原把那块石盖好，飞奔进房，向床上倒下。喻氏看见，连忙来问："是那里来的？"施复无暇

---

[1]　利市酒：为讨吉利而设的酒宴。利市，吉利，好运气。

[2]　精鸟（diǎo）账：骂人语，意谓专会敷衍了事。

答应。见儿子也在房中，即叫道："观保快同我来！"口中便说，脚下乱跑。喻氏即解其意。父子二人来至外边，教儿子看守，自己分几次搬完。这些匠人酒还未吃完哩。施复搬完了，方与浑家说知其故。夫妻三人好不喜！把房门闭上，将银收藏，约有二千余金。红绒束的，止有八锭，每锭准准三两。收拾已完，施复要拜天地。换了巾帽长衣，开门出来。那些匠人，手忙脚乱，打点安柱上梁。见柱脚倒乱，乃道："这是谁个弄坏了？又要费一番手脚。"施复道："你们垫得不好，须还要重整一整。"工人知是家长所为，谁敢再言。流水[1]自去收拾，那晓其中奥妙。施复仰天看了一看，乃道："此时正是卯时了，快些竖起来。"众匠人闻言，七手八脚。一会儿便安下柱子，抬梁上去。里边托出一大盘抛梁馒首，分散众人。邻里们都将着果酒来与施复把盏庆贺。施复因掘了藏，愈加快活，分外兴头。就吃得个半醺。正是：

人逢喜事精神爽，月到中秋分外明。

施复送客去后，将巾帽长衣脱下，依原随身短衣，相帮众人。到巳牌时分，偶然走至外边，忽见一个老儿庞眉[2]白发，年约六十已外，来到门首，相了一回，乃问道："这里可是施家么？"施复道："正是，你要寻那个？"老儿道："要寻你们家长，问句话儿。"施复道："小子就是。老翁有甚话说？请里面坐了。"那老儿紧见就是家主，把他上下只管瞧看，又道："你真个是么？"施复笑道："我不过是平常人，那个肯假！"老儿举一举手，道："老汉不为礼了。乞借一步话说。"拉到半边，问道："宅上可是今日卯时上梁安柱么？"施复道："正是。"老儿又道："官人

---

[1]　流水：形容接连不断。
[2]　庞眉：眉毛花白。

可曾在左边中间柱下得些财采？"施复见问及这事，心下大惊，想道："他却如何晓得？莫不是个仙人。"因道着心事，不敢隐瞒，答道："果然有些。"老儿又道："内中可有八个红绒束的锭么？"施复一发骇异，乃道："有是有的，老翁何由知得这般详细？"老儿道："这八锭银子，乃是老汉的，所以知得。"施复道："既是老翁的，如何却在我家柱下？"那老儿道："有个缘故。老汉叫做薄有寿，就住在南镇上东首，止有老荆两口，别无子女。门首开个糕饼粉面茶食点心铺子，日常用度有余，积至三两，便倾成一个锭儿。老荆孩子气，把红绒束在中间，无非尊重之意。因墙卑室浅，恐露人眼目，缝在一个暖枕之内，自谓万无一失。积了这几年，共得八锭，以为老夫妻身后之用，尽有余了。不想今早五鼓时分，老汉梦见枕边走出八个白衣小厮，腰间俱束红绦，在床前商议道：'今日卯时，盛泽施家竖柱安梁，亲族中应去的，都已到齐。我们也该去矣。'有一个问道：'他们都在那一个所在？'一个道：'在左边中间柱下。'说罢，往外便走。有一个道：'我们住在这里一向，如不别而行，觉道忒薄情了。'遂俱覆转身向老汉道：'久承照管，如今却要抛撇，幸勿见怪！'那时老汉梦中，不认得那八个小厮是谁，也不晓得是何处来的。问他道：'八位小官人是几时来的？如何都不相认？'小厮答道：'我们自到你家，与你只会得一面，你就把我们撇在脑后，故此我们便认得你，你却不认得我。'又指腰间红绦道：'这还是初会这次，承你送的。你记得了么？'老汉一时想不着几时与他的，心中止挂欠无子，见其清秀，欲要他做个干儿，又对他道：'既承你们到此，何不住在这里；父子相看，帮我做个人家？怎么又要往别处去？'八个小厮笑道：'你要我们做儿子，不过要送终之意。但我们该旺处去的。你这老官儿消受不起。'道罢，一齐往外而去。老汉此时觉道睡在床上，不知怎地身子已到门首，再三留之，头也不回。惟闻得说道：'天色晏了，快走罢。'一齐乱跑。

老汉追将上去，被草根绊了一交，惊醒转来，与老荆说知，就疑惑这八锭银子作怪。到早上拆开枕看时，都已去了。欲要试验此梦，故特来相访，不想果然。"

施复听罢，大惊道："有这样奇事！老翁不必烦恼，同我到里面来坐。"薄老道："这事已验，不必坐了。"施复道："你老人家许多路来，料必也饿了。见成点心吃些去也好。"这薄老儿见留他吃点心，到也不辞，便随进来。只见新竖起三间堂屋，高大宽敞，木材巨壮，众匠人一个个乒乒乓乓，耳边惟闻斧凿之声，比平常愈加用力。你道为何这般勤谨？大凡新竖屋那日，定有个犒劳筵席，利市赏钱。这些匠人打点吃酒要钱，见家主进来，故便假殷勤讨好。薄老儿看着如此热闹，心下嗟叹道："怪道¹这东西欺我消受他不起，要望旺处去！原来他家恁般兴头！咦，这银子却也势利得狠哩！"不一时，来至一小客座中，施复请他坐下，急到里边向浑家说知其事。喻氏亦甚怪异，乃对施复道："这银子既是他送终之物，何不把来送还，做个人情也好。"施复道："正有此念，故来与你商量。"喻氏取出那八锭银子，把块布包好。施复袖了，分付讨些酒食与他吃。复到客座中摸出包来，道："你看，可是那八锭么？"薄老儿接过打开一看，分毫不差，乃道："正是这八个怪物！"那老儿把来左翻右相，看了一回，对着银子说道："我想你缝在枕中，如何便会出了黄江泾。到此有十里之远，人也怕走，还要趁²个船儿。你又没有脚，怎地一回儿就到了这里？"口中便说，心下又转着苦挣之难，失去之易，不觉眼中落下两点泪来。施复道："老翁不必心伤！小子情愿送还，赠你老人家百年之用。"薄老道："承官人厚情。但老汉无福享用，所以走了。今若拿去，少不得又要走的，何苦讨恁般烦恼吃！"施复道："如今乃我

---

[1]　怪道：难怪。
[2]　趁：趁的异体字。

送你的，料然无妨。"薄老只把手来摇道："不要，不要！老汉也是个知命的，勉强来，一定不妙。"

施复因他坚执不要，又到里边与浑家商议。喻氏道："他虽不要，只我们心上过意不去。"又道："他或者消受这十锭不起，一二锭量也不打紧。"施复道："他执意一锭也不肯要。"喻氏道："我有个道理在此。把两锭裹在馒头里，少顷送与他作点心。到家看见，自然罢了。难道又送来不成？"施复道："此见甚妙。"喻氏先支持酒肴出去。薄老坐了客位，施复对面相陪。薄老道："没事打搅官人，不当人子！"施复道："见成[1]菜酒，何足挂齿！"当下三杯两盏，吃了一回。薄老儿不十分会饮，不觉半醉。施复讨饭与他吃罢，将要起身作谢，家人托出两个馒头。施复道："两个粗点心，带在路上去吃。"薄老道："老汉酒醉饭饱，连夜饭也不要吃了，路上如何又吃点心？"施复道："总不吃，带回家去便了。"薄老儿道："不消得，不消得！老汉家中做这项生意的，日逐自有。官人留下赏人罢。"施复把来推在袖里道："我这馒头馅好，比你铺中滋味不同。将回去吃，便晓得。"那老儿见其意殷勤，不好固辞，乃道："没甚事到此，又吃又袖，罪过，罪过！"拱拱手道："多谢了！"往外就走。施复送出门前，那老儿自言自语道："来便来了，如今去不知可就有便船？"施复见他醉了，恐怕遗失了这两个馒头，乃道："老翁，不打紧，我家有船，教人送你回去。"那老儿点头道："官人，难得你这样好心！可知有恁般造化！"施复唤个家人，分付道："你把船送这大伯子回去，务要送至家中，认了住处，下次好去拜访。"家人应诺。

薄老儿相辞下船，离了镇上，望黄江泾而去。那老儿因多了几杯酒，一路上问长问短，十分健谈。不一时已到，将船泊住，扶那老儿上岸，

---

[1]　见成：现成。见，同"现"。

　　　　　　　　　　　　　　　古代短篇小说

送到家中。妈妈接着，便问："老官儿，可有这事么？"老儿答道："千真万真。"口中便说，却去袖里摸出那两个馒头，递与施复家人道："一官宅上事忙，不留吃茶了。这馒头转送你当茶罢。"施家人答道："我官人特送你老人家的，如何却把与我？"薄老道："你官人送我，已领过他的情了。如今送你，乃我之情。你不必固拒。"家人再三推却不过，只得受了，相别下船，依旧摇回。到自己河下，把船缆好，拿着馒头上岸。恰好施复出来。一眼看见，问道："这馒头我送薄老官的，你如何拿了回来？"答道："是他转送小人当茶，再三推辞不脱，勉强受了他的。"施复暗笑："原来这两锭银那老儿还没福受用，却又转送别人。"想道："或者到是那人造化，也未可知。"乃分付道："这两个馒头滋味，比别的不同，莫要又与别人。"答应道："小人晓得。"

那人来到里边寻着老婆，将馒头递与。还未开言说是那里来的，被伙伴中叫到外边吃酒去了。原来那已有两个儿女，正害着疳膨食积病症 [1]。当下婆娘接在手中，想道："若被小男女看见，偷去吃了，到是老大利害。不如把去大娘换些别样点心哄他罢。"即便走来向主母道："大娘，丈夫适才不知那里拿这两个馒头。我想小男女正害肚腹病，倘看见偷吃了，这病却不一发加重！欲要求大娘换甚不伤脾胃的点心，哄那两个男女。"说罢，将馒头放在桌上。喻氏不知其细，遂拣几件付与他去。将馒头放过。少顷，施复进来，把薄老转与家人馒头之事，说向浑家，又道："谁想到是他的造化！"喻氏听了，乃知把来换点心的就是，答道："元来如此！却也奇异！"便去拿那两个馒头，递与施复道："你拍这馒头开来看。"施复不知何意，随手拍开，只听得棹上当的一响。举目看时，乃是一锭红绒束的银子。问道："馒头如何你又取了他的？"喻氏将那婆娘

---

[1]　疳膨食积病症：因营养和消化不良或因寄生虫引起的小儿贫血症。

来换点心之事说出。夫妻二人，不胜嗟叹。方知银子赶人，麾之不去；命里无时，求之不来。施复因怜念薄老儿，时常送些钱米与他，到做了亲戚往来。死后，又买块地儿殡葬。后来施德胤长大，娶朱恩女儿过门，夫妻孝顺。施复之富，冠于一镇。夫妇二人，各寿至八十外，无疾而终。至今子孙蕃衍，与滩阙朱氏，世为姻谊云。有诗为证：

> 六金还取事虽微，感德天心早鉴知。
> 滩阙巧逢恩义报，好人到底得便宜。

（据明末叶敬池刊本）

说明

　　本篇为《醒世恒言》卷十八。作品正文以施润泽捡到六两多银子后设法归还失主为开端，既歌颂了他"不以拾银为喜，反以还银为安"的高尚品格，同时又以因果报应的迷信思想来解释施润泽后来的发家致富。这一类故事在古代并不少见，但作者却写出了新意。他以丝织业发达的盛泽镇为典型环境，详尽地描写了施润泽从只拥有一张织机的手工业者，发展到拥有数十张织机的手工作坊主的历程，从而使读者对明末资本主义萌芽的发展状况有了一个具体的感性了解。作者又不仅写施润泽发家，同时也描绘了他周围一些手工业者的破产，真实地反映了当时手工业者的竞争与分化。作者很熟悉他的人物与人物的生活，因而小说的描写具体而真实。如作者赞颂施润泽，但却不做人为的拔高，而是通过对其行动、言语以及心理活动的细腻刻画，既显示了他厚道、朴实的本质，同时也展现了他想靠意外之财而暴富的贪婪心理。这样的人物形象真实可信，在明代中、后叶的城镇生活中也具有广泛的典型意义。

集评

　　最有代表性的是《施润泽滩阙遇友》，这是描写两个小手工业者之间的互助友爱，同时也反映了当时市镇手工业、商业活动的作品，它在《三言》中最能体现明代中叶以后的时代特征，很值得重视。……这一篇以手工业劳动者为主角，部分地反映了明代中叶以后商品经济繁荣的情况，特别是手工业市镇如雨后春笋般繁兴的历史情况，不但为作品中的典型人物描绘了一个历史的典型环境，而且为我国的工商业史提供了一个形象化的例证，因而多为有关论著所引用。

——胡士莹《话本小说概论》

凌濛初

凌濛初（1580—1644），字玄房，一字波厈，号初成，别号即空观主人。乌程（今浙江省吴兴县）人。四次乡试，均中副榜。崇祯间以优贡授上海县丞，署海防事，后擢徐州通判，分署房村，料理河事。崇祯十七年（1644）在房村为李自成农民起义军一部围困，拒绝投降，呕血而死。凌濛初以拟话本集《拍案惊奇》、《二刻拍案惊奇》著称于世，并著有杂剧、传奇多种。

转运汉遇巧洞庭红　波斯胡指破鼍龙壳

词云：

> 日日深杯酒满，朝朝小圃花开。自歌自舞自开怀，且喜无拘无碍。　　青史几番春梦，红尘多少奇才？不须计较与安排，领取而今见在。

这首词乃宋朱希真[1]所作，词寄《西江月》，单道着人生功名富贵，总有天数，不如图一个见前[2]快活。试看往古来今，一部十七史中，多少英雄豪杰，该富的不得富，该贵的不得贵！能文的倚马千言，用不着时，几张纸盖不完酱瓿[3]；能武的穿杨百步[4]，用不着时，几簳[5]箭煮不熟饭锅。

---

[1]　朱希真：即南宋词人朱敦儒，希真为其字。
[2]　见前：眼前。
[3]　瓿（bù）：古代一种圆口、鼓腹、圈足形的容器。
[4]　穿杨百步：距百步也能射穿杨树叶，喻善射。
[5]　簳（gǎn）：箭。此处作量词解。

极至那痴呆懵董¹，生来有福分的，随他文学低浅，也会发科发甲²，随他武艺庸常，也会大请大受³。真所谓时也，运也，命也。俗语有两句道得好："命若穷，掘着黄金化做铜；命若富，拾着白纸变成布。"总来只听掌命司颠之倒之。所以吴彦高⁴又有词云："造化小儿无定据。翻来覆去，倒横直竖，眼见都如许。"僧晦庵⁵亦有词云："谁不愿黄金屋⁶？谁不愿千钟粟⁷？算五行⁸不是这般题目。枉使心机闲计较，儿孙自有儿孙福。"苏东坡亦有词云："蜗角虚名⁹，蝇头微利¹⁰，算来着甚干忙！事皆前定，谁弱又谁强？"这几位名人，说来说去，都是一个意思，总不如古语云："万事分已定，浮生空自忙。"

说话的¹¹，依你说来，不须能文善武，懒惰的也只消天掉下前程；不须经商立业，败坏的也只消天挣与家缘。却不把人间向上的心都冷了？看官¹²有所不知，假如人家出了懒惰的人，也就是命中该贱；出了败坏的人，也就是命中该穷。此是常理。却又自有转眼贫富，出人意外，把眼前事分毫算不得准的哩。

且听说一人，乃是宋朝汴京人氏，姓金，双名维厚。乃是经纪行中

---

[1]　懵（měng）董：糊涂，不明白事理。
[2]　发科发甲：考中举人、进士。
[3]　大请大受：意谓领取高俸。
[4]　吴彦高：金代文学家吴激，字彦高。原为宋臣，使金被留，任翰林待制。
[5]　僧晦庵：南宋时僧人晦庵，此处所引词载《鹤林玉露》。
[6]　黄金屋：喻华丽的房屋，典出《汉武故事》中"若得阿娇，当以金屋贮之"之语。
[7]　千钟粟：指高俸。钟，古代容器，合六斛四斗。
[8]　算五行：此处指命运安排。五行，指水、火、木、金、土，旧时算命先生用五行相生相克的理论推断祸福，使人预先趋避。
[9]　蜗角虚名：指小虚名。
[10]　蝇头微利：指细微的薄利。
[11]　说话的：说书艺人表演时从听众角度对自己设难的自称，此处是作者对这一口吻的沿用。
[12]　看官：此处指读者。

人[1]。少不得朝晨起早，晚夕眠迟，睡醒来千思想、万算计，拣有便宜的才做。后来家事挣得从容[2]了，他便思想一个久远方法：手头用来用去的，只是那散碎银子，若是上两块头好银，便存着不动，约得百两，便熔成一大锭，把一综红线，结成一缕，系在锭腰，放在枕边，夜来摩弄一番方才睡下。积了一生，整整熔成八锭，以后也就随来随去，再积不成百两，他也罢了。

金老生有四子。一日，是他七十寿旦，四子置酒上寿。金老见了四子跻跻跄跄，心中喜欢。便对四子说道："我靠皇天覆庇，虽则劳碌一生，家事尽可度日。况我平日留心，有熔成八大锭银子，永不动用的，在我枕边，见[3]将绒线做对儿结着。今将拣个好日子，分与尔等，每人一对，做个镇家之宝。"四子喜谢，尽欢而散。

是夜金老带些酒意，点灯上床。醉眼模糊，望去八个大锭，白晃晃排在枕边。摸了几摸，哈哈地笑了一声，睡下去了。睡未安稳，只听得床前有人行走脚步响，心疑有贼。又细听看，恰象欲前不前相让一般。床前灯火微明，揭帐一看，只见八个大汉，身穿白衣，腰系红带，曲躬而前，曰："某等兄弟，天数派定，宜在君家听令。今蒙我翁过爱，抬举成人，不烦役使，珍重多年；冥数将满。待翁归天后，再觅去向。今闻我翁目下将以我等分役诸郎君。我等与郎君辈原无前缘，故此先来告别，往某县某村王姓某者投托。后缘未尽，还可一面。"语毕，回身便走。金老不知何事，吃了一惊。翻身下床，不及穿鞋，赤脚赶去。远远见八人出了房门，金老赶得性急，绊了房槛，扑的跌倒。飒然[4]惊醒，乃是

---

[1]　经纪行中人：买卖人，商人。
[2]　从容：宽舒，不紧迫。
[3]　见：同"现"。
[4]　飒（sà）然：形容惊醒的样子。

南柯一梦[1]。

急起挑灯明亮，点照枕边，已不见了八个大锭。细思梦中所言，句句是实。叹了一口气，哽咽了一会，道："不信我苦积一世，却没分与儿子每[2]受用，倒是别人家的！明明说有地方姓名，且慢慢跟寻下落则个。"一夜不睡。

次早起来，与儿子每说知。儿子中也有惊骇的，也有疑惑的。惊骇的道："不该是我们手里东西，眼见得作怪。"疑惑的道："老人家欢喜中说话，失许了我们。回想转来，一时间就不割舍得分散了，造此鬼话，也不见得。"

金老看见儿子们疑信不等，急急要验个实话。遂访至某县某村，果有王姓某者。叩门进去，只见堂前灯烛荧煌，三牲福物[3]，正在那里献神。金老便开口问道："宅上有何事如此？"家人报知，请主人出来。

主人王老，见金老揖坐了，问其来因。金老道："老汉有一疑事，特造上宅来问消息。今见上宅正在此献神，必有所谓，敢乞明示。"王老道："老拙[4]偶因寒荆[5]小恙买卜，先生道移床即好。昨寒荆病中，恍惚见八个白衣大汉，腰系红束，对寒荆道：'我等本在金家，今在彼缘尽，来投身宅上。'言毕，俱钻入床下。寒荆惊出了一身冷汗，身体爽快了。及至移床，灰尘中得银八大锭，多用红绒系腰，不知是那里来的。此皆神天福祐，故此买福物酬谢。今我丈来问，莫非晓得些来历么？"金老跌跌脚道："此老汉一生所积。因前日也做了一梦，就不见了。梦中也道出老丈姓名居址的确，故得访寻到此。可见天数已定，老汉也无怨处。但

---

[1]　南柯一梦：即梦，典出唐李公佐所作《南柯太守传》。
[2]　每：们。
[3]　福物：祀神的牲物。古代祭祀原用牛、羊、猪，称三牲，后也以鸡、鱼、肉为三牲。
[4]　老拙：老年人自谦的称呼。
[5]　寒荆：对自己妻子的谦称。

只求取出一看，也完了老汉心事。"王老道："容易。"笑嘻嘻地走进去，叫安童[1]四人托出四个盘来，每盘两锭，多是红绒系束，正是金家之物。金老看了，眼睁睁无计所奈，不觉扑簌簌吊下泪来。抚摩一番道："老汉直如此命薄，消受不得。"

王老虽然叫安童仍旧拿了进去，心里见金老如此，老大不忍。另取三两零银封了，送与金老作别。金老道："自家的东西尚无福，何须尊惠？"再三谦让，必不肯受。王老强纳在金老袖中。金老欲待摸出还了，一时摸个不着，面儿通红。又被王老央不过，只得作揖别了。直至家中，对儿子们一一把前事说了，大家叹息了一回。因言王老好处，临行送银三两。满袖摸遍，并不见有；只说路中掉了。却元来金老推逊时，王老往袖里乱塞，落在着外面一层袖中。袖有断线处，在王老家摸时，已自在脱线处落出在门槛边了。客去扫门，仍旧是王老拾得。可见一饮一啄[2]，莫非前定。不该是他的东西，不要说八百两，就是三两也得不去。该是他的东西，不要说八百两，就是三两也推不出。原有的倒无了，原无的倒有了，并不由人计较。

而今说一个人，在实地上行，步步不着，极贫极苦的，却在渺渺茫茫、做梦不到的去处，得了一主没头没脑钱财，变成巨富。从来希有，亘古新闻。有诗为证。

诗曰：

> 分内功名匣里财，不关聪惠[3]不关呆。
>
> 果然命是财官格，海外犹能送宝来。

---

[1]　安童：家僮。
[2]　一饮一啄：原指鸟类饮食随心，逍遥自在；后泛指人的饮食。
[3]　惠：同"慧"。

古代短篇小说

话说国朝[1]成化[2]年间，苏州府长洲县阊门外有一人，姓文，名实，字若虚。生来心思慧巧，做着便能，学着便会。琴棋书画，吹弹歌舞，件件粗通。幼年间曾有人相他有巨万之富。他亦自恃才能，不十分去营求生产，坐吃山空，将祖上遗下千金家事，看看消下来。以后晓得家业有限，看见别人经商图利的，时常获利几倍，便也思量做些生意，却又百做百不着。

一日，见人说北京扇子好卖，他便合了一个伙计，置办扇子起来。上等金面精巧的，先将礼物求了名人诗画，免不得是沈石田[3]、文衡山[4]、祝枝山[5]，揾[6]了几笔，便直[7]上两数银子。中等的，自有一样乔人[8]，一只手学写了这几家字画，也就哄得人过，将假当真的买了；他自家也兀自做得来的。下等的，无金无字画，将就卖几十钱，也有对合利钱[9]，是看得见的。拣个日子，装了箱儿，到了北京。岂知北京那年，自交夏来，日日淋雨不晴，并无一毫暑气，发市甚迟。交秋早凉，虽不见及时，幸喜天色却晴，有妆晃子弟，要买把苏做的扇子，袖中笼着摇摆。来买时，开箱一看，只叫得苦。元来北京历沴[10]却在七八月，更加日前雨湿之气，斗着扇上胶墨之性，弄做了个"合而言之"[11]，揭不开了。用力揭开，东粘

[1]　国朝：本朝。
[2]　成化：明宪宗朱见深的年号（1465—1487）。
[3]　沈石田：名周，字启南，号石田，长洲（今苏州市）人，明代著名书画家。
[4]　文衡山：初名璧，以字行，字徵明，别字征仲，号衡山。长洲人。曾任翰林院待诏。明代著名书画家。
[5]　祝枝山：名允明，字希哲，号枝山。长洲人。曾任应天府通判。明代著名书画家。
[6]　揾：指随意写画画。
[7]　直：同"值"。
[8]　乔人：狡狯的人。
[9]　对合利钱：利钱与本金相等。
[10]　沴（lì）：有破坏、危害作用的恶气。
[11]　合而言之：套用书句的俏皮话，意谓粘连在一起。

一层，西缺一片，但是有字有画值价钱者，一毫无用。止剩下等没字白扇，是不坏的，能值几何？将就卖了做盘费回家。本钱一空。

　　频年做事，大概如此。不但自己折本，但是搭他做伴，连伙计也弄坏了。故此人起他一个混名，叫做倒运汉。不数年，把个家事干圆洁净[1]了，连妻子也不曾娶得。终日间靠着些东涂西抹，东挨西撞，也济不得甚事。但只是嘴头子诌得来，会说会笑，朋友家喜欢他有趣，游耍去处少他不得，也只好趁口[2]，不是做家的。况且他是大模大样过来的，帮闲行里又不十分入得队。有怜他的，要荐他坐馆教学，又有诚实人家嫌他是个杂板令[3]。高不凑，低不就，打从帮闲的、处馆的两项人见了他，也就做鬼脸，把"倒运"两字笑他，不在话下。

　　一日，有几个走海泛货的邻近，做头的无非是张大、李二、赵甲、钱乙一班人，共四十余人，合了伙将行。他晓得了，自家思忖[4]道："一身落魄，生计皆无，便附了他们航海，看看海外风光，也不枉人生一世。况且他们定是不却我的，省得在家忧柴忧米，也是快活。"

　　正计较间，恰好张大踱将来。元来这个张大，名唤张乘运，专一做海外生意，眼里认得奇珍异宝，又且秉性爽慨，肯扶持好人，所以乡里起他一个混名，叫张识货。文若虚见了，便把此意一一与他说了。张大道："好，好。我们在海船里头不耐烦寂寞，若得兄去，在船中说说笑笑，有甚难过的日子？我们众兄弟料想多是喜欢的。只是一件：我们多有货物将去，兄并无所有，觉得空了一番往返，也可惜了。待我们大家计较，多少凑些出来助你，将就置些东西去也好。"文若虚便道："多谢厚情。只怕没人如兄肯周全小弟。"张大道："且说说看。"一竟自去了。

---

[1]　干圆洁净：指折耗得一干二净。

[2]　趁口：混口饭吃。

[3]　杂板令：唱腔不纯正，不能按照板式唱出曲调。

[4]　思忖（cǔn）：考虑。

恰遇一个瞽目先生，敲着报君知走将来。文若虚伸手顺袋里摸了一个钱，扯他一卦，问问财气看。先生道："此卦非凡，有百十分财气，不是小可。"文若虚自想道："我只要搭去海外耍耍，混过日子罢了，那里是我做得着的生意？要甚么赍助[1]？就赍助得来，能有多少？便直恁地[2]财爻[3]动！这先生也是混帐。"

只见张大气忿忿走来，说道："说着钱，便无缘。这些人好笑！说道你去，无不喜欢；说到助银，没一个则声。今我同两个好的弟兄，拼（辄）凑得一两银子在此，也办不成甚货，凭你买些果子，船里吃罢。口食[4]之类，是在我们身上。"若虚称谢不尽，接了银子。张大先行，道："快些收拾，就要开船了。"若虚道："我没甚收拾，随后就来。"

手中拿了银子，看了又笑，笑了又看，道："置得甚货么？"信步走去，只见满街上筐篮内盛着卖的：

红如喷火，巨若悬星。皮未皱，尚有余酸；霜未降，不可多得。元殊[5]苏井[6]诸家树，亦非李氏千头奴[7]。较广[8]似曰难兄，比福[9]亦云具体。

乃是太湖中有一洞庭山，地暖土肥，与闽广无异；所以广橘、福橘播名天下，洞庭有一样橘树，绝与他相似，颜色正同，香气亦同，止是初出

---

[1] 赍（jī）助：资助。赍，以物送人。
[2] 恁地：这样地。
[3] 财爻（yáo）：卜卦得到的要发财的爻象。
[4] 口食：饭食。
[5] 元殊：本不同于。
[6] 苏井：《神仙传》载，苏耽种橘凿井，以救乡里之病者，以井水服一橘叶即愈。
[7] 李氏千头奴：东汉时李衡种柑橘千树，号千头木奴。
[8] 广：指广橘。
[9] 福：指福橘。

时味略少酸（醭），后来熟了，却也甜美，比福橘之价，十分之一，名曰洞庭红。若虚看见了，便思想道："我一两银子，买得百斤有余，在船可以解渴，又可分送一二，答众人助我之意。"买成，装上竹篓，雇一闲的[1]，并行李挑了下船。众人都拍手笑道："文先生宝货来也。"文若虚羞惭无地，只得吞声上船，再也不敢提起买橘的事。

开得船来，渐渐出了海口，只见：

　　银涛卷雪，雪浪翻银。湍转则日月似惊，浪动则星河如覆。

三五日间，随风漂去，也不觉过了多少路程。忽至一个地方，舟中望去，人烟凑聚，城郭巍峨，晓得是到了甚么国都了。舟人把船撑入藏风避浪的小港内，钉了桩橛，下了铁锚，缆好了。船中人多上岸，打一看，元来是来过的所在，名曰吉零国。元来这边中国货物，拿到那边，一倍就有三倍价。换了那边货物，带到中国，也是如此。一往一回，却不便有八九倍利息？所以人都拼死走这条路。众人多是做过交易的，各有熟识经纪[2]、歇家、通事[3]人等，各自上岸找寻，发货去了，只留文若虚在船中看船。——路径不熟，也无走处。

正闷坐间，猛可[4]想起道："我那一篓红橘，自从到船中不曾开看，莫不人气蒸烂了？趁着众人不在，看看则个。"叫那水手在舱板底下翻将起来，打开了篓看时，面上多是好好的。放心不下，索性搬将出来，都摆在艎板[5]上面。也是合该发迹，时来福凑，摆得满船红焰焰的，远远望

---

[1]　闲的：指闲汉。
[2]　经纪：介绍买卖的人。
[3]　通事：翻译。
[4]　猛可：突然。
[5]　艎板：船板。艎，大船。

来，就是万点火光，一天星斗。岸上走的人都拢将来，问道："是甚么好东西呀？"文若虚只不答应。看见中间有个把一点头的[1]，拣了出来，掐破就吃。岸上看的一发多了，惊笑道："元来是吃得的！"就中有个好事的，便来问价："多少一个？"文若虚不省得他们说话，船上人却晓得，就扯个谎哄他，竖起一个指头，说："要一钱一颗。"那问的人揭开长衣，露出那兜罗绵红裹肚来，一手摸出银钱一个来道："买一个尝尝。"文若虚接了银钱，手中等等看，约有两把重。心下想道："不知这些银子要买多少，也不见秤秤，且先把一个与他看样。"拣个大些的，红得可爱的，递一个上去。只见那个人接上手，撷了一撷道："好东西呀！"扑地就劈开来，香气扑鼻。连旁边闻（问）着的许多人，大家喝一声采。那买的不知好歹，看见船上吃法，也学他去了皮，却不分囊，一块塞在口里，甘水满咽喉，连核都不吐，吞下去了。哈哈大笑道："妙哉！妙哉！"又伸手到裹肚里，摸出十个银钱来，说："我要买十个进奉去。"文若虚喜出望外，拣十个与他去了。

那看的人见那人如此买去了，也有买一个的，也有买两个三个的，都是一般银钱。买了的都千欢万喜去了。元来彼国以银为钱，上有文采，有等龙凤文的最贵重，其次人物，又次禽兽，又次树木，最下通用的是水草，却都是银铸的，分两不异。适才买橘的都是一样水草纹的，他道是把下等钱买了好东西去了，所以欢喜，也只是要小便宜肚肠，与中国人一样。须臾之间，三停[2]里卖了二停。有的不带钱在身边的，老大懊悔，急忙取了钱转来[3]，文若虚已此[4]剩不多了，拿一个班[5]道："而今要留

---

[1]　有个把一点头的：有一二个皮上长出了白色霉点。
[2]　停：份。
[3]　转来：回来。
[4]　已此：已是。
[5]　拿一个班：摆架子。

着自家用，不卖了。"其人情愿再增一个钱，四个钱买了二颗，口中哓哓说："悔气！来得迟了。"旁边人见他增了价，就埋怨道："我每还要买个，如何把价钱增长了他的？"买的人道："你不听得他方才说兀自不卖了？"

正在议论间，只见首先买十颗的那一个人，骑了一匹青骢马，飞也似奔到船边，下了马，分开人丛，对船上大喝道："不要零卖！不要零卖！是有的俺多要买。俺家头目要买去进克汗¹哩！"看的人听见这话，便远远走开，站住了看。文若虚是个伶俐的人，看见来势，已此瞧科²在眼里，晓得是个好主顾了，连忙把篓里尽数倾出来，止剩五十余颗，数了一数，又拿起班来，说道："适间讲过，要留着自用，不得卖了。今肯加些价钱，再让几颗去罢。适间已卖出两个钱一颗了。"其人在马背上拖下一大囊，摸出钱来，另是一样树木纹的，说道："如此钱一个罢了。"文若虚道："不情愿，只照前样罢了。"那人笑了一笑，又把手去摸出一个龙凤纹的来道："这样的一个如何？"文若虚又道："不情愿，只要前样的。"那人又笑道："此钱一个抵百个，料也没得与你，只是与你耍。你不要俺这一个，却要那等的，是个傻子。你那东西肯都与俺了，俺再加你一个那等的也不打紧。"文若虚数了一数，有五十二颗，准准的要了他一百五十六个水草银钱。那人连竹篓都要了，又丢了一个钱，把篓拴在马上，笑吟吟地一鞭去了。看的人见没得卖了，一哄而散。

文若虚见人散了，到舱里把一个钱秤一秤，有八钱七分多重。秤过数个，都是一般。总数一数，共有一千个差不多。把两个赏了船家，其余收拾在包里了。笑一声道："那盲子好灵卦也。"欢喜不尽，只等同船人来对他说笑则个。

---

[1]　克汗（hán）：即可汗，此处指外国君主。
[2]　瞧科：看出来。

说话的，你说错了！那国里银子这样不值钱，如此做买卖，那久惯漂洋的带去多是绫罗段匹，何不多卖了些银钱回来？一发百倍了！看官有所不知，那国里见了绫罗等物，都是以货交兑，我这里人也只是要他货物，才有利钱，若是卖他银钱时，他都把龙凤、人物的来交易，作了好价钱，分两也只得如此，反不便宜。如今是买吃口东西，他只认做把低钱交易，我却只管分两，所以得利了。说话的，你又说错了。依你说来，那航海的何不只买吃口东西，只换他低钱，岂不有利？用着重本钱置他货物怎地？看官，又不是这话。也是此人偶然有此横财[1]，带去着了手，若是有心第二遭再带去，三五日不遇巧，等得希烂。那文若虚运未通时卖扇子就是榜样。扇子还是放得起的，尚且如此，何况果品？是这样执一论不得的。

闲话休题。且说众人领了经纪主人到船发货，文若虚把上头事[2]说了一遍，众人都惊喜道："造化！造化！我们同来，倒是你没本钱的先得了手也。"张大便拍手道："人都道他倒运，而今想是运转了。"便对文若虚道："你这些银钱，此间置货，作价不多。除是转发在伙伴中，回[3]他几百两中国货物，上去打换些土产珍奇，带转去有大利钱，也强如虚藏此银钱在身边，无个用处。"文若虚道："我是倒运的，将本求财，从无一遭不连本送的。今承诸公挈带，做此无本钱生意，偶然侥幸一番，真是天大造化了，如何还要生利钱，妄想甚么？万一如前再做折[4]了，难道再有洞庭红这样好卖不成？"众人多道："我们用得着的是银子，有的是货物，彼此通融，大家有利，有何不可？"文若虚道："一年吃蛇咬，三年怕草索。说着货物，我就没胆气了。只是守了这些银钱回去罢！"众人

---

[1] 横（hèng）财：意外之财。
[2] 上头事：指刚才发生的事。
[3] 回：意同匀。
[4] 折：亏本。

齐拍手道："放着几倍利钱不取，可惜可惜。"

随同众人一齐上去，到了店家，交货明白，彼此兑换。约有半月光景，文若虚眼中看过了若干好东好西[1]，他已自志得意满，不放在心上。众人事体完了，一齐上船。烧了神福，吃了酒，开洋。

行了数日，忽然间天变起来，但见：

> 乌云蔽日，黑浪掀天。蛇龙戏舞起长空，鱼鳖惊惶潜水底。艨艟泛泛，只如栖不定的数点寒鸦；岛屿浮浮，便似没不煞[2]的几双水鹅[3]。舟中是方扬的米簁，舷外是正熟的饭锅。总因风伯太无情，以致篙师[4]多失色。

那船上人见风起了，扯起半帆，不问东西南北，随风势漂去。隐隐望见一岛，便带住篷脚，只看着岛边使来。看看渐近，恰是一个无人的空岛。但见：

> 树木参天，草莱遍地。荒凉径界，无非些兔迹狐踪；坦迤土壤，料不是龙潭虎窟。混茫内未识应归何国辖，开辟来不知曾否有人登。

船上人把[5]船后抛了铁锚，将桩橛泥犁上岸去钉停当了，对舱里道："且安心坐一坐，候风势则个。"

那文若虚身边有了银子，恨不得插翅飞到家里，巴不得行路，却如

---

[1]　好东好西：即好东西。
[2]　没不煞：意谓淹不死。
[3]　水鹅：即鹈鹕。
[4]　篙师：撑船熟手。
[5]　把：此处意为在。

此守风呆坐，心里焦躁。对众人道："我且上岸去岛上望望则个。"众人道："一个荒岛，有何好看？"文若虚道："总是闲着，何碍？"众人都被风颠得头晕，个个是呵欠连天的，不肯同去。文若虚便自一个抖擞精神，跳上岸来。只因此一去，有分交：十年败壳精灵显，一介穷神富贵来。若是说话的同年生，并时长，有个未卜先知的法儿，便双脚走不动，也挂个拐儿随他同去一番，也不枉的。

却说文若虚见众人不去，偏要发个狠，扳藤附葛，直走到岛上绝顶。那岛也苦（若）不甚高，不费甚大力，只是荒草蔓延，无好路径。到得上边打一看时，四望漫漫，身如一叶，不觉凄然，吊下泪来。心里道："想我如此聪明，一生命蹇[1]，家业消亡，剩得只身，直到海外。虽然侥幸，有得千来个银钱在囊中，知他命里是我的不是我的？——今在绝岛中间，未到实地，性命也还是与海龙王合着的哩！"

正在感怆，只见望去远远草丛中一物突高。移步往前一看，却是床大一个败龟壳。大惊道："不信天下有如此大龟！世上人那里曾看见？说也不信的。我自到海外一番，不曾置得一件海外物事[2]，今我带了此物去，也是一件希罕的东西，与人看看，省得空口说着，道是苏州人会调谎。又且一件：锯将开来，一盖一板，各置四足，便是两张床，却不奇怪？"遂脱下两只裹脚[3]接了，穿在龟壳中间，打个扣儿，拖了便走。

走至船边，船里人见他这等模样，都笑道："文先生那里又跎了纤[4]来？"文若虚道："好教列位得知，这就是我海外的货了。"众人抬头一看，却便似一张无柱有底的硬脚床，吃惊道："好大龟壳！你拖来何干？"文若虚道："也是罕见的，带了他去。"众人笑道："好货不置一

---

[1]　命蹇（jiǎn）：命运不好。
[2]　物事：东西。
[3]　裹脚：绑腿带。
[4]　跎（tuó）了纤：背纤拖船，此处是取笑文若虚拖龟壳的模样。

件，要此何用？"有的道："也有用处。有甚么天大的疑心事，灼他一卦；只没有这样大龟药。"又有的道是："医家要煎龟膏，拿去打碎了煎起来，也当得几百个小龟壳。"文若虚道："不要管有用没用，只是希罕，又不费本钱，便带了回去。"当时叫个船上水手，一抬抬下舱来。初时山下空阔，还只如此，舱中看来，一发大了，若不是海船，也着不得这样狼犺[1]东西。众人大家笑了一回，说道："到家时有人问，只说文先生做了偌大的乌龟买卖来了。"文若虚道："不要笑，我好歹有一个用处，决不是弃物。"随他众人取笑，文若虚只是得意。取些水来内外洗一洗净，抹干了，却把自己钱包行李都塞在龟壳里面，两头把绳一绊，却当了一个大皮箱子。自笑道："兀的不[2]眼前就有用起了？"众人都笑将起来，道："好算计，好算计！文先生到底是个聪明人。"当夜无词。

次日风息了，开船一走。不数日又到了一个去处，却是福建地方了。才住定了船，就有一伙惯伺候接海客的小经纪牙人[3]攒[4]将拢来，你说张家好，我说李家好，拉的拉，扯的扯，嚷个不住。海船上众人拣一个一向熟识的跟了去，其余的也就住了。

众人到了一个波斯胡[5]大店中坐定。里面主人见说海客到了，连忙先发银子，唤厨户包办酒席几十桌。分付停当，然后踱将出来。这主人是个波斯国里人，姓个古怪姓，是玛瑙的玛字，叫名玛宝哈，专一与海客兑换珍宝货物，不知有多少万数本钱。众人走海过的，都是熟主熟客，只有文若虚不曾认得。抬眼看时，元来波斯胡住得在中华久了，衣帽言

---

[1]　狼犺（kàng）：形容笨重巨大，难以安置。
[2]　兀的不：这不是。
[3]　牙人：以介绍买卖为业的人。
[4]　攒（cuán）：聚集，集中。
[5]　波斯胡：波斯人。胡，即胡人，古时对北方边地及西域少数民族的称呼，此处用以指外国人。波斯，古代伊朗之名。

动都与中华不大分别，只是剃眉剪须，深目高鼻，有些古怪。出来见了众人，行宾主礼，坐定了。两杯茶罢，站起身来，请到一个大厅上，只见酒筵多完备了，且是摆得济楚。元来旧规：海船一到，主人家先折过这一番款待，然后发货讲价的。

主人家手执着一付法浪菊花盘盏，拱一拱手道："请列位货单一看，好定坐席。"看官，你道这是何意？元来波斯胡以利为重，只看货单上有奇珍异宝值得上万者，就送在先席，余者看货轻重，挨次坐去，不论年纪，不论尊卑，一向做下的规矩。船上众人，货物贵的贱的，多的少的，你知我知，各自心照，差不多领了酒杯，各自坐了。单单剩得文若虚一个，呆呆站在那里。主人道："这位老客长不曾会面，想是新出海外的，置货不多了。"众人大家说道："这是我们好朋友，到海外耍去的，身边有银子，却不曾肯置货。今日没奈何，只得屈他在末席坐了。"文若虚满面羞惭，坐了末位。主人坐在横头。

饮酒中间，这一个说道我有猫儿眼[1]多少，那一个说道我有祖母绿[2]多少，你夸我逞。文若虚一发嘿嘿无言，自心里也微微有些懊悔道："我前日该听他们劝，置些货来的是，今枉有几百银子在囊中，说不得一句说话。"又自叹了口气道："我原是一些本钱没有的，今已大幸，不可不知足。"自思自忖，无心兴吃酒。众人却猜拳行令，吃得狼藉。主人是个积年[3]，看出文若虚不快活的意思来，不好说破，虚劝了他几杯酒。众人都起身道："酒勾了，天晚了，趁早上船去，明日发货罢。"别了主人去了。

主人撤了酒席，收拾睡了。明日起个清早，先走到海岸船边，来拜

---

[1]　猫儿眼：宝石名，又称猫眼石。
[2]　祖母绿：宝石名，即绿柱玉。
[3]　积年：指经历过世面而有待人接物的经验。

这伙客人。主人登舟，一眼瞧去，那舱里狼狼犹犹这件东西早先看见了，吃了一惊道："这是那一位客人的宝货？昨日席上并不曾见说起。莫不是不要卖的？"众人都笑指道："此敝友文兄的宝货。"中有一人衬[1]道："又是滞货。"主人看了文若虚一看，满面挣得通红，带了怒色，埋怨众人道："我与诸公相处多年，如何恁地作弄我？教我得罪于新客，把一个末坐屈了他，是何道理？"一把扯住文若虚，对众客道："且慢发货，容我上岸谢过罪着。"众人不知其故，有几个与文若虚相知些的，又有几个喜事的，觉得有些古怪，共十余人赶了上来，重到店中，看是如何。

只见主人拉了文若虚，把交椅整一整，不管众人好歹，纳他头一位坐下了，道："适间得罪得罪，且请坐一坐。"文若虚也心中镬铎[2]，衬道："不信此物是宝贝，这等造化不成？"主人走了进去，须臾出来，又拱众人到先前吃酒去处，又早摆下几桌酒，为首一桌比先更齐整。把盏向文若虚一揖，就对众人道："此公正该坐头一席。你每枉自一船的货，也还赶他不来。先前失敬失敬。"众人看见，又好笑，又好怪，半信不信的，一带儿坐了。

酒过三杯，主人就开口道："敢问客长，适间此宝可肯卖否？"文若虚是个乖人，趁口答应道："只要有好价钱，为甚不卖？"那主人听得肯卖，不觉喜从天降，笑逐颜开，起身道："果然肯卖，但凭分付价钱，不敢吝惜。"文若虚其实不知值多少，讨少了怕不在行，讨多了怕吃笑，忖了一忖，面红耳热，颠倒讨不出价钱来。

张大便与文若虚丢个眼色，将手放在椅子背后，竖着三个指头，再把第二个指空中一撇，道："索性讨他这些。"文若虚摇头，竖一指道："这些我还讨不出口在这里。"却被主人看见道："果是多少价钱？"张大

---

[1] 衬：帮衬，凑趣。
[2] 镬铎（huò duó）：此处意谓疑惑不定。

捣一个鬼道："依文先生手势，敢象要一万哩。"主人呵呵大笑道："这是不要卖，哄我而已，此等宝物岂止此价钱？"众人见说，大家目睁口呆，都立起了身来，扯文若虚去商议道："造化，造化。想是值得多哩！我们实实不知如何定价，文先生不如开个大口，凭他还罢。"文若虚终是碍口识羞，待说又止。众人道："不要不老气[1]。"主人又催道："实说说何妨？"文若虚只得讨了五万两。主人还摇头道："罪过罪过，没有此话。"

扯着张大，私问他道："老客长们海外往来，不是一番了，人都叫你是张识货，岂有不知此物就里的？必是无心卖他，奚落[2]小肆罢了。"张大道："实不瞒你说，这个是我的好朋友，同了海外顽耍的，故此不曾置货。适间此物，乃是避风海岛，偶然得来，不是出价置办的，故此不识得价钱。若果有这五万与他，勾他富贵一生，他也心满意足了。"主人道："如此说，要你做个大大保人，当有重谢，万万不可翻悔。"遂叫店小二拿出文房四宝[3]来，主人家将一张供单绵料纸折了一折，拿笔递与张大道："有烦老客长做主，写个合同文书，好成交易。"张大指着同来一人道："此位客人褚中颖写得好。"把纸笔让与他。

褚客磨得墨浓，展好纸，提起笔来写道：

> 立合同议单张乘运等。今有苏州客人文实，海外带来大龟壳一个，投至波斯玛宝哈店；愿出银五万两买成。议定立契之后，一家交货，一家交银，各无翻悔。有翻悔者罚契上加一，合同为照。

一样两纸。后边写了年月日，下写张乘运为头，一连把在坐客人十来个

---

[1] 不老气：面嫩害怕。
[2] 奚落：讥讽嘲笑。
[3] 文房四宝：指纸、墨、笔、砚。

写去。褚中颖因自己执笔，写了落末。年月前边空行中间，将两纸凑着，写了骑缝一行，两边各半，乃是"合同议约"四字。下写"客人文实，主人玛宝哈"，各押了花押。单上有名，从后头写起，写到张乘运，道："我们押字钱重些，这买卖才弄得成。"主人笑道："不敢轻，不敢轻。"

写毕，主人进内，先将银一箱抬出来道："我先交明白了用钱¹，还有说话。"众人攒将拢来。主人开箱，却是五十两一包，共总二十包，整整一千两，双手交与张乘运道："凭老客长收明，分与众位罢。"众人初然吃酒、写合同，大家撺哄鸟乱²，心下还有些不信的意思，如今见他拿出精晃晃白银来做用钱，方知是实。文若虚恰象梦里醉里，话都说不出来，呆呆地看。张大扯他一把道："这用钱如何分散，也要文兄主张。"文若虚方说一句道："且完了正事慢处。"

只见主人笑嘻嘻的，对文若虚说道："有一事要与客长商议。价银现在里面阁儿上，都是向来兑过的，一毫不少，只消请客长一两位进去，将一包过一过目，兑一兑为准，其余多不消兑得。却又一说：此银数不少，搬动也不是一时功夫，况且文客官是个单身，如何好将下船去？又要泛海回还，有许多不便处。"文若虚想了一想道："见教得极是，而今却待怎么？"主人道："依着愚见，文客官目下回去未得。小弟此间有一个段匹铺³，有本三千两在内，其前后大小厅屋楼房共百余间，也是个大所在，价值二千两，离此半里之地。愚见就把本店货物及房屋文契作了五千两，尽行交与文客官，就留文客官在此住下了，做此生意。其银也做几遭搬了过去，不知不觉。日后文客官要回去，这里可以托心腹伙计看守，便可轻身往来。不然，小店交出不难，文客官收贮却难也。愚意

---

[1] 用钱：酬谢居间作中人、保人的佣金。
[2] 撺哄鸟乱：形容起哄凑热闹。
[3] 段匹铺：经营绸布织品的商店。段，同"缎"。

如此。"说了一遍，说得文若虚与张大跌足道："果然是客纲客纪¹，句句有理。"文若虚道："我家里元无家小，况且家业已尽了，就带了许多银子回去，没处安顿。依了此说，我就在这里立起个家缘来，有何不可？此番造化，一缘一会，都是上天作成的，只索随缘做去。便是货物房产价钱未必有五千，总是落得的²。"便对主人说："适间所言，诚是万全之算，小弟无不从命。"

主人便领文若虚进去阁上看，又叫张、褚二人："一同来看看。其余列位不必了，请略坐一坐。"他四人去了。众人不进去的，个个伸头缩颈，你三我四说道："有此异事！有此造化！早知这样，懊悔岛边泊船时节也不去走走，或者还有宝贝也不见得。"有的道："这是天大的福气，撞将来的，如何强得？"正欣羡间，文若虚已同张、褚二客出来了。众人都问："进去如何了？"张大道："里边高阁是个土库，放银两的所在，都是桶子盛着。适间进去看了十个大桶，每桶四千，又五个小匣，每个一千，共是四万五千。已将文兄的封皮记号封好了，只等交了货，就是文兄的了。"主人出来道："房屋文书、段匹帐目俱已在此，凑足五万之数了。且到船上取货去。"一拥都到海船来。

文若虚于路对众人说："船上人多，切勿明言，小弟自有厚报。"众人也只怕船上人知道，要分了用钱去，各各心照。文若虚到了船上，先向龟壳中把自己包裹被囊取出了。手摸一摸壳，口里暗道："侥幸！侥幸！"主人便叫店内后生³二人来抬此壳，分付道："好生抬进去，不要放在外边。"船上人见抬了此壳去，便道："这个滞货也脱手了，不知卖了多少？"文若虚只不做声，一手提了包裹，往岸上就走。这起初同上来

---

[1]　客纲客纪：意谓惯常出门经营者的经验之谈。

[2]　落得的：此处为意外得到之意。

[3]　后生：年轻人。

的几个，又赶到岸上，将龟壳从头至尾细细看了一遍，又向壳内张了一张，抹[1]了一抹，面面相觑道："好处在那里？"

主人仍拉了这十来个一同上去。到店里，说道："而今且同文客官看了房屋铺面来。"众人与主人一同走到一处，正是闹市中间，一所好大房子。门前正中是个铺子。傍有一弄[2]，走进转个湾，是两扇大石板门，门内大天井[3]，上面一所大厅，厅上有一匾，题曰"来琛堂"。堂旁有两楹[4]侧屋，屋内三面有橱，橱内都是绫罗各色段匹。以后内房楼房甚多。文若虚暗道："得此为住居，王侯之家不过如此矣。况又有段铺营生，利息无尽，便做了这里客人罢了，还思想家里做甚？"就对主人道："好却好，只是小弟是个孤身，毕竟还要寻几房使唤的人才住得。"主人道："这个不难，都在小店身上。"

文若虚满心欢喜，同众人走归本店来。主人讨茶来吃了，说道："文客官今晚不消船里去，就在铺中下了。使唤的人，铺中现有，逐渐再讨便是。"众客人多道："交易事已成，不必说了。只是我们毕竟有些疑心：此壳有何好处，值价如此？还要主人见教一个明白。"文若虚道："正是，正是。"主人笑道："诸公枉了海上走了多遭，这些也不识得！列位岂不闻说龙有九子乎？内有一种是鼍龙[5]，其皮可以幪鼓，声闻百里，所以谓之鼍鼓。鼍龙万岁，到底蜕下此壳成龙。此壳有二十四肋，按天上二十四气，每肋中间节内有大珠一颗。若是肋未完全时节，成不得龙，蜕不得壳。也有生捉得他来，只好将皮幪鼓，其肋中也未有东西。直待二十四肋肋肋完全，节节珠满，然后蜕了此壳变龙而去。故此是天然蜕

---

[1]　抹：同"捞"。
[2]　弄：胡同。
[3]　天井：院子。
[4]　楹：计算房屋的单位，一列称一楹。
[5]　鼍（tuó）龙：即猪婆龙，或称扬子鳄。

下，气候俱到，肋节俱完的，与生擒活捉、寿数未满的不同，所以有如此之大。这个东西，我们肚中虽晓得，知他几时蜕下，又在何处地方守得他着？壳不值钱，其珠皆有夜光，乃无价宝也。今天幸遇巧，得之无心耳。"

众人听罢，似信不信。只见主人走将进去了一会，笑嘻嘻的走出来，袖中取出一西洋布的包来，说道："请诸公看看。"解开来，只见一团绵裹着寸许大一颗夜明珠，光彩夺目，讨个黑漆的盘，放在暗处，其珠滚一个不定，闪闪烁烁，约有尺余亮处。众人看了，惊得目睁口呆，伸了舌头收不进来。主人回身转来，对众逐个致谢道："多蒙列位作成[1]了。只这一颗，拿到咱国中，就值方才的价钱了；其余多是尊惠。"众人个个心惊，却是说过的话又不好翻悔得。

主人见众人有些变色，收了珠子，急急走到里边，又叫抬出一个段箱来。除了文若虚，每人送与段子二端[2]，说道："烦劳了列位，做两件道袍穿穿，也见小肆中薄意。"袖中又摸出细珠十数串，每送一串，道："轻鲜[3]，轻鲜，备归途一茶罢了。"文若虚处另是粗些的珠子四串，段子八匹，道是："权且做几件衣服。"文若虚同众人欢喜作谢了。

主人就同众人送了文若虚到段铺中，叫铺里伙计后生们都来相见，说道："今番是此位主人了。"主人自别了去，道："再到小店中去去来。"只见须臾间数十个脚夫扛了好些扛来，把先前文若虚封记的十桶五匣都发来了，文若虚搬在一个深密谨慎的卧房里头去处。出来对众人道："多承列位挈带，有此一套意外富贵，感谢不尽。"走进去把自家包裹内所卖洞庭红的银钱倒将出来，每人送他十个，止有张大与先前出银助他

---

[1]　作成：此处为玉成之意。
[2]　端：匹。
[3]　轻鲜：微薄。

的两三个分外又是十个，道："聊表谢意。"此时文若虚把这些银钱看得不在眼里了，众人却是快活，称谢不尽。文若虚又拿出几十个来，对张大说道："有烦老兄将此分与船上同行的人，每位一个，聊当一茶。小弟住在此间，有了头绪，慢慢到本乡来。此时不得同行，就此为别了。"张大道："还有一千两用钱，未曾分得，却是如何？须得文兄分开，方没得说。"文若虚道："这倒忘了。"就与众人商议，将一百两散与船上众人，余九百两照现在人数，另外添出两股，派了股数，各得一股，张大为头的，褚中颖执笔的，多分一股。众人千欢万喜，没有说话。

内中一人道："只是便宜了这回回[1]，文先生还该起个风，要他些不敷才是。"文若虚道："不要不知足。看我一个倒运汉，做着便折本的，造化到来，平空地有此一主财爻，可见人生分定，不必强求。我们若非这主人识货，也只当得废物罢了，还亏他指点晓得，如何还好昧心争论？"众人都道："文先生说得是。存心忠厚，所以该有此富贵。"大家千恩万谢，各各赏了所得东西，自到船上发货。

从此，文若虚做了闽中一个富商，就在那边取了妻小，立起家业。数年之间，才到苏州走一遭，会会旧相识，依旧去了。至今子孙繁衍，家道殷富不绝。正是：

> 运退黄金失色，时来顽铁生辉。
> 莫与痴人说梦，思量海外寻龟。

（据明尚友堂本）

---

[1]　回回：明清时对回族的称谓，此处指波斯商人。

　　　　　　　　　　　　古代短篇小说

说明

　　本篇为《拍案惊奇》卷一,是凌濛初根据周元暐《泾林续记》所载苏和的故事改写而成。在明中后叶,东南沿海一带的对外贸易有较大的发展,明政府在实际上也不得不渐渐放宽海禁政策。正是在这一背景下,作家的创作开始涉及海外贸易题材,并有可能写出吸引读者的曲折故事。而作品中的海上遭遇、异国风土人情等描写,也都是新人耳目的内容。作品详细地叙述了一群苏州商人赴海外贸易的全过程,着重描写了在国内经商屡屡折本的文若虚,出海一次竟大发横财的离奇故事。这一故事既是当时商人的一种幻想,同时也反映了要求开拓对外贸易的愿望。尽管作者试图用宿命论的观点解释商人的折本与发财,但在作品中又介绍说:"中国货物拿到那边,一倍就有三倍价。换了那边货物,带到中国也是如此。一往一回,却不便有八九倍利息。所以人都拼死走这条路。"作者实际上表现并肯定了海外冒险精神,这在明代小说创作中极为少见,而正因为如此,本篇作品的独特的意义也就显得更为突出。

集评

　　《转运汉巧遇洞庭红,波斯胡指破鼍龙壳》,是一篇反映海外贸易的作品。我们如果联系明代隆庆、万历以后商人强烈要求开放"海禁"的历史背景来看,对它的理解就会更加深刻。……这故事对当时从事海外冒险者来说是颇具诱惑力的。作者主观上宣扬的是"运去黄金失色,时来顽铁生辉"的迷信思想,但在客观上也揭露了商人惟利是图,投机取巧的本质。作者对文若虚的投机、抬价,大发横财,是赞美而羡慕的,这说明作者受商人的拜金主义的影响也已不浅。

——胡士莹《话本小说概论》

满少卿饥附饱飏　焦文姬生仇死报

诗云：

> 十年磨一剑，霜刃未曾试。
> 今日把赠君，谁有不平事？

　　话说天下最不平的，是那负心的事。所以冥中独重其罚，剑侠专诛其人。那负心中最不堪的，尤在那夫妻之间。盖朋友内忘恩负义，拚得绝交了他，便无别话；惟有夫妻是终身相倚的，一有负心，一生怨恨，不是当耍可以了帐的事。古来生死冤家一还一报的，独有此项极多。

　　宋时衢州有一人，姓郑，是个读书人。娶着会稽陆氏女，姿容娇媚。两个伉俪绸缪，如胶似漆。一日正在枕席情浓之际，郑生忽然对陆氏道："我与你二人相爱，已到极处了。万一他日不能到底，我今日先与你说过：我若死，你不可再嫁；你若死，我也不再娶了。"陆氏道："正要与你百年偕老，怎生说这样不祥的话？"不觉的光阴荏苒，过了十年，已生有二子。郑生一时间得了不起的症候。临危时，对父母道："儿死无所虑，只有陆氏妻子恩深难舍，况且年纪少艾[1]。日前已与他说过：'我死之后，不可再嫁。'今若肯依所言，儿死亦瞑目矣。"陆氏听说到此际，也不回言，只是低头悲哭，十分哀切。连父母也道他没有二心的了。

　　死后数月，自有那些走千家、管闲事的牙婆每[2]，打听脚踪，探问消

---

[1]　少艾：年轻貌美。
[2]　牙婆每：牙婆，指媒婆、人贩子一类女性，亦称牙嫂；每，代名词复数语尾，相当于们。

息。晓得陆氏青年美貌，未必是守得牢的人。挨身入来，与他来往。那陆氏并不推拒那一伙人。见了面就千欢万喜，烧茶办果，且是相待得好。公婆看见这些光景，心里嫌他。说道："居孀行径，最宜稳重。此辈之人，没事不可引他进门。况且丈夫临终，怎么样分付的！没有别的心肠，也用这些人不着。"陆氏由公婆自说，只当不闻。后来惯熟，连公婆也不说了。果然与一个做媒的说得入港[1]，受了苏州曾工曹[2]之聘。公婆虽然恼怒，心里道是他立性既自如此，留着也落得[3]做冤家，不是好住手的。不如顺水推船，等他去了罢。只是想着自己儿子临终之言，对着两个孙儿，未免感伤痛哭。陆氏多不放在心上。才等服满，就收拾箱匣停当，也不顾公婆，也不顾儿子，依了好日，喜喜欢欢嫁过去了。

成婚七日，正在亲热头上，曾工曹受了漕帅檄文，命他考试外郡。只得收拾起身，作别而去。

去了两日，陆氏自觉凄凉。傍晚之时，走到厅前闲步。忽见一个后生[4]，象个远方来的，走到面前，对着陆氏叩了一头，口称道："郑官人有书拜上娘子。"递过一封束帖来。陆氏接着，看那外面封筒上，题着三个大字，乃是"示陆氏"三字。认认笔迹，宛然是前夫手迹。正要盘问，那后生忽然不见。陆氏惧怕起来。拿了书，急急走进房里来。剔明灯火，仔细看时，那书上写道：

　　　　十年结发之夫，一生祭祀之主。朝连暮以同欢，资有余而共聚。忽大幻以长往，慕他人而轻许。遗弃我之田畴[5]，移蓄积于别户。不

---

[1]　说得入港：谈得投机。
[2]　工曹：宋徽宗时，州县置兵、刑、工、吏、礼、法六曹。
[3]　落得：此处作徒然解。
[4]　后生：年轻人。
[5]　畴（chóu）：田亩。

念我之双亲，不恤我之二子。义不足以为人妇，慈不足以为人母。吾已诉诸上苍，行理对于冥府。

陆氏看罢，吓得冷汗直流，魂不附体。心中懊悔无及。怀着鬼胎，十分惧怕，说不出来。茶饭不吃，嘿嘿[1]不快，三日而亡。眼见得是负了前夫，得此果报了。

却又一件：天下事有好些不平的所在。假如男人死了，女人再嫁，便道是失了节，玷了名，污了身子，是个行不得的事，万口訾议[2]。及至男人家丧了妻子，却又凭他续弦再娶，置妾买婢，做出若干的勾当，把死的丢在脑后，不提起了，并没人道他薄幸负心，做一场说话。就是生前房室之中，女人少有外情，便是老大的丑事，人世羞言；及至男人家撇了妻子，贪淫好色，宿娼养妓，无所不为，总有议论不是的，不为十分大害。所以女子愈加可怜，男人愈加放肆。这些也是伏不得女娘们心里的所在。

不知冥冥之中，原有分晓。若是男子风月场中略行着脚，此是寻常勾当，难道就比了女人失节一般？但是果然负心之极，忘了旧时恩义，失了初时信行，以至误人终身，害人性命的，也没一个不到底报应的事。从来说王魁负桂英[3]，毕竟桂英索了王魁命去。此便是一个男负女的榜样，不止女负男——如所说的陆氏——方有报应也。今日待小子说一个赛王魁的故事，与看官每一听，方晓得男子也是负不得女人的。有诗为证：

---

[1]　嘿（mò）嘿：同"默默"。
[2]　訾（zǐ）议：毁谤非议。
[3]　王魁负桂英：相传王魁与妓女敫桂英相爱，桂英资助其读书赴考。魁将行，盟誓曰："吾与桂英誓不相负，若生离异，神当殛之。"后魁中状元，负盟另娶名门，桂英愤而自杀。后魁狂死，相传为桂英索命。

　　　　　　　　　　　　　　　　　　　　古代短篇小说

由来女子号痴心，痴得真时恨亦深。

莫道此痴容易负，冤冤隔世会相寻。

　　话说宋时有个鸿胪少卿[1]，姓满。因他做事没下稍[2]，讳[3]了名字不传，只叫他满少卿。未遇时节，只叫他满生。那满生是个淮南大族，世有显宦。叔父满贵，现为枢密副院。族中子弟，遍满京师，尽皆富厚本分。惟有满生心性不羁，狂放自负。生得一表人材，风流可喜。怀揣着满腹文章，道早晚必登高第。抑且幼无父母，无些拘束，终日吟风弄月，放浪江湖，把些家事多弄掉了，连妻子多不曾娶得。族中人渐渐不理他，满生也不在心上。有个父亲旧识，出镇长安。满生便收拾行装，离了家门，指望投托于他，寻些润济。到得长安，这个官人已坏了官，离了地方去了。只得转来。

　　满生是个少年孟浪、不肯仔细的人。只道寻着熟人，财物广有，不想托了个空，身边盘缠早已罄尽。行至汴梁中牟地方，有个族人在那里做主簿[4]，打点去与他寻些盘费还家。那主簿是个小官，地方没大生意，连自家也只好支持过日，送得他一贯多钱。还了房钱、饭钱，余下不多，不能勾回来。此时已是十二月天气。满生自思：囊无半文，空身家去，难以度岁。不若只在外厢行动，寻些生意，且过了年又处。关中还有一两个相识在那里做官，仍旧掇转路头，往西而来。

　　到了凤翔[5]地方，遇着一天大雪，三日不休，正所谓：

---

[1]　鸿胪少卿：鸿胪寺正卿的副职，协助正卿掌四夷朝贡及赞襄礼仪诸事。
[2]　没下稍：意谓没收场，没结果。
[3]　讳：隐瞒，略去。
[4]　主簿：此处指知县的佐官。
[5]　凤翔：今陕西省凤翔县。

云横秦岭家何在？雪拥蓝关马不前！

满生阻住在饭店里，一连几日。店小二来讨饭钱，还他不勾，连饭也不来了。想着："自己是好人家子弟，胸藏学问，视功名如拾芥[1]耳。一时未际，浪迹江湖，今受此穷途之苦，谁人晓得我是不遇时的公卿？此时若肯雪中送炭，真乃胜似锦上添花。争奈世情看冷暖，望着那一个救我来？"不觉放声大哭。早惊动了隔壁一个人，走将过来道："谁人如此啼哭？"

那个人怎生打扮？

　　头戴玄狐帽套，身穿羔羊皮袭。紫膛颜色带着几分酒，脸映红桃；苍白须髯沾着几点雪，身如玉树。疑在浩然驴背下，想从安道宅中来。

那个人走进店中，问店小二道："谁人啼哭？"店小二答道："复大郎，是一个秀才官人。在此三五日了，不见饭钱拿出来；天上雪下不止，又不好走路。我们不与他饭吃了。想是肚中饥饿，故此啼哭。"那个人道："那里不是积福处？既是个秀才官人，你把他饭吃了，算在我的帐上，我还你罢。"店小二道："小人晓得。"

　　便去拿了一分饭，摆在满生面前，道："客官，是这大郎叫拿来请你的。"满生道："那个大郎？"只见那个人已走到面前，道："就是老汉。"满生忙施了礼，道："与老丈素昧平生，何故如此？"那个人道："老汉姓焦，就在此酒店间壁居住。因雪下得大了，同小女烫几杯热酒暖寒。

---

[1]　拾芥：捡取地上的草芥，比喻取之极易。

闻得这壁厢悲怨之声，不象是个以下之人，故步至此间寻问。店小二说是个秀才，雪阻了的。老汉念斯文一脉，怎教秀才忍饥？故此教他送饭。荒店之中，无物可吃。况如此天气，也须得杯酒儿敌寒。秀才宽坐，老汉家中叫小厮送来。"满生喜出望外，道："小生失路之人，与老丈不曾识面。承老丈如此周全，何以克当？"焦大郎道："秀才一表非俗。目下偶困，决不是落后之人。老汉是此间地主，应得来管顾的。秀才放心。但住此一日，老汉支持一日。直等天色晴霁，好走路了，再商量不迟。"满生道："多感，多感。"焦大郎又问了满生姓名乡贯明白，慢慢的自去了。满生心里喜欢道："谁想绝处逢生，遇着这等好人！"

正在徯幸之际，只见一个笼头的小厮，拿了四碗嘎饭[1]、四碟小菜、一壶热酒，送将来道："大郎送来与满官人的。"满生谢之不尽。收了，摆在桌上食用。小厮出门去了。

满生一头吃酒，一头就问店小二道："这位焦大郎，是此间其么样人？怎生有此好情？"小二道："这个大郎，是此间大户，极是好义，平日扶穷济困。至于见了读书的，尤肯结交，再不怠慢的。自家好吃几杯酒，若是陪得他过的，一发有缘了。"满生道："想是家道富厚？"小二道："有便有些产业，也不为十分富厚。只是心性如此。官人造化，遇着了他。便多住几日，不打紧的了。"满生道："雪晴了，你引我去拜他一拜。"小二道："当得，当得。"

过了一会，焦家小厮来收家伙。传大郎之命，分付店小二道："满大官人供给，只管照常支应。用酒时，到家里来取。"店小二领命，果然支持无缺。满生感激不尽。

过了一日，天色晴明。满生思量走路，身边并无盘费。亦且受了焦

---

[1] 嘎（xià）饭：下饭的菜肴。

大郎之恩，要去拜谢。真叫做："人心不足，得陇望蜀。"见他好情，也就有个希冀借些盘缠之意。叫店小二在前引路，竟到焦大郎家里来。

　　焦大郎接着，满面春风。满生见了大郎，倒地便拜。谢他："穷途周济，殊出望外。倘有用着之处，情愿效力。"焦大郎道："老汉家里也非有余，只因看见秀才如此困厄，量济一二，以尽地主之意。原无他事，如何说个效力起来？"满生道："小生是个应举秀才。异时倘有寸进，不敢忘报。"大郎道："好说，好说。目今年已傍晚，秀才还要到那里去？"满生道："小生投人不着，囊匣如洗，无面目还乡。意思要往关中一路，寻访几个相知。不期逗留于此，得遇老丈，实出万幸。而今除夕在近，前路已去不迭。真是'前不巴[1]村，后不巴店'。没奈何了，只得在此饭店中且过了岁，再作道理。"大郎道："店中冷落，怎好度岁？秀才不嫌家间澹[2]薄，搬到家下，与老汉同住几日，随常茶饭，等老汉也不寂寞。过了岁朝再处。秀才意下何如？"满生道："小生在饭店中，总是叨忝[3]老丈的；就来潭府[4]，也是一般。只是萍踪相遇，受此深恩，无地可报，实切惶愧耳。"大郎道："四海一家。况且秀才是个读书之人，前程万里。他日不忘村落之中有此老朽，便是愿足。何必如此相拘哉？"

　　元来焦大郎固然本性好客，却又看得满生仪容俊雅，丰度超群，语言偶傥，料不是落后的，所以一意周全他。也是满生有缘，得遇此人。果然叫店小二店中发了行李，到焦家来。是日焦大郎安排晚饭与满生同吃。满生一席之间，谈吐如流。更加酒兴豪迈，痛饮不醉。大郎一发投机，以为相见之晚。直吃到兴尽方休。安置他书房中歇宿了，不提。

---

[1]　巴：贴近，靠近。
[2]　澹（dàn）：此处同"淡"。
[3]　叨忝：意谓带愧意的承受。
[4]　潭府：对别人住宅的美称。

大郎有一室女[1]，名唤文姬，年方一十八岁。美丽不凡，聪慧无比。焦大郎不肯轻许人家，要在本处寻个衣冠子弟，读书君子，赘在家里，照管暮年。因他是个市户出身，一时没有高门大族来求他的；以下富室痴儿，他又不肯。高不凑，低不就，所以蹉跎过了。那文姬年已长大，风情之事，尽知相慕。只为家里来往的人，庸流凡辈颇多，没有看得上眼的。听得说父亲在酒店中引得外方一个读书秀才来到，他便在里头东张西张，要看他怎生样的人物。那满生仪容举止，尽看得过，便也有一二分动心了。——这也是焦大郎的不是。便做道疏财仗义，要做好人，只该赍发满生些少，打发他走路才是。况且室无老妻，家有闺女，那满生非亲非戚，为何留在家里宿歇？只为好着几杯酒，贪个人做伴，又见满生可爱，倾心待他。谁想满生是个轻薄后生。一来看见大郎殷勤，道是敬他人才，安然托大[2]，忘其所以。二来晓得内有亲女，美貌及时，未曾许人，也就怀着希冀之意，指望图他为妻。又不好自开得口，待看机会。日挨一日，径把关中的念头丢过一边，再不提起了。

　　焦大郎终日惛惛醉乡，没些搭煞[3]，不加提防。怎当得他每两下烈火干柴，你贪我爱，各自有心，竟自勾搭上了。情到浓时，未免不避形迹。焦大郎也见了些光景，有些疑心起来。——大凡天下的事，再经有心人冷眼看不起的。起初满生在家，大郎无日不与他同饮同坐，毫无说话。比及大郎疑心了，便觉满生饮酒之间没心没想[4]，言语参差，好些破绽出来。

　　大郎一日推个事故，走出门去了。半日转来，只见满生醉卧书房，风飘衣起，露出里面一件衣服来。看去有些红色，象是女人袄子模样。走到身边仔细看时，正是女儿文姬身上的；又吊着一个交颈鸳鸯的香囊，

[1]　室女：未出嫁的女子。
[2]　托大：大意。
[3]　没些搭煞：没些头脑。
[4]　没心没想：意谓定不下心来。

也是文姬手绣的。大惊咤道："奇怪！奇怪！有这等事！"

满生睡梦之中，听得喊叫，突然惊起，急敛衣襟不迭。已知为大郎看见，面如土色。大郎道："秀才身上衣服，从何而来？"满生晓得瞒不过，只得诌个谎道："小生身上单寒，忍不过了。向令爱姐姐处，看老丈有旧衣借一件。不想令爱竟将一件女袄拿出来。小生怕冷，不敢推辞，权穿在此衣内。"大郎道："秀才要衣服，只消替老夫讲，岂有与闺中女子自相往来的事？是我养得女儿不成器了！"抽身望里边就走。

恰撞着女儿身边一个丫头，叫名青箱，一把抓过来道："你好好实说姐姐与那满秀才的事情，饶你的打。"青箱慌了，只得抵赖道："没曾见甚么事情。"大郎焦躁道："还要胡说！眼见得身上袄子多脱与他穿着了。"青箱没奈何，遮饰道："姐姐见爹爹十分敬重满官人，平日两下撞见时，也与他见个礼。他今日告诉身上寒冷，故此把衣服与他，别无甚说话。"大郎道："女人家衣服，岂肯轻与人着？况今日我又不在家，满秀才酒气喷人，是那里吃的？"青箱推道："不知。"大郎道："一发胡说了！他难道再有别处嗨酒？他方才已对我说了。你若不实招，我活活打死你。"青箱晓得没推处，只得把从前勾搭的事情，一一说了。

大郎听罢，气得抓耳挠腮，没个是处。喊道："不成才的歪货！他是别路来的，与他做下了事，打点怎的？"青箱说："姐姐今日见爹爹不在，私下摆个酒盒，要满官人对天罚誓：你娶我嫁，终身不负。故此与他酒吃了，又脱一件衣服、一个香囊与他，做记念的。"大郎道："怎了？怎了？"叹口气道："多是我自家热心肠的不是，不消说了。"反背了双手，踱出外边来。

文姬见父亲抓了青箱去，晓得有些不尴尬[1]。仔细听时，一句一句说

---

[1]　不尴尬：指麻烦。

到真处来。在里面正急得要上吊，忽见青箱走到面前，已知父亲出去了，才定了性。对青箱道："事已败露至此，却怎么了？我不如死休。"青箱道："姐姐不要性急。我看爹爹叹口气，自怨不是，走了出去，倒有几分成事的意思在那里。"文姬道："怎见得？"青箱道："爹爹极敬重满官人。已知有了此事，若是而今赶逐了他去，不但恶识了，把从前好情多丢去，却怎生了结姐姐？他今出去，若问得满官人不曾娶妻的，毕竟还配合了，才好住手。"文姬道："但愿得如此便好。"

　　果然大郎走出去，思量了一回，竟到书房中，带着怒容问满生道："秀才，你家中可曾有妻未？"满生踧踖[1]无地，战战兢兢回言道："小生湖海飘流，实未曾有妻。"大郎道："秀才家既读诗书，也该有些行止。吾与你本是一面不曾相识，怜你客途，过为拯救，岂知你所为不义若此！点污了人家儿女，岂是君子之行？"满生惭愧难容，下地叩头道："小生罪该万死。小生受老丈深恩，已为难报；今为儿女之情，一时不能自禁，猖狂至此。若蒙海涵，小生此生以死相报，誓不忘高天厚地之恩。"大郎又叹口气道："事已至此，虽悔何及？总是我生女不肖，致受此辱。今既为汝污，岂可别嫁？汝若不嫌地远，索性赘入我家，做了女婿，养我终身，我也叹了这口气罢。"满生听得此言，就是九重天上飞下一纸赦书来，怎不满心欢喜？又叩着头道："若得如此玉成，满某即粉身碎骨，难报深恩。满某父母双亡，家无妻子，便当奉侍终身，岂再他往？"大郎道："只怕后生家看得容易了，他日负起心来。"满生道："小生与令爱，恩深义重，已设誓过了。若有负心之事，教满某不得好死。"

　　大郎见他言语真切，抑且没奈何了，只得胡乱拣个日子，摆些酒席，配合了二人。正是：

----

[1]　踧踖（jú jí）：形容行动小心戒惧之貌。

绮罗丛里唤新人，锦绣窝中看旧物。

虽然后娶属先奸，此夜恩情翻较密。

满生与文姬，两个私情，得成正果，天从人愿，喜出望外。文姬对满生道："妾见父亲敬重君子，一时仰慕，不以自献为羞，致于失身。原料一朝事露，不能到底，惟有一死而已。今幸得父亲配合，终身之事已完，此是死中得生，万千侥幸。他日切（窃）不可忘。"满生道："小生飘蓬浪迹，幸蒙令尊一见如故，解衣推食，恩已过厚。又得遇卿不弃，今日成此良缘，真恩上加恩。他日有负，诚非人类。"两人愈加如胶似漆，自不必说。满生在家无事，日夜读书，思量应举。焦大郎见他如此，道是许嫁得人，暗里心欢。自此内外无间。

过了两年，时值东京春榜招贤。满生即对丈人说，要去应举。焦大郎收拾了盘费，赍发他去。满生别了丈人妻子，竟到东京，一举登第。才得唱名，满生心里放文姬不下，晓得选除未及，思量道："汴梁去凤翔不远。今幸已脱白挂绿[1]，何不且到丈人家里，与他们欢庆一番，再来未迟。"此时满生已有仆人使唤，不比前日。便叫收拾行李，即时起身。不多几日，已到了焦大郎门首。

大郎先已有人报知。是日整备迎接，鼓乐喧天，闹动了一个村坊。满生绿袍槐简，摇摆进来。见了丈人，便是纳头四拜。拜罢，长跪不起，口里称谢道："小婿得有今日，皆赖丈人提携。若使当日困穷旅店，没人救济，早已填了丘壑，怎能勾此身荣贵？"叩头不止。大郎扶起道："此皆贤婿高才，致身青云之上，老夫何功之有？当日困穷失意，乃贤士之

---

[1]　脱白挂绿：脱去白衣穿绿袍，指做官。

常。今日衣锦归来，有光老夫多矣。"满生又请文姬出来，交拜行礼，各各相谢。

其日邻里看的，挨挤不开。个个说道："焦大郎能识好人，又且平日好施恩德，今日受此荣华之报，那女儿也落了好处了。"有一等轻薄的道："那女儿闻得先与他有些（须）说话了，后来配他的。"有的道："也是大郎有心把女儿许他，故留他在家里，住这几时。便做道先有些甚么，左右是他夫妻。而今一床锦被遮盖了，正好做院君夫人去，还有何妨？"议论之间，只见许多人牵羊担酒，持花捧币，尽是些地方邻里亲戚，来与大郎作贺称庆。

大郎此时，把个身子抬在半天里了，好不风骚！一面置酒款待女婿，就先留几个相知亲戚相陪。次日又置酒请这一干作贺的。先是亲眷，再是邻里，一连吃了十来日酒，焦大郎费掉了好些钱钞。正是"欢喜破财，不在心上"。满生与文姬夫妻二人，愈加厮敬厮爱，欢畅非常。连青箱也算做日前有功之人，另眼看觑，别是一分颜色。有一首词，单道着得第归来，世情不同光景：

世事从来无定，天公任意安排。寒酸忽地上金阶，立看许多渗濑[1]。　熟识还须再认，至亲也要疑猜。夫妻行事别开怀，另似一张卯袋。

话说满生夫荣妻贵，暮乐朝欢。焦大郎本是个慷慨心性，愈加扯大，道是靠着女儿女婿不忧下半世不富贵了。尽心竭力，供养着他两个，惟其所用。满生总是慷他人之慨，落得快活过了几时。选期将及，要往京

[1] 渗濑：丑陋，凶暴。

师。大郎道是选官须得使用才有好地方，只得把膏腴之产尽数卖掉了，凑着偌多银两，与满生带去。焦大郎家事原只如常，经这一番大弄，已此十去八九。只靠着女婿选官之后再图兴旺，所以毫不吝惜。

满生将行之夕，文姬对他道："我与你恩情非浅。前日应举之时，已曾经过一番离别，恰是心里指望好日，虽然牵系，不甚伤情。今番得第已过，只要去选地方，眼见得只有好处来了，不知为甚么，心中只觉凄惨，不舍得你别去。莫非有甚不祥？"满生道："我到京即选。甲榜科名，必为美官。一有地方，便着人从来迎你与丈人同到任所，安享荣华。此是算得定的日子，别不多时的，有甚么不祥之处？切勿挂虑。"文姬道："我也晓得是这般的。只不知为何有些异样，不由人眼泪要落下来，更不知为甚缘故。"满生道："这番热闹了多时，今我去了，顿觉冷静，所以如此。"文姬道："这个也是。"两人絮聒了一夜，无非是些恩情浓厚、到底不忘的话。

次日天明，整顿衣装，别了大郎父子，带了仆人，径往东京选官去了。这里大郎与文姬父子两个，互相安慰，把家中事件收拾并叠，只等京中差人来接，同去赴任，悬悬指望，不题。

且说满生到京，得授临海[1]县尉[2]。正要收拾起身，转到凤翔，接了丈人妻子一同到任。拣了日子，将次起行。只见门外一个人，大踏步走将进来，口里叫道："兄弟，我那里不寻得你到？你元来在此？"满生抬头看时，却是淮南族中一个哥哥。满生连忙接待。那哥哥道："兄弟，几年远游，家中绝无消耗，举族疑猜。不知兄弟却在那里到京？一举成名，实为莫大之喜。家中叔叔枢密相公[3]，见了金榜[4]，即便打发差人，到京来

---

[1]　临海：今浙江省临海县。
[2]　县尉：官名，掌管捕盗贼、按察奸宄等事。
[3]　枢密相公：指前文所叙满生的任枢密副院的族叔。
[4]　金榜：指应试中式题名的榜。

相接。四处寻访不着，不知兄弟又到那里去了？而今选有地方，少不得出京家去。恁哥哥在此做些小前程，干办已满，收拾回去，已顾[1]下船在汴河，行李多下船了。各处挨问，得见兄弟。你打迭已完，只须同你哥哥回去，见见亲族，然后到任便了。"满生心中，一肚皮要到凤翔，那里曾有归家去的念头？见哥哥说来，意思不对，却又不好直对他说，只含糊回道："小弟还有些别件事干，且未要到家里。"那哥哥道："却又作怪！看你的装裹多停当了，只要走路的。不到家里，却又到那里？"满生道："小弟流落时节，曾受了一个人的大恩，而今还要向西路去谢他。"那哥哥道："你虽然得第，还是空囊。谢人先要礼物为先，这些事自然是到了任再处。况且此去到任所，一路过东，少不得到家边过。是顺路却不走，反走过西去怎的？"

满生此时，只该把实话对他讲，说个不得已的缘故，他也不好阻当得。争奈满生有些不老气[2]，恰象还要把这件事瞒人的一般，并不明说，但只东支西吾。凭那哥哥说得天花乱坠，只是不肯回去。那哥哥大怒起来，骂道："这样轻薄无知的人！书生得了科名，难道不该归来会一会宗族邻里？这也罢了，父母坟墓边也不该去拜见一拜见的？我和你各处去问一问，世间有此事否？"满生见他发出话来，又说得正气了，一时也没得回他，通红了脸，不敢开口。那哥哥见他不说了，叫些随来的家人，把他的要紧箱笼，不由他分说，只一搬，竟自搬到船上去了。满生没奈何，心里想道："我久不归家了。况我落魄出来，今衣锦还乡，也是好事。便到了家里，再去凤翔，不过迟得些日子，也不为碍。"对那哥哥道："既恁地，便和哥哥同到家去走走来。"只因这一去，有分交：

---

[1]　顾：同"雇"。
[2]　不老气：面嫩，怕羞。

绿袍年少，别牵系足之绳¹；青鬓佳人，立化望夫之石²。

满生同那哥哥回到家里，果然这番宗族邻里比前不同，尽多是呵脬捧屁³的。满生心里也觉快活。随去见那亲叔叔满贵。那叔叔是枢密副院，致仕⁴家居。既是显官，又是一族之长。见了侄儿，晓得是新第回来，十分欢喜。道："你一向出外不归，只道是流落他乡，岂知却能挣扎得第，做官回来？诚然是与宗族争气的。"满生满口逊谢。满枢密又道："却还有一件事，要与你说。你父母早亡，壮年未娶；今已成名，嗣续之事，最为紧要。前日我见你登科录上有名，便已为你留心此事。宋都朱从简大夫有一次女，我打听得才貌双全。你未来时，我已着人去相求，他已许下了。此极是好姻缘。我知那临海前官尚未离任，你到彼之期，还可从容。且完此亲事，夫妻一同赴任，岂不为妙？"

满生见说，心下吃惊，半晌做声不得。满生若是个有主意的，此时便该把凤翔流落、得遇焦氏之事，是长是短，备细对叔父说一遍，道："成亲已久，负他不得。须辞了朱家之婚，一刀两断。"说得决绝，叔父未必不依允。争奈满生讳言的是前日孟浪出游光景，恰象凤翔的事是私下做的，不肯当场明说，但只口里唧哝⁵。枢密道："你心下不快，敢虑着事体不周备么？一应聘定礼物，前日是我多已出过。目下成亲所费，总在我家支持，你只打点做新郎便了。"满生道："多谢叔叔盛情，容侄儿心下再计较一计较。"枢密正色道："事已定矣，有何计较？"满生见他

---

[1]　系足之绳：指传说中月下老人用以牵系夫妇之足的赤绳，被牵系的男女必成夫妻。
[2]　望夫之石：相传古时有贞妇送其夫赴国难，饯于北山，立望夫而化为立石。
[3]　呵脬（pāo）捧屁：喻阿谀奉承。
[4]　致仕：辞官归居。
[5]　唧哝：小声说话。

词色严毅，不敢回言，只得唯唯而出。

　　到了家里，闷闷了一回。想道："若是应承了叔父所言，怎生撇得文姬父子恩情？欲待辞绝了他的，不但叔父这一段好情不好辜负，只那尊严性子，也不好冲撞他。况且姻缘又好，又不要我费一些财物周折，也不该挫过。做官的人，娶了两房，原不为多。欲待两头绊着，文姬是先娶的，须让他做大，这边朱家又是官家小姐，料不肯做小，却又两难。"心里真似十五个吊桶打水，七上八落的，反添了许多不快活。踌躇了几日，委决不下。

　　到底满生是轻薄性子，见说朱家是宦室之女，好个模样，又不费己财，先自动了十二分火。只有文姬父子这一点念头，还有些良心，不能尽绝。肚里展转了几番，却就变起卦来。大凡人只有初起这一念是有天理的，依着行去，好事尽多。若是多转了两个念头，便有许多奸贪诈伪没天理的心来了。满生只为亲事摆脱不开，过了两日，便把一条肚肠换了转来。自想道："文姬与我，起初只是两下偷情，算得个外遇罢了。后来虽然做了亲，元不是明婚正配。况且我既为官，做我配的，须是名门大族。焦家不过市井之人，门户低微，岂堪受朝廷封诰，作终身伉俪哉？我且成了这边朱家的亲，日后他来通消息时，好言回他，等他另嫁了便是。倘若必不肯去，事到其间，要我收留，不怕他不低头做小了。"算计已定，就去回复枢密。

　　枢密拣个黄道吉日，行礼到朱大夫家，娶了过来。那朱家既是宦家，又且嫁的女婿是个新科，愈加要齐整，妆奁丰厚，百物具备。那朱氏女生长宦门，模样又是著名出色的，真是德、容、言、功[1]无不具足。满生快活非常，把那凤翔的事丢在东洋大海去了。正是：

---

[1]　德、容、言、功：按封建道德，妇女应有四德，即妇德、妇容、妇言、妇功。

花神脉脉殿春残，争赏慈恩紫牡丹。

别有玉盘承露冷，无人起就月中看。

满生与朱氏，门当户对，年貌相当，你敬我爱，如胶似漆。满生心里，反悔着凤翔多了焦家这件事。却也有时念及，心上有些遣不开。因在朱氏面前，索性把前日焦氏所赠衣服、香囊拿出来，忍着性子，一把火烧了，意思要自此绝了念头。朱氏问其缘故，满生把文姬的事，略略说些始末，道："这是我未遇时节的事，而今既然与你成亲，总不必提起了。"朱氏是个贤慧女子，倒说道："既然未遇时节相处一番，而今富贵了，也不该便绝了他。我不比那世间妒忌妇人，倘或有便，接他来同住过日，未为不可。"怎当得满生负了盟誓，难见他面，生怕[1]他寻将来，不好收场，那里还敢想接他到家里？亦且怕在朱氏面上不好看，一意只是断绝了。回言道："多谢夫人好意。他是小人家儿女，我这里没消息到他，他自然嫁人去了。不必多事。"自此再不提起。

初时满生心中怀着鬼胎，还虑他有时到来，喜得那边也绝无音耗。俗语云："孝重千斤，日减一斤。"满生日远一日，竟自忘怀了。

自当日与朱氏同赴临海任所，后来作尉任满，一连做了四五任美官，连朱氏封赠过了两番。不觉过了十来年，累官至鸿胪少卿，出知齐州[2]。那齐州厅舍甚宽，合家人口住得象意。到任三日，里头收拾已完，内眷人等要出私衙之外，到后堂来看一看。少卿分付衙门人役，尽皆出去，屏除了闲人。同了朱氏，带领着几个小厮、丫鬟、家人、媳妇，共十来个人，一起到后堂散步。各自东西闲走看耍。少卿偶然走到后堂右边天

[1]　生怕：只怕。
[2]　齐州：今山东省历城县。

　　　　　　　　　　　　　　古代短篇小说

井中，见有一小门。少卿推开来看，里头一个穿青的丫鬟，见了少卿，飞也似跑了去。少卿急赶上去看时，那丫鬟早已走入一个破帘内去了。少卿走到帘边，只见帘内走出一个女人来。少卿仔细一看，正是凤翔焦文姬。

少卿虚心病，元有些怕见他的。亦且出于不意，不觉惊惶失措。文姬一把扯住少卿，哽哽咽咽哭将起来道："冤家，你一别十年，向来许多恩情一些也不念及，顿然忘了。真是忍人！"少卿一时心慌，不及问他从何而来，且自辩说道："我非忘卿。只因归到家中，叔父先已别聘，强我成婚。我力辞不得，所以蹉跎至今，不得来你那里。"文姬道："你家中之事，我已尽知，不必提起。吾今父亲已死，田产俱无，刚剩得我与青箱两人，别无倚靠。没奈何了，所以千里相投。前日方得到此，门上人又不肯放我进来。求恳再三，今日才许我略在别院空房之内驻足一驻足，幸而相见。今一身孤单，茫无栖泊。你既有佳偶，我情愿做你侧室，奉事你与夫人，完我余生。前日之事，我也不计较短长，付之一叹罢了。"说一句，哭一句。说罢，又倒在少卿怀里，发声大恸。连青箱也走出来见了，哭做一堆。少卿见他哭得哀切，不由得眼泪也落下来。又恐怕外边有人知觉，连忙止他道："多是我的不是。你而今不必啼哭，管还你好处。且喜夫人贤慧，你既肯认做一分小，就不难处了。你且消停在此，等我与夫人说去。"

少卿此时也是身不由己的，走来对朱氏道："昔年所言凤翔焦氏之女，间隔了多年，只道他嫁人去了。不想他父亲死了，带了个丫鬟，直寻到这里。今若不收留他，没个着落，叫他没处去了。却怎么好？"朱氏道："我当初原说接了他来家，你自不肯，直误他到此地位。还好不留得他？快请来与我相见。"少卿道："我说道夫人贤慧！"就走到西边去，把朱氏的说话说与文姬。文姬回头对青箱道："若得如此，我每且喜有安身之处了。"两人随了少卿，步至后堂。见了朱氏，相叙礼毕。文姬道："多蒙夫人不弃，情愿与夫人铺床叠被。"朱氏道："那有此理？只是姐妹相处便了。"就相邀了，一同进入衙中。

朱氏着人替他收拾起一间好卧房，就着青箱与他同住，随房伏侍。文姬低头伏气，且是小心。朱氏见他如此，甚加怜爱，且是过得和睦。住在衙中几日了，少卿终是有些羞惭不过意，缩缩朒朒[1]，未敢到他房中歇宿去。

一日，外厢去吃了酒，归来有些微醺了。望去文姬房中，灯火微明，不觉心中念旧起来。醉后却胆壮了，跟跟跄跄，竟来到文姬面前。文姬与青箱慌忙接着，喜喜欢欢，簇拥他去睡了。这边朱氏闻知，笑道："来这几时，也该到他房里去了。"当夜朱氏收拾了自睡。

到第二日，日色高了，合家多起了身，只有少卿未起。合家人指指点点，笑的话的，道是："十年不相见了，不知怎地舞弄，这时节还自睡哩！青箱丫头在旁边听得不耐烦，想也倦了，连他也不起来。"有老成的道："十年的说话，讲也讲他大半夜，怪道天明多睡了去。"众人议论了一回，只不见动静。

朱氏梳洗已过，也有些不惬意道："这时节也该起身了，难道忘了外边坐堂[2]？"同了一个丫鬟，走到文姬房前听一听，不听得里面一些声响。推推门看，又是里面关着的。家人每道："日日此时，出外理事去久了，今日迟得不象样。我每不妨催一催。"一个就去敲那房门。初时低声，逐渐声高，直到得乱敲乱叫，莫想里头答应一声。尽来对朱氏道："有些奇怪了。等他开出来不得。夫人做主，我们掘开一壁进去看看。停会相公嗔怪，全要夫人担待。"朱氏道："这个在我，不妨。"

---

[1]　朒（nù）：退缩之意。
[2]　坐堂：官吏在堂上判事。

众人尽皆动手，须臾之间，已掇开了一垛壁。众人走进里面一看，开了口合不拢来。正是：

> 宣子漫传无鬼论[1]，良宵自昔有冤偿。
> 若还死者全无觉，落得生人不善良。

众人走进去看时，只见满少卿直挺挺倘[2]在地下，口鼻皆流鲜血。近前用手一摸，四肢冰冷，已气绝多时了。房内并无一人，那里有甚么焦氏，连青箱也不见了，刚留得些被卧在那里。

众人忙请夫人进来。朱氏一见，惊得目睁口呆，大哭起来。哭罢，道："不信有这样的异事！难道他两个人摆布死了相公，连夜走了？"众人道："衙门封锁，插翅也飞不出去。况且房里兀自关门闭户的，打从那里走得出来？"朱氏道："这等，难道青天白日相处这几时，这两个却是鬼不成？"似信不信。一面传出去，说少卿夜来暴死，着地方停当后事。

朱氏悲悲切切，到晚来步进卧房，正要上床睡去，只见文姬打从床背后走将出来，对朱氏道："夫人休要烦恼。满生当时，受我家厚恩。后来负心，一去不来。吾举家悬望，受尽苦楚，抱恨而死。我父见我死无聊[3]，老人家悲哀过甚，与青箱丫头，相继沦亡。今在冥府诉准，许自来索命。十年之怨，方得伸报。我而今与他冥府对证去。蒙夫人相待好意，不敢相侵，特求告别。"朱氏正要问个备细，一阵冷风遍体，飒然惊觉，乃是南柯一梦。才晓得文姬、青箱两个真是鬼，少卿之死，被他活捉了去，阴府对理。

---

[1] 宣子漫传无鬼论：宣子为晋代阮修之字，他主张无鬼论。
[2] 倘：同"躺"。
[3] 无聊：无所依赖。

朱氏前日原知文姬这事，也道少卿没理的。今日死了，无可怨怅，只得护丧南还。单苦了朱氏下半世，亦是满生之遗孽也。世人看了如此榜样，难道男子又该负得女子的？

　　痴心女子负心汉，谁道[1]阴中有判断！
　　虽然自古皆有死，这回死得不好看！

（据明尚友堂本）

说明

　　本篇为《二刻拍案惊奇》卷十一。就故事内容而言，发迹变泰后负恩薄幸，抛弃先前曾共患难的妻子，这是古代小说戏曲中常见的题材，这篇小说的情节与流传已广的王魁负桂英等故事也较为相似，然而作者创作时的思想观念却超出了前人。他写道："天下事有好些不平的所在。假如男人死了，女人再嫁，便道是失了节，玷了名，污了身子，是个行不得的事，万口訾议。及至男人家丧了妻子，却又凭他续弦再娶，置妾买婢，做出若干的勾当，把死的丢在脑后，不提起了，并没人道他薄幸负心，做一场说话。……女人少有外情，便是老大的丑事，人世羞言；及至男人家撇了妻子，贪淫好色，宿娼养妓，无所不为，总有议论不是的，不为十分大害。所以女子愈加可怜，男人愈加放肆。"由此可见，作者创作的出发点并不是停留在对某些妇女不幸遭遇的同情，而是将批判

---

[1]　谁道：谁料想到。

278 古代短篇小说

的锋芒指向了历来束缚妇女而放纵男子的封建婚姻与贞操观念。在程朱理学思想占统治地位的当时，作者能大胆地提出如此尖锐的批评，确实是难能可贵的。

集评

　　有此哀怜之交，受恩深处，展墓之次，便当禀闻叔父，岂宋弘能抗世祖之命，而生顾难一言于叔父乎？即不然，幸朱贤淑不妒，诉以苦情，迎之双栖，犹可救半。甘心负亏，自招幽讨。悲夫！

——明·詹詹外史《情史》卷十六

李　渔

李渔（1611—1680），原名仙侣，后改名渔，字谪凡，一字笠鸿，号笠翁，亦署觉世稗官、新亭樵客、笠道人等，浙江兰溪人。明末秀才，几次乡试均未能中举。入清后未再应试，而致力于创作，并曾率戏班游荡江湖。李渔著有传奇《笠翁十种曲》，小说集《连城璧》、《十二楼》以及论著《闲情偶寄》等。

谭楚玉戏里传情　刘藐姑曲终死节

诗云：

> 从来尤物[1]最移人，况有清歌妙舞身；
> 一曲霓裳千泪落，曾无半滴起娇鬒。

又词云：

> 好妓好歌喉，擅尽风流。惯将欢笑起人愁，尽说含情单为我，魂魄齐勾。　　舍命作缠头[2]，不死无休。琼瑶琼玖竞相投，桃李全然无报答，尚美娇羞。

这首诗与这首词，乃说世间做戏的妇人，比寻常妓女，另是一种娉

---

[1]　尤物：原指特出的人物，后常用以指绝色的美女。
[2]　缠头：古代歌舞艺人表演时以锦缠头，演毕，客以罗锦为赠，称缠头。

婷[1]，别是一般妖媚，使人见了最易消魂，老实的也要风流起来，悭吝的也会撒漫起来。这是甚么原故？只因他学戏的时节，把那些莺啼燕语之声，柳舞花翻之态，操演熟了，所以走到人面前，不消作意自有一种云行水流的光景。不但与良家女子立在一处，有轻清重浊之分；就与娼家姊妹分坐两旁，也有矫强自然之别。况且戏场上那一条毡单，又是件最作怪的东西，极会难为丑妇，帮衬佳人。丑陋的走上去，使他愈加丑陋起来；标致的走上去，使他分外标致起来。常有五、六分姿色的妇人，在台下看了，也不过如此，及至走上台去，做起戏来，竟象西子重生，太真[2]复出，就是十分姿色的女子，也还比他不上。这种道理，一来是做戏的人，命里该吃这碗饭，有个二郎神呵护他，所以如此；二来也是平日驯养之功，不是勉强做作得出的。是便是了，天下最贱的人，是娼优隶卒四种。做女旦的，为娼不足，又且为优，是以一身兼二贱了。为甚么还把他做起小说来？只因第一种下贱之人，做出第一件可敬之事，犹如粪土里面，长出灵芝来，奇到极处，所以要表扬他。别回小说，都要在本事之前，另说一桩小事，做个引子。独有这回不同，不须为主邀宾，只消借母形子，就从粪土之中，说到灵芝上去，也觉得文法一新。

却说浙江衢州府西安县[3]，有个不大不小的乡村，地名叫做杨村坞。这块土上的人家，不论男子妇人，都以做戏为业。梨园子弟所在都有，不定出在这一处，独有女旦脚色，是这一方的土产，他那些体态声音，分外来得道地。一来是风水所致；二来是骨气使然。只因他父母原是做戏的人，当初交媾之际，少不得把戏台上的声音、毡单上的态度做作出来，然后下种，那些父精母血已先是些戏料了。及至带在肚里，又终日

---

[1]　婷婷：姿态美好。
[2]　太真：指唐玄宗李隆基的妃子杨玉环。
[3]　西安县：今浙江省衢县。

做戏，古人原有胎教之说，他那些莺啼燕语之声、柳舞花翻之态，从胞胎里面就教习起了。及至生将下来，所见所闻，除了做戏之外，并无别事，习久成性，自然不差，岂是半路出家的妇人，所能仿佛其万一？所以他这一块地方，代代出几个驰名的女旦。别处的女旦，就出在娼妓里面，日间做戏，夜间接客，不过借做戏为由，好招揽嫖客。独有这一方的女旦不同，他有三许三不许。那三许三不许？

　　许看不许吃；许名不许实；许谋不许得。

　　他做戏的时节，浑身上下，没有一处不被人看到。就是不做戏的时节，也一般与人顽耍，一般与人调情。独有香喷喷的那钟美酒，只使人垂涎咽唾，再没得把人沾唇。这叫做许看不许吃。遇着那些公子王孙、富商大贾，或以钱财相结，或以势力相加，定要与他相处的，他以未尝拒绝，只是口便许了，心却不许。或是推托身子有病，卒急不好同房。或是假说丈夫不容，还要缓图机会，捱得一日是一日，再不使人容易到手。这叫做许名不许实。就是与人相处过了，枕席之间十分缱绻，你便认做真情，他却象也是做戏，只当在戏台上面，与正生做几出风流戏文。做的时节，十分认真，一下了台，就不作准。常有痴心子弟，要出重价替他赎身。他口便许你从良，使你终日图谋，不惜纳交之费，图到后来究竟是一场春梦，不舍得把身子从人。这叫做许谋不许得。他为甚么原故，定要这等作难？要晓得此辈的心肠，不是替丈夫守节，全是替丈夫挣钱。不肯替丈夫挣小钱，要替丈夫挣大钱的意思。但凡男子相与妇人，那种真情实意，不在粘皮靠肉之后，却在眉来眼去之时，就象极馋的客人上了酒席，众人不曾下箸时节，自己闻见了香味，竟象那些看馔都是不曾吃过的一般，不住要垂涎咽唾；及至到口之后，狼餐虎嚼吃了一顿，再有珍羞上来，就不觉其可想，反觉其可厌了。男子见妇人，就如馋人遇酒食，只可使他闻香，不可容他下箸。一下了箸，就不觉兴致索然，再要他垂涎咽唾，就不能够了。所以他这一方的女旦，知道这种道理，再不肯轻易接人，把这三句秘诀，做了传家之宝。母传之于女，姑传之于媳，不知传了几十世，忽然传出个不肖的女儿来，偏与这秘诀相左。也许看，也许吃，也许名，也许实，也许谋，也许得，总来是无所不许。古语道得好，"有治人，无治法"，他圆通了一世，一般也替丈夫同心协力，挣了一注大钱，还落得人人说他脱套。这个女旦姓刘，名绛仙，是嘉靖末年的人。生得如花似玉，喉音既好，身段亦佳，资性又来得聪慧。别的女旦，只做得一种脚色，独是他有兼人之才，忽而做旦，忽而做生。随那做戏的人家，要他装男就装男，要他扮女就扮女。更有一种不羁之才，到那正戏做完之后，忽然填起花面来，不是做净，就是做丑。那些插科打诨的话，都是簇新造出来的，句句钻心，言言入骨，使人看了分外销魂，没有一个男人，不想与他相处。他的性子，原是极圆通的，不必定要潘安之貌，子建之才，随你一字不识，极丑极陋的人，只要出得大钱，他就与你相处。只因美恶兼收，遂致贤愚共赏，不上三十岁，挣起一分绝大的家私，封赠丈夫做了个有名的员外。他的家事虽然大了，也还不离本业。家中田地，倒托别人管照，自己随着丈夫，依旧在外面做戏，指望传个后代出来，把担子交卸与他，自己好回去养老。谁想物极必反，传了一世，又传出个不肖的女儿来。不但把祖宗的成宪[1]，视若弁髦[2]，又且将慈母的芳规，作为故纸。竟在假戏文里面，做出真戏文来，使千年万载的人，看个不了。

[1]　成宪：旧订的法规。
[2]　弁（biàn）髦：弁指布冠，髦指幼童垂于眉际的头发。古代男子成人行冠礼后，不再用缁布冠，并剃去垂髦。后因以弁髦喻弃置无用之物。

这个女儿，小名叫做藐姑，容貌生得如花似玉，可称绝世佳人，说不尽他一身的娇媚。有古语四句，竟是他的定评：

施粉则太白，施朱则太红；加之一寸则太长，损之一寸则太短。

至于遏云之曲、绕梁之音，一发是他长技，不消说得的了。他在场上搬演的时节，不但使千人叫绝、万人赞奇。还能把一座无恙的乾坤，忽然变做风魔世界，使满场的人，个个把持不定，都要死要活起来。为甚么原故？只因看到那销魂之处，忽而目定口呆，竟象把活人看死了；忽而手舞足蹈，又象把死人看活了。所以人都赞叹他道："何物女子，竟操生杀之权？"他那班次里面，有这等一个女旦，也就够出名了。谁想天不生无对之物，恰好又有一个正生，也是从来没有的脚色。与藐姑配合起来，真可谓天生一对，地生一双。那个正生又有一桩奇处，当初不由生脚[1]起手，是从净丑里面捉拔出来的。要说这段姻缘，须从脚根上叙起。

藐姑十二三岁的时节，还不曾会做成本的戏文，时常跟了母亲做几出零星杂剧。彼时有个少年的书生，姓谭，名楚玉，是湖广襄阳府人。原系旧家子弟，只因自幼丧母，随了父亲在外面游学。后来父亲又死于异乡，自己只身无靠，流落在三吴、两浙[2]之间，年纪才十七岁。一见藐姑就知道是个尤物，要相识他于未曾破体之先。乃以看戏为名，终日在戏房里面走进走出，指望以眉眼传情，挑逗他思春之念。先弄个破题上手，然后把承题开讲的工夫，逐渐儿做去。谁想他父母拘管得紧，除了学戏之外，不许他见一个闲人，说一句闲话。谭楚玉窥伺了半年，只是

---

[1]　脚：同"角"。
[2]　三吴、两浙：泛指江浙地区。三吴，吴郡、吴兴与丹阳的合称，或言为苏州、润州与湖州的合称。两浙，宋置两浙路，辖江苏长江以南与浙江全境。

　　　　　　　　　　　　　　　　　　　　　　古代短篇小说

无门可入。

　　一日闻得他班次里面，样样脚色都有了，只少一个大净，还要寻个伶俐少年，与藐姑一同学戏。谭楚玉正在无聊之际，得了这个机会，怎肯不图。就去见绛仙夫妇，把情愿入班的话说了一遍。绛仙夫妇大喜，即日就留他拜了先生，与藐姑同堂演习。谭楚玉是个聪明的人，学起戏来，自然触类旁通，闻一知十，不消说得的了。藐姑此时，年纪虽然幼小，知识还强似大人。谭楚玉未曾入班，藐姑就相中他的容貌，见他看戏看得殷勤，知道醉翁之意决不在酒。如今又见他投入班来，但知香艳之可亲，不觉娼优之为贱，欲借同堂以纳款[1]，虽为花面而不辞，分明是个情种无疑了，就要把一点灵犀托付与他。怎奈那教戏的先生，比父亲更加严厉。念脚本[2]的时节，不许他交头接耳；串科分的时节，唯恐他靠体沾身。谭楚玉竟做了梁山伯，刘藐姑竟做了祝英台，虽然同窗共学，不曾说得一句衷情。只好相约到来生，变做一对蝴蝶，同飞共宿而已。谭楚玉过了几时，忽然懊悔起来道，有心学戏，除非学个正生，还存一线斯文之体。即使前世无缘，不能够与他同床共枕，也在戏台上面，借题说法，两下里诉诉衷肠。我叫他一声妻，他少不得叫我一声夫，虽然做不得正经，且占那一时三刻的风流，了了从前的心事，也不枉我入班一场。这花面脚色，岂是人做的东西。况且又气闷不过，妆扮出来的，不是村夫俗子，就是奴仆丫环。自己睁了饿眼，看他与别人做夫妻，这样膀胱臭气，如何忍得过。

　　一日乘师父不在馆中，众脚色都坐在位上念戏，谭楚玉与藐姑相去不远，要以齿颊传情，又怕众人听见。还喜得一班之中，除了生旦二人，没有一个通文理的，若说常谈俗语，他便知道，略带些"之乎者也"，就

---

[1]　纳款：归顺，降服。
[2]　脚本：剧本。

听不明白了。谭楚玉乘他念戏之际，把眼睛觑着藐姑，却象也是念戏一般，念与藐姑听道："小姐小姐，你是个聪明绝顶之人，岂不知小生之来意乎？"藐姑也象念戏一般，答应他道："人非木石，夫岂不知，但苦有情难诉耳。"谭楚玉又道："老夫人提防得紧，村学究拘管得严，不知等到何时，才能够遂我三生之愿？"藐姑道："只好两心相许，俟诸异日而已。此时十目相视，万无佳会可乘，幸勿妄想。"谭楚玉又低声道："花面脚色窃耻为之，乞于令尊令堂之前，早为缓颊[1]，使得擢为正生，暂缔场上之良缘，预作房中之佳兆，芳卿独无意乎？"藐姑道："此言甚善，但出于贱妾之口，反生堂上之疑，是欲其入而闭之门也，子当以术致之。"谭楚玉道："术将安在？"藐姑低声道："通班以得子为重，子以不屑作花面而去之，则将无求不得。有萧何在君侧，勿虑追信[2]之无人也。"谭楚玉点点头道："敬闻命矣。"

过了几日，就依计而行，辞别先生与绛仙夫妇，要依旧回去读书。绛仙夫妇闻之，十分惊骇道："戏已学成，正要出门做生意了，为甚么忽然要跳起槽来？"就与教戏的师父，穷究他变卦之由。谭楚玉道："人穷不可失志。我原是个读书之人，不过因家计萧条，没奈何就此贱业，原要借优孟之衣冠[3]，发泄我胸中之垒块。只说做大净的人，不是扮关云长，就是扮楚霸王，虽然涂几笔脸，做到那慷慨激烈之处，还不失我英雄本色。那里晓得十本戏文之中，还没有一本做君子，倒有九本做小人。这样丧名败节之事，岂大丈夫所为，故此不情愿做他。"绛仙夫妇道："你既不屑做花面，任凭尊意，拣个好脚色做就是了，何须这等任性。"谭楚玉就把一应脚色，都评品一番道："老旦贴旦，以男子而屈为妇人，恐

[1]　缓颊：婉言劝解，或代人说情。
[2]　信：指韩信。此处引萧何追韩信的典故。
[3]　优孟之衣冠：指登台演戏。优孟，春秋时楚国艺人。

古代短篇小说

失丈夫之体。外脚末脚，以少年而扮做老子，恐销英锐之气。只有小生可以做得，又往往因人成事，助人成名，不能自辟门户，究竟不是英雄本色，我也不情愿做他。"戏师父对绛仙夫妇道："照他这等说来，分明是以正生自居了，我看他人物声音，倒是个正生的材料。只是戏文里面，正生的曲白最多，如今各样戏文都已串就，不日就要出门行道了，即使教他做生，那些脚本一时怎么念得上？"谭楚玉笑一笑道："只怕连这一脚正生，我还不情愿做；若还愿做，那几十本旧戏，如何经得我念，一日念一本，十日就念十本了。若迟一月出门，难道三十本戏文，还不够人家搬演不成？"那戏师父与他相处，一向知道他的记性最好，就劝绛仙夫妇，把他改做正生，倒把正生改了花面。谭楚玉的记性，真是过目不忘，果然不上一月，学会了三十多本戏文，就与藐姑出门行道。

起先学戏的时节，内有父母提防，外有先生拘管，又有许多同班朋友，夹杂其中，不能够匠心匠意，说几句知情识趣的话。只说出门之后，大家都在客边，少不得同事之人，都象弟兄姊妹一般，内外也可以不分，嫌疑也可以不避。挨肩擦背的时节，要嗅嗅他的温香，摩摩他的软玉，料想不是甚么难事。谁料戏房里面的规矩，比闺门之中更严一倍。但凡做女旦的，是人都可以调戏得，只有同班的朋友，调戏不得。这个规矩，不是刘绛仙夫妇做出来的。有个做戏的鼻祖，叫做二郎神，是他立定的法度。同班相谑，就如姊妹相奸一般，有碍于伦理。做戏的时节，任你肆意诙谐，尽情笑耍。一下了台，就要相对如宾，笑话也说不得一句。略有些暧昧之情，就犯了二郎神的忌讳，不但生意做不兴旺，连通班的人，都要生起病来。所以刘藐姑出门之后，不但有父母提防，先生拘管，连那同班的朋友，都要互相纠察。见他与谭楚玉坐在一处，就不约而同都去伺察他，惟恐做些勾当出来，要连累自己，大家都担一把干系。可怜这两个情人，只当口上加了两纸封条，连那"之乎者也"的旧话，也说不得一句。只好在戏台之上，借古说今，猜几个哑谜而已。别的戏子，怕的是上台，喜的是下台。上台要出力，下台好躲懒故也。独有谭楚玉与藐姑二人，喜的是上台，怕的是下台。上台好做夫妻，下台要避嫌疑故也。这一生一旦，立在场上，竟是一对玉人。那一个男子不思，那一个妇人不想。又当不得他以做戏为乐，没有一出不尽情极致。同是一般的旧戏，经他两个一做，就会新鲜起来。做到风流的去处，那些偷香窃玉之状、偎红倚翠之情，竟象从他骨髓里面透露出来。都是戏中所未有的，一般使人看了无不动情。做到苦楚的去处，那些怨天恨地之词、伤心刻骨之语，竟象从他心窝里面发泄出来。都是刻本所未载的，一般使人听了，无不堕泪。这是甚么原故？只因别的梨园，做的都是戏文，他这两个做的都是实事。戏文当做戏文做，随你搬演得好，究竟生自生，而旦自旦，两下的精神联络不来。所以苦者不见其苦；乐者不见其乐。他当戏文做，人也当戏文看也。若把戏文当了实事做，那做旦的精神，注定在做生的身上；做生的命脉，系定在做旦的手里，竟使两个身子合为一人，痛痒无不相关。所以苦者真觉其苦；乐者真觉其乐。他当实事做，人也当实事看。他这班次里面，有了这两个生旦，把那些平常的脚色，都带挈得尊贵起来。别的梨园，每做一本，不过三四两、五六两戏钱。他这一班，定要十二两，还有女旦的缠头在外。凡是富贵人家有戏，不远数百里，都要来接他。接得去的，就以为荣；接不去的，就以为辱。

刘绛仙见新班做得兴头，竟把旧班的生意，丢与丈夫掌管，自己跟在女儿身边，指望教导他些骗人之法，好趁大注的钱财。谁想藐姑一点真心，死在谭楚玉身上，再不肯去周旋别人。别人把他当做心头之肉，他把别人当做眼中之钉。教他上席陪酒，就说生来不饮，酒杯也不肯沾唇。与他说一句私话，就勃然变色起来，要托故起身。那些富家子弟，拼了大块银子，去结识他，他莫说别样不许，就是一颦一笑，也不肯假借与人。打首饰送他的，戴不上一次两次，就化作银子用了。做衣服送他的，都放在戏箱之中，做老旦贴旦的行头，自己再不肯穿着。隐然有个不肯二夫，要与谭楚玉守节的意思，只是说不出口。

一日做戏做到一个地方，地名叫做□□埠。这地方有所古庙，叫做晏公庙。晏公所职掌的，是江海波涛之事。当初曾封为平浪侯，威灵极其显赫。他的庙宇就起在水边，每年十月初三日是他的圣诞。到这时候，那些附近的檀越[1]，都要搬演戏文，替他上寿。往年的戏，常请刘绛仙做。如今闻得他小班更好，预先封了戏钱，遣人相接，所以绛仙母子，赴召而来。往常间做戏，这一班男女，都是同进戏房，没有一个参前落后。独有这一次，人心不齐，各样脚色都不曾来，只有谭楚玉与藐姑二人先到。他两个等了几年，只讨得这一刻时辰的机会，怎肯当面错过。神庙之中，不便做私情勾当，也只好叙叙衷曲而已。说了一会，就跪在晏公面前，双双发誓说："谭楚玉断不他婚，刘藐姑必不另嫁，倘若父母不容，当继之以死，决不作负义忘情、半途而废之事。有背盟者，神灵殛[2]之。"发得誓完，只见众人一齐走到，还亏他回避得早，不曾露出破绽来，不然疑心生暗鬼，定有许多不祥之事生出来也。当日做完了一本戏，各回东家安歇不提。

却说本处的檀越里面，有个极大的富翁，曾由赀郎出身，做过一任京职。家私有十万之富。年纪将近五旬，家中姬妾共有十一房。刘绛仙少年之时，也曾受过他的培植。如今看见藐姑一貌如花，比母亲更强十倍，竟要拼一注重价娶他，好与家中的姬妾，凑作金钗十二行。就把他母子留入家中，十分款待，少不得与绛仙温温旧好，从新培植一番，到那情意绸缪之际，把要娶藐姑的话，恳恳切切的说了一番。绛仙要许他，

---

[1]　檀越：施主。
[2]　殛（jí）：杀。

又因女儿是棵摇钱树，若还熨得他性转，自有许多大钱趁得来，岂止这些聘礼；若还要回绝他，又见女儿心性执拗，不肯替爹娘挣钱，与其使气任性，得罪于人，不如打发出门，得注现成财物的好。踌躇了一会，不能定计，只得把句两可之词，回复他道："你既有这番美意，我怎敢不从，只是女儿年纪尚小，还不曾到破瓜的时节。况且延师教诲了一番，也等他做几年生意，待我弄本钱上手，然后嫁他未迟，如今还不敢轻许。"那富翁道："既然如此，明年十月初三，少不得又有神戏要做，依旧接你过来，讨个下落就是了。"绛仙道："也说得是。"过了几日，把神戏做完，与富翁分别而去。

他当晚回复的意思，要在这一年之内，看女儿的光景何如。若肯回心转意，替父母挣钱，就留他做生意。万一教诲不转，就把这着工夫，做个退步。所以自别富翁之后，竟翻转面皮来与女儿作对。说之不听，继之以骂；骂之不听，继之以打。谁想藐姑的性子，坚如金石，再不改移。见他凌逼不过，连戏文也不情愿做，竟要寻死寻活起来。

及至第二年九月终旬，那个富翁早早差人来接。接到之时，就问绛仙讨个下落。绛仙见女儿不是成家之器，就一口应允了他。那富翁竟兑了千金聘礼，交与绛仙，约定在十月初三，神戏做完之后，当晚就要成亲。绛仙还瞒着女儿，不肯就说，直到初二晚上，方才知会他道："我当初生你一场，又费许多心事教导你，指望你尽心协力，替我挣一分人家。谁想你一味任性，竟与银子做对头。良不象良，贱不象贱，逢人就要使气，将来毕竟有祸事出来。这桩生意不是你做的，不如收拾了行头，早些去嫁人的好。某老爷是个万贯财主，又曾出任过，你嫁了他，也算得一位小小夫人，况且一生又受用不尽。我已收过他的聘礼，把你许他做偏房了。明日就要过门，你又不要任性起来，带挈老娘嗝气。"藐姑听见这句话，吓得魂不附体，睁着眼睛把母亲相了几相。就回复道："母亲说差了，孩儿是有了丈夫的人，烈女不更二夫，岂有再嫁之理。"绛仙听见这一句，不知从那里说起。就变起色来道："你的丈夫在那里？我做爷娘的不曾开口，难道你自己做主，许了人家不成？"藐姑道："岂有自许人家之理。这个丈夫是爹爹与母亲，自幼配与孩儿的，难道还不晓得，倒装聋做哑起来。"绛仙道："好奇话。这等你且说来是那一个？"藐姑道："就是做生的谭楚玉。他未曾入班之先，终日跟来跟去，都是为我。就是入班学戏，也是借此入门，好亲近孩儿的意思。后来又不肯做净，定要改为正生，好与孩儿配合，也是不好明白说亲，把个哑谜与人猜的意思。母亲与爹爹，都是做过生旦，演过情戏的人，难道这些意思，都解说不出？既不肯把孩儿嫁他，当初就不该留他学戏，即使留他学戏，也不该把他改为正生。既然两件都许，分明是猜着哑谜，许他结亲的意思了。自从做戏以来，那一日不是他做丈夫，我做妻子。看戏的人万耳万目，那一个做不得证见。人人都说我们两个是天地生成、造化配就的一对夫妻。到如今夫妻做了几年，忽然叫我变起节来，如何使得？这样圆通的事，母亲平日做惯了，自然不觉得诧异。孩儿虽然不肖，还是一块无瑕之玉，怎肯自家玷污起来？这桩没理的事，孩儿断断不做。"绛仙听了这些话，不觉大笑起来。把他啐了一声道："你难道在这里做梦不成，戏台上做夫妻那里做得准。我且问你，这个'戏'字怎么样解说？既谓之戏，就是戏谑的意思了，怎么认起真来？你看见几个女旦，嫁了正生的？"藐姑道："天下的事，样样都可以戏谑，只有婚姻之事，戏谑不得。我当初只因不知道理，也只说做的是戏，开口就叫他丈夫。如今叫熟了口，一时改正不来，只得要将错就错，认定他做丈夫了。别的女旦，不明道理，不守节操，可以不嫁正生。孩儿是个知道理、守节操的人，所以不敢不嫁谭楚玉。"绛仙见他说来说去，都另是一种道理，就不复与他争论，只把几句硬话发作一场，竟自睡了。

到第二日起来，吃了早饭午饭，将要上台的时节，只见那位富翁，打扮得齐齐整整，在戏台之前，走来走去。要使众人看了，见得人人羡慕，个个思量。不能够到手的佳人，竟被他收入金屋之中，不时取乐。恨不得把"独占花魁"四个字，写在额头上，好等人喝采。谭楚玉看见这种光景，好不气忿。还只说藐姑到了此时，自有一番激烈的光景要做出来。连今日这本戏文，决不肯好好就做，定要受母亲一番槌楚，然后勉强上台。谁想天下的事，尽有变局。藐姑隔夜的言语也甚是激烈，不想睡了一晚，竟圆通起来。坐在戏房之中，欢欢喜喜，一毫词色也不作，反对同班的朋友道："我今日要与列位作别了，相处几年，只有今日这本戏文，才是真戏。往常都是假的，求列位帮衬帮衬，大家用心做一番。"又对谭楚玉道："你往常做的，都是假生，今日才做真生，不可不尽心协力。"谭楚玉道："我不知怎么样叫做用心，求你教导一教导。"藐姑道："你只看了我的光景，我怎么样做，你也怎么样做，只要做得相合，就是用心了。"谭楚玉见他所说的话，与自己揣摩的光景，绝不相同，心上大有不平之气。正在忿恨的时节，只见那富翁，摇摇摆摆，走进戏房来，要讨戏单点戏。谭楚玉又把眼睛相着藐姑，看他如何相待，只说仇人走到面前，定有个变色而作的光景。谁想藐姑的颜色全不改常，反觉得笑容可掬。立起身来对富翁道："照家母说起来，我今日戏完之后，就要到府上来了。"富翁道："正是。"藐姑道："既然如此，我生平所学的戏，除了今日这一本，就不能够再做了。天下要看戏的人，除了今日这一本，也不能够再看了。须要待我尽心尽意摹拟一番，一来显显自家的本事；二来别别众人的眼睛。但不知你情愿不情愿？"那富翁道："正要如此，有甚么不情愿？"藐姑道："既然情愿，今日这本戏，不许你点，要凭我自家做主，拣一本熟些的做，才得尽其所长。"富翁道："说得有理，任凭尊意就是。但不知要做那一本？"藐姑自己拿了戏单，拣来拣去，指定一本道："做了《荆钗记》罢。"富翁想了一想，就笑起来道："你要做《荆钗》，难道把我比做孙汝权不成？也罢。只要你肯嫁我，我就暂做一会孙汝权，也不叫做有屈。这等大家快请上台。"

众人见他定了戏文，就一齐妆扮起来，上台搬演。果然个个尽心，人人效力。曲子里面，没有一个打发的字眼；说白里面，没有一句掉落的文法。只有谭楚玉心事不快，做来的戏不尽所长。还亏得藐姑帮衬，等他唱出一两个字，就流水接腔，还不十分出丑。至于藐姑自己的戏，真是处处摹神，出出尽致。前面几出虽好，还不觉得十分动情，直做到遣嫁以后，触着他心上的苦楚，方才渐入佳境，就不觉把精神命脉都透露出来。真是一字一金，一字一泪，做到那伤心的去处，不但自己的眼泪有如泉涌，连那看戏的一二千人，没有一个不痛哭流涕。再做到抱石投江一出，分外觉得奇惨。不但看戏之人堕泪，连天地日月，都替他伤感起来。忽然红日收藏，阴云密布，竟象要混沌的一般。往常这出戏，不过是钱玉莲自诉其苦，不曾怨怅别人。偏是他的做法不同，竟在那将要投江、未曾抱石的时节，添出一段新文字来。夹在说白之中，指名道姓，咒骂着孙汝权。恰好那位富翁，坐在台前看戏，藐姑的身子，正对着他。骂一句"欺心的贼子"，把手指他一指；咒一句"遭刑的强盗"，把眼相他一相。那富翁明晓得是教训自己，当不得他良心发动，也会公道起来，不但不怒，还点头称赞说，他骂得有理。藐姑咒骂一顿，方才抱了石块走去投江。别人投江，是往戏场后面一跳，跳入戏房之中，名为赴水，其实是就陆。他这投江之法，也与别人不同，又做出一段新文字来。比咒骂孙汝权的文法，更加奇特。那座神庙，原是对着大溪的，戏台就搭在庙门之外。后半截还在岸上，前半截竟在水里。藐姑抱了石块，也不向左，也不向右，正正的对着台前，唱完了曲子，就狠命一跳，恰好跳在水中。果然合着前言，做出一本真戏。把那满场的人，几乎吓死。就一齐呐喊起来，教人捞救。谁想一个不曾救得起，又有一个跳下去，与他凑对成双。这是甚么原故？只因藐姑临跳的时节，忽然掉转头来，对着戏房里面道："我那王十朋的夫啊！你妻子被人凌逼不过，要投水死了，你难道好独自一个活在世上不成？"谭楚玉坐在戏箱上面，听见这一句，就慌忙走上台来。看见藐姑下水，唯恐追之不及，就如飞似箭的跳下去，要寻着藐姑，与他相抱而死，究竟不知寻得着寻不着。

满场的人到了此时，才晓得他要做《荆钗》，全是为此。那辱骂富翁的着数，不过是顺带公文，燥燥脾胃，不是拼了身子嫁他，又讨些口上的便宜也。他只因隔夜的话，都已说尽，母亲再不回头。知道今日戏完之后，决不能够完名全节。与其拖刀弄剑，死于一室之中，做个哑鬼，不如在万人属目之地，畅畅快快做他一场，也博个千载流传的话柄。所以一夜不睡，在枕头上打稿，做出这篇奇文字来。第一着巧处，妙在嬉笑如常，不露一毫愠色，使人不防备他，才能够为所欲为。不然这一本担干系的戏文，就断断不容他做了。第二着巧处，妙在自家点戏，不由别人做主，才能够借题发挥，泄尽胸中的垒块。倘若点了别本戏文，纵有些巧话添出来，也不能够直捷痛快至此也。第三着巧处，又妙在与情人相约而死，不须到背后去商量，就在众人面前，邀他做个鬼伴。这叫做明人不做暗事。若还要瞒着众人，与他议定了才死，料想今天绝死不成，只好嫁了孙汝权，再做抱石投江的故事也。

后来那些文人墨士，都作挽诗吊他。有一首七言绝句云：

一誓神前死不渝，心坚何必怨狂且。
相期并跃随流水，化作江心比目鱼。

却说这两个情人，一齐跳下水去，彼时正值大雨初晴、山水暴发之际。那条壁峻的大溪，又与寻常沟壑不同，真所谓长江大河，一泻千里。两个人跳下去，只消一刻时辰，就流到别府别县去了，那里还捞得着。所以看戏的人，口便喊叫，没有一个动手。刘绛仙看见女儿溺死，在戏台之上，捶胸顿足，哭个不了。一来倒了摇钱树，以后没人生财；二来受过富翁的聘礼，恐怕女儿没了，要退出来还他，真所谓人财两失。哭了一顿，就翻转面皮来，顾不得孤老、表子相与之情，竟说富翁倚了财势，逼死他的女儿，要到府县去告状。那些看戏的人，起先见富翁卖弄风流，个个都有些醋意。如今见他逼出人命来，好不快心。那一个不摩拳擦掌，要到府县去递公呈。还亏得富翁知窍，教人在背后调停。把那一千两聘礼，送与绛仙，不敢取讨。又去一二千金，弥缝¹了众人，才保得平安无事。钱玉莲不曾娶得，白白做了半日孙汝权，只好把"打情骂趣"四个字消遣情怀，说曾被绝世佳人亲口骂过一次而已。

且说严州府桐庐县，有个滨水的地方，叫做新城港口，不多几分人家，都以捕鱼为业。内中有个渔户姓莫，人就叫他做莫渔翁。夫妻两口搭一间茅舍，住在溪水之旁。这一日见洪水泛滥，决有大鱼经过，就在溪边张了大罾²，夫妻两个轮流扳扯。远远望见波浪之中，有一件东西顺流而下，莫渔翁只说是个大鱼，等他流到身边，就一罾兜住。这件东西却也古怪，未曾入罾的时节，分明是浮在水上的。及至到了罾中，就忽然重坠起来，竟要沉下水去。莫渔翁用力狠扳，只是扳他不动。只得与妻子二人，四脚四手一齐用力，方才拽得出水。伸起头来一看，不觉吃了一惊。原来不是大鱼，却是两个尸首，面对了面，胸贴了胸，竟象捆在一处的一般。莫渔翁见是死人，就起了一点慈悲之念，要弄起来埋葬他。就把罾索系在树上，夫妻两个费尽许多气力，抬出罾来。仔细一看，

---

[1]　弥缝：弥补缝合，此处作抚慰解。
[2]　罾（zēng）：渔网。

却是一男一女，紧紧搂在一处。却象在云雨绸缪之际，被人扛抬下水的一般。莫渔翁夫妇解说不出，把他两个面孔，细看一番，既不象是死人，又不象是活人。面上手上虽然冰冷，那鼻孔里面却还有些温意，但不见他伸出气来。莫渔翁对妻子道："看这光景，分明是医得活的，不如替他接一接气。万一救得这两条性命，只当造了个十四级的浮屠，有甚么不好。"妻子道："也说得是。"就把男子的口，对了男子，妇人的口，对了妇人，把热气呵将下去。不上一刻，两个死人都活转来。及至扶入草舍之中，问他溺死的原故。那一对男女诉出衷情，原来男子就是谭楚玉，妇人就是刘藐姑。一先一后，跳入水中，只说追寻不着，谁想波涛里面，竟象有人引领，把他两个弄在一处，不致你东我西。又象有个极大的鱼，把他两个负在背上，依着水面而行。故此来了三百余里，还不曾淹得断气。只见到了罾边，那个大鱼竟象知道有人捞救，要交付排场，好转去的一般，把他身子一丢，竟自去了。所以起先浮在水上，后来忽然重坠起来，亏得有罾隔住，不曾沉得到底，故此莫渔翁夫妇用力一扳就扳上来也。谭楚玉与藐姑知道是晏公的神力，就望空叩了几首，然后拜谢莫渔翁夫妇。莫渔翁夫妇见是一对节义之人，不敢怠慢，留在家中，款待几日。养好了身子，劝他往别处安身，不可住在近边，万一父母知道，寻访前来，这一对夫妻依旧做不成了。

谭楚玉与藐姑商议道："我原是楚中人，何不回到楚中去，家中的薄产虽然不多，耕种起来，还可以稍供饘粥[1]。待我依旧读书，奋志几年，怕没有个出头的日子？"藐姑道："极说得是，但此去路途甚远，我和你是精光的身子，那里讨这许多盘费？"莫渔翁看见谭楚玉的面貌，知道不是个落魄之人，就要放起官债来。对他二人道："此去要得多少盘

---

[1]　饘（zhān）粥：厚粥。

费?"谭楚玉道:"多也多得,少也少得。若还省俭用些,只消十两也就够了。"莫渔翁道:"这等不难。我一向卖鱼攒聚得几包银子,就并起来借你。只是一件,你若没有好处,我一厘也不要你还。倘若读书之后,发达起来,我却要十倍的利钱,少了一倍,我也决不肯受的。"谭楚玉道:"韩信受漂母一饭之恩,尚且以千金相报,你如今救了我两口的性命,岂止一饭之恩。就不借盘费,将来也要重报,何况又有如此厚情。我若没有好日就罢了,若有好日,千金之报还不止,岂但十倍而已哉。"莫渔翁夫妇见他要去,就备了饯行的酒席。料想没有山珍,只有水错[1],无非是些虾鱼蟹鳖之类。贫贱之家,不分男女,四个人坐在一处,吃个尽醉。睡了一晚,第二日起来,莫渔翁并了十两散碎银子,交付与他。谭楚玉夫妇拜辞而去,一路风餐水宿,戴月披星,自然不辞辛苦。

不上一月,到了家中,收拾一间破房子,安住了身,就去锄治荒田,为衣食之计。藐姑只因自幼学戏,女工针指之事,全然不晓。连自家的绣鞋褶裤,都是别人做与他穿的。如今跟了谭楚玉,方才学做起来,当不得性子聪明,一做便会。终日替人家缉麻拈草,做鞋做袜,趁些银子,供给丈夫读书。起先还是日里耕田,夜间诵读。藐姑怕他分心分力,读得不专,竟把田地都歇了,单靠自己十个指头,做了资生的美产。连买柴籴米之事,都用不着丈夫,只托邻家去做,总是怕他妨工的意思。

谭楚玉读了三年,出来应试,无论大考小考,总是矢无虚发。进了学,就中举;中了举,就中进士。殿试之后,选了福建汀州府节推。论起理来,湖广与福建接壤,自然该从长江上任,顺便还家,做一出衣锦还乡的好戏。怎奈他炫耀乡里之念轻,图报恩人之念重,就差人接了家小,在京口相会。由浙江一路上去,好从衢、严[2]等处经过。一来叩拜晏

---

[1]　水错:江河中所产的美味。
[2]　衢、严:衢指衢州,今浙江省衢州市。严指严州,今浙江省建德县。

公；二来酬谢莫渔翁夫妇。又怕衙门各役，看见举动，知道他由戏子出身，不象体面，就把迎接的人，都发落转去，叫他在蒲城等候。自己夫妻两个，一路游山玩水而来，十分洒乐。到了新城港口，看见莫渔翁夫妇，依旧在溪边罾鱼。就着家人拿了帖子，上去知会，说当初被救之人，如今做官上任了，从此经过，要上来奉拜。莫渔翁夫妇听了，几乎乐死，就一齐褪去箬帽，脱去蓑衣，不等他上岸，先到舟中来贺喜。谭楚玉夫妻把他请在上面，深深拜了四拜。拜完之后，谭楚玉对莫渔翁道："你这扳罾的生意，甚是劳苦，捕鱼的利息，也甚是轻微。不如丢了罾网，跟我上任去，同享些荣华富贵何如？"藐姑见丈夫说了这句话，就不等他夫妻情愿，竟着家人上去收拾行李。莫渔翁一把扯住家人，不许他上岸。对着谭楚玉夫妻摇摇手道："谭老爷、谭奶奶，饶了我罢。这种荣华富贵，我夫妻两个，莫说消受不起，亦且不情愿去受他。我这扳罾的生意，虽然劳苦；打鱼的利息，虽是轻微，却尽有受用的去处。青山绿水，是我们叨住得惯；明月清风，是我们僭享得多。好酒好肉，不用钱买，只消拿鱼去换；好朋好友，走来就吃，不须用帖去招。这样的快乐，不是我夸嘴说，除了捕鱼的人，世间只怕没有第二种。受些劳苦，得来的钱财，就轻微些，倒还把稳。若还游手靠闲，动不动要想大块的银子，莫说命轻福薄的人，弄他不来；就弄了他来，少不得要陪些惊吓，受些苦楚，方才送得他去。你如今要我跟随上任，吃你的饭，穿你的衣，叫做一人有福，带帮一屋，有甚么不好。只是当不得，我受之不安，于此有愧。况且我这一对夫妻，是闲散惯了的人，一旦闭在署中，半步也走动不得，岂不郁出病来。你在外面坐堂审事，比较[1]钱粮，那些鞭朴之声、啼号之苦，顺风吹进衙里来，叫我这一对慈心的人，如何替他疼痛得过。

---

[1]　比较：官府对差役限期完成差事，到期查验。如逾期未能完成，即加杖责，称比较，也叫比卯。

古代短篇小说

所以情愿守我的贫穷，不敢享你的富贵。你这番盛意，只好心领罢了。"谭楚玉一片热肠，被他这一曲"渔家傲"，唱得冰冷。就回复他道："既然如此，也不敢相强。只是我如今才中进士，不曾做官，旧时那宗恩债，还不能奉偿。待我到任之后，差人请你过来，多送几头分上。等你趱些银子回来，买田置地赡养终身，也不枉救我夫妇一场。你千万不要见弃。"莫渔翁又摇手道："也不情愿，也不情愿。那打抽丰¹的事体，不是我世外之人做的，只好让与那些假山人²、真术士去做。我没有那张薄嘴唇、厚脸皮，不会去招摇打点。只求你到一年半载之后，分几两不伤阴德的银子，或是俸薪，或是羡余³，差人赍送⁴与我，待我夫妻两口，备些衣衾棺椁，防备终身，这就是你的盛德了。我是断断不做游客的，千万不要来接我。"谭楚玉见他说到此处，一发重他的人品，就分付船上备酒，与他作别。这一次的筵席，只列山珍，不摆水错。因水族是他家的土产，不敢以常物相献故也。虽是富贵之家，也一般不分男女，与他夫妻二人，共坐一席。因他是贫贱之交，不敢以宦体相待故也。四个人吃了一夜，直到五鼓方才分别而去。

行了几日，将到受害的地方，彼时乃十一月初旬，晏公的寿诞已过了一月。谭楚玉对貌姑道："可惜来迟了几时，若早得一月，趁那庙中有戏子，就顺便做本戏文。一来上寿，二来谢恩，也是一桩美事。"貌姑道："我也正作此想，只是过期已久，料想那乡村去处，没有梨园，只好备付三牲，哑祭一祭罢了。"及至行到之时，远远望见晏公庙前，依旧搭了戏台。戏台上的椅桌，还不曾撤去，却象还要做戏的一般。谭楚玉就分付家人，上去打听，看是甚么原故？原来十月初旬，下了几日大雨，

---

[1]　打抽丰：拉关系借口求财，也称打秋风。
[2]　山人：山居者，多指隐士。此外，旧时卜卦、算命、赞礼等迷信职业者也被称作山人。
[3]　羡余：正赋以外的无名税收，是唐以来巧取豪夺的杂税。
[4]　赍（jī）送：赠送。

那些看戏的人，除了露天没有容身之地。从来做神戏的，名虽为神，其实是为人。人若不便于看，那做神道的，就不能够独乐其乐。所以那些檀越，改了第二个月的初三，替他补寿。此时戏方做完，正要打发梨园起身，不想谭楚玉夫妻走到，虽是偶然的事，或者也是神道有灵。因他这段姻缘，原以做戏起手，依旧要以做戏收场。所以留待他来，做一出喜团圆的意思，也不可知。谭楚玉又着家人上去打听，看是那一班戏子。家人问了下来回复，原来就是当日那一班，只换得一生一旦。那做生的脚色，就是刘绛仙自己。做旦的脚色，乃是绛仙之媳，藐姑之嫂，年纪也只有十七、八岁。只因死了藐姑，没人补缺，就把他来顶缸[1]。这两个生旦，虽然比不得谭、藐，却也还胜似别班。所以这一方的檀越，依旧接他来做。藐姑听见母亲在此，就急急要请来相见。谭楚玉不肯道："若还遽然与他相见，这出团圆的戏，就做得冷静了。须要如此如此，这般这般，才做得有些热闹。"藐姑道："说得有理。"就着管家取十二两银子，又写一个名帖，去对那些檀越道："家老爷选官上任，从此经过，只因在江中遇了飓风，许一个神愿，如今要借这庙宇里面，了了愿心，兼借梨园一用。戏钱照例送来，一毫不敢短少。"那些檀越落得做个人情，又多了一本戏看，有甚么不便宜，就欣然许了。谭楚玉又分付家人，备了猪羊祭礼，摆在神前。只说老爷冒了风寒，不能上岸，把官船横泊在庙前，舱门对了神座，夫妻二人隔着帘子拜谢。拜完之后，就并排坐了，一边饮酒，一边看戏。只见绛仙拿了戏单，立在官舱外面道："请问老爷，做那一本戏文？"谭楚玉叫家人分付道："昨夜夫人做梦，说晏公老爷要做《荆钗》，就做《荆钗记》罢。"绛仙收了戏单，竟进戏房，妆扮王十朋去了。

---

[1]　顶缸：代替。

看官，你说谭楚玉夫妻为甚么原故，又点了这一本，难道除了《荆钗》，就没有好戏不成？要晓得他夫妻二人，不是要看戏，要试刘绛仙的母子之情。藐姑当日，原因做《荆钗》而赴水。如今又做《荆钗》，正要使他见鞍思马、睹物伤情的意思。若还做到苦处，有些真眼泪掉下来，还不失为悔过之人，就请进来，与他相会。若还举动如常，没有些酸楚之意，就不消与他相会，竟可以飘然而去了。所以别戏不点，单点《荆钗》，这也是谭楚玉聪明的去处。只见绛仙扮了王十朋，走上台来，做了几出，也不见他十分伤感。直到他媳妇做玉莲投江，与女儿的光景无异，方才有些良心发动，不觉狠心的猫儿忽然哭起鼠来。此时的哭法，还不过是背了众人，把衣袖拭拭眼泪，不曾哭得出声。及至自己做到祭江一出，就有些禁止不住，竟放开喉咙哭个尽兴。起先是叫"钱玉莲的妻啊，你到那里去了？"哭到后面，就不觉忘其所以，妻字竟不提起，忽然叫起"儿"来，满场的人，都知道是哭藐姑，虽有顾曲之周郎[1]，也不忍捉他的错字。藐姑隔着帘子，看见母亲哭得伤心，不觉两行珠泪，界破残妆。就叫丫环把帘子一掀，自己对着台上叫道："母亲不要啼哭，你孩儿并不曾死，如今现在这边。"绛仙睁着眼睛，把舟中一看，只见左边坐着谭楚玉，右边坐着女儿，面前又摆了一桌酒，竟象是他一对冤魂，知道台上设祭，特地来受享的一般。就大惊大骇起来，对着戏房里面道："我女儿的阴魂出现了，大家快来。"通班的戏子，听了这一句，那一个不飞滚上台，对着舟中细看，都说道："果然是阴魂，一毫不错。"那些看戏的人，见说台前有鬼，就一齐害怕起来，都要回头散去。只见官船之上，有个能事的管家，立在船头，高声吆喝道："众人不消惊恐，舱里坐的不是甚么阴魂，就是谭老爷、谭奶奶的原身。当初赴水之后，被人捞救起

---

[1]　顾曲之周郎：典出《三国志·周瑜传》："瑜少精意于音乐，虽三爵之后，其有阙误，瑜必知之，知之必顾，故时人谣曰：'曲有误，周郎顾。'"

来，如今读书成名，选了汀州四府，从此经过。当初亏得晏公显圣，得以不死，所以今日来酬愿的。"那些看戏的人，听了这几句话；又从新掉转头来，不但不避，还要挨挤上来，看这一对淹不死的男女，好回去说新闻。就把一座戏场，挤做人山人海。那些老幼无力的，不是被人挤到水边，就是被人踏在脚底。谭楚玉看见这番光景，就与妻子商议道："既已出头露面，瞒不到底，倒不如同你走上台去，等众人看个明白，省得他挨挨挤挤，夹坏了人。"藐姑道："也说得是。"就一齐脱去私衣，换上公服，谭楚玉穿了大红圆领，藐姑穿着凤冠霞帔。两个家人，张了两把簇新的蓝伞，一把盖着谭楚玉，一把盖着藐姑，还有许多僮仆丫环，簇拥他上岸。谭楚玉夫妻二人，先到晏公法像之前，从新拜了四拜，然后走上戏台，与绛仙行礼。行礼之后，又把通班的朋友，都请过来，逐个相见过去。绛仙与同班之人，问他被救的来历。谭楚玉把水中有人引领，又被大鱼负载而行，及至送入罾中，大鱼忽然不见，幸遇捕鱼人相救，得以不死的话，高声大气说了一遍，好使台上台下之人，一齐听了，知道晏公有灵，以后当愈加钦敬的意思。众人听了，惊诧不已。众檀越闻知此事，个个都来贺喜。当日要娶藐姑的富翁，恐怕谭楚玉夫妻恨他，日后要来报怨，连忙备了重礼，央众檀越替他解纷。谭楚玉一毫不受，对众檀越道："若非此公一激之力，不但姻缘不能成，就连小弟，此时还依旧是个梨园，岂能飞黄腾达至此？此公非小弟之仇人，乃小弟之恩人也，何报之有！"众人听了，啧啧称羡，都说他度量宽宏。藐姑对绛仙道："如今女婿中了进士，女儿做了夫人，你难道还好做戏不成？趁早收拾了行头，随我们上任，省得在这边出丑。"绛仙见女儿、女婿不念旧恶，喜之不胜，就把做戏的营业，丢与媳妇承管，自家跟着女儿去享荣华富贵。谁想到了署中，不上一月，就生起病来，千方百药医治不好，只得叫女儿送他回去。及至送到家中，那病体不消医治，竟自好了。病愈之后，依旧出门做戏，康康健健，一毫灾难也不生。这是甚么原故？一来因他五行八字注定是个女戏子，所以一日也离不得戏场，离了戏场，就要生灾作难。可见命轻福薄的人，莫说别人扶他不起，就是自家生出来的儿女，也不能够抬举父母，做个以上之人。所以世间的穷汉，只该安命，切不可仇恨富贵之人，说不肯扶持带挈他。二来因绛仙的身子，终日轻浮惯了，一时郑重不来。就如把梅香[1]升做夫人，奴仆收为养子，不但贱相要露出来，连他自己心上，也不觉其乐，而反觉其苦。一觉其苦，就有疾病生出来。所以妓女从良，和尚还俗，若非出自本意，被人勉强做来的，久后定要复归本业，不能随主终身也。

却说谭楚玉到任之后，做了半年，就差人赍了五百金，送与莫渔翁，叫他权且收了，以后还要不时馈送，决不止千金而已。谁想莫渔翁十分廉介，止收一百两，做了十倍利钱，其余四百金，尽皆返璧[2]。谭楚玉做到瓜期[3]之后，行取进京，又从衢、严等处经过，把晏公庙宇，鼎新[4]一番。又买了几十亩香火田，交与檀越掌管，为祭祀演剧之费。再到新城港口，拜访莫渔翁。莫渔翁先把几句傲世之言，挫去他的骄奢之色；后把许多利害之语，攻破他的利欲之心。谭楚玉原是有些根器的人，当初做戏的时节，看见上台之际，十分闹热，真是千人拭目、万户倾心。及至戏完之后，锣鼓一歇，那些看戏的人，竟象要与他绝交的一般，头也不回，都散去了。可见天地之间，没有做不了的戏文，没有看不了的闹热，所以他那点富贵之心，还不十分着紧。如今又被莫渔翁点化一番，只当梦醒之时，又遇一场棒喝，岂有复迷之理。就不想赴京去考选，也

---

[1]　梅香：元明清小说戏曲中常以梅香为对婢女的通称。
[2]　返璧：指归还，引完璧归赵之意。
[3]　瓜期：原意指瓜熟时赴戍，到来年瓜熟时派人接替，典出《左传》。后因将任满更代之期称瓜期。
[4]　鼎新：更新。鼎为烹物之器，腥者使熟，坚者使柔，故有更新之意。

不想回家去炫耀，竟在桐庐县之七里溪边，买了几亩山田，结了数间茅屋，要远追严子陵[1]的高踪，近受莫渔翁的雅诲，终日以钓鱼为事。莫渔翁又荐一班朋友与他，不是耕夫，就是樵子，都是些有入世之才，无出世之兴的高人，终日往还，课些渔樵耕牧之事。藐姑又有一班女朋友，都是莫渔翁的妻子荐与他的。也是些能助丈夫成名，不劝良人出仕的智女，终日往来，学些蚕桑织纴之事。后来都活到九十多岁，才终天年。只可惜没有儿子，因藐姑的容貌，过于娇媚，所以不甚宜男[2]；谭楚玉又笃于夫妻之情，不忍娶妾故也。

（据清初抄本）

说明

　　本篇为《连城璧》第一回。作品以戏班女旦刘藐姑与落魄士子谭楚玉的爱情故事为情节主线，赞扬了男女主人公的真挚爱情及其为此所作的奋斗与抗争，讽刺批判了恃财仗势欲娶刘藐姑为妾的富翁与贪财卖女的刘绛仙，而随着情节的发展，刘藐姑这样一个为追求爱情婚姻自由，敢于反叛封建礼教并对封建势力压迫以死相争的女性形象便呈现在读者面前。本篇作品很典型地体现了李渔小说创作中的故事新奇、引人入胜的特点，刘藐姑与谭楚玉不是在花前月下，而是在万目注视的戏台上假借戏里角色谈情说爱，这可是历来才子佳人小说中从未有过的故事格局，男女主人公结合于获取功名之前，这也摆脱了历来同类作品的窠臼。不

---

[1]　严子陵：严光，字子陵，余姚人。少曾与光武帝同游学，有高名。刘秀称帝，派人寻访严光，征召到京，授谏议大夫，不受，退隐富春山。
[2]　宜男：萱草的别名。古代迷信，认为孕妇佩之则生男，故名。此处为生儿子之意。

过在小说中，作者又常为强调因果报应而削弱了作品的思想性；对情节奇巧的过分追求也影响了故事的可信性；其语言诙谐风趣，但有时却失于轻佻庸俗。

集评

睡乡祭酒曰："这回稗史之中有七件怪事，皆与寻常情理相背。以极淫之妇，而生极贞之女，一怪也；以极下贱之人，而为极高贵之事，二怪也；从来作传奇者，皆从实事之中演出戏文，此独于戏文之中演出实事，三怪也；从来梨园中之净丑为生脚之退步，此独为生脚之入门，四怪也；既以神道设教，则二郎神为梨园子弟之主，即当从此起见借渠作氤氲使者，乃二郎神绝不与事，忽以不相关涉之晏公越神俎而代庖，五怪也；从来稗官野史皆以主人携客，未闻以客携主。谭楚玉一朝发迹，则当携带莫渔翁做个富贵之人乃常理也，此独以旁见侧出之莫渔翁携带谭楚玉做了个高隐之辈，六怪也；从来戏文小说皆以热闹收场方合时眼，否则为观者所弃，此独以山林寂寞终之，七怪也。种种拂情背理之事，不见怒于观者亦已幸矣，乃复令人自开卷称奇，直至终篇无刻不欲飞欲舞，此何故欤？真令人解说不出，只好骂几声作怪。稗官，稗官，作怪而已。"

——清·杜濬《连城璧》子集末总评

生我楼

第一回　破常戒造屋生儿　插奇标卖身作父

词云：

千年劫，偏自我生逢。国破家亡身又辱，不教一事不成空，极狠是天公！　差一念，悔杀也无功。青冢魂多难觅取，黄泉路窄易相逢，难禁满皮红！

右调《望江南》

此词乃闯贼[1]南来之际，有人在大路之旁拾得漳烟少许，此词录于片纸，即闯贼包烟之物也。拾得之人不解文义，仅谓残编断幅而已。再传而至文人之手，始知为才妇被掠，自悔失身，欲求一死，又虑有觍[2]面目，难见地下之人，进退两难，存亡交阻，故有此悲愤流连[3]之作。玩第二句有"国破家亡"一语，不仅是庶民之妻、公卿士大夫之妾，所谓"黄泉路窄易相逢"者，定是个有家有国的人主。彼时京师未破，料不是先帝所幸之人，非藩王之妃，即宗室之妇也。贵胄[4]若此，其他可知。能诗善赋、通文达理者若此，其他又可知。所以论人于丧乱之世，要与寻常的论法不同。略其迹而原其心，苟有寸长可取，留心世教者就不忍一概置之。古语云："立法不可不严，行法不可不恕。"古人既有诛

---

[1]　闯贼：对明末李自成农民起义军诬蔑性的称呼。
[2]　觍（tiǎn）：羞愧。
[3]　流连：流离，离散。
[4]　贵胄：贵族子弟。

心之法，今人就该有原心之条。迹似忠良，而心同奸佞，既蒙贬斥于春秋；身居异地，而心系所天，宜见褒扬于末世。诚以古人所重，在此不在彼也。此妇既遭污辱，宜乎背义忘恩，置既死之人于不问矣，犹能慷慨悲歌，形于笔墨，亦当在可原可赦之条，不得与寻常失节之妇同日而语也。

此段议论与后面所说之事不甚相关，为甚么叙作引子？只因前后二楼都说被掠之事，要使观者稍抑其心，勿施责备之论耳。

从来鼎革[1]之世，有一番乱离，就有一番会合。乱离是桩苦事，反有因此得福，不是逢所未逢，就是遇所欲遇者。造物之巧于作缘，往往如此。

却说宋朝末年，湖广郧阳府竹山县有个乡间财主，姓尹，名厚。他家世代务农，力崇俭朴，家资满万，都是气力上挣出来、口舌上省下来的。娶妻庞氏，亦系庄家之女，缟衣布裙，躬亲杵臼。这一对勤俭夫妻，虽然不务奢华，不喜炫耀，究竟他过的日子比别家不同，到底是丰衣足食。莫说别样，就是所住的房屋，也另是一种气概。

四书上有两句云："富润屋，德润身。"这个"润"字，从来读书之人都不得其解。不必定是起楼造屋，使他焕然一新，方才叫做润泽，就是荒园一所，茅屋几间，但使富人住了，就有一种旺气。此乃时运使然，有莫之为而为者。若说"润屋"的"润"字，是兴工动作粉饰出来的，则是"润身"的"润"字，也要改头换面，另造一副形骸，方才叫做润身。把正心诚意的工夫，反认做穿眼凿眉的学问了，如何使得？

尹厚做了一世财主，不曾兴工动作。只因婚娶以后再不宜男，知道是阳宅[2]不利，就于祖屋之外另起一座小楼。同乡之人都当面笑他，道：

---

[1] 鼎革：指改朝换代。
[2] 阳宅：旧时堪舆家以墓地为阴宅，住宅为阳宅。

"盈千满万的财主，不起大门大面，蓄了几年的精力，只造得小楼三间，该替你上个徽号，叫做'尹小楼'才是。"尹厚闻之甚喜，就拿来做了表德。

自从起楼之后，夫妻两口搬进去做了卧房，就忽然怀起孕来。等到十月满足，恰好生出个孩子，取名叫做楼生。相貌魁然，易长易大，只可惜肾囊里面止得一个肾子。小楼闻得人说，独卵的男人不会生育，将来未必有孙，且保了一代再处。不想到三四岁上随着几个孩童出去嬉耍，晚上回来，不见了一个，恰好是这位财主公郎。彼时正有虎灾，人口猪羊时常有失脱，寻了几日不见，知道落于虎口，夫妻两口，几不欲生。起先只愁第二代，谁想命轻薄福，一代也不能保全。劝他的道："少年的妇人只愁不破腹。生过一胎就是熟肚了，那怕不会再生？"小楼夫妇道："也说得是。"从此以后，就愈敦夫妇之好，终日养精蓄锐，只以造人为事。谁想从三十岁造起，造到五十之外，不曾有半点收成。小楼又是惜福的人，但有人劝他娶妾，就高声念起佛来，说："这句话头只消口讲一讲，就要折了冥福，何况认真去做，有个不伤阴德之理？"所以到了半百之年，依旧是夫妻两口，并无后代。

亲戚朋友个个劝他立嗣。尹小楼道："立后承先不是一桩小事，全要付得其人。我看眼睛面前没有这个有福的孩子，况且平空白地把万金的产业送他，也要在平日之间有些情意到我，我心上爱他不过，只当酬恩报德一般，明日死在九泉之下也不懊悔。若还不论有情没情，可托不可托，见了孩子就想立嗣，在生的时节他要得我家产，自然假意奉承，亲爷亲娘叫不住口。一到死后，我自我，他自他，那有甚么关涉？还有继父未亡，嗣子已立，'一朝权在手，便把令来行'，倒要胁制爹娘，欺他没儿没女；又摇动我不得，要迫他早死一日，早做一日家主公的，这也是立嗣之家常有的事。我这分家私是血汗上挣来的，不肯白白送与人，要等个有情有义的儿子，未曾立嗣之先，倒要受他些恩义，使我心安意肯，然后把恩惠加他。别个将本求利，我要人将利来换本，做桩不折便宜的事，与列位看一看何如？"众人不解其故，都说他是迂谈。

一日，与庞氏商议道："同乡之人知道我家私富厚，那一个不想立嗣？见我发了这段议论，少不得有垂钓下饵的人把假情假意来骗我。不如离了故乡，走去周游列国，要在萍水相逢之际试人的情意出来。万一遇着个有福之人，肯把真心向我，我就领他回来，立为后嗣，何等不好？"庞氏道："极讲得是。"就收拾了行李，打发丈夫起身。

小楼出门之后，另是一种打扮，换了破衣旧帽，穿了苎袜芒鞋¹，使人看了，竟象个卑田院²的老子、养济院的后生，只少得一根拐杖，也是将来必有的家私。这也罢了，又在帽沿之上，插着一根草标，装做个卖身的模样。人问他道："你有了这一把年纪，也是大半截下土的人了，还有甚么用处，思想要卖身？看你这个光景，又不象以下之人，他买你回去，还是为奴作仆的好，还是为师作傅的好？"小楼道："我的年纪果然老了，原没有一毫用处，又是做大惯了的人，为奴作仆又不屑，为师作傅又无能。要寻一位没爷没娘的财主，卖与他做继父，拼得费些心力，替他管管家私，图一个养老送终，这才是我的心事。"问的人听了，都说是油嘴话，没有一个理他。他见口里说来没人肯信，就买一张棉纸，裱做三四层，写上几行大字，做个卖身为父的招牌。其字云：

年老无儿，自卖与人作父，止取身价十两。愿者即日成交，并无后悔。

---

[1]　苎（zhù）袜芒鞋：麻袜草鞋。

[2]　卑田院：悲田院的语讹，为收容乞丐的地方，又名养济院。

每到一处，就捏在手中，在街上走来走去。有时走得脚酸，就盘膝坐下，把招牌挂在胸前，与和尚募缘的相似。众人见了，笑个不住，骂个不了，都说是丧心病狂的人。小楼随人笑骂，再不改常。终日穿州撞府，涉水登山，定要寻着个买者才住。

要问他寻到几时方才遇着受主，只在下回开卷就见。

第二回　十两奉严亲本钱有限　万金酬孝子利息无穷

尹小楼捏了那张招贴，走过无数地方，不知笑歪了几千几万张嘴！忽然遇着个奇人，竟在众人笑骂之时，成了这宗交易。俗语四句道得好：

> 蛮刀撞着瓢切菜，夜壶合着油瓶盖。
> 世间弃物不嫌多，酸酒也堪充醋卖。

一日，走到松江府华亭县，正在街头打坐，就有许多无知恶少走来愚弄他。不是说，"孤老院中少了个叫化头目，要买你顶补"，就是说，"乌龟行里缺了个烧汤头儿，要聘你去当官"，也有在头上敲一下的，也有在腿上踢一脚的，弄得小楼当真不是，当假不是。正在难处的时节，只见人丛里面挤出一个后生来，面白身长，是好一个相貌。止住众人，叫他不要啰唣，说："鳏寡孤独之辈，乃穷民之无告者。皇帝也要怜悯他，官府也要周恤他。我辈后生，只该崇以礼貌，岂有擅加侮慢之理？"众人道："这等说起来，你是怜孤恤寡的人了，何不兑出十两银子买他回去做爷？"那后生道："也不是甚么奇事。看他这个相貌，不是没有结果的人，只怕他卖身之后，又有亲人来认了去，不肯随我终身。若肯随我终身，我原是没爷没娘的人，就拼了十两银子买他做个养父，也使百年以后，传一个怜孤恤寡之名，有甚么不好。"小楼道："我止得一身，并无亲属。招牌上写得分明，后来并无翻悔。你若果有此心，快兑银子出来，我就跟你回去。"众人道："既然卖了身子，就是他供养你了，还要银子何用？"小楼道："不瞒列位讲，我这张痨嘴，原是馋不过的，茶饭酒肉之外，还要吃些野食。只为一生好嚼，所以做不起人家。难道一进了门就好问他取长取短？也要吃上一两个月，等到情意浃洽了，然后去需索他，才是为父的道理。"众人听了，都替这买主害怕。料他闻得此言，必定中止。谁想这个买主不但不怕，倒连声赞美，说他未曾做爷，先是这般体谅，将来爱子之心，一定是无所不至的了。就请到酒店之中，摆了一桌嘎饭¹，暖上一壶好酒，与他一面说话，一面成交。起先那些恶少都随进店中，也以吃酒为名，看他是真是假。只见卖主上座，买主旁坐，斟酒之时，必恭必敬，俨然是个为子之容。吃完之后，就向腹肚里面摸出几包银子，并拢来一称，共有十六两，就双手递过去，道："除身价之外，还多六两，就还爹爹代收。从今以后，银包都是你管，孩儿并不稽查。要吃只管吃，要用只管用，只要孩儿趁得来，就吃到一百岁也无怨。"小楼居然受之，并无惭色。就除下那面招牌，递与他道："这张东西就当了我的卖契，你藏在那边做个凭据就是了。"后生接过招牌，深深作了一揖，方才藏入袖中。小楼竟以家长自居，就打开银包称些银子，替他还了酒钞，一齐出门去了。旁边那些恶少看得目定口呆，都说："这一对奇人，不是神仙，就是鬼魅，决没有好好两个人做出这般怪事之理！"

却说小楼的身子虽然卖了，还不知这个买主姓张姓李，家事如何，有媳妇没有媳妇，只等跟到家中查其动静。只见他领到一处，走进大门，就扯一把交椅摆在堂前，请小楼坐下，自己忐忐诚诚拜了四拜。拜完之

---

[1]　嘎（xià）饭：下饭的菜肴。

后，先问小楼的姓名，原籍何处。小楼恐怕露出行藏，不好试人的情意，就捏个假名假姓糊涂答应他，连所居之地也不肯直说，只在邻州外县随口说一个地方。说出之后，随即问他姓甚名谁，可曾婚娶。那后生道："孩儿姓姚，名继，乃湖广汉阳府汉口镇人。幼年丧亲，并无依倚。十六岁上跟了个同乡之人，叫做曹玉宇，到松江来贩布，每年得他几两工钱，又当糊口，又学本事。做到后来人头熟了，又积得几两本钱，就离了主人，自己做些生意，依旧不离本行。这姓人家就是布行经纪，每年来收布都寓在他家。今年二十二岁，还不曾娶有媳妇。照爹爹说起来，虽不同府同县，却同是湖广一省。古语道得好：'亲不亲，故乡人。'今日相逢，也是前生的缘法。孩儿看见同辈之人，个个都有父母，偏我没福，只觉得孤苦零丁，要投在人家做儿子，又怕人不相谅，说我贪谋他的家产，是个好吃懒做的人。殊不知有我这个身体，那一处趁不得钱来，七八岁上失了父母，也还活到如今不曾饿死，岂肯借他继为名，贪图别个的财利？如今遇着爹爹，恰好是没家没产的人，这句话头料想没人说得，所以一见倾心，成了这桩好事。孩儿自幼丧亲，不曾有人教诲，全望爹爹耳提面命[1]，教导孩儿做个好人，也不枉半路相逢，结了这场大义。如今既做父子，就要改姓更名，没有父子二人各为一姓之理，求把爹爹的尊姓赐与孩儿，再取一个名字，以后才好称呼。"小楼听到此处，知道是个成家之子，心上十分得意。还怕他有始无终，过到后来渐有厌倦之意，还要留心试验他。因以前所说的不是真语，没有自己捏造姓名又替他捏造之理，只得权词以应，说："我出银买你，就该姓我之姓；如今是你出银子买我，如何不从主便，倒叫你改名易姓起来？你既姓姚，我就姓你之姓，叫做'姚小楼'就是了。"姚继虽然得了父亲，也不忍自负其

---

[1] 耳提面命：教诲恳切。

　　　　　　　　　　　　　　　　　　　古代短篇小说

本，就引一句古语做个话头，叫"恭敬不如从命"。

自此以后，父子二人亲爱不过。随小楼喜吃之物，没有一件不买来供奉他。小楼又故意作娇，好的只说不好，要他买上几次，换上几遭，方才肯吃。姚继随他拿捏，并不厌烦。过上半月有余，小楼还要装起病来，看他怎生服事，直到万无一失的时候，方才吐露真情。

谁想变出非常，忽然得了乱信，说元兵攻进燕关，势如破竹，不日就抵金陵。又闻得三楚¹两粤盗贼蜂起，没有一处的人民不遭劫掠。小楼听到此信，魂不附体。这场假病那里还装得出来？只得把姚继唤到面前，问他："收布的资本共有几何？放在人头上的可还取讨得起？"姚继道："本钱共有二百余金，收起之货不及一半，其余都放在庄头。如今有了乱信，那里还收得起？只好把现在的货物装载还乡，过了这番大乱，到太平之世，再来取讨。只是还乡的路费，也吃得许多，如今措置不出，却怎么好？"小楼道："盘费尽有，不消你虑得。只是这样乱世，空身行走还怕遇了乱兵，如何带得货物？不如把收起的布也交与行家，叫他写个收票，等太平之后一总来取。我和你轻身逃难，奔回故乡，才是个万全之策。"姚继道："爹爹是卖身的人，那里还有银子？就有，料想不多。孩儿起先还是孤身，不论有钱没钱都可以度日；如今有了爹爹，父子两人过活，就是一分人家了，捏了空拳回去，叫把甚么营生²？难道孩儿熬饿，也叫爹爹熬饿不成？"小楼听到此处，不觉泪下起来，伸出一个手掌，在他肩上拍几拍道："我的孝顺儿呵！不知你前世与我有甚么缘法，就发出这片真情？老实对你讲罢，我不是真正穷汉，也不是真个卖身。只因年老无儿，要立个有情有义的后代，所以装成这个圈套，要试人情

---

[1]　三楚：战国时楚地，从黄淮到湖南一带有西楚、东楚、南楚之分，后多用以泛指湘、鄂一带。

[2]　营生：营谋生计，经营财富。

义出来的。不想天缘凑巧，果然遇着你这个好人。我如今死心塌地，把终身之事付托与你了。不是爹爹夸口说，我这分家私也还够你受用。你买我的身价只去得十两，如今还你一本千利，从今以后，你是个万金的财主了。这三百两客本，就丢了不取，也只算得毡上之毫。快些收拾起身，好跟我回去做财主。"姚继听道此处，也不觉泪下起来。当晚就查点货物，交付行家。次日起身，包了一舱大船，逆流而上。

　　看官们看了，只说父子两个同到家中，就完了这桩故事。那里知道，一天诧异才做动头，半路之中又有悲欢离合，不是一口气说得来的，暂结此回，下文另讲。

　　　　　第三回　为购红颜来白发　因留慈母得娇妻

　　尹小楼下船之后，问姚继道："你既然会趁银子，为甚么许大年纪并不曾娶房妻小，还是孤身一个？此番回去，第一桩急务就要替你定亲，要迟也迟不去了。"姚继道："孩儿的亲事原有一头，只是不曾下聘。此女也是汉口人，如今回去，少不得从汉口经过，屈爹爹住在舟中权等一两日，待孩儿走上岸去探个消息了下来。若还嫁了就罢；万一不曾嫁，待孩儿与他父母定下一个婚期，到家之后，就来迎娶。不知爹爹意下如何？"小楼道："是个甚么人家？既有成议在先，无论下聘不下聘，就是你的人了。为甚么要探起消息来？"姚继道："不瞒爹爹说，就是孩儿的旧主人，叫做曹玉宇，他有一个爱女，小孩儿五六岁，生得美貌异常。孩儿向有求婚之意，此女亦有愿嫁之心。只是他父母口中还有些不伶不俐[1]，想是见孩儿本钱短小，将来做不起人家，所以如此。此番上去，说出这段遭际来，他是个势利之人，必然肯许。"小楼道："既然如此，你

---

[1]　不伶不俐：不干脆利落。

就上去看一看。"

及至到了汉口，姚继分付船家，说自己上岸，叫他略等一等。不想满船客人都一齐哗噪起来，说："此等时势，各人都有家小，都不知生死存亡，恨不得飞到家中讨个下落，还有工夫等你！"小楼无可奈何，只得在个破布袱中摸出两封银子，约有百金，交与姚继，道："既然如此，我只得预先回去，你随后赶来。这些银子带在身边，随你做聘金也得，做路费也得。只是探过消息之后，即便抽身，不可耽迟了日子，使我悬望。"姚继拜别父亲，也要叮咛几句，叫他路上小心，保重身子。不想被满船客人催促上岸，一刻不许停留，姚继只得慌慌张张跑上岸去。

船家见他去后，就搋起风帆，不上半个时辰，行了二三十里。只见船舱里面有人高声喊叫，说："一句要紧的话不曾分付得，却怎么处！"说了只一句，就捶胸顿足起来。你说是那一个？原来就是尹小楼。起先在姚继面前把一应真情都已说破，只是自己的真名真姓，与实在所住的地方并不曾谈及，只说与他一齐到家，自然晓得，说也可，不说也可，那里知道仓卒之间把他驱逐上岸，第一个要紧关节倒不曾提起，直到分别之后才记上心来。如今欲待转去寻他，料想满船的人不肯耽搁；欲待不去，叫他赶到之日，向何处抓寻？所以千难万难，惟有个抢地呼天、捶胸顿足而已。急了一会，只得想个主意出来，要在一路之上写几个招子，凡他经过之处都贴一贴，等他看见，自然会寻了来。

话分两头。且说姚继上岸之后，竟奔曹玉宇家，只以相探为名，好看他女儿的动静。不想进门一看，时事大非，只有男子之形，不见女人之面。原来乱信一到楚中，就有许多土贼假冒元兵，分头劫掠，凡是女子，不论老幼，都掠入舟中。此女亦在其内，不知生死若何。即使尚在，也不知载往何方去了。

姚继得了此信，甚是伤心，暗暗的哭了一场，就别过主人，依旧搭了便船，竟奔郧阳而去。路不一日，到了个马头去处，地名叫做仙桃镇，又叫做鲜鱼口。有无数的乱兵把船泊在此处，开了个极大的人行，在那边出脱妇女。姚继是个有心人，见他所爱的女子掠在乱兵之中，正要访他的下落。得了这个机会，岂肯惧乱而不前？又闻得乱兵要招买主，独独除了这一处不行抢掠。姚继又去得放心，就带了几两银子，竟赴人行来做交易，指望借此为名，立在卖人的去处把各路抢来的女子都识认一番，遇着心上之人方才下手。不想那些乱兵又奸巧不过，恐怕露出面孔，人要拣精拣肥，把象样的妇人都买了去，留下那些"拣落货"卖与谁人？所以创立新规，另做一种卖法：把这些妇女当做腌鱼臭鲞一般，打在包捆之中，随人提取，不知那一包是腌鱼，那一包是臭鲞，各人自撞造化。那些妇人都盛在布袋里面，止论斤两，不论好歉，同是一般价钱。造化好的得了西子、王嫱[1]，造化低的轮着东施、嫫姆[2]，倒是从古及今第一桩公平交易！姚继见事不谐，欲待抽身转去，不想有一张晓喻贴在路旁，道：

> 卖人场上，不许闲杂人等，往来窥视。如有不买空回者，即以打探虚实论，立行枭首，决不姑贷！特谕。

姚继见了，不得不害怕起来。知道只有错来，并无错去，身边这几两银子定是要出脱得了，就去撞一撞造化，或者姻缘凑巧，恰好买着心上的人也未见得。就使不能相遇，另买着一位女子，只要生得齐整，象一个财主婆，就把他充了曹氏，带回家中，谁人知道来历？算计定了，

---

[1]　西子、王嫱：此处泛指美女。西子，指西施。王嫱，即王昭君。
[2]　东施、嫫姆：此处泛指丑女。东施，西施同村的丑女，因效颦而越显其丑。嫫姆，也作嫫母、嫫母，古代传说中的丑女。

走到那乂口堆中，随手指定一只，说："这个女子是我要买的。"那些乱兵拿来称准数目，喝定价钱，就架起天平来兑银子。还喜得斤两不多，价钱也容易出手。

姚继兑足之后，等不得抬到舟中，就在卖主面前要见个明白。及至解开袋结，还不曾张口，就有一阵雪白的光彩透出在乂口之外，姚继思量道："面白如此，则其少艾[1]可知。这几两银子被我用着了。"连忙揭开乂口，把那妇人仔细一看，就不觉高兴大扫，连声叫起屈来。原来那雪白的光彩，不是面容，倒是头发。此女双鬓皤然[2]，面上縠纹森起，是个五十向外、六十向内的老妇。乱兵见他叫屈，就高声呵叱起来，说："你自家时运不济，拣着老的，就叫屈也无用！还不领了快走！"说过这一句，又拔出刀来赶他上路。

姚继无可奈何，只得抱出妇人离了布袋，领他同走。到舟中又把浑身上下仔细一看，只见他年纪虽老，相貌尽有可观，不是个低微下贱之辈。不觉把一团欲火变作满肚的慈心。不但不懊悔，倒有些得意起来，说："我前日去十两银子买着一个父亲，得了许多好处；今日又去几两银子买着这件宝货，焉知不在此人身上又有些好处出来的？况且既已恤孤，自当怜寡。我们这两男一女都是无告的穷民，索性把鳏寡孤独之人合来聚在一处，有甚么不好？况且我此番去见父亲，正没有一件出手货，何不就将此妇当了人事[3]送他，充做一房老妾，也未尝不可。虽有母亲在堂，料想高年之人，无醋可吃，再添几个也无妨。"立定主意，就对那老妇道："我此番买人原要买个妻子，不想得了你。看你这样年纪，尽可以生得我出。我原是个无母之人，如今竟要把你认做母亲，不知你肯不

---

[1]　少艾：美貌的少女。
[2]　皤（pó）然：雪白貌。
[3]　人事：礼物。

肯？"老妇听了这句话，就吃惊打怪起来，连忙回复道："我见官人这样少年，买着我这个怪物，又老又丑，还只愁你懊悔不过，要推我下江，正在这边害怕。怎么没缘没故说起这样话来，岂不把人折死？"姚继见他心肯，倒头就拜，拜了起来，随即安排饭食与他充饥。又怕身上寒冷，把自己的衣服脱与他穿着。

那妇人感激不过，竟号咷痛哭起来。哭了一会，又对他道："我受你如此大恩，虽然必有后报，只是眼前等不得。如今现有一桩好事，劝你去做来。我们同伴之中，有许多少年女子都要变卖，内中更有一个可称绝世佳人。德性既好，又是旧家，正好与你作对。那些乱兵要把丑的老的都卖尽了，方才卖到这些人。今日脚货已完，明日就轮到此辈了，你快快办些银子去买了来。"姚继道："如此极好。只是一件，那最好的一个混在众人之中，又有布袋盛了，我如何认得出？"老妇道："不妨。我有个法子教你：他袖子里面藏着一件东西，约有一尺长，半寸阔，不知他是甚么件器皿，时刻藏在身边，不肯丢弃。你走到的时节，隔着叉口，把各人的袖子都捏一捏，但有这件东西的即是此人，你只管买就是了。"

姚继听了这句话甚是动心，当夜醒到天明不曾合眼。第二日起来，带了银包，又往人行去贸易，依着老妇的话，果然去摸袖子，又果然摸着一个有件硬物横在袖中，就指定叉口，说定价钱，交易了这桩奇货。买成之后，恐怕当面开出来有人要抢夺，竟把他连人连袋拘到舟中，又叫驾撑开了船直放到没人之处，方才解看。

你道此女是谁？原来不姓张，不姓李，恰好姓曹，就是他旧日东君之女，向来心上之人。两下原有私情，要约为夫妇。袖中的硬物，乃玉尺一根，是姚继一向量布之物，送与他做表记的。虽然遇了大难，尚且一刻不离，那段生死不忘的情分就不问可知了。

这一对情人忽然会于此地，你说他喜也不喜？乐也不乐？此女与老妇原是同难之人，如今又做了婆媳，分外觉得有情，就是嫡亲的儿媳也不过如此。

　　姚继恤孤的利钱虽有了指望，还不曾到手，反是怜寡的利息随放随收，不曾迟了一日。可见做好事的再不折本。奉劝世人虽不可以姚继为法，个个买人做爷娘；亦不可以姚继为戒，置鳏寡孤独之人于不问也。

第四回　验子有奇方一枚独卵　认家无别号半座危楼

　　却说尹小楼自从离了姚继，终日担忧，凡是经过之处，都贴一张招纸，说："我旧日所言，并非实话。你若寻来，只到某处地方来问某人就是。"贴便贴了，当不得姚继心上并没有半点狐疑，见了招子，那有眼睛去看，竟往所说之处认真去寻访。那地方上面都说："此处并无此人，你想是被人骗了。"姚继说真不是，说假不是，弄得进退无门。老妇见他没有投奔，就说："我的住处离此不远，家中现有老夫，并无子息。你若不弃，把我送到家中一同居住就是了。"姚继寻人不着，无可奈何，只得依他送去。只见到了一处地方，早有个至亲之人在路边等候，望见来船，就高声问道："那是姚继儿子的船么？"姚继听见，吃了一惊，说："叫唤之人，分明是父亲的口气，为甚么彼处寻不着，倒来在这边？"老妇听了也吃一惊，说："那叫唤之人，分明是我丈夫的口气，为甚么丢我不唤，倒唤起他来？"及至把船拢了岸，此老跳入舟中，与老妇一见，就抱头痛哭起来。

　　原来老妇不是别人，就是尹小楼的妻子。因丈夫去后也为乱兵所掠，那两队乱兵原是一个头目所管，一队从上面掠下去，一队从下面掠上来，原约在彼处取齐，把妇女都卖做银子，等元兵一到就去投降，好拿来做使费的。恰好这一老一幼并在一舱，预先打了照面。若还先卖幼女，后卖老妇，尹小楼这一对夫妻就不能够完聚了。就是先卖老妇，后卖幼女，姚继买了别个老妇，这个老妇又卖与别个后生，姚继这一对夫妻也不能够完聚了。谁想造物之巧，百倍于人，竟象有心串合起来等人好做戏文小说的一般，把两对夫妻合了又分，分了又合，不知费他多少心思。这桩事情也可谓奇到极处，巧到至处了！谁想还有极奇之情，极巧之事，做便做出来了，还不曾觉察得尽。

小楼夫妇把这一儿一媳领到中堂，行了家庭之礼，就分付他道："那几间小楼是极有利市的所在，当初造完之日，我们搬进去做房，就生出一个儿子，可惜落于虎口！若在这边，也与你们一般大了！如今把这间卧楼让与你居住，少不得也似前人，进去之后就会生儿育女。"说了这几句，就把他夫妻二口领到小楼之上，叫他自去打扫。

姚继一上小楼，把门窗户扇与床幔椅桌之类仔细一看，就大惊小怪起来，对着小楼夫妇道："这座卧楼分明是我做孩子的住处。我在睡梦之中，时常看见的。为甚么我家倒没有，却来在这边？"小楼夫妇："怎见得如此？"姚继道："孩儿自幼至今，但凡睡去，就梦见一个所在：门窗也是这样门窗，户扇也是这样户扇，床幔椅桌也是这样床幔椅桌，件件不差。又有一夜，竟在梦中说起梦来，道：'我一生做梦，再不到别处去，只在这边，是甚么原故？'就有一人对我道：'这是你生身的去处，那只箱子里面，是你做孩儿时节顽耍的东西。你若不信，去取出来看。'孩儿把箱子一开，看定许多戏具，无非是泥人、土马、棒槌、旗帜之属。孩儿看了，竟象见故人旧物一般。及至醒转来，把所居的楼屋与梦中一对，又绝不相同，所以甚是疑惑。方才走进楼来，看见这些光景，俨然是梦中境界，难道青天白日，又在这边做梦不成？"小楼夫妇听了，惊诧不已，又对他道："我这床帐之后，果然有一只箱子，都是亡儿的戏物。昨因儿子没了，不忍见他，并作一箱丢在床后。听你所说的话又一毫不差，怎么有这等奇事？终不然我的儿子不曾被虎驮去，或者遇了拐子拐去卖与人家，今日是皇天后土怜我夫妻积德，特地并在一处，使我骨肉团圆不成？"姚继道：

"我生长二十余年，并不曾听见人说道我另有爷娘，不是姚家所出。"他妻子曹氏听见这些话，就大笑起来，道："这等说，你还在睡里梦里！我们那一方，谁人不知你的来历？只不好当面说你。你求亲的时节，我的父母见你为人极好，原要招做女婿。只因外面的人道你不是姚家骨肉，乃别处贩来的野种，所以不肯许亲。你这等聪明，难道自己的出处还不知道？"姚继听到此处，就不觉口呆目定，半晌不言。

小楼想了一会，就大悟转来，道："你们不要猜疑。我有个试验之法。"就把姚继扯过一边，叫他解开裤子，把肾囊一捏，叫起来道："我的亲儿，如今试出来了！别样的事或者是偶尔相同，这肾囊里边只有一个卵子，岂是同得来的？不消说得是天赐奇缘，使我骨肉团圆的了。可见陌路相逢，肯把异姓之人呼为父母，又有许多真情实意，都是天性使然，非无故而至也。"说了这几句，父子婆媳四人一齐跪倒，拜谢天地，磕了无数的头。一面宰猪杀羊，酬神了愿，兼请同乡之人，使他知道这番情节。又怕众人不信，叫儿子当场脱裤，请验那枚独卵。他儿子就以此得名，人都称为"尹独肾"。

后来父子相继积德，这个独卵之人一般也会生儿子，倒传出许多后代，又都是独肾之人。世世有田有地，直富到明朝弘治[1]年间才止。又替他起个族号，都唤做"独肾尹家"。有诗为证：

综纹入口作公卿，独肾生儿理愈明。

相好不如心地好，麻衣术法[2]总难凭。

（据清消闲居刊本）

---

[1]　弘治：明孝宗朱祐樘的年号（1488—1505）。
[2]　麻衣术法：旧时的一种相术。相传始于宋僧麻衣道者，故称。

说明

　　本篇为《十二楼》之卷十一。小说中的情节可谓是奇巧之极，特别是乱兵将妇女装在袋中出售，姚继先购得自己的母亲，后又购得未婚妻，简直就是不可思议之事。然而这情节并非是作者的向壁虚构，据同时代人的一些记载可知，用口袋装妇女出售是清兵下江南时的实情，其间也确发生过家人团聚的故事。本篇的情节虽极奇巧，却又真实地揭露了清兵掳掠妇女的暴行，反映了百姓遭受的苦难，只不过作者为了避嫌，特意将故事发生的时代由清初上移至元初。在艺术方面，本篇作品也颇能反映李渔小说创作的特色。它的故事新鲜奇特，情节波澜起伏但无枝蔓；结构严谨，针线细密，十分注意前后的照应；其语言则是通俗浅显，且又诙谐生动。

集评

　　睡乡祭酒曰："觉世稗官所作，事事在情理之中，独有买人为父一节，颇觉怪诞。观者至此，都谓'捉出破绽来'，将施责备之论矣。及至看到'原属父子，天性使然'一语，又觉得甚是平常，并不曾跳出情理之外。可见人作好文字与做好人、行好事一般，常有初使人惊、次招人怪，及至到群疑毕集、怨讟将兴之际，忽然见出他好处来，始知做好人、行好事者原有一片苦心，令人称颂不已。悟此即知作文之法，悟此即知读书之法。"

　　　　　　　　　　　　　　　——清·杜濬《十二楼·生我楼》篇末总评

图书在版编目(CIP)数据

古代短篇小说/陈大康编著.—上海:上海人民
出版社,2017
(中华经典诗文之美/徐中玉主编)
ISBN 978 - 7 - 208 - 14645 - 7

Ⅰ.①古… Ⅱ.①陈… Ⅲ.①古典小说-小说集-中
国 Ⅳ.①I242

中国版本图书馆 CIP 数据核字(2017)第 168978 号

特约编辑 时润民
责任编辑 林 青
装帧设计 高 熹

· 中华经典诗文之美 ·

徐中玉 主编

古代短篇小说

陈大康 编著

世 纪 出 版 集 团

上海人民出版社出版

(200001 上海福建中路 193 号 www.ewen.co)

世纪出版集团发行中心发行 常熟市新骅印刷有限公司印刷

开本 890×1240 1/32 印张 10.5 插页 2 字数 255,000
2017 年 7 月第 1 版 2017 年 7 月第 1 次印刷
ISBN 978 - 7 - 208 - 14645 - 7/Ⅰ·1641
定价 36.00 元